ハヤカワ文庫JA
〈JA1337〉

# あまんじゃく

藤村いずみ



早川書房
8215

# 目次

# あまんじゃく

# コンプライアンス

アロエエキス入り除光液を含ませたコットンで両手の指の腹を拭い終えたとき、携帯電話が鳴り始めた。

かけてきたのは横倉義實《よこくらよしみ》弁護士だった。仕事の後の一杯をやりに、これから出てこないかという。咽《むせ》び泣きに似たその声音に耳を傾けつつ、折壁嵩男《おりかべたかお》は前屈みで目の前の鏡を覗き込む。大きすぎる鼻を覆っているテープの白さが目に染みた。

「すぐには出られないよ。〝お楽しみ〟の最中なんだ」

「ああ、いつもの、あれ」

と応じた横倉の声が笑いを堪えているかのように、くぐもって響いた。

「〝鼻の毛穴パック〟で本当に気分がすっきりするの？　変わってるなあ、折さんは」

ダブルオートロックのマンションの玄関を出たのは、それから三十分後だった。嵩男は新宿御苑沿いの暗い道を新宿駅の方角に歩き始めた。足音をたてず、ひたひたと。

白雨《ゆうだち》はすでにあがっていた。水気をたっぷり吸った夜の森はほのかに甘く匂い始めていた。頬に、首筋に、剝き出しの腕に、しっとり纏わり付く空気の重さを感じた。

子供のころから晴れより雨が好きで、変人だと親や友達からよく言われたことを、嵩男はふっと思い出した。

忘れてしまいたいことがある日の気晴らしは人それぞれだが、嵩男の場合は〝鼻の毛穴パック〟だ。外科医時代からの習慣なのだ。

そんな便利なものがあると教えてくれたのは、いまでは別れてしまった妻だった。鼻の頭に点々と黒く浮かぶ毛を気にして鏡を覗いていた嵩男にこう言った。

「鼻をパックして毛穴の黒ずみを取る専用のテープがあるのよ。やってみる？」

一度試して病み付きになった。そんな嵩男に呆れて、「男のくせに、変な人」と妻はせせら笑った。嵩男は言い返した。「成果が目に見えるから好きなんだ」と。

鼻をまんべんなく水で濡らし、テープを貼って密着させる。きっかり十分間、パックしたのち、ビリリとテープを剝がす。皮脂の汚れ、古い角質とともに、嵩男の鼻から無数の黒々とした毛が引き剝がされる。こんなに採れたのか、としみじみ眺める。その刹那、胸ににじわっと込み上げる歓びは、外科手術の終了直後、摘出した腫瘍や臓器を眺めるときに味わう快感によく似ている、と嵩男は思うのだった。

オペの開始直後、人体の皮膚面にメスを垂直に押し当てて切り込み、スーッと引いていくと同時に赤い血が滲むのを目にする一瞬が堪らなく好きだ、と言う外科医は結構いる。だが、嵩男は違う。オペを終えた直後、患者の体内から摘出したばかりでまだ生温かい腫瘍やリンパ節や血が一緒くたになってステンレス製のバットの上で盛り上がっている光景を見つめるとき、わくわくする。〝目に見える成果〟を実感する瞬間だからだ。

嵩男はそのひとときの悦楽に身を委ねたい一心で、嬉々としてオペをし続けた。メスで切り裂かれる患者の命の重みを意識することはなかった。まして、患者にどんな人生があるかについて、興味を抱きもしなかった。〝あの事件〟に巻き込まれるまでは。

待ち合わせの居酒屋は場外馬券売場にほど近い新宿四丁目にある。トイレの排水の臭いがかすかに漂う雑居ビルの地階。階段の傾斜の下に無理矢理テーブルと椅子を押し込んで設えた〝いつもの席〟で横倉はちんまり座って待っていた。

ささくれ立つ木のテーブルの上を、横倉が骨張った手で焼酎のグラスを押して寄越した。いつもながら、華奢な男だな、と嵩男は思った。

骸骨のまま生まれてきたような風変わりな外見の横倉は、西新宿の高層ビルに立派な事務所を構える弁護士には見えない。髪はしんなりして頭部に張り付いている。ピンと張った大きな耳、人懐っこさを感じさせる小さな丸い目。年齢は不詳。身に着けている麻のスーツは銀座のテーラーの特注品で、女物の型で作らせているらしい。

出会って二年が経ったが、横倉について嵩男は多くを知らない。嵩男が二年前に辞めた都内の大学病院の顧問弁護士をいまでもしている、ということを除いては。

どんな経緯で〝いまの仕事〟を始めたのか。〝クライアント〟はどのようにして横倉を尋ね当てるのか。知りたいと思わないでもないが、話題にしたことはない。この仕事を続けていくための最低限のルールであるような気がするからだ。

「今日は一日、蒸したねえ。こう暑いと、仕事の後の酒がさぞ旨いだろうね」

と横倉が労う口ぶりで言った。

都心の人口がそろそろ減り始める七月第四週の月曜日。午後十時をすでに回っている。横倉と嵩男の他に客は、カウンターに陣取って管を巻く勤め帰りのサラリーマン三人連れだけだ。

「ときどき、折さんの仕事が羨ましくなるよ。大変な労働だとは思うけど、目に見える形で結果が出せるから、スカッとするだろう?」

用心深い嵩男は返事をしない。ただ黙って焼酎を飲み続ける。

「それに比べて、こちらの〝本業〟は、すっきりしない依頼が多くて手を焼くよ。いまも一つ、厄介な案件を抱えていて、気が重いんだ」

依頼人は投資顧問会社の経営者だ。損をさせた客から〝損失補塡しろ。慰謝料を上乗せしろ〟と責め立てられている。客から一任勘定で預かった資金を、ある銘柄の株に投資して失敗した、と説明していた。しかし、実はどの銘柄も買わず、着服していたことがバレたのだ。

「つまりね、競馬のノミ行為と同じようなものらしい。普通なら示談でケリがつく話なんだが、相手がちょっとタチが悪くてねえ」

横倉が本業の愚痴を口にするのは初めてだった。珍しいな、どうしたんだろう、と嵩男は首を傾げた。同時に別のことをふっと考えた。横倉の西新宿の法律事務所を訪れる依頼人の中にはきっと、咽ぶような横倉の陰気な声に耳をそばだてるうちに気が滅入り、自殺したくなる者がいるに違いない。

それからしばらくの間、二人は向き合って冷やしトマト、ニガウリのチップス、セロリと手長海老の黒酢炒めの皿に黙々と箸をのばした。何の前置きもなく横倉がある薬の名前を口にして、知っているかと嵩男に尋ねた。

「少し前に話題になった糖尿病治療薬だ。スルホニル尿素系でもビグアナイド系でもない、画期的な血糖降下剤だ、という触れ込みだったな」

嵩男は解説した。ヒンズー教の女神を思わせる名前のその薬は日本よりも先にアメリカで大規模臨床試験を認められ、脚光を浴びた。開発を手掛けた日本の大手製薬会社の株価は急騰した。だが、あるとき突然、治験は中止になった。低血糖発作で昏睡、そののち死亡する、という症例が続発したからだ。フェーズⅡ（少数の患者を対象に薬の量、効果を調べる）まで進んでいた日本でも即座に治験中止が決定した。

「私立大学の付属病院の医師が治験薬だと告げずにその薬を患者に服用させる。そんな可能性、あるかな？」

「ありうるな。製薬会社から裏金を貰って、都合のいい患者を選んでやるケースだ」

嵩男は医者の立場で説明した。文書による同意が義務づけられた一九九七年以降、治験は医者にとって面倒臭いものになったのだ。ただでさえ大病院の外来は混むのに、患者に〝治験を了承する〟と書類にサインさせるには最低でも三十分、時間をとられる。その間、待ちくたびれた他の患者は苦情を言い、看護師の機嫌は悪くなる。もとより医者も疲れていて、手間がかかることは避けたい、と心底思うのだ。

しかし、製薬会社も必死だ。データがとれずに新薬発売に漕ぎ着けられないと莫大な開発費を回収できないからだ。そこで、医者に〝協力金〟を支払うと持ちかける。しかも、裏金として。悪い医者は考える。手間を省いてカネを貰う方法はないだろうか？

その結果、患者に無断で、あるいは〝すでに評価が定まっている薬だ〟と騙して治験薬を服用させ、データをとる、ということが行われる。

「随分、強引なやり口だね。よく訴えられないものだね」

「誰にでもやるわけじゃない。何か起きても文句を言いそうにない患者を選ぶんだよ」

身内に医者、あるいは薬学の専門家がいる患者は除外される。選ばれるのは、医学的な説明をされても理解できない患者、あるいは、重大な副作用が起きても訴訟を起こす能力がない患者だ。「難しいことはわからないので、先生にお任せします」と言い、医者の指示に素直に従う。加えて、きちんと薬を飲む。医者言葉で言うところの〝ドラッグ・コンプライアンスがいい患者〟が目を付けられることが多いんだ、と嵩男は自分の意見を述べた。

「ある女性が〝母が無断で治験薬を飲まされて死んだ〟と訴えているんだよ」

と横倉が切り出した。

「〝主治医に因果応報の報いを〟と望んでいる。引き受けてもらえるかな？」

嵩男が返事をする前に、横倉がぐいっと身を乗り出した。

「それから、これは相談だけど。急ぎの仕事がもう一つあるんだ。折さんが仕事を掛け持ちしないのは知ってるよ。だけど、今回だけ例外ということで、どうだろうか」

数週間で二つとも仕上げてくれたら特別ボーナスを出すよ、と横倉は言った。白光りを湛えた瞳をぱちっと瞠り、嵩男の目を真っ向からじいっと見つめた。

嵩男は胸の前で高く腕を組み、しばらく考えた。

「ボーナスと一ヵ月の休暇がほしい。この一年半、働き詰めだったからな」

助かるよ、と言った横倉が口に手を当てて笑った。女の子みたいな仕草だなと嵩男は思ったが、もちろん言わなかった。

「まず、クライアントと〝面談〟したい。納得したうえでやりたいんだ」

「つくづく変わってるなあ、折さんは」

その晩二度目のセリフを、横倉がしみじみとした言いぶりでつぶやいた。

全身の骨がきしんで砕け、崩れていく。そんな音が耳の中で鳴り響いた気がした。途方もない脱力感を味わいながら、嵩男はようよう立っていた。同僚の外科医、野田宏正《のだひろまさ》が冷たい骸となって横たわっているベッドを見下ろしながら、口で呼吸をしている。浅く、短く、忙しなく。

集中治療室《ICU》は静まり返っていた。ベッドの脇では、いつもなら二人いるはずの看護師が一人で手際よく遺体の処置を行っている。白くてぽちゃっとした野田の腕から点滴の針を抜き、鼻の穴をはじめとするあらゆる穴に次々に綿球を詰め込んでいく。さらに、無残な形相になるのを防ぐために、顎を紐で吊り上げた。

後ろから名前を呼ばれて、嵩男は振り返った。背後に嵩男が所属する第一外科のボス、御木本《みきもと》教授が立っていた。

「死亡診断書はキミに任せる。キミの責任で書きなさい」

「私は臨終に立ち会っていません」

「それがどうしたというのだね？　よく考えて、死因は適当なものを選ぶように。わかったね？」

「本当にヘロイン中毒なんですか？」

と言いながら、嵩男は教授に向かって半歩、間合いを詰めた。

「野田は確かに、塩酸メチルフェニデート（ナルコレプシー治療剤。覚醒作用がある）やエチゾラム（抗不安剤）に依存する傾向がありました。ですが、ヘロインに手を出す勇気は……」

「キミは野田君の全てを知っていた、と言うつもりかね？」

あざけるような薄笑いを口許に浮かべて、御木本教授は嵩男の肩に上から押さえ付けるように手を置いた。

「親友であると同時にライバルだったキミに知られたくなかったのではないかね、自分の弱さを。己を律する強さを持ち続けられずに破滅した医者を、私は何人も知っている。キミも胆に銘じておきなさい」

部屋を立ち去る前に教授は低い声で言い残した。野田君の母親にはキミが連絡しなさい。病院としては穏便に処理するつもりなので、騒ぎたてないように説得しなさい、と。

「ヘロイン中毒で死んだ、と公にしないのですか？」

思わずそう訊き返した嵩男を、教授は振り向きざま目で制した。

「彼の家は母子家庭だ。事実を公表すれば、退職金はどうなる？　困るのは誰なのかね？」

自分の唸り声で、嵩男はガバと身を起こした。

いま、どこにいるのか。すぐには思い出せなかった。渋谷区にある恵比寿公園に横付けした中型バスの後部座席でクライアントがやってくるのを待っているところだ、と思い出すまでかなりの時間を要した。

嵩男は額に滲む汗を手のひらで拭い、立ち上がった。天井を意識しながら通路に立ち、足を開いた。両手をぎゅっと握り、静かに息を吸い始める。続いて、耳の高さで手を交差させ、臍下に意識を集中させる。筋肉を引き締めながら両手を下ろす。と同時にカーッと音をたてて息を吐き出す。肺の中に停滞していた古い息を全て吐き切るまで続けた。同じことを四回繰り返してやっと、気持ちが楽になり、座り直した。

嵩男が行ったのは、八歳から医学部を卒業するまで習って黒帯四段を取得した極真カラテの呼吸法である。これから大切な仕事があるときに限って白昼夢を見てしまう。そんなとき、手っ取り早く自律神経の乱れを整え、精神を落ち着かせることができるのだ。

大山倍達に憧れて入門し、〝武の道の探求は断崖をよじ登るがごとし。休むことなく精進すべし〟という訓話を心のより所にして稽古を積んだ嵩男であった。だが、もはや二度と、極真の道場に足を踏み入れることはないだろう。現在の仕事に就いてしまったから。

二年前は、そんなことになっていいのかと葛藤する余裕はなかったが。

腕のいい外科医だった嵩男の人生が激変するきっかけとなった出来事が、親友でもあった野田宏正の急死である。ICUのベッドに横たわっていた野田は単なる薬物中毒死には見えなかった。だが、御木本教授に脅されて、嵩男は死亡診断書に偽りの死因を書き入れた。〝急性心筋梗塞による急性心不全〟と。そんなわけはない。まともな死にざまではない、と本当は叫びたかった。しかし、実際には抵抗を試みもせず、何か大きな力に引きずられるように、ずるずると行動してしまった。

その後、野田はある患者のDOT（手術の最中に患者を死亡させること、という意味の外科の隠語）に関与したために殺された可能性がある、と嵩男は知った。死亡診断書のでっち上げに加担してしまったことを後悔し、食事も睡眠もとれなくなった。怒りのやり場がなく、自宅で床をのたうちまわった。

そんなときだった。深夜の病棟で旧友と再会したのは。嵩男はある行動を起こし、その後の出来事は……思い出したくもない。

こうした経緯があるから、嵩男は心に決めているのだ。何か行動を起こすときは、よく納得したうえで実行しよう。〝これはおかしい。ヤバイかもしれない〟と感じたときは行動するまい、と。

嵩男は深々とため息をつき、腕時計に目をやった。二時五十分。スモークガラスの窓を少し開けて車内に新鮮な空気を入れた。

外ではいつの間にか、糠のような小雨が降っていた。亡くなった祖母の声が突然、聞こえた気がしたのは、そのときだった。

「夏に降る気持ちのいい小雨を〝汗疹《あせも》枯らし〟というんだよ。汗疹なんか、雨に濡らせばすぐに治ってしまうもの。医者いらずだね」

嵩男は窓の隙間から火照って汗ばむ手のひらを差し出した。皮膚をピチピチと雨粒が打った。あまりの気持ち良さに耐えきれず、口許に笑みがこぼれた。

祖母を思い出すときは必ず、胸が締め付けられる。凛として見とれるほど美しく、知性に溢れていた。情が深く、包み込むように優しかった。条件を付けずに嵩男を愛してくれた、たった一人の女性だ。亡くなったとき、まだ六十三歳だった。

十五歳の嵩男は祖母の命を奪った病気が憎くて、打ち負かしてやりたくて、医者になろうと思い立った。一人でも多く命を救いたい、と焼け付くばかりの想いを抱いていた。それがいまでは……。

嵩男は火傷でもしたようにバスの窓から手を引っ込めた。ちょうどそのとき、隣の座席に置いた携帯電話が鳴り始めた。

耳に押し当てた受話器から躊躇《ためら》いがちの若い女の声が聞こえてきた。嵩男は右側の座席に移動した。窓を少しだけ開けて、隙間から目を凝らした。地下鉄の出入口脇のケーキショップの前でショートカットの女が一人、傘も差さず、携帯を手にして佇んでいるのが見えた。

「そこからロケバスが見えるはずだ。〟Location Service〟というピンクの文字が横腹に大きく描かれたグレーの車だ」

女が頷いたのを確認して、嵩男は車の天井から吊るした二枚の暗幕を目の前で交差させて閉じた。

ロケバスに乗り込んできた女は、暗幕越しに嵩男から「幕の前に座れ」と言われて素直に従った。

赤坂の高級クラブでナンバーワンを張る二十八歳のホステスだというが、けばけばしさはみじんも感じられない。清潔な白いポロシャツと紺色のミニスカートを身に着けている。ぴちっと合わせた膝の上に黒いトートバッグ。化粧はほとんどしていない。小麦色の顔一面にそばかすが浮いている。テニス部所属の学校一の美少女、という表現が似合いそうな整った顔を緊張の面持ちで引きつらせて、暗幕をじいっと見つめていた。

「相馬《そうま》鞠子《まりこ》さんだね？」

「はい」

「質問に率直に答えてもらいたい。時間を無駄にしないために。お母さんとはずっと会っていなかったそうだが。理由を聞かせてもらおう」

「家庭の事情です。私が六歳のとき、両親が離婚したんです」

きっぱり顔を上げて、鞠子が語り始めた。

一人っ子の鞠子はメーカー勤務のサラリーマンだった父に引き取られた。その父が病気で亡くなると、東北地方の親戚の家をたらい回しにされた。

東京に出てホステスになったのは十八歳のときだ。母とはずっと音信不通だったが、母方の親戚に母が連絡をとったのがきっかけで、二十一年ぶりに再会が叶った。母が亡くなる半年前のことだった。

「どんなに会いたかったか、と言うつもりだったんですよ。でも、新宿の駅ビルの喫茶店に遅れてやってきて、ちっとも席に着かずにモジモジ立っている母の姿を見たら、なんだか苛々しちゃって……。〝いつか迎えに来てくれる。そう信じて待っていたのに。いまさら、よくも会いに来れたわね〟って詰《なじ》ってしまいました」

鞠子の母、下山瑞江《しもやまみずえ》はぽつりぽつりと語った。離婚の経緯とその後について。

そもそも夫婦別れの原因は、酒癖の悪い実家の父親がこしらえた借金であった。酔って暴れて知人に傷害を負わせた父親は、病気で呆気なく死んだ。知人への賠償金の支払いを、長女である瑞江が迫られた。夫とは、そんなゴタゴタの末に互いに心が離れた。借金を返済するまでの辛抱だと自分に言い聞かせ、瑞江は胸が張り裂ける想いで幼い鞠子を夫の元に残し、家を出た。

保険外交員、水商売など、職業を転々とした。どれも長続きしなかったのは、職場で男たちに言い寄られ、いつも逃げるように別の土地に引っ越すはめになったからだった。そんな暮らしが嫌になり、あるとき、行き付けのスナックで知り合った男に愚痴をこぼした。すると、借金を一気に返す方法がある、と言われた。紹介されたのは、高齢者向けに高級羽毛布団をセールスする仕事だった。それが詐欺だと気づいたときは手遅れで、客から訴えられて新たな賠償金の支払いが生じた。

こうして歳月は過ぎてしまった。鞠子を引き取るどころか、自分一人暮らしていくにも難儀する日々だった。諸々の借金の返済が終わったのは二年前だ。いまは掃除の仕事をしている。清掃会社の従業員として寮に住み、境遇が似た仲間たちと結構気楽にやっている。ようやく穏やかな暮らしを手に入れたんだよ。そう言い終えて、瑞江はぎこちなく微笑んだ。

「一緒に暮らしましょうよ、と私は誘ったけど、母は応じなかったわ。〝あんたには華やかな人生が待っているはずだよ。足手纏いになりたくないよ〟と笑ってました。また会うねって言い合って、電話番号の交換をして、それから二度食事をしました。糖尿病を患っているなんて、母はおくびにも出さなかったわ」

母が死んだと知ったのは、亡くなって一カ月近く経ってからだった。瑞江は実の娘がいることを寮の仲間の誰にも打ち明けていなかったのだ。葬儀が済み、仲間の一人が遺品を整理して、鞠子の携帯の番号をメモした紙を見つけた。瑞江が朝晩、拝んでいた観音像の下にあったという。

「母は、寮の自分の部屋で倒れて、昏睡していたとか。意識が戻ることなく、救急病院で息を引き取ったそうです。倒れたのはおそらく、〝病院に行く〟と言って仕事を休んだ日の晩だよ、と寮のおばさんが教えてくれました。おばさんは病院の名前も覚えていました。都心にある私立大学の付属病院に、私は母の主治医を訪ねました。母の病状がどうだったか、少しでも知りたいと思って」

主治医は加茂信介《かもしんすけ》という名前の五十代の内科医だった。下山瑞江さんは五年前から糖尿病の治療で通ってきていた。急死したとは知らなかった。急変するような病状ではなかったので驚いている、と言った。

「〝低血糖症は厄介だが、早めに処置すれば死にません〟と加茂は断言したわ。その後で、ゴルフ焼けした顔にいやらしい薄笑いを浮かべて、こう言ったんです。〝なんだ、娘さんがいたのか。あなた、重い糖尿の母親に一人暮らしをさせて、よく平気でいられましたねえ〟って。……数日後、仕事を終えて自宅マンションに戻ったとき、郵便受けに差出人名のない手紙を見つけたんです。ワープロ打ちの手紙には〝下山瑞江さんは加茂先生が勝手に処方した治験薬のせいで死にました〟と書いてありました。文末に薬の商品名らしきものも。私は呆気に取られて立ち尽くしてしまったわ」

ふっくらとした鞠子の唇がぶるぶる震えて、ことばが途切れた。

「正直言うと、私、内心ではこう思っていました。何をするにも勘が悪そうでのそのそしている母と同居したら大変だ、と。会ったのはたった三回でしたけど、そのたびに、仕事柄ダイエットをしている私に、母は説教しました。〝そんなに痩せていると、誰もお嫁に貰ってくれないよ〟と。帰るときは、つまらない土産を無理に押し付けて寄越しました。仕事先のラブホテルからくすねてきたシュガーやインスタントコーヒーなんかを。寮の仲間からのおすそ分けだという沢庵漬を持たされたときは参ったわ。帰りの地下鉄でプンプン臭って、白い目で見られたんですもの。……悪気はないんだろうけど、センスもない。そんな母を、私はうっとうしいと感じていました。だから、母が同居を断ってくれて、どんなにほっとしたか。……そんな本心を見透かしたようなことを加茂に言われてドキッとしたんです。私は母を見捨てた酷い娘だ。説き伏せて一緒に暮らしていたら、昏睡していた母を手遅れになる前に発見できたかもしれない。私が母を殺したみたいなものだ、と自分を責めたわ。それなのに……」

　鞠子を咎めるようなことを口走ったあの主治医のせいで、母は死んだ可能性がある。そう知らされて、鞠子の胸は掻き乱された。鞠子はすぐさま、加茂に面会を求めた。

　加茂はとても不機嫌だった。治験薬については否定も肯定もしなかった。〝あなたね、どういう魂胆があるか知らんが、帰らないと警備を呼ぶよ〟とピシャッと言った。

その瞬間、鞠子は直感した。この男は母を死なせたことに責任があると感じているのだ。やましい気持ちがなかったら、こんな態度をとるはずがない。

怒りがカーッと込み上げてきた。このまま引き下がるものか、と強く思った。病院を出た鞠子は、面識がある弁護士の事務所に駆け込んだ。しかし、薬の残りは捨てられてしまい、遺体は骨になっていて臓器もない。匿名の手紙だけを根拠に医療訴訟を起こすのはとうてい無理だ、とあっさり断られた。

そう告げて、鞠子は喉元を手で押さえた。綺麗な顔がぎゅっと歪み、頬の筋肉が痙攣した。

沈黙ののち、鞠子はいまにも泣きそうな震え声で話を続けた。

「お客さんに小さな製薬会社の社長さんがいて、その人が言うには、加茂信介には悪い噂があるとか。ある大手製薬会社と癒着していて、そこの治験薬を患者に無断で投与して、データをとっているらしいというんです。〝でも、加茂先生は大物だし、そんなことを証明してくれる医療関係者なんか、絶対に見つからないよ。医療訴訟なんて諦めなさい〟って説得されました」

トートバッグから白いハンカチを取り出し、膝の上に置いて握り締めた。

「加茂信介はいまから三カ月前、自由が丘で開業したんです。お金儲けをしてきたってことは、あの建物を見ればわかるわ。勤務医の給料だけで、あんなお城みたいに立派な総煉瓦張りのビル、建てられっこないもの。あのパール色の煉瓦の何枚かは、母の命を引き換えにしたんだって思ったら、悔しくて……」

とうとう堪えきれなくなった様子で、鞠子はハンカチを顔に押し当てた。

「どうしても許せないの。あの男に〝相応しい報い〟を受けさせたいんです。名声が地に落ちるようにしてください。そのうえで、やってほしいんです」

嗚咽する鞠子の声を聞きながら、嵩男は胸の奥でつぶやいた。この女は実の母親に冷たい気持ちを抱いた自分を許せないのだ。だから、せめて高い報酬を払ってでも、母親を死なせた医者に復讐しようと決心したに違いない。

「事情はわかった。おあつらえ向きの方法を考えてみよう」

鞠子が顔を上げた。涙に濡れた長い睫の奥で瞳がキラッと光った。

「引き受けてもらえるんですね？」

「いま約束できるのは、あんたをきっと満足させてみせる、ということだけだ」

泣き顔が安堵の笑顔に変わった。一呼吸ののち、鞠子はかすかに首を傾げた。

「どうしても引っ掛かっていることがあるんです。患者は大勢いたはずなのに、なぜ、母だったの？　加茂信介に目を付けられる、特別な理由があったのかしら？」

「患者や家族は〝こんなことが起きるのは稀だ〟と思いたいだろうが、医者には〝よくあること〟なんだ」

と嵩男が答えた。

「あんたのお母さんはきっと、主治医の言いつけを守って薬をきちっと飲み、聞き分けがよくて、〝先生のおっしゃることには何でも従います〟という態度だったんだろう。そういう患者を、医者はこう呼ぶ。〝コンプライアンスがいい患者〟と。〝医者にとって都合がいい〟というニュアンスを込めた言い方だよ」

素人にもわかりやすい別の例はないだろうか、と嵩男は頭の中で素早く検索した。流した視線が鞠子の形のいい胸で止まった。

「患者に治験薬を無断で飲ませて死なせるほどストレートではないが、乳ガンの治療で話をするとわかりやすいかもな」

嵩男は語った。もし、鞠子が〝乳ガンだ〟と診断されたとする。現在、日本でもようやく標準治療として定着しつつある乳房温存法で手術を受ける。その後、二十五回の放射線治療。ここまでは、どの患者も同じ道を辿る。問題はその先だ。ホルモン・レセプターの陽性・陰性、腋リンパ節への転移の有無などの条件で患者を選別して、治療法をそれぞれ変えてデータをとろうとする悪い医者が実在するのだ。

そんな医者は、ある患者には〝軽い抗ガン剤の投与を六回〟と薦める。別の患者には〝その回数を〝頑張って十二回、やりましょう〟と促す。さらに別の患者には〝抗エストロゲン剤の服用だけでいい〟と言う。身体に悪い治療はしたくないんです、とわけのわからないことを言い出す患者には〝じゃあ、抗ガン剤もホルモン治療も、やめておきましょう〟と応じるのだ。

患者たちがある日、情報交換をして初めて、同じ医者が全く違う理由を言い連ねて別々の治療方法を薦めていると気づく。自分が受けた治療は正しくなかったのではないか、と全員が不安に駆られる。そんな例が決して珍しくないのである。

「最近では〝EBM〟といって、〝根拠に基づく医療〟ということがしきりに言われるようになったんだ。患者の中にも、これから行われる治療の根拠を教えてくれ、と求める者が当然現れる。そういう患者に対して、悪い医者はどうすると思う？　何食わぬ顔で都合のいいデータを並べたてる。その医者が試したい治療方法を受け入れるように、患者を誘導する。つまり、言いくるめるわけだ。あんたのお母さんも、そのケースだったかもしれない」

「酷いわ、そんなの」

鞠子がくいっと立ち上がった。

「愛する人には絶対にしないんでしょう？　妻や恋人や娘には、最善の方法をセレクトして治療を受けさせようとするはずよ。どうして、全ての患者にそうしてくれないの？」

さよならも言わず、相馬鞠子はロケバスを飛び出した。走り去るその後ろ姿を、窓の隙間から嵩男は見送った。と不意に耳の中で、内科医をしている元ガールフレンドから昔、投げ付けられたことばが蘇った。

「外科医って冷血ね。入院患者が目の前で息を引き取っても、悲しいと思わない。末期ガン患者が急に外来に姿を見せなくなっても、〝別の病院に転院したか、死んだか。二つに一つだな〟って思うだけ。電話もかけない。あなた、骨の髄まで外科医らしくなってきたわね」

医者はどんな職業よりも人の命を大切に思うはず。そんなことは幻想だ。〝死〟は医者にとって〝日常〟で、歯を磨くのと同じくらいの意味しか持たない。慣れてしまうものなのだ。

よくよく考えてみると、医者だったときの嵩男は、躊躇なく仕事をやり遂げる現在と比べても数段、無慈悲だった。医者として働いた十六年間で、人の命の重みを実感して打ちのめされ、涙したのは、たった二度だ。最初は、同僚の野田が死んだと知ったとき。そして二度目は、予備校時代の旧友をその手で安楽死させたときである。

恵比寿公園に横付けしたロケバスにもう一つの案件のクライアントがやってきたのは、相馬鞠子が立ち去った一時間後のことだった。

狛江市在住の主婦、窪川房子《くぼかわふさこ》は五十四歳。優しげな顔立ちで、身体つきは丸く、背が低い。品のいい小花柄のブラウススーツを身に着けている。冷房の効いた車内でしきりに汗をかき、忙しなくパタパタと扇子で顔に風を送っていた。

房子は父親からかなりの資産を受け継いでいる。そのうち二千万円をある男に奪われ、さらに三千万円払えと脅迫されている。このままでは夫や子供たちに知れて、家庭が崩壊しかねない。助けてほしい、という依頼であった。

「あんたを脅している醍醐《だいご》光臨《こうりん》という男。自分は霊能者だと言ってるんだな?」

と暗幕越しに嵩男が問いかけた。

「ええ。でも本当は詐欺師です。いまさら気づいても遅いんですけど」

房子は鼻をすすり上げた。その拍子に弛んだ顎の下がぷるんと揺れた。

何度もため息をつき、めそめそ泣きながら、房子は事の顚末を語り始めた。

知人の紹介で房子が醍醐光臨を訪ねたのは、いまから二年前のことだった。房子は原因不明の病気で悩んでいた。発熱、吐き気、身体の震え、頭痛、手足の強ばりといった症状であった。病院を転々としたが、病名は判明しなかった。

京王線の明大前駅で降り、紹介者に書いてもらった地図を頼りに込み入った住宅街の道をひたすら歩いた。そのうち迷子になった。醍醐の家にやっと到着したときには、駅を出て二時間が経過していた。辿り着けたというだけで感激して、房子は玄関先でくずおれた。

偉い先生で、有名な芸能人が何人も通っている。歌手の誰それさんはガンが治ってステージに復帰できた。有名な女優さんは除霊してもらって離婚の危機から救われたそうだ。

そんな評判を知人からさんざん聞かされていたせいで、房子は醍醐について勝手に想像していた。顎鬚を伸ばし、きらびやかな服を纏った威厳ある老人ではないかと。

ところが、目の前に現れた醍醐は学校の用務員のようだった。中肉中背で細面。髪は五分刈り。服装は洗いざらした書生シャツに作務衣風のズボン。そして、裸足。家の中にはこれといった調度品もなく、極めて質素な暮らしぶりであるように見えた。

醍醐は内弟子だという髪の長い女性とともに房子を奥に運び、玄米粥を振る舞ってくれた。こんなに辛いのに、これまで通った病院の医者も家族も、ちっとも理解してくれないんです。そんな房子の訴えに涙をぽろぽろ流して同情してくれた。房子は嬉しくなり、夫が養子であることや財産の内容まで打ち明けた。

醍醐は澄んだ目で房子を一心に見つめて、静かに言った。

「ここに辿り着いたからには、もう安心です。何もかも、私に任せなさい」

それから二年間、〝霊視治療〟と称するものが行われた。最初は普通の気功マッサージだった。同時に、〝念を入れた〟という漢方薬、玄米食、中国茶を買わされた。身体を温めて悪い気を追い出すという機械を購入させられ、ほどなく、性能のいいものに買い替える必要があると言われた。百万円の機械が二台目は三百万円になり、三台目は五百万円だった。

その間も週に二度、醍醐の家に通うようにと命じられた。気功マッサージはいつの間にか一回十万円の〝念力マッサージ〟になっていた。それでも症状が良くならないと訴える房子に、醍醐はおもむろに告げた。

「こうなったら特別の施術を行うしかないですね」

百万円を現金で持ってきなさい、と言われて、房子はいそいそと持参した。明大前の醍醐の家で初めて通された奥まった暗い部屋には布団が敷いてあった。

房子が受けた〝特別の施術〟はレイプだった。その最中に写真を撮られた。房子はようやく、相手の正体に気づいた。

「醍醐は〝写真を三千万円で買い取れ〟と要求しています」

ハアハアという房子の荒い呼吸が車内の空気を掻き回した。髪の生え際に浮かんだ汗が小さな玉となり、顔面を滴り落ちた。

「あの男は、私の家に数億の預金があって、私がいくらでも引き出せることを知っています」

汗を流しているにもかかわらず、房子の顔色は蒼白だった。

「あんな男、大嫌いなのに。離れたくないという気持ちがあるんです。あの男に見放されたら、どうしよう。そのとたんに、私自身と先祖の悪いカルマが津波のように押し寄せてくる。苦しみの中で最後は発狂する。そんなことが来世でも続く……。醍醐が説いた無間地獄に対する恐怖が頭から離れません。お願い、助けて。あの男に依存しないように、強制的に引き離してください！」

「醍醐がいなくなったら、あんた、立ち直れるのか？」

「そうするしかないんです。こうしている間にも、明大前に行きたくて堪らないんですもの！」

この女はニセ霊能者にとって〝コンプライアンスのいい信者〟なのだな、と嵩男は思った。

依頼を引き受けると嵩男が告げると、見る見るうちに房子の細い目に涙が浮かんだ。房子は暗幕に向かって手を合わせた。拝んでもらっても困るんだがな、と嵩男は苦笑いした。

「ところで、余計なことかもしれないが、すぐに婦人科を受診して、ホルモン値を調べてもらうといい。あんたの病気、原因不明の難病ではない。おそらく、更年期障害だ」

嵩男が告知した病名があまりにも意外だったのか、房子は声にならない声をあげてロケバスの床に腰から滑り落ちた。

その夜、嵩男は横倉に電話した。請け負った二つの案件をいっぺんに片付けることにする。ちょっとしたアイデアがあるんだ、と切り出した。

横倉の了解を得たのちに、嵩男は相馬鞠子の携帯に電話した。

「協力してもらいたいことがある。その前に訊きたい。あんた、六本木の高級クラブに売り込んで、すぐに雇ってもらえる自信はあるか？」

鞠子が即答した。

「私の顧客リスト、見せてあげたいくらいよ。で、何をすればいいの？　復讐のためなら私、何だってやるわ」


三週間が過ぎたある日の夕方。相馬鞠子から嵩男の携帯に連絡が入った。

「昨夜、あの名刺を渡したわよ。今日も電話してプッシュしておいたわ。醍醐は明日、自由が丘の〈加茂クリニック〉に行くと約束したわ」

鞠子は赤坂の店を辞めて六本木の〈カンナ〉という高級クラブに移籍していた。その店は、醍醐光臨が贔屓にしていて週に三日以上の頻度で通っていることを横倉が調べていたのだ。質素な暮らしぶり、というのは信者の前だけで、ニセ霊能者はクラブに通って浪費するのが何よりも好きらしい。

源氏名〝マリー〟こと相馬鞠子は醍醐に接近し、たちまち気に入られた。鞠子は醍醐の口臭にそれとなく話を向けた。胃潰瘍を患っていて、ちっとも治らないんだよ、と醍醐はこぼした。ちなみに、醍醐が胃潰瘍で近くの内科医院に通っていることも横倉から情報がもたらされていた。

鞠子は醍醐の身体を心配している振りを装った。有名大学の病理学の教授がお客さんにいるから、その先生に名医を紹介してもらうわね、と約束した。そうして、〃この患者は私の身内です。よろしくお願いします〃と裏に一筆したためた、実在する教授の名刺を醍醐にプレゼントした。それは、嵩男が手に入れて、横倉経由で鞠子に渡したものだった。教授が推薦した名医、自由が丘の〈加茂クリニック〉の院長に早く診てもらってね、と鞠子は醍醐をそそのかした。院長とはもちろん、鞠子の母を〃殺した〃加茂信介である。

「醍醐は本当に〈加茂クリニック〉に行くかな？」

嵩男に挑発されたと感じたのか、鞠子がムキになって言い返してきた。

「行くわよ、絶対に。〃胃潰瘍が治ったら、一緒にハワイ旅行してあげる〃って約束したんだもの。醍醐ったら浮かれちゃって。まあ、見てらっしゃい。ホステスとして私の腕がいいかどうか、明日になればわかるわ」

翌朝、嵩男は自由が丘にいた。住宅街でひと際目立つ白い城のような〈加茂クリニック〉の向かいにワゴン車を停めて、中から病院の入口を監視した。

十一時二十七分。五分刈り頭の醍醐がタクシーを降りて、あたふたと病院の中に駆け込んでいくのを見届けた。嵩男はニヤリと笑った。携帯電話から鞠子にかけた。

「あんたはプロだ。腕がいいと認めるよ」

「それはどうも。今度はあなたの番よ。ちゃんと仕事してくれなかったら、許さないわよ」

おいおい、誰を脅してるんだ。怖いもの知らずだな、と嵩男は苦笑した。

翌晩、鞠子が電話してきた。醍醐は今日、胃の精密検査をしたそうだ。結果が出るのは一週間後よ、と弾み声で報告した。


残暑厳しい八月二十日。親子連れや年寄りでごった返す自由が丘〈加茂クリニック〉の総合待合室のベンチに腰掛けて、嵩男はそれとなく周囲に視線を回した。

開業して間もないせいであろうか。会計カウンターでも薬局でも、スタッフが書類を手に右往左往する姿が目についた。

院長の加茂の専門は内科だが、小児科と心療内科も自ら手掛けている。産婦人科医、整形外科医、眼科医などを雇っているらしく、個人病院とはいえ、ちょっとした総合病院の〝店構え〟であった。

医薬分業が進みつつある昨今の流れに反して、薬局も自前だ。製薬会社と癒着して一財産築いた医者なら当然だな、と嵩男は思った。

院長診察室から醍醐が出てきたのは、昼の一時を少し回った時刻だった。会計待ちの人の列をびっくりしたように眺めやり、舌打ちしてベンチに腰を下ろした。嵩男はその後ろに移動し、醍醐の肩越しに視線を凝らした。

醍醐が手にしている薬の処方箋が見えた。複写された青い文字は加茂信介の手書きだ。

多くの医者がそうであるように、ミミズがのたくったような、かなりの悪筆だ。

嵩男は急いで病院の脇道に停めたワゴン車に向かった。車内で白衣に着替え、ルームミラーを覗き込む。似合っている。間違いなく医療関係者に見えるだろう。

両手を目の高さに掲げ、手のひら全体に厚塗りしたマニキュアが剝げていないかどうか、慎重に確認した。マンションを出る前に透明のマニキュアを爪にではなく、指の腹から手のひらにかけてたっぷり塗ってきたのだ。指紋の溝を埋めるために。

行動を起こすとき、指紋を残したくない。かといって真夏なので手袋をしたら、かえって目立つ。そういうときは、透明マニキュアを利用するといい。

そんなことを教えてくれたのは、この仕事に転職するとき、オン・ザ・ジョブ・トレーニングで指導してくれた〝師匠〟であった。通称〝ジーザス〟。泥棒界では〝四桁ボシ〟で知られる忍び込みのプロだ。最近は東北地方で仕事しているらしいよ、とつい最近、横倉から消息を知らされたばかりであった。

嵩男は後部座席に手をのばした。指紋をマニキュアで完全に消した指でパンパンに膨らんだ紙袋を摘み上げる。それは、横倉の手配で入手した〈加茂クリニック〉の薬袋であった。中にさらに袋に小分けされて四種類の薬が入っている。

嵩男は薬袋を手にしてワゴン車を降りた。〈加茂クリニック〉玄関脇の植え込みに身を隠し、じっと待った。

五分後。ぶつぶつ文句を言いながら、醍醐が出てきた。いったんやり過ごして、嵩男は後を追った。醍醐が病院の敷地を出て歩道を三、四歩進んだところで、後ろからポンとその肩を叩いた。

「東山末吉《ひがしやますえきち》さんですね？」

醍醐の本名で呼びかけた。

醍醐は振り返り、嵩男の顔ではなく白衣をさっと見た。

「すみません、薬剤部の者です。ウチの若いのが、別の患者さんに渡す薬と間違えて、お渡ししてしまったようなんです」

「ええっ？」

「〝東《ひがし》〟さんという患者さんの薬らしいんですよ。確認させてもらえませんか？」

醍醐はぶすっとして、手にしていた薬の袋を嵩男に差し出した。

「ああ、やっぱり。違ってました。いやあ、医療事故になるところだった」

醍醐の顔に困惑の色が浮かんだ。正しい薬はこちらです、と言われて嵩男から新たな袋を渡されると表情がやっと和らいだ。

「今日は特に混んでいたから。どうも、すみません。ところで、薬の飲み方について、ちゃんと説明を受けましたか？」

「いいや」

「そりゃあ、重ね重ね、申し訳ない」

嵩男は醍醐の横に移動した。四つの中袋を取り出し、指で示しながら、専門家らしい口ぶりで説明を始めた。まず、アモキシシリンとランソプラゾールは胃潰瘍の原因となるヘリコバクター・ピロリの除菌のための薬です、とさらりと告げた。残る二つの薬が醍醐の現在の症状を〝劇的に〟改善する薬なのだと強調した。

興味を露にして醍醐がぐいっと身を乗り出した。ここぞとばかりに嵩男は話を続けた。クラリスロマイシンは二百ミリグラムの錠剤を〝処方のとおり〟朝夕八錠ずつ、細粒のピモジドも〝処方のとおり〟六十ミリグラム。夕食後に必ず、二つの薬を一緒に飲むように、と指導した。

「いいこと教えてあげましょう。薬の一回分を全部まとめてグレープフルーツジュースに混ぜ込んで、一気に飲んでください。くれぐれも吐き出さないように。万一、吐いてしまったら、同じ量をもう一度、すぐに飲むように。いいですね？」

通りかかったタクシーを醍醐のために手を挙げて止めた。「ご親切に、ありがとう」と言い残して、五分刈り頭の醍醐光臨はそそくさとタクシーに乗り込んだ。

二週間が過ぎた九月三日。加茂信介が偽名で宿泊する松山市内のビジネスホテルの階段を、スーツ姿の折壁嵩男が足音を忍ばせて上っていった。

その五日前から加茂は東京を離れていた。東山末吉という患者の内縁の妻だと名乗る髪の長い女が〈加茂クリニック〉に血相を変えて怒鳴り込んできたせいだった。

女は喚いた。夫は〈加茂クリニック〉から貰った薬を飲んだ晩、急死した。「うっ」と言って胸を押さえ、畳に崩れ落ちた。救急車が到着したときには心停止していた。加茂が毒薬を処方したのだ。証拠がある、と言った。

匿名の何者かが送ってきたというカルテのコピーと家に残されていた薬の袋を、女は加茂の胸元に突き付けた。

カルテのコピーに目をやって、加茂はギクリとした。慌ててカルテの実物を取り出し、確かめて絶句した。胃潰瘍の平凡な薬に二重線を引いて、自分でもときどき判別できなくなる悪筆で書き込まれた細菌感染症治療薬クラリスロマイシンと向精神薬ピモジドとの併用は、絶対にしてはならないと禁じられている。しかも、処方された量が多すぎる。クラリスロマイシン二百ミリグラムの錠剤を朝夕に八錠ずつ、ピモジド六十ミリグラムを夕食後に、と指示されている。これでは、通常の四倍と十倍だ。

この二つを一緒に服用したとしたら？　さらに、グレープフルーツジュースか酒で飲んだら最悪だ。

こんな危険な処方をするはずがない、と言いかけて、加茂ははっとした。カルテには、医師が〝通常量を超えて処方しているとわかってやっている〟と薬剤師に知らせる注意標の〝！〟が分量のところに明記されていた。加えて、薬品名の下に〝波線〟も引いてある。ということは、医師である自分が書いたとしか考えられない。

さらに、どちらの薬も、私立大学の医学部付属病院勤務時代から何かと援助してもらっている大手製薬会社の商品をわざわざ選んで書き込んである。その会社の商品を大量に処方すれば〝協力金〟が入ってくる。そんな事情をうっかり考えてしまったのだろうか？

手元にあるカルテの薬の処方の部分が、深夜、病院に忍び込んだ折壁嵩男によって改竄されたという真相を知らない加茂は、動揺のあまり黙りこくった。患者の内妻はそれを見て勢いづき、訴えてやる、マスコミにもバラす、と怒鳴り散らした。

加茂は怖くなり、東京から姿を消すことにした。潜伏先に選んだのは、子供のころ数年間、住んだことがある松山市であった。そして、そんな加茂信介を嵩男は東京から尾行していたのである。

加茂が宿泊するホテルの部屋の前に嵩男が立ったのは午後八時だった。周囲を見回し、廊下に誰もいないことを確認する。七〇三号室のドアを二回ノックした。

ドアの向こう側で足音とかすかな息遣いが聞こえた。

「東京の弁護士事務所の者です。奥さんに頼まれて、訴訟の打ち合わせで参りました」

と嵩男は小声で呼びかけた。

数秒ののち、ドアが開いた。そんなところに突っ立っていられたら困るよ、と言いながら、加茂信介は嵩男を部屋に招き入れた。

加茂の目はどんより充血していた。汚らしい不精髭が苔のように顔を覆っており、頬がこけていた。

ベッドサイドの床に、嵩男は視線を走らせる。空になったビールやウイスキーの瓶が十本以上、転がっている。ストレスから酒浸りの生活を続けていたらしい。高血圧なのに、こんな不養生をしているとは。脳の血管が破れても不思議はないという証拠になるな、と嵩男は素早く考えを巡らせた。

「女房のヤツ、怒ってるんだろう？　病院はどんな様子だね？」

と苛々した口ぶりで加茂が訊いた。せかせかとベッドサイドまで歩いていった。煙草を吸おうとして嵩男に背を向けた。その瞬間、嵩男は音もたてずに駆け寄り、肉付きのいい加茂の背を両手でドンと突いた。

不意を襲われて、加茂はうつ伏せにベッドに倒れた。嵩男はものも言わずに加茂の肩を押さえ付け、馬乗りになった。日本手拭をスーツの上着のポケットから取り出し、猿轡にして加茂の口にかませ、えいっと上に引っ張った。

渾身の力を込めて、嵩男は手拭を引っ張り続けた。加茂信介が息絶えるまで。

松山市内のビジネスホテルで急死した加茂信介の死因は、嵩男が偽装したとおり〝脳出血だった〟と警察は発表した。それを報じる夕刊の短い記事を千駄ヶ谷五丁目の自宅マンションの寝室で読み終えて、嵩男はふうっと息をついた。

顔を上げて、すぐ目の前にあるミラーチェストの鏡を見るともなく眺めた。一重瞼の切れ長の目が見つめ返してきた。白目の部分がくっきりと白く、黒い瞳とのコントラストが際立っている。人殺しのくせに随分澄んだ目だな、と胸につぶやき、嵩男は惚れ惚れして見とれた。

次の瞬間、ふっと思い出した。あれは最初の殺しの依頼を手掛けた直後だった。後ろで見守っていた横倉が足音もたてずに歩み寄ってきて、耳元で尋ねた。

「いま、どんな気持ちがしたのかな？　人を殺す手応えや罪悪感を感じた？」

嵩男はしばらく考えて返事をした。

「いや、何も感じなかった」

頭の中が真っ白になったということか、と横倉に重ねて問いただされて、嵩男は首を横に振った。なぜだかわからないが、研修医だったころ、一生懸命練習した体内結紮《けっさつ》法の手技について考えていたら終わっていた。外科医が難易度の高いオペの最中、執刀助手を相手に世間話や下ネタをベラベラ喋るときに似ていた。心は現実から切り離されていたよ、と答えた。

それから二年が経つが、その手で人の命を奪う行為を実行しながら、心は平静で何も感じないという状態は続いている。加茂信介の口に手拭をかませ、長い時間引っ張って殺害したときも、脳裡に浮かんでいたのは〝成人鼠径ヘルニアのオペの手順〟であった。

そんな自分は異常なのだろうか。殺し屋というこの仕事を続けていくうちに、人を殺すことが恐ろしくなって手が震えたり、殺されゆく者の苦しみや命の重みを実感して立ち尽くす。そんな日は来るのだろうか、と嵩男はときどき、なんとなく考えてみるのだった。

頭を一振りして、嵩男は再び顔を上げた。目の前の鏡を見つめ、鼻に貼った白いテープに指を這わせ、撫で回した。ほどよく固まっている。満足して腕時計にちらと目をやる。あと五十秒だ。剝がすのが楽しみだな、と唾を飲んだ。

後方のベッドの上で携帯が鳴り始めたのは、そのときだった。

「どうしたの？　悪いときにかけたかな」

嵩男が恨めしく吐息をついたのを、横倉は聞き逃さなかったようだ。

横倉は用件を告げた。相馬鞠子と窪川房子からそれぞれ、残金の払い込みがあった。電話もあり、二人とも喜んでいた。鞠子はパトロンとハワイに行くらしい。房子のほうは、ホルモン補充療法で更年期障害が治ってしまい、拍子抜けしているようだ、と。

「窪川房子は、自己啓発セミナーに通い始めたらしいよ」

「自己啓発セミナー？　何考えてるんだ。また騙されたら、どうするつもりだ」

「どうもこうも。また連絡してくるだろうな。六百万円なんて、彼女にとっちゃ、お安いものだろうからね。我々には有り難い客だよ」

横倉はいつになく饒舌だった。気味が悪いな、と嵩男は思った。

「いやあ、本業でてこずっていた案件が一気に片付いてね。それもこれも、折さんのお蔭だよ」

横倉は猫のように喉を鳴らして笑った。

「ほら、この前話したろう。ノミ行為の手口で客のカネを横領した投資顧問会社の社長のことを。騙されたと気づいた客が別々に二人いて、〝監督官庁にタレ込んでやる〟と脅してきたんだ。懐柔策にも応じてくれなくてね。二人ともあこぎな手立てで金儲けしているようだから、泣いている人たちがいるだろうと思った。調べてみたら案の定、被害者がいた。話を向けたら、すぐ乗ってきた。〝金を払うから葬ってほしい〟というわけだ」

嵩男は一瞬、息を呑んだ。

「〝あこぎな手立てで金儲けしていた二人〟っていうのは、まさか……。一人は医者で、もう一人はニセ霊能者だ、なんて言うんじゃないよな？」

振り込んだボーナスで豪勢なバカンスを楽しんできてよ、と言って横倉が電話を切った。

嵩男は携帯を肩越しにポンとベッドに投げた。一刻も早く、今度のことは忘れよう、と自分に言い聞かせた。

嵩男はあらためて鏡に目をやった。鼻の頭に貼り付いた白いテープは、時間が経ちすぎたせいでコチコチに固まっていた。剝がす一瞬、ヒリリと痛みを感じた。ぬっと突き出た大きすぎる鼻の頭がほんのり赤く腫れていたが、黒ずみは綺麗さっぱり消えていた。

嵩男は鼻から剝ぎ取った除去テープに視線を落とした。産毛も含めて四十二本も採れたことを確認して、やっと微笑んだ。

# フルコンタクト

「半殺しにして」

とお下げ髪の女子中学生が切り出した。

ピンク色の〝Location Service〟の文字が横腹を彩るグレーの中型バスの車内は静まり返っていた。少女がガムを噛むクッチャクッチャという音だけが響いている。

窓の外から聞こえるのは、高校生らしき若者がなりたてる不条理劇のセリフ。明らかにテンポがずれた鼓笛隊の太鼓の音。犬の無駄吠えとそれを叱りつける女性のヒステリックな喚き声……。

そうした何もかもが気に障り、折壁嵩男《おりかべたかお》は口を一文字に引き結んだ。

「そういう話なら、センター街のチーマーにでも頼みな」

「ふうん。もしかして、自信がないの？」

なんて生意気なガキなんだ、と嵩男は胸の奥で毒づいた。

顔を見られないように暗幕を二枚重ねた隙間から目を凝らし、嵩男はあらためてクライアントを観察した。

緊張を精一杯、ごまかそうとしているのだろうか。女子中学生は車に乗り込んできたときからずっとガムを噛んでいる。背はあまり高くなく、痩せっぽち。グレーのセーラー服に黒髪を振り分けにして編んだお下げのスタイルがよく似合っている。青ざめた顔色、翳りを帯びた寂しげな眼差し、蛇をイメージさせるしゃくれた上唇のせいで、あまり幸せそうに見えない。妙に醒めた目をして落ち着き払っている。

スラリと長い指を大きすぎる鼻に当てて覆い、膝を支えに肘をついて、嵩男はしばし考え込んだ。こんな依頼は初めてであった。「ターゲットを半殺しにしてくれ」とは。

そもそも、この依頼に嵩男は乗り気ではなかった。まとめて二件仕事を片付けてまだ十日しか経っていない。加えて、久しぶりの休暇をとる予定にしていた。

「急ぎの仕事なんだ。言い分だけでも聞いてやってよ」

エージェントである横倉義實《よこくらよしみ》弁護士にそう口説かれて、断れなかったのだ。

〝面談〟はしよう。納得できなかったら引き受けないよ、と嵩男は念を押した。ロケバスを運転して地下鉄日比谷線の恵比寿駅にほど近い恵比寿公園まで渋り渋りやってきたのである。

「この俺を何でも屋だと思ってるのか？　〝寸止め〟はお断りだ。〝フルコンタクト〟を頼む勇気がないなら、いますぐ帰れ。会いに来たことも忘れろ」

「フルコンタクトって何？」

と少女が訊き返した。相変わらずガムを嚙み、お下げ髪の毛先を指で弄びながら。

ぶっきらぼうな口調になるのも構わず、嵩男は早口の低い声で説明した。〝寸止め〟も〝フルコンタクト〟も空手のことばだ。対戦相手の身体に手や足を打ち込まず、稽古着の寸前で止めるのが〝寸止め〟だ。これに対して、相手の身体に直接、打撃を与えるのが〝直接打撃制《フルコンタクト》〟である。あくまで実戦を想定した格闘システムだ、と。

「俺はプロだ。中途半端な〝寸止め〟は請け負っていない。自分の身を守るためでもあるんだ」

「じゃあ、料金を割増で払うなら、やってくれる？」

暗幕を射るばかりに見つめる少女の眼光の強さに気づいて、嵩男はおやっと思った。

「義理の父親を半殺しの目に遭わせて、訊き出してほしいの。どうして、あたしの弟を殺したか。理由がわかったら、動けないようにして放置してほしいんだ。やってくれる？」

気詰まりな沈黙ののち、嵩男はぐいと身を乗り出し、質問を浴びせかけた。

「弟が死んだのは、いつだ？」

「去年の九月二十一日」

「何歳だった？」

「八歳」

「死んだときの状況は？」

「お風呂で溺れたの。事故だってことになってるけど、殺されたんだよ」

「最初に発見したのは？」

「義理の父親。〝トイレに行って、バスルームに戻ったら溺れてた〟って主張してる」

「〝殺された〟と思う理由は？」

「カン」

「勘？　それだけか？」

「あたしがお腹が痛くなって、母親に付き添われて病院に行ってる間にあいつ、弟をお風呂にいれたんだ。真っ昼間なのに。お風呂なんか、いれてやったこと、それまで一度もなかったくせに」

「警察は？　〝死んだ原因を調べるための解剖〟はしたのか？」

「解剖なんか、してくれなかった。警察は一応来たけど、〝幼児が家の風呂で溺れるのは、よくあることだ〟って。さっさと引き揚げてったよ」

「連れ子への虐待の可能性を疑いもしなかったのか。変だな」

「義理の父親と顔馴染みで、遠慮したんだと思う。いつも世話になってるから」

「世話になってる？　警察が？　いったい、あんたの義理の父親、何者なんだ？」

「法医学者。大学の法医学教室の助教授で、刑事事件の鑑定をたくさん、やってるよ」

嵩男は肩で大きく息をつき、腕を組んだ。

「詳しく話を聞かせてくれ」

少女は頷き、口の中に指を突っ込んでガムを取り出した。

浦野《うらの》美鈴《みすず》は大人びた口調で語り始めた。自分は渋谷の松濤にある貞純女学院中等部に在籍している三年生。母親の智佳子《ちかこ》は三十六歳。道玄坂の〈キャシディ〉という店で美容師をしている。その再婚相手の玲哉《れいや》は四十二歳で、菊名にある新横浜大学法医学教室の助教授だ。一年前までは、六歳年下の弟の隼人《はやと》もいた。

美鈴は長野県上田市の別所温泉で生まれた。五歳まで育った沓掛《くつかけ》家は、国宝・八角三重塔で有名な安楽寺の近くで農業を営んでおり、一帯で知られた資産家だ。所有する山で貴重な松茸が採れる。その場所は極秘で、代々の当主が〝山守り〟となって受け継ぐ。そんな仕来りを大切にしている旧家である。

当主に嫁いだ智佳子は姑と折り合いが悪かった。姑の言うなりで家計を任せてくれない夫、恭治《きょうじ》との夫婦仲は次第に険悪になっていったようだ。智佳子は堪りかねて、五歳の美鈴を連れて家を出た。妊娠していると気づいたのは、東京でアパートを借り、美容の専門学校に通い始めてからだった。

男の子が生まれて〝隼人〟と名付けたと知らせた。が、沓掛家から返事の代わりに送られてきたのは離婚届だった。〝養育費はびた一文、払わない。美鈴と生まれてきた子供に将来、財産をやるつもりはない〟という内容の手紙が同封されていた。恭治の筆跡ではあったが、文面は姑の言いぶりそのものだった。

実の子供たちへの養育費の仕送りを拒絶した恭治に心底呆れて、智佳子はすぐに離婚届を送り返した。それからは懸命に勉強して美容師の資格を取得し、休日返上で働いた。

頼れる身内がいなかったので、赤ん坊の面倒をみたのは美鈴だった。ままごとでもするような手つきで離乳食を与え、おむつ替えをする美鈴を見かねて、アパートの大家が手伝ってくれた。

その女性は憤慨して、信州の沓掛家に抗議の手紙を書いてくれた。すると、美鈴の祖母は智佳子に文句の電話をかけてきた。〝恭治は再婚して新しい家庭を作った。いまさら接触してくるなんて非常識だ〟と。

以来完全に沓掛家と縁が切れた。

法医学者の浦野玲哉が智佳子の前に現れたのは、いまから三年前のことだった。雑誌の取材を受けるので、カッコいいパーマをかけてほしい、と言って智佳子が勤めている渋谷の美容室〈キャシディ〉にやってきたという。

男なら誰でも息を呑む〝巨乳〟の持ち主である智佳子に一目惚れしたらしく、玲哉は交際を申し込んできた。シングルマザーだから、と智佳子はきっぱり断った。玲哉は余計に熱くなり、子供たちの父親になりたい、と迫った。

「いい人なんだけど、生理的にちょっと……」と言って智佳子は躊躇していたが、さんざん悩んだ末に再婚に踏み切った。大学の助教授と結婚すれば生活が安定するという理由だったようだ。

玲哉はすぐさま、東急東横線の綱島に立派な家を建ててくれた。それだけでなく、日々の暮らしの中で妻の連れ子たちへの気遣いを忘れなかった。結婚後も美容室に勤める智佳子に代わって休日には一緒に買い物に行き、遊園地に連れていってくれた。

父親を知らない隼人は、そんな玲哉にすぐになついた。美鈴のほうは、打ち解ける、とまではいかなかった。やがて玲哉は、自分の姉とその娘たちが通った渋谷の貞純女学院に転入しないかと言い出した。コネがあるんだと自信たっぷりであった。

お嬢様教育で有名な名門校に、美鈴はいとも簡単に転入できた。

「あたし、感激したんだ。タラコみたいな唇でちょっと気味悪いけど、親身になってくれるいい人なんだ。実の父親とは大違いだって思ったの。とにかく、幸せな毎日だったよ。隼人がお風呂で溺れるまでは」

玲哉が隼人をいじめていたとか、まして虐待したとか、そんなことは一度もなかった。

しかし、〝事件〟が起きる二ヵ月ほど前から隼人を見つめる玲哉の目付きが変わったことに、美鈴は気づいていた。獲物を狙うカラスみたいに狡賢そうな、とっても冷たい目だった、と美鈴は表現した。

「あの日、あたしと母親が病院から帰ったら、隼人はお風呂の床でぐったり伸びてたんだよ。あいつ、救急車も呼ばないで、バスタブの横でぼうっと突っ立ってた。あたし、隼人に目を開けてもらいたくて、何度も何度も頰を叩いたけど、ダメだったの……」

泣くまいとするかのように、美鈴はカッと目を見開いた。

「たった八年しか生きられなかったなんて……。とっても可愛い子だったんだよ。やんちゃで、甘えん坊で、思いやりがあって、賢くて。あたしにとって、弟は特別な存在だったの」

堰き止められていた涙が青白い頰を流れ落ちた。

「大きくなったら二人で一緒にやりたいこと、たーくさんあったのに。渋谷で買い物したり、お酒飲んだり。弟がお嫁さんを貰うときは、うんと意地悪な小姑になってやろうって決めてたんだ。なのに、何もできなくなっちゃった……」

震える指で鼻を摘み、美鈴はすすり泣いた。

「お袋さんはどうなんだ？　亭主が溺れさせたと思ってないのか？」

突き放す口調で嵩男が問いかけた。美鈴はキッと顔を上げた。

「〝あんたが隼人を殺したんでしょ〟ってあいつに詰め寄ったあたしを、ウチの母親ったら、おろおろして止めたんだ。〝お父さんに何てこと言うの〟って、ひっぱたかれたよ」

我慢がならないように口をきゅっと引き結び、美鈴は肩を震わせた。

「あいつが本当に殺したかったのは、隼人じゃなくて、あたしだったかも。隼人はまだ子供だから、やり易くて狙われたんじゃないかな。とにかく、あいつに思い知らせてやりたいんだ」

「お袋さん、この依頼を承知してるのか？」

「まさか。話してないもん」

と美鈴が答えた。キンと張った高い声だった。

「お願い、協力して。お金なら払えるよ。親に内緒の貯金があるの」

「いくらだ？　俺に依頼するといくらかかるか、知ってるのか？」

目の下を指でゴシゴシ擦りながら、美鈴は言い張った。払えるから、こうしてやって来た。着手金とかいうものを、もう振り込んだもん、と。

「ねえ、やってくれるの？　それとも、ダメなの？」

不意に呼吸ができないような心持ちがして、嵩男は返事ができなくなった。

記憶の断片が閃光のように脳裡に蘇った。それは、いまから十八年前に起きた。そのころ、嵩男は研修医として東京で働いていた。実家がある栃木県の湯西川集落にいなかったから、実際には見ていないのである。当時十七歳だった弟が自宅の居間の梁にロープをかけ、首を吊って死んでいる光景を。

にもかかわらず、弟の死にざまをときどき夢にみる。見たくないのに決して目を離せない、鮮明な白昼夢として。

嵩男も浦野美鈴と同じで、歳が離れた弟を可愛がっていた。成人したら一緒に酒を飲み、一人前の男同士の話をしよう、と楽しみにしていた。弟に突然、自殺されて、どれほど打ちのめされたことか。そのうえ、弟を死に追いやったのが誰なのか、心当たりがあった。

嵩男は〝その男〟を殺してやりたいと思った。

チャンスはほどなく訪れた。弟の四十九日法要の日、親戚や集落の隣人たちを前にして、〝その男〟は演説をぶつような調子で荒っぽい声を張り上げた。

「養護学校に行くよーな子は、生きていても、いくらにもなんねえ。死んだのは弱かったからだ。淘汰されたんだよ」

気づいたときには、嵩男は〝その男〟に飛びかかっていた。押し倒して馬乗りになり、両手で首を絞めた。相手は白目を剝いた。だが……。

「急いでいるそうだな。理由は？」

リアルな白昼夢をやっと頭から締め出して、嵩男は掠れ声でクライアントに呼びかけた。

「九月二十一日に実行してほしいの。弟の命日に」

「あと一週間か。その日、義理の父親はどこにいるんだ？」

「自宅。土曜日はいつも、家で一人でゴロゴロしてる。半殺しにして、弟を殺した理由を訊き出してよ」

「そのあと、どこに放置する？」

「ウチの風呂場。身動きできない状態にしておいて」

「一つ問題がある。義理の父親はきっと気づくはずだ。そんなことをやらせたのは誰か、と。あんたも母親も、ただでは済まないぞ。それでもいいのか？」

「お母さんには指一本、触れさせない」

美鈴はお下げ髪を勢いよく肩の後ろに払いのけた。

「あとのことは気にしないで。言われたとおりにして。お願い」

引き受ける、と言う代わりに、嵩男は浦野美鈴に告げた。下調べのために家に入りたいので、合鍵を用意してほしい。家族が確実に出払う日と時間帯を教えてくれ、と。

青ざめた美鈴の顔がその刹那、花が咲いたようにパッと輝いた。

嵩男はその晩、横倉義實弁護士を新宿四丁目のいつもの居酒屋に呼び出した。

横倉はすでに、〝いつもの席〟で嵩男を待っていた。階段の傾斜の下に無理矢理テーブルと椅子を押し込んで設えた二人席。横倉くらい小柄な男でないと頭がつかえて座れない。

他の席から離れていて密談しやすいせいか、それとも、背後に人の気配を感じずに済むのが安心なのか。店がどんなに空いていても、横倉はそれ以外の席に座ろうとしない。

鰺の南蛮漬け、とろりとした汁をかけた揚げ茄子、木耳《きくらげ》とチンゲン菜の炒め物の皿に箸をつけながら、横倉はしばらく嵩男の言い分に耳を傾けていた。

「つまり、支払いを心配しているんだね？　着手金は本当にもう、払い込まれてるよ」

「十五歳の女の子が三百万円も？　信じられないな」

皮膚が薄いせいで骨格標本を思わせる横倉の顔を、嵩男はじいっと見つめた。

「カネを払い込んだのは母親で、一番疑われそうな自分は表に出ないようにしている。娘を操っている。そんな話じゃないかと踏んでるんだが。違うかな？」

横倉が破顔して笑った。普通にしていても風変わりな顔立ちなのに、表情を崩して笑うと気味が悪いな、と嵩男は思った。

「確実にカネを出してくれる〝パトロン〟がいる。それでいいじゃない。報酬の支払いは、この私が確約する。だから、折さんは安心して仕事をしてよ」

カネの出所について疑念は払拭されなかったが、嵩男はそれ以上の追及を諦めた。報酬の支払いをしてくれるのは横倉なのである。横倉が確約すると言えば、それは〝必ず報酬を取り立てられる仕事〟を意味している。

「わかった。ところで、今回のターゲットはどんな男なんだ？」

淡々とした口ぶりで横倉が語り始めた。
浦野玲哉は新横浜大学の法医学教室で将来を嘱望されている。無骨な学者、というより
セールスマン向きの性格で、とにかく人当たりがよく、マスコミのウケもいい。プライベ
ートでは、胸の大きい女に目がないらしく、結婚して間もない妻のバストのサイズを職場
で自慢している。
新横浜大学の法医学教室に持ち込まれる解剖の依頼は刑事事件を疑って行われる司法解
剖から本妻と愛人が遺産相続を争う民事訴訟のためのものまで、かなりの数にのぼるとい
う。注目すべきは浦野玲哉の扱い件数が〝年間千五百件〟と突出していることなんだ、と
横倉は言い添えた。
「年間千五百件だと？　売れっ子の外科医の三倍だな。死体が相手なら、気楽にできるん
だろう。メスの入れ方や縫合の技術がどうのと、あとで〝患者〟に文句を言われる心配が
ないからな」
と元外科医の嵩男が皮肉をたっぷり込めて感想を口にした。
「扱い件数が多すぎるということに加えて、浦野玲哉には別の噂もあるんだよ」
横倉は声をひそめた。
「カネ次第でどんな鑑定書でも書くらしい。例えば、刑事裁判の被告側の弁護人から頼ま
れて、〝被害者が死亡したのは殺される前に別の要因が働いたせいだ〟という鑑定をでっ

ち上げる。それで執行猶予を勝ち取れたら、一千万単位で成功報酬を受け取る、とね」

嵩男は横倉の瞳の奥を真っ直ぐ見つめた。

「あんたもそういう依頼をしたクチなのか？」

「いや、会ったこともない」

と横倉が素早く否定した。

「そもそも、ウチの事務所は刑事事件をやらない。儲からないからね」

嵩男は話の先を促した。

「噂は他にもある。〝実際にはしていないのに、解剖したと偽ってニセの鑑定書を提出する〟だの〝遺体から神経細胞や角膜や皮膚を勝手に抜き取り、研究機関に数十万円で売り渡しているらしい〟などとね。浦野先生の評判は極めてよろしくないんだよ」

「〝連れ子殺し〟については、どうなんだ？」

「警察は全く動かなかったそうだ。浦野は急ぎの解剖で休日に呼び出されても、嫌な顔もせずに応じるらしい。日ごろ世話になっている。そんな意識があって、警察も動きにくかったのではないかな。自宅がある綱島は、浦野が解剖を手掛けている神奈川だ。そのうえ、万が一、解剖になったとしても、やるのは浦野の同僚だ。浦野玲哉が手を下した、なんて鑑定が出る可能性は皆無だっただろうな」

「そこまで計算して、計画的にやったのかな？」

「カッとして、あるいは手が滑って、という可能性もある。実際のところ、わからないな。折さんもご存じのとおり、溺死ってのは他殺か事故死か、一番判別がつきにくい死に方だからね」

「それにしても、中学生の女の子が〝半殺しにして〟と言い出すとはなあ……。弟を殺した理由を訊き出してほしい、というのは理解できるんだよ。そのあと、最後まできっちり始末をつけてくれという依頼でないのは、なぜだ？」

「最後まで見届けないでくれ、と頼まれたわけではないよね？」

横倉が口にしたことばが意外だった。嵩男は思わず、横倉の真顔に視線を打ち込んだ。

「あのお嬢さんは未成年で、何かやらかそうと考えているとしたら、危なっかしいことになるだろうね。我々大人が見守ってやる義務があるかもしれないよ。本人には知らせず、こっそり」

先手を打て、という助言なのだと嵩男は察した。少女の思慮が浅いせいで、嵩男や横倉に迷惑がかかる事態が起きるのではないかと横倉は案じているのだ。

「わかった。最後まで見届けるよ。クライアントには内緒で」

きっとそう言ってくれると思った、と言いたげに横倉が目を細めた。

浦野美鈴と面談した四日後。東急東横線の綱島駅から歩いて二十分ほどの住宅街に嵩男はやってきた。

浦野家の敷地は大通りから一本入った細い道に面した角地で、百坪ほどの広さがある。浦野玲哉が設計にあれこれ口を出したという二階建ての注文建築は、黄土色の塗り壁にオレンジ色の洋瓦という和洋折衷の外観が人目を引いていた。

その日は朝一番に大学で講義があるらしく、浦野玲哉は八時に出勤していった。高級ブランドのスーツを纏い、赤いフェラーリを運転して。

その十五分後、美鈴が学校に向かった。最後にオレンジ色の髪の智佳子が十時少し前に門に鍵をかけて出掛けた。近くの路上に停めたワゴン車からその後ろ姿を見送って、嵩男はおもむろに行動を起こした。

紺色のスーツに銀縁の眼鏡、大きな事務封筒を手にした嵩男は、セールスマンを装ってスタスタと門に近づいていった。手には美鈴が横倉経由で寄越した合鍵を隠し持っている。門のロックを素早く外し、庭に入った。

この家は忍び込むにはうってつけだな、と嵩男は思った。御影石を高く積み上げているせいで、塀が目隠しの役目を果たしている。門を通過すれば、侵入者は外から姿を見られることなく玄関に近づける。

ハーブの寄せ植えの鉢が並ぶ小道を歩いて、玄関に着いた。嵩男はさきほどとは別の合鍵を上着のポケットから取り出した。扉を開けようとして、ふっと手を止めた。その日は合鍵を使うが、万が一を考えて、鍵の種類を確認しておこう、と思いついたのだ。

浦野家の玄関扉の鍵の種類は〝ダブル・ディスク・タンブラー〟であった。ピッキングするとしたら、基本道具であるピックとテンションが一体化した特殊工具、〝ダブルサイドピック〟を用いるべきだろう。この鍵の場合、外から見ただけではわからないので、実際に鍵穴の奥まで差し込んで最も具合のいい形のピックをチョイスし、上下にそうっと動かすのだ。時計回りの方向にピックを捻りながら前後に引っ掻く動作を行い、タンブラーのロックを一個ずつ外していく。所要時間は二、三分というところだろうか。

いまの仕事に転職したとき、オン・ザ・ジョブ・トレーニングでピッキングの技術を伝授してくれたのは五十がらみの男だった。自分のことを〝マイスターと呼んでくれ〟と嵩男に頼んだ。表の顔は雑貨店勤務のサラリーマン。裏の顔はピッキング・マニアで金庫破りだという。嵩男の手先の器用さと呑み込みの早さに舌を巻き、明日からこれ一本で食べていける、と褒めてくれた。

鍵は権力の象徴であり、終戦直後、あの有名なマッカーサーが東京に乗り込んできたときも〝鍵を受け渡す〟という儀式を強制したらしい。貞操帯というのはそもそも、十字軍遠征の留守中妻にはめたもの、なんて説は嘘っぱちで、本当は排泄プレイ愛好者のための道具だ……。

鍵に纏わるそんなエピソードも、〝マイスター〟は冗談めかして話してくれた。そんなあれやこれやを、浦野家の玄関の鍵穴を見つめながら、嵩男は一瞬のうちに思い出した。

嵩男は合鍵を握り直した。指の腹から手のひらまで透明マニキュアを塗って指紋の溝を埋めた手で扉を開けて、家の中に入った。革靴を脱ぎ、大きな事務封筒に入れて脇に抱えた。それから、浦野家をじっくり見て回った。

一階には書斎、バスルーム、キッチン、リビングルーム。二階にはキングサイズのベッドが置かれた夫婦の寝室、美鈴の部屋、納戸、空き部屋が一つ。黒いランドセルや野球道具が置かれた部屋もあった。トイレは二階の夫婦の寝室の前に一つ。一階にも階段の下にある。

その家の間取りを頭に叩き込んだ嵩男は踵を返し、一階のバスルームに向かった。

浦野家のバスルームは広さが三坪ほどで、壁のぐるりと床にショッキングピンクのタイルが張ってある。バスタブもピンク色で、女の身体のように湾曲したデザインだ。一戸建てには付いていることが多い換気用の窓はない。代わりに、天井でファンがかすかな音をたてて回っている。

嵩男はバスタブに栓をして水を張り、壁のボタンを試しに押してみる。ジャグジーの泡が六カ所から吹き出した。と同時に、バスタブ内の照明がブルーからピンクに、三十秒ごとに変化した。

嵩男は思わず苦笑いした。この場所で子供をのほほんと風呂にいれてやる光景を頭に描こうと試みたが、とうてい無理だった。窓がなく、ラブホテルの浴室にしか見えないこの場所は、浦野玲哉が妻と新婚生活を楽しむ目的で作らせたに違いない。

バスタブと壁の間に好都合なことに、一メートル四方のスペースがあった。そこに立って腕を組み、嵩男はバスタブを観察した。

子供どころか大人でもうっかりしたら溺れかねない深さだ。広さも申し分ない。浦野玲哉を半殺しにするには、ここでやるのが良さそうだ。真相を白状させたあと、動けないようにして放置する。その後は？

嵩男はバスルームの天井を見上げた。換気用のファンに目を留め、それを止めるスイッチを脱衣場の壁に見つけた。

バスタブの水を抜き、嵩男は隣の書斎に入っていった。室内のインテリアや蔵書には目もくれず、ベージュの高級化粧紙を張った天井に視線を回した。そして、電気配線用らしき点検口を発見した。その真下に頑丈そうなマホガニーの机があった。

人体解剖の図鑑を慎重に避けて、嵩男は机に乗り、点検口から天井裏へと潜り込んだ。仕切りなしで隣のバスルームの天井裏と繋がっており、ファン越しに下が見えることを確認して下見を終えた。

翌日の午後。嵩男は渋谷・道玄坂の美容室〈キャシディ〉に出掛けた。浦野智佳子を指名し、髪を切ってほしいと告げた。

間近で見る智佳子は若々しく、十五歳の娘がいるようには見えなかった。オレンジ色に染めた変形ボブカットが色白のタヌキ顔にマッチしている。身体にピタッと吸い付く白いTシャツ、黒いストレッチパンツというシンプルな服装は、形のいい巨大な胸ときゅっと持ち上がったヒップをことさらに目立たせている。立ったり座ったり、身体の向きを変えるたびに、乳房が重さを感じさせて揺れた。

そんな光景を鏡でじっくり眺めながら、嵩男は思いはかった。浦野玲哉は初めてこの店に来たとき、どんな顔をしたのだろうか？

智佳子が気さくに話しかけてきた。

「お仕事、忙しいんですか？　何してらっしゃるの？」

「何だと思う？」

嵩男に逆に問われて、智佳子は髪を切る手を一瞬止めた。

「〝男は黙ってナントカ〟って感じ。職人さんかしら？」

「専門職だ。クライアントの満足度を何よりも大切にしている。希望に叶ったオリジナルな方法を考えて、手際のいい仕事をするように心掛けているんだ」

鏡に映る智佳子の表情に変化がないか、嵩男は注視した。

智佳子は真剣な眼差しで手元を見つめていた。自然にウエーブした嵩男の太い髪を指で挟み、くいっと引っ張った。次の瞬間、何か思いついたように、にこっと笑いながら目を上げた。

「わかった！　広告関係のデザイナーさんね」

この女は娘を操っているようには見えない。こんな屈託のない、朗らかな表情をしているのに悪巧みの黒幕だとしたら、たいした役者だな、と嵩男は胸の奥でつぶやいた。

嵩男はその足で店からほど近い貞純女学院中等部に向かい、校門の前で待った。浦野美鈴が友達数人と一緒に出てくるのを見かけたのは、一時間後のことだった。

美鈴はその日もお下げに髪を編んでいた。テレビドラマの俳優がどうのこうのと言い交わして笑いこけていた。そんな美鈴を、嵩男は尾行した。普段、どんな表情をしているか、知りたいと思ったからだ。

渋谷駅に到着すると、バイバイと手を振って、美鈴は友人たちと別れた。小走りで向かったのは東横線の改札ではなく、公衆電話が並ぶ構内の一角であった。

携帯電話を持ち歩く習慣があるはずだが、どうしたのだろうか、と嵩男は首を捻った。

美鈴がかけ始めた電話機から三つ離れた機械の前に立ち、受話器を手に取った。嵩男は電話をかける振りをして様子を窺った。

美鈴は背を丸め、口許を手で覆い、受話器に向かって小声で何事か告げた。続いて、瞬きすら止めて通話相手の言い分に耳を傾けていた。うんうんと頷き、受話器を戻す寸前、

「わかった。訊いてみる。あとでまた」と言った。それが、嵩男が聞き取れた唯一のことばであった。

美鈴は再び公衆電話の受話器を手にし、緊張した面持ちでどこかに電話をかけ始めた。タックの入ったズボンのポケットの中で嵩男の携帯がブルブル震えた。嵩男は内心、ドキリとした。何食わぬ顔をしてスッとその場を離れた。大股で二十メートルほど歩いて、女性服のショップの角に身を滑り込ませた。

「あたしです。このあいだ、恵比寿で会った」

携帯電話から聞こえてきたのは、浦野美鈴の声であった。

「仕事をやってもらう時間だけど、午前中は避けてほしいんだ」

嵩男は周囲をぐるっと見回した。渋谷駅構内にいることを知らせる音はないかと神経を尖らせた。

「午後一時から四時の間にやってほしいの。できる？」

「いま、返事をする必要があるのか？」

「できれば」

「なぜだ？」

「予定が立たないから」

「気に入らないな。何か企んでる感じだぞ。まさか、誰かと連絡を取り合って、指示を受けてるんじゃないだろうな」

美鈴が一瞬、深く息を呑んだ気配があった。

こちらからあらためて連絡する、と言うと同時に嵩男はブチッと電話を切った。

浦野隼人の命日である九月二十一日。黒いTシャツと黒ズボンに黒い目出し帽を被った嵩男は、綱島の浦野家の一階トイレに潜んでいた。二階の寝室から浦野玲哉が降りてきた足音を耳にしたのは、昼の一時近い時刻だった。

リビングルームに向かって玲哉が廊下を通り過ぎるタイミングを見計らい、嵩男は音をたてずにドアを開けて飛び出した。

グレーのスウェットの上下を身に着けた玲哉の後ろから腕を回し、喉をきゅっと絞めた。続いて、膝の後ろを狙って足払いをかけた。

玲哉は呻く間もなく仰向けにステンと引っ繰り返った。後頭部を打って軽い脳震盪を起こしたらしく、廊下のフローリングの床に長々と伸びた。

嵩男は玲哉の両手首を摑み、バスルームまで引きずっていった。見かけ以上にその身体は重かった。

嵩男は意識半ばの玲哉をうつ伏せにした。ショッキングピンクのタイルの床に転がし、持参した幅の広い紐を使って両手を背中で縛り上げた。痕跡を残さないように、スウェットの袖口の上から。続いて、バスタブになみなみと水を張った。

玲哉の両の脇に手を入れて後ろから抱え、水を満たしたバスタブに思いっきり頭を押し込んだ。と同時に壁のボタンを押した。ジャグジーの泡が吹き出し、照明が点灯した。バスタブの水はたちまちピンク色に染まった。

ほどなく、玲哉は意識を取り戻した。何が何だかわからない様子で肩をくねらせ、暴れ始めた。

パーマがかかっていてほどよい長さがある玲哉の髪を、嵩男は右手で鷲掴みした。いったん顔を上げさせてやると、法医学者は水面に跳ね上がった鯉のような顔をして息を吸い上げた。その瞬間を狙って、今度はブルーに染まった水にぐいっと頭を潜らせた。

再び髪の毛を摑んで引き上げ、嵩男は玲哉の耳元でささやいた。

「一年前の今日、ここで何をした？　女房の連れ子をわざと溺れさせたな？　理由を言え」

浦野玲哉はそれから数分間、幾度となくバスタブの水を飲まされ、もがいた。最後には抵抗するのを諦めた様子で、白状すると身振りで合図した。嵩男はバスルームの床に法医学者の身体をどんと転がした。

両手を縛られた浦野玲哉はしきりに身体を痙攣させ、しばらくの間、気管に入り込んだ水を吐き出そうとして咳き込んでいた。

「智佳子のせいだ。子供を作らせなかったからだよ」

と玲哉がやっと言った。

「〝隼人に手がかからなくなるまで待って〟だと。たまにヤラせてくれても、〝隼人の様子を見にいってあげたいから、早くして〟なんて言いやがって……」

胃液混じりの水をタイルに吐き、獣のように低く呻いた。

「そうかと思うと、〝おサルの赤ちゃんを飼いたいの。いいでしょう？〟なんて、とんでもないことを言い出したんだ。オマキザル科のフサオマキザルという、〝南米のチンパンジー〟って呼ばれてるサルだと。アメリカでは身障者の介護ザルとして活躍しているらしい。人間の赤ん坊のように、だっこしたり、一緒に入浴できる、というんだ」

智佳子は熱心に言った。店の常連客に金持ちの未亡人がいて、その人がフサオマキザルを子供の代わりにして暮らしている。自宅に呼んでもらい、実物を見たが、すごく可愛くて、胸がきゅんとした。その未亡人に南平台にある専門のペットショップを紹介してもらったので、明日にでも行きたい、と。

「俺は腹が立って、怒鳴りつけてやった。〝サルを飼うだと？　ふざけるな。俺と子作りするのが先だろうが。いったい、お前、何様のつもりだ。誰のお蔭でいまの暮らしがあるんだ。お前とお前の子供らのために、俺は死ぬほど働いている。原稿用紙で三百枚書いて十万円ぽっちにしかならない鑑定書を山ほど書き飛ばしたり、ヤバいアルバイトもやっている。それでも感謝しないなら、この家から追い出すぞ〟と。……智佳子はシュンとしちまった。二度とサルを飼いたいなんて言い出さなかったよ」

一気呵成に喋り終えた玲哉は目を細く引いてニヤッと笑った。

「その話がきっかけで、ピンときたんだ。そうか、人間のメスってのはサルと同じなんだ。ウチの大学にサルの生態を研究している男がいる。そいつから聞いたことがある。インドに生息しているハヌマンラングールという真っ黒な顔をしたサルのメスは、自分の子供を殺されると発情するそうだ。群れを乗っ取って子殺しを実行した新しいオスに自分から迫っていくんだと。それも、子供を殺された翌日から。排卵抑制のメカニズムから解放されるせいだとか。……人間の女もきっと同じだ。〝子育て中のメス〟でなくなれば、発情するに違いない。ということは、隼人がいなくなればいい。俺たちのセックスの最中にしょっちゅうベッドに潜り込んできて邪魔しやがるあのクソガキを殺せばいい、と気づいたんだよ」

どうだ、こんなことを考えつくなんて、俺は賢いだろう、と言いたげに薄笑いする法医学者の顔を、嵩男は哀れなものを見る目付きで眺めた。

濡れてのたくっている玲哉のパーマヘアに無造作に指を絡ませ、ぐいと引き寄せた。息がかかる距離から嵩男は玲哉の瞳の奥を見据えた。

「サル並みの浅知恵で殺人とはな。死んだ人間の脳や心臓を調べて得意になる前に、生きている女のハートをもっと研究しろよ」

「なにい？」

「気づいてないようだな。お前、女房に嫌われてるんだぞ。もしも惚れられているなら、女房のほうから擦り寄ってくるさ。〝あなたの子供が欲しいわ〟ってな」

「そういうお前は誰だ。どうして、こんなことをするんだ？」

嵩男は質問を無視した。再び浦野玲哉の後ろに回り、その両脇に手を入れて身体を持ち上げた。後頭部を押さえつけて肩まで、ずぶっと水に浸けた。今度は顔を上げさせてやらなかった。抵抗する玲哉の全身から力が抜けてぐにゃっとするまで根気よく押し続けた。

意識を失った法医学者をバスルームの床に仰向けに放置し、脱衣所の壁のスイッチを押して天井のファンの回転を止めた。

嵩男は濡れた服を着替え、新たな黒ずくめの服装で書斎に向かった。机を足場にして点検口から天井裏に上がった。腹這いになり、隣のバスルームの天井裏まで移動した。

停止しているファンの羽根と羽根の隙間から下を覗き込んだ。両手を後ろで縛られた浦野玲哉が横たわっているのが真下に見えた。美鈴が〝タラコみたい〟と比喩した妙に赤くてぽってりとした唇を半開きにして、確実に呼吸しているようだ。あと三十分くらい意識が戻らないだろう、と嵩男は見当をつけた。

腹這いのままズボンのポケットから携帯電話を取り出し、浦野美鈴の携帯にかけた。呼び出し音を一回鳴らして切った。それをもう二回繰り返した。発信番号が残る〝ワンギリ〟を三回。それが〝いま、仕事が終わった〟という合図であった。

美鈴は何か行動を起こすに違いない。どんなことが始まるのか。じっくり見物させてもらおう。

バスルームの扉を開けて男が入ってきたのを嵩男が目撃したのは、二十五分が経過したときだった。

男は山登りでもするような茶色の帽子を被っていた。色が褪めたぞろりと長い青シャツに、カーキとも黒とも見分けがつかない微妙な色の作業ズボンという服装。顔はよく見えない。動作は年寄りじみている。おっかなびっくり中腰で床に伸びている浦野玲哉の顔を覗いた。続いて、手をのばし、ピシャピシャと音をたてて玲哉の頬を叩き始めた。

「この野郎、何しやがんだ」

唸り声を出したのは、侵入してきた男ではなく、意識を取り戻した玲哉だった。

男は「ヒャッ」と叫んで飛びのいた。その拍子にタオル掛けで後頭部を打った。

玲哉は足を目茶苦茶に動かして男の向こう脛を蹴った。悲鳴をあげて男が飛び上がった。

後ろ手に縛られた格好で懸命に身体を半回転させ、浦野玲哉はバスタブを背にして上半身を起こすことに成功した。勢いづき、両足を使って果敢に男の脚を蹴り続けた。

男は悲鳴をあげながら手を振り回していたが、急にバランスを崩し、玲哉の身体にドンと乗りかかった。玲哉は罵り、男はかん高い声で喚いた。そのまま互いに身体を絡ませ、男たちはタイルの床を右に左に転がった。

天井裏から下の様子を見守っていた嵩男はため息を噛み殺した。やれやれ、降りていくしかないようだな、と思った。

音をたてないように、そろそろと這って後退した。書斎の点検口から下に降りる前に目出し帽を被った。

それにしても、あとから入ってきた弱腰の男は、いったい何者なのだろうか？

バスルームの扉を嵩男が開けたとき、取っ組み合いはケリがついていた。浦野玲哉に馬乗りになられ、膝で押さえ込まれて、青シャツの男はうつ伏せで床のタイルをなめていた。

玲哉は縛られた紐を解くためにバスタブの水栓金具に手を引っ掛けようと、必死の形相で身を捩っている真っ最中だった。再度姿を現した黒覆面の男にギョッとして目を剝いた。

嵩男は無言で歩み寄った。玲哉の両肩を摑んでバスタブに頭を押し込んだ。そのまま後頭部を手のひらで押さえながら半身で振り返り、青シャツの男を睨みつけた。

「おい、お前。ここで何してるんだ？」

帽子が脱げて禿げ頭が剝き出しの小男は立ち上がりかけた。が、ずるっと床にへたり込んだ。

血色の悪い青白い肌、しゃくれた上唇。壁に這わせた虚ろな眼差しが翳りを帯び、表情はどことなく寂しげだ。

幸薄い人生を送ってきたようにしか見えないその顔立ちに見覚えがある気がした。嵩男は目を丸くした。

「美鈴の親父さんだな？　信州の」

男はガクッと肩を落とした。

二週間が過ぎた。恵比寿公園に横付けしたロケバスの中で暗幕を隔てて、嵩男は浦野美鈴と向き合っていた。

「お袋さんはどうしてる？　弟が殺された理由を聞き終えた美鈴は少しだけ泣いた。

「お袋さんはどうしてる？　亭主に死なれて、落ち込んでないか？」

「っていうか、気が抜けたみたいな顔してる。〝美鈴とまた、二人だね。東京に出てきたときと同じだね〟って。なんだか、お母さんと仲直りできた気がするよ」

「そうか。お袋さんを大事にしろよ。それから、信州の親父さんもな」

「ねえ、質問があるんだけど」

美鈴がじりっと身を乗り出した。

「あいつをお風呂で溺れさせて殺したのは、本当にウチの父親なの？　いざとなったら腰が抜けて、役に立たないんじゃないかと不安だったんだけどな。〝あの殺し屋さんには世話になった。近くで見守ってもらって心強かった〟って言ってたけど。なんか怪しいんだよねえ」

「おい、親父さんを〝役立たず〟みたいに言うのはやめろ」

バスルームの扉を開けたとき、沓掛恭治は二十センチも背が高い浦野玲哉と勇敢に組み合っていた。格闘の末にバスタブに押し込み、絶命させた。勇気ある行動の一部始終を見せてやりたかったよ、と嵩男は強い調子で語った。

本当は美鈴が心配したとおりだった。嵩男に正体を見破られた沓掛恭治は腰に力が入らなくなり、〝これ以上できません。こいつを代わりに殺してください〟と懇願した。それで仕方なく、嵩男が始末をつけたのだ。

嵩男はまず、バスタブと壁の間の一メートル四方のスペースに玲哉を引っ張り込んだ。その身体をそれまでのようにうつ伏せではなく仰向けにして持ち上げ、頭からバスタブに滑り込ませた。続いて、玲哉の両足を開かせて自分の腰の位置まで持ち上げ、抱え込んだ。

玲哉は腹筋を使って懸命に起き上がろうとした。何度か水面に顔を出した。呼吸しようともがき、首を曲げれば曲げるほど、自分の腹が胃と横隔膜を圧迫して溺死する、というメカニズムに法医学者はまるで気づいていない様子だった。

数分で事は終わった。妻の連れ子を溺死に見せかけて殺害した浦野玲哉は水に沈み、動かなくなった。女の身体を思わせる、なまめかしい曲線のデザインのバスタブの底でパーマヘアだけがゆらゆらとなびいていた。

あとは紐を解き、スウェットの上下とトランクスを脱がせて遺体を全裸にし、バスタブに湯を加えた。〝入浴中の突然の心臓発作による溺死〟を偽装したのである。

「親父さんは、あんたと弟に養育費を送ってやれなくて恥ずかしかったそうだ。〝美鈴から三ヵ月前、電話がかかってきて今度の計画を持ちかけられたとき、どんなに嬉しかったか。早速、いまの家族に内緒で携帯電話を購入して、毎日、美鈴からの連絡を待った。その間ずっと胸がときめいた。自分が殺人犯になってもいいから、娘と、そしてあの世にいる息子に喜んでもらいたかったんです〟……そんなことを言ってたぞ」

美鈴は照れ臭いのか、お下げ髪の先端を指でいじくりながら話を聞いていた。

「ねえ、怒ってる？　本当の計画、隠してたこと」

「あいつの息の根を止めるのは、肉親の手でやりたかったんだろう？　気持ちはわかるよ」

「許してくれるんだね。良かった」

「できることなら、最初から全部打ち明けてもらいたかったな。こんな仕事をしている男を信じろと言われても困るだろうけどな」

それまでとは違う柔らかな声を響かせて、嵩男は美鈴に言い聞かせた。

「なあ、あんたはこれから、人を信じたり、裏切られたり、いろいろあると思うよ。だがな、怖がってたら何も始まらない。〝寸止め〟の人生なんて、つまらないぞ。〝フルコンタクト〟の体当たりで生きていくほうが、おもしろいぞ。俺の言いたいこと、わかるか？」

美鈴がこくっと頷いた。そのあとで見せた晴れ晴れとした笑顔を、嵩男は網膜に焼き付けた。

三週間後。カリブ海に浮かぶ小島、バルバドスでのバカンスを堪能して帰国した嵩男は、渋谷・道玄坂の美容室〈キャシディ〉にふらっと立ち寄った。伸びた髪を浦野智佳子に切ってもらうためだった。美鈴と二人で新しい生活を始めた智佳子がどんな表情なのか見てみたい、という好奇心もあった。

智佳子はその日、休みを取っていた。代わりに髪をカットしてくれた髭面のなよっとした店長が申し訳なさそうに言った。智佳ちゃんは当分店に出られないと思いますよ、と。

「実は智佳ちゃん、サルの赤ちゃんを飼い始めたんですって」

「え？　サル？」

と思わず嵩男は訊き返した。

「ご主人がつい先日、事故で亡くなったんですよ。智佳ちゃん、随分落ち込みましてね。すぐに南平台のペットショップに行って、フサオマキザルとかいうのを購入したんですって。そのおサルちゃんが一週間前、家に届いたんです。しばらく店を休んで世話するそうですよ」

フサオマキザル？　浦野玲哉が言ってたあれか。〝南米のチンパンジー〟とやらがどんな動物なのか見てみたいと嵩男は思った。

店を出るとすぐさま、店長から教えてもらった南平台のペットショップに出掛けた。フサオマキザルを見せてほしいと男性店員に切り出すと、奥の事務所から責任者らしきショートカットの中年女性が出てきた。

「お客さま、フサオマキザルは大変珍しい動物で、店頭には出ないんですよ。予約販売だけお受けしております」

「予約販売？」

「購入の依頼を受けてから、アメリカのブリーダーに注文を出すんです。お引き取りいただくには三カ月かかります」

嵩男は店を後にした。十メートルほど歩いたときだった。ぎくりとして足が止まった。

「予約してから三カ月かかる？」

嵩男は店にとって返した。さきほどの女性を呼び出し、浦野智佳子の友人だが、彼女がフサオマキザルの購入を予約した日はいつだったのか、と尋ねた。

「七月二十一日ですわ。その日に代金の五十万円、全額をお支払いいただきました」

嵩男は息を呑んだ。浦野智佳子は夫が殺害されると知っていたのである。フサオマキザルの購入予約をした三ヵ月後には、飼うなと強硬に反対している夫がいなくなるとわかっていた。だから、注文を出したのだ！

嵩男は無言で店を出た。閑静な住宅街をふらふら歩くうちに雨が降り始めた。霧のように細かい、ひんやりとした、秋の深まりを予告する雨だった。

「どうせなら、もっと降れ」

そうつぶやいた一瞬ののち、亡くなった祖母の声が聞こえた気がした。

「嵩男は〝あまんじゃく〟だねえ」

祖母が生まれ育った群馬県の勢多地方では、雨が好きな変わり者、あるいは、旅先でよく雨に降られる人を〝あまんじゃく〟と言うのだと教えてもらったのが昨日のことのように思い出された。

嵩男は立ち止まり、鈍色《にびいろ》の空を見上げた。いつの間にか雨脚が速くなっていた。

嵩男の足元で一陣の風が巻き上がり、続いて、オーロラを思わせる雨のカーテンが揺らめいた。

# パターナリズム

新宿四丁目のいつもの居酒屋のいつもの席でターゲットの名前を告げられた折壁嵩男《おりかべたかお》は、思わずはっとして顔を上げた。

「あいつ、何をやらかしたんだ？」

「妙齢の美女に刃物で傷を負わせた。薬物とことばの暴力で追い詰めて自殺させた」

と横倉義實《よこくらよしみ》弁護士が答えた。

「ファッション雑誌の専属モデルだったこともあるスタイル抜群の美女の乳房を言葉巧みに騙して切除した。両方ともいっぺんに、バッサリと」

焼酎のお湯割りのグラスを、横倉は骨張った手で弄ぶかのように右に左に持ち替えた。

「その女性は薬物を与えられ、幻覚を見るようになり、全身の毛が抜け落ちて容貌が変わってしまった。個室に監禁され、〝ここから出たら半年以内に死ぬことになるぞ〟と脅迫された。この男の執着から逃れるには死ぬしかない、とその女性は思い詰めた。最後に兄に電話をかけ、監視の目を盗んで十二階の窓から飛び降りた。半年前のことだそうだ」

「おいおい、待ってくれよ」

と嵩男が遮った。ささくれ立つ木製テーブルに肘をつき、ぐいと身を乗り出した。

「そいつの職業を知らない人間がいまの話を聞いたら、サディスティックで猟奇趣味の変態野郎だと思うだろうが……」

「まさにそのとおりだと思うけどね。これだけのことをしたのが外科医以外の職業の人間だったら？　いまごろ、刑事事件の被告として裁判を受けているはずだよ」

言い返すことばもなく、嵩男は黙り込んだ。

ぎこちない沈黙がしばらく続いた。向き合う二人の目の前で海老のすり身団子、鮭の切り身、白菜、舞茸などが入った寄せ鍋がぐつぐつ音をたてている。白味噌と豆乳仕立ての出し汁が醸し出す香ばしい湯気が煙るばかりに立ちのぼっていた。

「大学の後輩を庇っていると思われたくないが、あいつは〝乳房《にゅうぼう》温存法〟推進派だ。それがどうして、両乳房を同時に切除なんてことを？」

「家族歴だよ」

と横倉が含み声で答えた。

「腫瘍が見つかったのは左乳房だけだった。ところが、患者の母親も祖母も三十代で乳ガンで死んだと知って、悪い気を起こしたらしい。〝親子三代の遺伝性乳ガンの疑いのある患者〟は症例研究の格好のサンプルだったわけだ」

崇男は反射的にぎゅっと眉をしかめた。

「無事な乳房も予防のために切ったほうがいい、と言いくるめたのか？　アメリカでも滅多に行われない〝予防的切除〟をやったんだな？」

「自分の症例研究に珍しいサンプルを加えたい、という利己的な理由でね」

〝予防的切除〟は日本ではまだ認められていない。主治医の独断ではできないよ、と言いかけて、崇男はことばを喉に押し戻した。

やりかねないかもしれない、あいつなら。

ターゲットはかつて、崇男と同じ医局に所属していた後輩だ。オーソドックスな消化器系を専門にしていた崇男とは違い、少数派である乳ガン専門医の道を選んだ。〝乳房温存法〟と〝術後の抗ガン剤治療〟に熱心に取り組み、いつの間にか乳ガンの名医としてテレビや雑誌に登場していた。

あるとき、崇男は大切な知人から相談を受けて、乳ガン患者を紹介した。その患者を三年後、ターゲットは冷酷に切り捨てて自殺させた。いまから二年前、崇男が大学病院を辞める直前の出来事だ。

「さすがの折さんも、昔の顔見知りだと、やりにくいよね？」

と試す口ぶりで横倉が尋ねた。

「いや。いつものように納得できるならやるよ。で、クライアントといつ会えるんだ？」

「明日の午前十時、いつもの場所で。ところで、これは相談なんだけど」

目だけ上げて、嵩男は横倉をじろりと見た。〝これは相談なんだけど〟と横倉が付け足しのように言うときは必ず、難題を持ちかけてくる前触れなのだ。

「今度の案件では大きな仕掛けを試してみようかと思うんだ。クライアントは〝必要なら特別料金を払ってもいい〟と言っている。機材とか人手とか付加価値を付けて、売上をあげられるプロジェクトにしたい。それには折さんの力が必要だ。〝面談〟でクライアントを納得させてほしいんだよ」

おいおい、この俺にセールスマンをやらせるつもりかよ、と文句を言いかけた。が、嵩男は無言を貫いた。椅子にちょこんと腰掛けた横倉が骸骨のような顔を綻ばせて微笑んでいるのが目に飛び込んできたからだ。

有無を言わせぬ迫力に満ちた横倉の柔らかな笑み顔はつかの間、嵩男をたじろがせた。

約束の時刻の一時間前に、嵩男は恵比寿公園に到着した。

横腹にピンク色の〝Location Service〟の文字が躍るグレーのロケバスを公衆トイレの斜め前に停車させた。後部座席に移動して、嵩男はスモークガラスの窓を細く開けた。肘をゆるっと窓の縁にもたせかけ、外の景色を見るともなく眺めた。

朝方、嵐を思わせる雨と風が通過したばかりで、窓から入ってくる空気はたっぷりとした湿り気を帯びていた。十一月になったというのに紅葉がまだ始まっていない公園では、欅も銀杏も、青葉から雨水を滴らせている。その梢のさらに上には分厚い雲で覆われた灰色の空。手が届きそうな低い位置で綿飴のような雲の塊が素早く流れて消えた。それと動きを合わせるかのように、風がざあっと地表を掃いて通り過ぎた。

冷たく湿った強い風は〝野分〟という風流なことばを嵩男に思い出させた。

「長崎のある地方では〝野分〟を〝姥おどし〟と呼んで恐れているそうだよ。あたしみたいな年増女でも怖くなる風って、どんなだろうねえ」

祖母の声が突然、耳元で聞こえた気がして、嵩男は息を呑んだ。

それは嵩男が中学三年生の晩秋の出来事だった。その半年前から祖母の姿は母屋から消えていた。家族と食事も別々になり、離れで布団に横になっていることが多いようであったが、嵩男は事情を知らされていなかった。

その日、学校から帰宅した直後、嵩男はふらっと離れを訪れた。台風が明日、この湯西川の近くを通過するかもしれないとラジオの天気予報で言っていた。いまから雨戸を閉めておこうか、とぶっきらぼうに呼びかけた。

布団に身を横たえた祖母は目を細めて長いこと、嵩男のニキビ面に見入っていた。あまりにも一直線なその眼差しから逃れたい一心で、嵩男は周囲をキョロキョロ見回した。トイレ付き六畳一間の離れはまともな家具一つなく、がらんとしていた。所在なくさすらわせた嵩男の視線はやがて、パンパンに膨らんだ祖母の右腕に吸い寄せられた。

祖母の腕は右だけ以前の三倍ほどに腫れていた。洋服は袖が通らない、という理由で和服の寝巻を身に着けていた。布団の横に座布団を重ね、その上に投げ出すように膨れた右腕を置き、具合悪そうに横たわる姿は痛々しくて、嵩男はそっと目を逸らした。

何の前置きもなく、ささやくばかりの小声で祖母が打ち明けたのは、そのときだった。

「あたしはもうすぐ、あの世に行くんだよ。多分、この台風と一緒にね」

数年前、乳ガンの手術を受けた。ポンプで空気を注入したみたいに右腕が膨れてしまったのは、手術で腋のリンパ節までとった後遺症だ。半年前、肝臓と骨に転移しているとわかった。もう何もできない、とお医者に宣告された。いままで黙っていたのは、高校受験を控えたお前を動揺させたくなかったからだよ。

そう告げて、祖母はにこっと微笑んだ。

驚きすぎて、嵩男は身じろぎ一つできなかった。まず胸に突き上げた感情は両親への怒りだった。祖母が死の病を患っていることをなぜ、教えてくれなかったのか。嵩男が祖母を誰よりも好きだと知っているくせに。それに、汚いものでも追い払うように粗末な板壁の離れに移すとは。家族に尽くしてきた祖母なのに。祖母が嵩男と弟の世話を引き受けたから、両親は共働きできたはずだ。こんな仕打ちをするなんて許せない！

膝の上で拳を握り締め、嵩男は深く俯いた。

風がぼうぼうと鳴り渡り、離れのガラス窓をガタガタ揺らした。続いて、バケツが庭を転がっていくカラカラという音が響いた。次第に騒々しくなっていく外の物音に、二人はかたとき、押し黙って耳をそばだてた。

やがて、笑みを顔に張り付けたまま、祖母が低くつぶやいた。

「あたしが死ねば、しばらく、お前は胸がわさわさして落ち着かないだろうね。その悲しみは〝野分〟だと思えば乗り越えられる。わあっと吹いて野っ原の草をなぎ倒すけど、必ず行ってしまうんだもの。嵐が汚いものを全部連れていってくれた後の澄んだ空気を胸いっぱいに吸って、お前は歩き出しておくれ」

祖母が息を引き取ったのは、翌日の夕方のことだった。死ぬには早い六十三歳だったのだ、といまさらのように気づいて、嵩男の胸は締め付けられた。

皮肉だな、と嵩男はつくづく思った。この世の誰よりも愛していた祖母を奪われたのが悔しくて、嵩男は決心したのだ。外科医になってガンをやっつけてやろう、と。

念願叶って腕のいい外科医になれた。ところが、いまは別の職に就き、人目を憚ってロケバスの中でひたすら待ち続けている。〝乳ガンで身内を失った男〟が現れるのを。

クライアントはぎこちない足取りでロケバスに乗り込んできた。髪をオールバックに撫で付け、口髭を蓄えた小太りな男だった。ファッション性の高い横長の黒縁眼鏡の下に隠れた目は糸のように細い。顔の輪郭はベース型で、顎の先が二つに割れている。姿と顔を見られない用心のために天井から吊るした二枚の暗幕越しに嵩男は「座れ」と命じた。男は緊張しているのか、「はいっ」と掠れた高い声で返事をした。

「挨拶は抜きだ。時間を有効に使うことにしよう。最初に言っておくが、俺は隠し事をされるのが嫌いだ。何があったのか、洗いざらい、事情を話してくれ」

座席に浅く座り直し、男は自己紹介から始めた。名前は岡崎琢巳《たくみ》、三十三歳。練馬区の春日町という豊島園遊園地に近い町で住宅リフォームの会社を経営している。従業員は三十人ほどで、父親が創業者だ。母親を随分前に、父親も二年前に病気で亡くした。半年前、残るたった一人の身内である二歳年下の妹、真帆《まほ》も失ってしまった。

真帆は二十代の半ばに四年ほど、有名なファッション雑誌の専属モデルをしていた。性格は竹を割ったようで、なおかつ男っぽく、美貌を鼻にかけたことはなかった。二年前、父親が死んで琢巳が会社を引き継いだとき、「お兄ちゃん、心細いでしょう。私、側にいてあげようか」と言った。モデルの仕事を辞めて、会社の営業を手伝うようになった。

そこでことばを止めて、琢巳はツイードの上着の内ポケットから大切そうに写真を一枚取り出した。指でそっと摘み、胸の前で掲げた。モデルとして雑誌に載った最後のカットです。二十九歳には見えないでしょう、と告げた声が自慢げに弾んでいた。

ぐいと身を乗り出して、嵩男は暗幕の隙間から目を凝らした。

夏物の黄色いワンピースを纏った岡崎真帆は、長身のスレンダーな肢体に釣り合う綺麗な胸を突き出す格好でポーズをとっていた。明るいブラウンに染めた豊かな髪が完璧なタマゴ型の顔の輪郭、抜けるように白い肌を引き立てている。ぱっちりとした二重瞼の大きな目に、嵩男は惹き付けられた。頬にくっきり浮かぶえくぼにも。

「いい女だな。あんたとは全然、似てないけどな」

嵩男が正直な感想を口にしたとたんに、岡崎琢巳の顔から笑みが消し飛んだ。

まずかったかな、と嵩男はひやりとした。金離れの良さそうなこのクライアントに、あまり無愛想にしないでほしい、と横倉から念を押されていたことを思い出したのだ。

「こんなに若くて別嬪の妹が〝乳ガンだ〟と宣告されたときは、辛かっただろうな」

嵩男の精一杯の機嫌取りのことばが、琢巳には心の底からの同情に聞こえたようであった。「ええ」と言って急に涙ぐんだ。写真をポケットに戻し、両手を組んで膝の上で握り締めた。しばらく、唇を噛み締めていた。

ややあって顔を上げ、琢巳は妹が亡くなるまでの経緯を語り始めた。

琢巳が真帆から「左の胸が何か変なの」と打ち明けられたのは、いまから一年前のことだった。琢巳が付き添った近所の病院では、初老の外科医が真帆の形のいい乳房を揉んだり、いじくり回したり、素手でさんざん触ったそうであった。検査らしきことは何もせず、待合室でじりじりして待つ琢巳を診察室に呼び入れ、「乳ガンでアタリだね」と軽い調子で告知した。

手術は、胸の筋肉だけ残して乳房を丸ごと切除する〝非定型乳房切除術〟で行う。予約は今日、入れるように。そう言った外科医は「おっぱい、全部とっちゃえば安心だ。転移の心配がなくなるからね」と薄笑いしながら付け加えた。

真帆は顔色を変えた。乳房を全部摘出する方法も、患部の周辺だけ切除して乳首も含めて温存する方法でも、その後の生存率に違いはない。さらに、どちらの手術をしても三割程度の患者に転移の可能性が残る。そのような情報をインターネットの専門サイトで読んだ。先生は温存法をやれないんですか、と詰め寄った。

医者は眉を吊り上げた。吐き捨てる口調で「美容のために温存法なんかやったら、死ぬよ。贅沢言うんじゃない」と言った。

真帆は病院を飛び出した。ガンと宣告されただけでもショックなのに、せめて温存法で手術できないかと願うのを〝贅沢〟と決めつけるなんて、女を馬鹿にしている。あんな碌でなしの医者に命と胸を任せられない。温存法ができる専門医を探すわ、と息巻いた。

大切な妹のために、琢巳は知り合いに片っ端から当たって情報を求めた。取引先の建具屋の奥さんが医療ソーシャルワーカーをしていた。その人は、乳ガンの患者団体に相談してみてはと助言してくれた。

そこで推薦されたのが、年間二百五十件以上の温存手術を手掛け、本を何冊も著している外科医、野中耕作《のなかこうさく》であった。〝日本では、乳ガン患者は騙されている。本当はそんな必要はないのにバッサリ切られてしまう乳房を一つでも多く救いたい〟というのが野中先生の信念だ。きっと助けてくれますよ、というスタッフのことばに琢巳も真帆も飛びついたのである。

名門、黎明大学医学部出身の野中は現在、黎明大学の〝拠点病院〟の一つである西新宿の〈角筈総合病院〉で乳腺外来を開いていると教えられた。早速、真帆は予約を取り、診察を受けた。

野中は三十九歳という実年齢より随分若く見えた。鼻が丸く、目がくりっとした童顔であった。寝癖のついた髪、少し首を斜めにして患者の言い分を熱心に聞く姿を見て、琢巳と真帆は、エリートなのに素朴で飾らない人だという印象を持った。

野中はそれまでの経緯をカルテに書き留め、それから診察した。真帆の乳房に指一本触れることなくエコーで画像診断した。続いて、細胞診（腫瘍があると思われる患部に針を刺し、細胞を吸い出して調べる検査）を行った。マンモグラフィーの結果と併せて後日、「ごく初期の乳ガンだ」と診断した。微小なガン細胞が乳房内に散在している〝多発ガン〟という種類なので、残念ながら温存法は無理だ、と気の毒そうに告げた。

アメリカにおける乳ガン治療のデータを克明に記した資料を提示して、野中は一時間近い時間をかけて丁寧に説明してくれた。エッチな手つきで胸を触りまくったうえに、まともな検査もせず、「温存法をやれば死ぬ」と医学的根拠のない出鱈目を並べ立てた近所の外科医と比べて〝さすが、黎明大出の医者はレベルが違う〟と琢巳も真帆も感心した。温存法推進派の名医、野中先生が言うなら仕方ないと諦めて、切除手術に同意した。

野中が思いがけないことを切り出したのは、同席していた看護師を手術の日程を調整させるために手術準備室に行かせた直後だった。

「ところで、初診のときに伺ったことが気になるんですよ。お母さん、おばあさんも、乳ガンで亡くなったのですね？　二人とも三十代の若さで」

ぎくりとして真帆が頷いた。

野中は深刻そうに目をすがめて告げた。日本ではまだデータがないが、海外では〝BRCA1〟〝BRCA2〟という遺伝性乳ガンの因子に異常があると約八割の確率で乳ガンを発症する、ということがわかっている。あなたのケースも〝家族性乳ガン〟の可能性が高い。他の患者とは別の手を打つ必要がある。今回、腫瘍が見つかったのは左だが、いずれ右にも発症するだろう。ほぼ確実に。そうなる前に〝予防的に〟右の乳房も切除したほうがいい、と。

母娘三代に起きた家系ガンだと言われて、真帆も琢巳も打ちのめされた。動揺した二人は、名医、野中耕作の提案を受け入れよう、とその場で決断した。迷う真帆の背中を押したのは「乳房は取り戻せます。いまと遜色ない胸を〝再建〟できます。日本一巧い、有名な形成外科医を紹介してあげますよ」という野中のことばであった。

二週間後、〝非定型乳房切除術〟による手術が行われた。両胸をいっぺんに、胸筋だけ残してごっそり切り取られて、魅力的だった真帆の胸は少年のように平らになった。

ほどなく、摘出した患部の病理検査の結果が主治医の野中から告げられた。腋のリンパ節に転移が見つかった。通常よりかなり強い抗ガン剤の投与を十ヵ月、受けてもらいます、と。

アントラサイクリン系抗ガン剤、塩酸エピルビシンの投与が始まった。多少の吐き気と脱毛はありますが、すぐに治ります、という野中のことばを信じた真帆だった。が、点滴投与の二時間後から強烈な副作用に襲われた。「何これ。頭をガーンと打たれたみたいな吐き気が……」と呻いて嘔吐した。

その状態は、一日二十四時間絶えることなく一週間続いた。食べ物どころか水すら飲み込めず、真帆はゲッソリ痩せた。「頭のてっぺんから足の爪先まで、全身が吐き気で覆われてるの。お兄ちゃん、助けて」とか細い声で訴えた。顔面は蒼白で、唇は小刻みに震え、目尻からとめどもなく涙がこぼれ落ちた。ベッドの横で付き添っていた琢巳は、真帆の手を握って一緒に泣くことしかできなかった。

主治医の野中は一日一回、サンダルをペッタンペッタン鳴らしてやってきた。身体じゅうに回ってしまったガン細胞を徹底的にやっつけるためです。十ヵ月、頑張りましょうね、と呪文のように繰り返した。

抗ガン剤の副作用は吐き気だけで終わらなかった。投与開始の十日後に突然、真帆の髪がバラバラ抜け始めた。看護師が一日に数回、シーツや床に落ちて溜まった抜け毛を掃除機で吸い取ったほどの凄まじさであった。

その後一週間かけて、頭髪は全て抜け落ちた。髪以外の全身の毛もあらかた抜けた。スキンヘッドになり、眉も欠けてしまった自分の顔を鏡で初めて見た日、真帆は恐怖で顔を引きつらせた。それ以来、口数が極端に減った。

琢巳にとっても拷問のような三ヵ月が過ぎた。制吐剤と併用した副腎皮質ステロイド剤の副作用で真帆の顔は満月のように腫れ上がった。さらに、幻覚が見えると訴えるようになった。白昼、目を開いたまま、さまざまな風景が次々に見えるというのだ。それは、断崖絶壁や、自分に向かって迫ってくる大波や、行ったこともない外国らしき景色だ、と真帆は言った。

そんなある日のことだった。吐き気と幻覚にうなされながら、声を出すまいとして口にハンカチを突っ込んでベッドに横たわる真帆の姿を見守っていた担当の看護師がわっと声をあげて泣き崩れた。

ベテランのナースは震え声で打ち明けた。もう、黙っていられない。岡崎さんは野中先生に騙されている。アメリカでも滅多なことではやれない〝予防的乳房切除〟を試すチャンスが巡ってきた、と野中先生は小躍りしていた。腫瘍ができていない右の胸はとってしまう必要はなかったのだ。こんなに辛い抗ガン剤治療も。他の普通の乳ガンの患者さんは脱毛も吐き気もほとんどない〝ごく軽い抗ガン剤〟の点滴を外来で受けて、その日のうちに帰っていく。それが〝標準治療〟なのだ、と。

「〝岡崎さんは我慢強いから、どこまで耐えられるか、試してるんだ〟ですって。大量投与の実験でもしているみたいに、そんなことを言ってゲラゲラ笑っていた野中先生は異常よ。こんなの、やり過ぎだわ」

真帆から電話をもらって、琢巳は仕事を放り出して病院に駆け付けた。すぐに退院させると病院の事務に申し出た。

外来診察の途中だった野中は病棟まで走ってきた。看護師が馬鹿を言って申し訳ない。自分は世界レベルの治療を行える日本で数少ない専門医だから、信じてほしい。アメリカでは〝予防的切除〟は進歩的な患者が受ける最新の治療法だ。岡崎さんも納得したうえでやったではないか、と凄まじい早口でまくし立てた。

「この病院を出たら、どこも引き取ってくれませんよ。有名なこの僕の患者だってことは、すぐバレますからね。それに、いま治療を中止したら、命の保証はできません。半年以内に死にますよ。それでもいいなら、どうぞ、ご勝手に」

見放されたら、いわゆる〝ガン難民〟になってしまう。野中先生と喧嘩してはダメ、と知人の医療ソーシャルワーカーから忠告された。琢巳は真帆を退院させることを諦めた。

抗ガン剤の投与が再開された。白血球の著しい減少で感染症の危険がある、という理由で琢巳の個室への立ち入りは禁じられた。精神的な孤立、絶え間ない吐き気と幻覚に苦しめられて、真帆は〝死にたい！〟と泣き叫ぶことが多くなったようだった。ナースステーションの前の特別個室に移され、監視がついた。

その日は突然、やってきた。目白のマンションのリフォーム現場に向かって山手通りに車を走らせていた琢巳の携帯が鳴ったのは、午後三時だった。

真帆は泣きじゃくっていた。さきほど、病室にやってきた野中に〝乳房再建手術を受けたい〟と頼んだが、拒絶された。〝一時的にせよ、形成外科医の手に渡すような間抜けなことを、この僕がするとでも？　あなたは大切なサンプルだ。最後の最後まで僕の支配下にいてもらいますからね〟と言い渡された。そう訴えて嗚咽した。

「もう、限界。あの先生の手の届かない場所に行くわ。許してね」

電話はプツンと切れた。琢巳は胸騒ぎを覚えて病院に連絡した。監視していたはずの若い看護師が個室の電話に出て、自分がトイレに入った一瞬の隙に岡崎さんの姿が見えなくなった、と告げた。

渋滞に巻き込まれ、琢巳が病院に到着したのは四十分後だった。待ち受けていたのは、おろおろして走り回る病院のスタッフと、病棟に面した中庭で地面に脳みそを撒き散らして横たわる真帆の変わり果てた姿であった。

「真帆の死後、野中は〝右乳房を予防的に切除した〟という事実を頑なに認めようとしませんでした。さんざん交渉して見せてもらったカルテでは、驚いたことに、〝同時性両側乳ガンだった〟ということになってました。乳ガン患者の二パーセントしか発症しない特殊な症例です。嘘をつくな、裁判に訴えてやる、と僕は怒鳴りましたけど、野中は平気な顔でした。素人が立証できるならやってみろ、という態度でしたよ。……それから、あちこちの法律事務所を回りました。でも、刑事どころか民事でも勝てる見込みはない、と断られました。それでも諦められなかった僕に、ある人が耳打ちしてくれました。医療訴訟に不満を持つ遺族にボランティアでカウンセリングをしてくれる横倉という弁護士がいる、と。事務所を訪ね、そうして、あなたを紹介してもらったというわけです」

長い打ち明け話を終えて、岡崎琢巳は力尽きたように肩を落とした。

ややあって、虚ろな視線をロケバスの窓にさ迷わせ、琢巳がぼそっとつぶやいた。

「真帆の通夜で、知人の医療ソーシャルワーカーが言いました。乳ガンでなくて胃ガンだったら良かったのにね、と」

座席に背を預けて耳を傾けていた嵩男は、そのことばに興味を覚え、身を乗り出した。

「胃ガンなら日本全国、どんな田舎の病院でも、世界レベルの手術や治療が受けられる。ところが、日本の乳ガン治療は先進国とは思えないほど遅れている。野中のような医者が患者団体から絶大な支持を受け、マスコミに持て囃されるのは、温存法をやれる外科医の数があまりにも少ないせいだ。セカンドオピニオンをとって乗り換える余地がないからではないか、というんです」

「その言い分、当たってるかもしれないな」

と嵩男が相槌を打った。

なるべくわかりやすいことばを選び、嵩男は説明した。

日本の乳ガン治療は確かにお粗末で、それを取り上げるマスコミの認識も時代遅れだ。テレビや雑誌が乳ガンを扱うときはほとんど、〝おっぱいを切り取られた女〟に対する好奇の眼差しがまず、ベースにあるように見受けられる。術後の放射線照射とセットにすることで、温存法が非定型乳房切除術と変わらない生存率だと証明されている、という事実はあまり語られない。「海外では当たり前でも、民族的な違いがあるので、日本では〝温存法が標準治療だ〟とはいちがいに言えません」などと、政治ネタでは鋭く斬り込むキャスターまでが逃げ腰だ。

日本では乳ガンは〝外科の領分〟と決まっている、ということも問題を複雑にしている。

内科医や放射線科医は滅多なことでは乳ガン患者に手を出せない。協力し合うべき医者同士の仲も悪い。それぞれが〝自分の土俵〟つまり〝自分の持っている技術や手法〟で勝負することを主張し、決して譲らない。格闘技に譬えるなら、立ち技、寝技、絞め技のルールを巡って意見がまとまらず、異種格闘技の交流大会が全く行われない。そういう状況だ。

さらに、〝外科では乳ガン専門医は圧倒的な少数派〟という現実もある。なぜかと問われれば、おそらくは、日本人のガンは圧倒的に胃ガンが多く、大腸なども含めた消化器系が外科の主流である、という歴史のせいであろうか。

フォードとレーガンの二人の大統領夫人も罹患したことが公表されており、女性の死亡原因の第一位が乳ガンであるアメリカとは違い、日本では〝年間、四万九千二百人が死ぬ胃ガン〟に対して、〝年間で九千七百人しか死なない乳ガン〟への取り組みが後回しになっているのだ。

これに対して、日本以外の先進国の事情はまるっきり違う。アメリカでもイギリスでもチーム医療が行われている。日本のように〝外科医が乳ガン患者を支配的かつ独占的に扱う〟という事態は発生しない。外科医は、腫瘍内科医、放射線診断医、放射線治療医、緩和ケア専門医のチームの一員にすぎない。あくまで、チーム全体の症例検討会《カンファレンス》で決定した方針に基づいて治療が行われる。さらに〝オンコロジー・ナース〟と呼ばれる化学療法専門のナースが患者に付き添う形で加わる、というシステムが確立していることも、日本とは大違いだ。

　また、イギリスではホルモン治療が盛んだ。日本では見捨てられている転移患者への治療もきちんと行われている。放射線による卵巣機能抑制と複数の抗ホルモン剤を次々に乗り換えていくという手法に取り組んできた実績があり、いまでは、転移した患者の余命を十年延ばすことに成功した、とさえ言われている。

　欧米ではかなり以前から術前補助療法《ネオアジュバント》が行われていることにも注目すべきだろう。日本では温存法は不可とされている三センチ以上の腫瘍でも、まず抗ガン剤を投与することで腫瘍を縮小し、温存法を実施できる。嵩男の祖母の右腕を腫れ上がらせた後遺症〝浮腫〟をときに生む腋窩リンパ節郭清（腋の下のリンパ節の切除）についても、転移しているかどうかを見張る役割を果たす〝センチネルリンパ節〟の活用と精度の高い放射線治療との組み合わせが中心だ。何よりも日本と違うのは、リンパ節の〝根こそぎ切除〟をやっても余命に貢献しない、という事実が患者に十分に伝えられていることであろう。

　この他にも、内視鏡手術の応用、レーザーや凍結法による治療、サリドマイドの使用など、乳ガン治療の最前線は目まぐるしく進展している。ところが、こうした情報は日本の医療の現場では話題にされることもなく、結果として患者の耳には届かない。

「パターナリズムだよ」

　と力を込めて嵩男が告げた。

〝パターナリズム〟とは、医療の現場に蔓延《はびこ》る〝家長主義〟あるいは〝温情的干渉主義〟のことである。医者と患者の関係はしょせん対等ではない。〝家長〟である医者が良いと考え、決定したことを患者は黙って受け入れていればいい、という考え方だ。〝家長〟が正しい知識や判断力の持ち主なら問題はない。だが、時代遅れな頑固親父だったら？　他人を自分の言いなりに振り回す支配的な性格、あるいは利己主義者だったら？

残念なことに、いまの医療の現場には、そんな〝家長〟がゴロゴロしている。それが大きな問題なんだよ、と嵩男は断言した。

「だから、〝安易な医者選び〟は命取りなんだ。患者と家族は自分で情報を集め、真剣に検討して決断すべきだ。ところが実際には〝あの先生は名医らしい〟なんて噂だけ信じて主治医を選んでいる。自分が選んだ医者を名医だと信じて安心したい、という妙な心理も患者の側にはある。その結果、野中のような医者がチヤホヤされ、付け上がって公然と謝礼を要求したりするんだ。だろう？」

痛いところを突かれた様子で、岡崎琢巳はきゅっと口を結んだ。憮然とした面持ちで車の窓に視線を這わせ、しばらく、割れた顎の先を指でしごいていた。

その青ざめた顔を見守るうちに、嵩男は後悔した。どうして自分はいつも言い過ぎるのだろうか。セールスマンには向いていないな、と苦笑した。

「で、あんたは俺にどうしてほしいんだ？　野中耕作という医者をどんなふうに料理してほしいか言ってくれ。最高のプランを提供するよ」

岡崎琢巳はふうっと息を解き放ち、一直線に暗幕を見据えた。

「真帆が苦しんだことをフルコースで味わわせたいんです」

「フルコースで？」

「ありきたりの方法ではダメだ。真帆が味わったことを全部体験させる。それが譲れない条件です」

ぶっきらぼうに、しかし慎重な言い回しで嵩男が切り出した。

「それには、時間と手間、機材と人手、それから何より、特別な場所が必要だぞ。法外な費用がかかるが、それでもやるのか？」

「やりますとも。親父が残してくれたビルを一つくらい売っても構わない」

ビルを一つくらい？ この三十三歳のあんちゃんはビルをいくつ相続したのだろうか、と嵩男はとっさに思いはかった。

「臨終の前に、親父と約束したんです。財産を全部相続する代わりに〝家長〟として生涯、妹の面倒をみる、と。それなのに……。親父に詫びるためにも、僕はやり遂げる覚悟です」

それから二、三の細かな打ち合わせをして、岡崎琢巳は立ち去った。その顔は日が差し始めた外の天気同様に晴れやかだった。

嵩男が岡崎琢巳と会った翌日、横倉が電話してきて言った。プロジェクトは六日後の十一月八日開始とする。場所の確保、人員と機材の手配は全面的に引き受ける。それにしても、総額千八百万円という見積もりをクライアントによくぞオーケーさせてくれた。折さんはいいセールスマンだ。〝本番〟では久しぶりに腕を振るうといい。それまで、家で骨休めしていてよ。

そう告げた声が子供のようにはしゃいでいた。

嵩男はぶすっとして言い返した。

「腕なんか、振るいようがないよ。脳動脈瘤のオペをやろうってんじゃないんだから。動脈と癒着して一つになった動脈瘤を剝離させ、クリップをかけるときみたいな、血の海になるかもしれないスリルや一秒を争う緊迫感が味わえるなら楽しみなんだが」

学生時代、嵩男には心酔していた脳外科医がいた。恩師だったその人との思い出を大切にしているという理由で、嵩男は脳外科のオペに特別の想いを抱いている。

そんなことを知らない横倉が軽い調子で言った。そのうち、そういうことができる案件に巡り合えるかもしれないよ、と。余計に苛々して、嵩男は話題を変えた。

「ところで、いま思い出したんだが。野中耕作は〝女の患者の夢を壊さないように、ずっと独身貴族でいるつもりです〟とかなんとか、昔は気取っていたな。いまでも独身なのか？」

「ああ、野中先生は独身だ。両親は他界しているし、兄弟もなし。あとで面倒なことになるのは嫌だから、念のため戸籍謄本をとって調べたんだ」

と横倉から答えが返ってきた。

電話を切った嵩男は、マンションの寝室のベッドにごろんと横になった。見るともなく、天井に目をやる。白い化粧紙に懐かしい女の顔がぼうっと浮かび上がった気がして、反射的に目をしばたたいた。

女はいつも切れ長の目の奥の瞳を勝ち気そうにキラキラさせていた。抱き締めると骨が砕けてしまいそうに華奢な腰、柔らかくて熱っぽい白い手の持ち主だった。名前は梶睦子《かじむつこ》。嵩男の元ガールフレンドだ。

嵩男と睦子は黎明大学医学部の同級生だった。嵩男は外科に、睦子は内科にと卒業後の道は分かれたが、なぜかローテーションで同じ病院に勤務することが多かった。

二人はとびきり気が合い、ドライブしたり、どちらかのアパートで酒を飲みながら一晩中語り合った。一枚の毛布にくるまり、肩寄せ合って朝を迎えたこともあった。一度や二度ではなく。

そんなとき、睦子はしばしば、嵩男の本心を窺う口ぶりでこう言った。あたしの夢は、子供をたくさん産んで、大家族のおっかさんになることよ。実現できると思う？

嵩男は表情一つ変えずに応じた。そういう夢を叶えてくれる男をめっけろよ。陰ながら応援しているから、と。

そのたびに睦子は沈黙した。目を潤ませて、哀しげに嵩男をじいっと見つめた。

友情以上の感情を持っている、と互いに感じていた二人が深い関係になる機会はいくらでもあった。踏み込まなかったのは、嵩男のほうだった。

他人に口にしたことはないが、嵩男は二十歳くらいのときにはすでにこう思っていた。自分は愛する人を不幸にしてしまう定めを背負っている。祖母も弟も、あんな死に方をしたのが何よりの証拠だ。だから、今後は幸せになってほしいと思う誰かを決して愛さないようにしよう、と。

嵩男の心の内を知らない睦子は、関係が進展しないことに愛想を尽かしたようだ。地元で就職先が見つかったから、と言い残して故郷の熱海に帰ってしまった。いまから六年前のことである。

別れて一年が過ぎたある日、嵩男が勤務していた黎明大学の付属病院の医局に睦子が電話してきた。こっちの病院の患者さんで、あたしの幼馴染みが乳ガンらしいの。温存法をやれる、腕のいい外科医を紹介してちょうだい、と言った。

なんだ、縒りを戻したいのではないのか、とがっかりしつつも、嵩男は同じ医局の後輩、野中耕作を推薦した。睦子は患者を野中に託した。

睦子から再び、電話がかかってきたのは、その三年後だった。電話に出た嵩男に、あのときの患者が自殺してしまったわ、と告げた。

先週、患者の骨に転移しているとの診断が下された。手術の段階で腫瘍の大きさは一センチ、腋リンパ節への転移もなく、「軽い乳ガンなので、抗ガン剤をやる必要はありません。将来の転移の心配もないですよ」と主治医の野中から太鼓判を押されていただけに、患者はショックを受けたようだ。

乳ガンは転移したら、もう何もできない。残り時間は二年だ。海外旅行をするなり、大切な人と会うなりするといい。ホスピスへの紹介状はいつでも書きますよ、と野中は平然と言ったらしい。それどころか、〝何でもいいから治療してほしい〟と診察室で泣いて訴えた患者を怒鳴ったという。

「僕の診察を受けるために、今日だけでもあと二十人、待ってるんです。先のない患者に時間を使うわけにいかない。帰ってください!」

患者は病院を出たその足で、電車に飛び込んだ。心配して熱海から付き添った友人の制止を振り切り、駅のホームから身を投げたのだ。そう言い終えて、睦子は強い口調で嵩男を詰《なじ》った。

「あなたが推薦したドクターが、あたしの患者を殺したのよ。どうしてくれるつもり?」

受話器を置くと同時に嵩男は走り出していた。若くて可愛い看護師を相手に冗談を言っていた野中を職員食堂で見つけて駆け寄った。両手で首を絞め上げ、脅し付けた。俺が紹介してやった患者を見捨てたな。すぐ熱海に行って遺族と関係者に謝ってこい。さもないと、この俺が制裁を加えるぞ、と。

嵩男が極真カラテの有段者だと知っていた野中は、青ざめて震えていた。すぐさま熱海に出掛けて遺族に謝ったことを、嵩男はその後、睦子からの電話で知った。

「野中先生、あたしのところに来て謝ってくれたわ。力足らずだった。許してくださいって。誠実そうな坊やね。悪い人には見えなかったわ」

あれからたった二年しか経っていないなんて嘘みたいだな。睦子はいま、どうしているのかな、と嵩男はつぶやいた。

慕わしさに胸を掻き乱され、嵩男はむくっと身体を起こした。気づいたときには、携帯電話に手をのばしていた。いまの仕事を続けていくつもりなら、昔の知り合いに連絡しないことだよ、という横倉の忠告がちらと脳裡をかすめたが、無視した。

睦子の勤務先、熱海の公立病院の内科外来スタッフは、梶先生は産休でご実家にいらっしゃいます、と言った。嵩男は睦子の実家、熱海・来宮の老舗旅館〈牧水楼〉に電話をかけ直した。

「よお、産休だってな。とうとう、貰ってくれる男をめっけたんだな」

睦子は数秒間、声を失っていた。

「びっくりした。大学病院を辞めて行方不明って聞いてたけど。元気だったのね。いま、どうしてるの？」

驚いたときには切れ長の目をいつも以上に細長くする癖があって、それが堪らなく艶っぽくて見とれたことを、嵩男は一瞬のうちに思い出した。

「海外で腕試ししてる。一時帰国したんで、お前さんの声でも聴こうかと思ってさ」

あら、嬉しいわ、と言って睦子があげたヒバリのような笑い声に、嵩男はしばらく聴き入った。

「どうせ、話してくれないわよね。大学病院を辞めた事情。まあ、いいか。元気そうだし。あたしも、いろいろあったのよ。結婚だって、弾みですることになっちゃって」

「弾み？　まさか〝できちゃった婚〟じゃあないよな？」

「医者のくせに、恥ずかしいわ。避妊に失敗したの。気が休まる相手だったせいかな。つい、気が緩んで……。もう臨月なんだけど、やっと覚悟ができて結婚することになったの。一昨日、婚姻届を役所に提出したばかりよ」

睦子の気を緩ませ、妊娠させたのはどんな男なのか。問い詰めたい気持ちが込み上げたが、嵩男はぐっと堪えた。代わりに、別のことばが口から飛び出した。

「強情な睦子を御せると思うとはな。プロポーズした旦那は〝大した男〟か〝無謀な馬鹿者〟か。二つに一つだな」

睦子は黙り込んでしまった。

もう二度と電話しない。元気でやれよ、と嵩男は精一杯の朗らかな声音を作った。睦子がほっとしたように吐息をついたのが聞こえた。

「気づいてないみたいだけど、あなたは心が綺麗な、とてもいい人よ。幸せになる資格があるのよ。だから、何があっても、挫けちゃダメ。どうか、元気でいてね」

こんなに気が腐ったのは久しぶりだと嵩男は思った。電話を切るとすぐさま、小走りで洗面所に向かった。気晴らしに〝鼻の毛穴パック〟をするために。

十一月八日、金曜日の夜八時を少し回った時刻。西新宿の〈角筈総合病院〉の職員専用口から男が一人、疲れたようにパタンパタンと靴音を鳴らしながら出てきた。

大通りを目指して病院の敷地沿いの暗い道を歩き始めたその男の肩を、後ろから音もなく歩み寄った嵩男がぐいと摑んだ。

「あ、折壁先生。驚いたな。こんなところで何を……」

最後まで言わせず、嵩男は右手を手刀にして野中の顔に打ち込んだ。神経の束が集中している〝顎の先端から縁に沿って八センチ上〟を正確に狙った。いまの仕事に転職したときに訓練を受けた特殊部隊式格闘術の教えを実践したのだ。

一撃で野中は失神した。アスファルトの地面を目がけてくずおれていくその小柄な身体を、嵩男は両腕で抱き留めた。肩に担ぎ上げ、近くに停めてあったワゴン車に放り込んだ。

十一月二十九日の午後。山梨県大月市のとある山間の村。最も近い民家から十五キロ離れた林の中にあるコンクリートの建物の前に黒い高級外車が停車した。後部座席から降りてきたのは弁護士の横倉、続いて、目隠しをされた岡崎琢巳であった。

廃墟を舞台にホラー映画の撮影をすると偽って横倉が所有者から借り受けている建物の中に、琢巳は横倉に手を引かれて入った。目隠しを外してもらい、ジャンパーのポケットから黒縁の眼鏡を取り出してかけて周囲を見回した。所狭しと置かれた映画撮影用のカメラや照明の機材は万が一、建物の所有者か村人が様子を見に来たときのカモフラージュ用だ、と横倉が耳打ちした。

目立たないように入口を暗幕で覆った一室に琢巳は案内された。

二十畳ほどの部屋の三つの窓はベニヤで塞がれ、壁はビニールで覆われている。部屋のほぼ真ん中で無影灯の強烈な光に照らされて、男が一人、ベッドに横たわっていた。その目は半開きで、呼吸は荒い。白いリネンで覆われた掛け布団からはみ出た両手両足は、抑制ベルトでベッドの支柱に括り付けられている。

ベッドを取り囲んで、でっぷり太った女の看護師、ビデオカメラを手にしたレスラーのような体格の男、そして白衣を纏った折壁嵩男が立っていた。三人とも頭からすっぽり黒い目出し帽を被っている。その異様な光景を露の間、琢巳はじいっと見つめた。

こっちに来いよ、と嵩男が手招きして、琢巳をベッドの横に立たせた。

「こいつは男だし、そのうえ痩せっぽちで、あまり切り取れるものがない。そこで、いまはもう時代遅れの、悪名高きハルステッド法（乳房全体と胸筋、腋窩リンパ節を一括して切除する、最も古典的な乳ガン手術の方法）を復活させてみたというわけだ」

嵩男はパッと掛け布団をめくった。眼鏡の縁に手を添えて、岡崎琢巳が身を乗り出した。

ベッドに横たわる野中耕作の胸部は、乳首どころか胸筋までごっそり、切り取られている。赤く爛れた皮膚の下の肋骨が浮き上がって見えた。

琢巳がごくりと唾を飲み下す音がしんと静まり返った部屋に響いた。

「〝骨と皮〟とか〝洗濯板〟という表現を、ハルステッド法について書かれた本で読んだことがあるけど。むしろ、写真で見たアウシュビッツ収容所の遺体みたいだな」

と琢巳が感想を口にした。嵩男がその耳元で言い添えた。

「日本ではあちこちの田舎でいまだに、時代錯誤も甚だしいこの手術を行っている病院があるそうだ」

祖母も昔、こんな無残な手術をされて、さぞ辛かっただろうな、と嵩男は思った。

ビデオ撮影担当の大男がいそいそとベッドの横にモニターを運んできた。野中耕作がこの部屋に運び込まれて以降の三週間を記録した映像のダイジェストを見せよう、と横倉が薄笑いしながら琢巳に告げた。

看護師が差し出した椅子にゆっくり腰掛け、琢巳は目を光らせて画面に見入った。

最初は手術のシーンであった。ベッドに括り付けられた野中の恐怖に脅える顔のアップ。〝助けてくれ！　せめて全身麻酔をやってくれ！〟と絶叫していた。黒覆面の執刀医が手際よく大胸筋と小胸筋を胸から剝ぎ取っていく場面に重なって、野中の呻き声と泣き声が大音量で延々と流れた。

ビデオの映像はやがて、抗ガン剤投与の場面に切り替わった。野中がシーツを汚しながら嘔吐し、咽び泣きする様子が映し出された。続いて、枕元に溜まった何千本もの抜け毛に埋もれ、野中が狂ったように引きつり笑いをしているシーンへと変わった。

食い入る目付きでモニターを見つめる琢巳に、嵩男は淡々とした口調で経過を説明した。

手術は誘拐の翌日に行った。その二日後から抗ガン剤の投与を開始した。薬剤は、妹さんに使われた塩酸エピルビシンを用いた。この薬は乳ガン治療では通常、体表面積当たり六十ミリグラムを二十ミリリットルの日局注射用水に溶解して静脈内に投与する。それを〝三、四週ごとに三、四回〟というのが〝まともなやり方〟だ。

しかし、今回は治療ではない。一回の投与量を、海外での最大量の体表面積当たり百二十ミリグラムとし、この三週間で五回行った。総投与量が体表面積当たり九百ミリグラムを超えると〝うっ血性心不全〟が起きるというデータがある。それ以前の問題として、骨髄抑制、出血、細菌感染から敗血症を引き起こす可能性が予想された。大量投与によるショックで心不全、腎不全などが起きることも。

そこで、この三週間、〝患者〟から目を離さないようにした。細心の注意を払って〝看護〟してきた。特に、敗血症を発症してしまったら、高熱とショックであっという間に死ぬことになる。詫びさせる前に死んでもらっては困るので、用心を重ねた。

正直言って、ここまでよく〝もたせた〟と思うし、あと一回が限界だ。最後に体表面積当たり六百ミリグラムを一気に投与して決着をつけることにした、と話を結んだ。

ビデオ上映はいつの間にか終了していた。部屋は再び静まり返った。

琢巳が不意に立ち上がった。ベッドに歩み寄り、野中のスキンヘッドに右手を置き、撫で始めた。手に伝わるこの感触を生涯、心に刻んでおきたい。しばらく話しかけないでくれ、という気配を全身に漂わせて。

こいつと話をしたい、と琢巳が言い出したのは、数分後のことだった。嵩男が〝患者〟の頬を平手で数回殴って目を開けさせた。

「どんな気分だ？　身動きとれずに下の世話を他人に頼むのは惨めだろう？」

そう呼びかけたのが岡崎琢巳だと気づいたらしく、野中耕作が目を剝いた。こんな酷い目に遭わせた黒幕が患者の遺族だったとは夢にも思っていなかった、といまにも言いそうな表情であった。

「珍しい症例だという理由で、お前は真帆を所有しようとしたな。お前にとっては〝コレクション〟でも、僕には掛け替えのない存在だった。人生の全てで、生き甲斐だった。えくぼが浮かぶあの笑顔を二度と見られなくなった。その償いをしてもらうぞ、お前の命で」

「ち、違う！　岡崎さんが飛び降りたのは、絶望したからだ」

と野中が喉から声を絞り出した。

「あの日は二回、病室に行ったんだ。二度目のとき、岡崎さんは泣いていた。愛する男のために乳房を再建したいと希望しているのに、〝そんなことをしても受け入れるわけにいかない〟と拒絶された。そう言って泣きじゃくっていた。その〝愛する男〟というのは……」

「この野郎、最後まで下手な言い訳しやがって」

と血相を変えて琢巳が遮った。手を振り上げ、拳骨で野中の鼻を殴って黙らせた。

「真帆には恋人なんかいなかった。出鱈目を言うな！」

琢巳はくるっと振り返り、嵩男に告げた。

「もういい。この野郎がこれ以上真帆の名誉を傷つける前に、いますぐ片付けてくれ！」

看護師が注射器を差し出した。受け取った嵩男は点滴の三方活栓から塩酸エピルビシンを流し込んだ。指に力を入れて一気に。

オレンジ色に着色された液体が野中の手の甲を目がけて管を落ちていく光景に、嵩男はしばし見とれた。まるで夕張メロンみたいな色だなと思った。過去に似たような場面を目にした記憶が突然蘇り、嵩男はぎくりとした。

予備校時代の旧友を安楽死させたときに使ったのは、青紫色の抗ガン剤だった。あのとき、この世をまさに旅立とうとしていた友の口から放たれた忘れられない一言が、嵩男の耳の中で響いた。嵩男はとっさに白衣のポケットに手を突っ込み、拳を握り締めた。

有り難いことに、野中耕作は最後に何も言わなかった。

一週間が過ぎた。十二月六日の夜九時近い時刻。練馬区春日町の一軒家のガレージに岡崎琢巳の車が滑り込んできた。エンジンが切れるタイミングを見計らって、物入れの後ろに隠れていた嵩男がすっと歩み寄り、助手席のドアを開けて乗り込んだ。

「戸籍謄本を見たぞ。どうして黙ってたんだ？」

琢巳は嵩男の黒覆面を脅えたように見つめた。

「彼女は親父さんの再婚相手の連れ子で、養女だったんだな。血の繋がらない妹を、あんたは女として愛していた。違うか？」

糸のような目を潤ませて、琢巳がかすかに頷いた。嵩男は舌打ちした。

「野中の最後の言い訳が気になったんだ。〝乳房を再建して受け入れてもらいたい恋人〟

というのがあんただった、と気づくのに時間がかかった。事前に打ち明けなかったのは、なぜだ？　この俺を騙して仕事をやらせたなら、契約違反だぞ。きっちり説明しろよ」

「手術の後で、〝お兄ちゃんのこと、ずっと愛していたわ〟と告白されて、どうすればよかったんですか？」

　と琢巳が声を震わせた。目の縁まで涙が溜まっていた。

　堰を切ったように、琢巳は語り始めた。

「僕の父親と真帆の母親が結婚したとき、僕は小学校四年生、真帆は二年生でした。初対面の印象は悪かったな。真帆はツンツンしてました。短足、ガニ股でずんぐりしていた僕が嫌いみたいで、近寄ろうともしなかった。馴れ馴れしく学校で話しかけないでくれ、と母親経由で言われましたよ。そんな関係が変わったのは、ある出来事がきっかけでした」

　親同士の再婚から数カ月後。琢巳の父親が当時経営していた建具屋の仕事場が朝方、火事で全焼した。同じ敷地の自宅への類焼は免れ、家族に怪我はなかった。原因は何者かによる放火ということで決着した。琢巳が〝走っていく知らないお兄ちゃんを窓から見た〟と警察に証言したことが決め手となった。だが、それは事実ではなかった。

「子供部屋はカーテン一枚で仕切られていただけだったので、真帆の寝所で夜中にカチカチ音がするのに、僕は気づいていました。真帆は僕の親父が大切にしていた年代物のライターを机の中から盗み、おもちゃにしていたんです。……あの日の明け方近く、カチカチという音がしなくなったと思ったら、真帆が部屋を出ていきました。僕は気になって後を追いかけました。そうして、見てしまったんです。仕事場の床に散らばっているカンナ屑に真帆がしゃがみ込んでライターで火をつけている光景を」

カンナ屑はペラペラと音をたてて燃え上がり、あっという間に壁に立て掛けてあった障子や材木に燃え移った。煙と炎に包まれた部屋の真ん中で真帆は突っ立っていた。そんなことになるとは夢にも思わなかった、という顔をして。

琢巳は夢中で真帆に駆け寄り、手を引っ張って連れ出した。その直後に火柱が上がった。騒ぎが収まるまで、琢巳は子供部屋の押し入れで震える真帆をしっかり抱いていた。真帆は泣きながら訴えた。この家に越してきてすぐ、カンナ屑が綺麗だからいじっていたら、お父さんに怒られた。いつかその仕返しに悪戯をしてやろうと思っていた。こんなことになるなんて、本当にごめんなさい、と。

琢巳はそんな真帆に言い聞かせた。

「これからは、どんなことでもまず、お兄ちゃんに言えよ。内緒にしてやるから。今日のことも、二人の秘密にしような」

真帆はその日から、琢巳を慕うようになった。〝最初から実の兄妹だったみたいな二人〟と傍から言われるほど仲良しになった。

二人はやがて思春期を迎えた。いつしか、異性として愛しているという気持ちが互いにあると感じ始めた。だが、二人とも懸命に感情を殺して生きてきた。

真帆が自制心を失ったのは、乳ガンを患ってからだ。乳房を失って初めて自分が女だと意識させられた、と言い始めた。乳房のない自分は女でなくなった気がするとも。

真帆にそんなことを言わせるなんて、乳ガンは業の深い病だ。そのうえ、あの辛い抗ガン剤治療に主治医の裏切り。精神的におかしくなって当然だ。

「あの日、病室からかけてきた電話で真帆は言いました。愛する人のために乳房を再建したい。形成外科医をいますぐ紹介して、と野中先生に頼んだの。でも、馬鹿にされちゃったわ、と。〝乳房を取り戻して裸を見せて、それからどうするつもりですか？　結婚できない相手でしょう？　無駄な努力はよしなさい〟と野中は言ったそうです。手術の後の病室で真帆が僕に気持ちを告白したとき、野中は盗み聞きしていたんです。……そんな酷いことを言われた、と告げた真帆は明らかに僕を試していました。もう後に引けない。そんな決意が受話器から痛いくらい伝わってきました。僕はとっさに言いました。乳房再建なんか、やるな。真帆はどこまでいっても妹なんだから、と」

親父さんが亡くなってから約一年、二人きりで暮らしたのに、一度も肉体関係を持たなかったのか、と嵩男が問い詰めた。琢巳は目を瞑り、嗚咽した。

「道を踏み外せば、真帆はいまでも生きていたでしょう。でも、できなかった。カンナ屑に一度でも火をつけてしまったら、どういうことになるか。わかっていたから……」

目を潤ませて哀しげに嵩男を見つめていた梶睦子の顔が一瞬、脳裡をかすめた。ため息をそっと噛み殺し、嵩男は無言で立ち去った。

重い足取りで嵩男は千駄ヶ谷五丁目の自宅マンションに帰宅した。リビングルームの電気を点灯させる間もなく、黒革のジャケットのポケットの中で携帯電話が鳴った。かけてきたのは横倉だった。

「予定外の事態が起きたんだ」

予定外の事態？　今夜はもうたくさんだ。勘弁してくれ、と嵩男は言いたかったが、黙って耳を澄ませた。

「実はね、野中耕作が〝あれ〟の直前に入籍していたことが今日、わかったんだよ」

「何だって？」

「野中が婚姻届を提出したのは、ウチのスタッフが朝一番で戸籍謄本をとった同じ日の午後だったらしい。七日から十日後でないと、婚姻の事実が記載された新しい謄本はとれないんだよ」

横倉は続けた。悪いことは重なるもので、野中が入籍した女は妊娠していた。数日前、身二つになったそうだ、と。

「〝半年前、患者が病院内で自殺した件で責任を感じています。退職して、しばらく謹慎生活を送ります〃という携帯メールを病院長だけに送って夫が行方不明になるなんて変だ。……新妻はそう言って、警察に捜索願を出そうとしているらしい。まずいことになった。すぐ止めなくては」

「で、どんな手を打つんだ？」

「〃野中先生から相談を受けた顧問弁護士〃として忠告してやるつもりだよ。〃ほとぼりが冷めるまで姿を消すから、そっとしておいてくれ〃と本人が言っている。結構、ナーバスになっている。周囲が騒ぎたてると自殺するかもしれない。……そんなふうに脅されたら、新妻も勝手な行動を慎むはずだ」

横倉は不意に猫のように喉を鳴らして笑った。

「それにね、幸い、新妻の説得に役立ちそうな〃いい情報〃があるんだ。彼女の実家は商売をやっていて、この年の瀬に二度目の不渡りを出しそうだ、ということでね」

新妻は、若山牧水という有名な歌人から〈牧水楼〉の名を与えられた由来ある老舗割烹旅館の一人娘だ。いま、実家に里帰りしているそうだから、明日にも出掛けていくよ。〃奥さんの産休明けまで力にならせてもらいます。実家の手形も助けてあげます。だから、ここはひとつ穏便に〃と説得してみるつもりだ。そうやって時間稼ぎするうちにいつか、夫の失踪宣告を受け入れる気になるに違いない。

自信たっぷりの口ぶりで横倉がそう言い終えるのを待ちきれず、嵩男が呟き込む口調で問いの矢を放った。

「その〈牧水楼〉は、どこにあるんだ？」

「熱海の来宮だよ。未亡人の名前は睦子。結婚前の名は梶睦子。それがどうかしたの？」

嵩男の手からストンと携帯電話が落ちた。

D
O
T

豆腐入りの小鍋を抱えた近所の主婦とひとしきりの立ち話を終えて、女は再び、路地を歩き始めた。

池上通りを外れた住宅街の一角は、うっかりして都市計画から取り残されたかのようだ。ファッションビルや品川区の施設などがひしめき、電車と車と人の往来で騒がしい大井町駅からさほど離れていないのに、しんとして静まり返っている。単色写真のような佇まいの木造住宅が軒を並べる路地裏の曲がりくねった道を、女はゆっくりゆっくり歩いていた。

女が腰に回した左手には赤い花柄プリントの買い物袋が握り締められている。右手はピタッと太股の側面に当てている。膝を曲げるのが辛いのか、手を添えた右足を外側に回すように、そうっと前に踏み出していた。

やがて女は一軒の平屋の前で立ち止まった。板壁に錆びたトタン屋根、窓には緑色のネットが虫除けに張ってある。玄関脇では、艶やかな黄色と紫色の花弁に彩られた臘梅《ろうばい》が甘ったるい香りを放っていた。

距離をあけて女を尾行していた折壁嵩男《おりかべたかお》は、そのときやっと、近づいていって声をかけた。

「久しぶりだね、お袋さん」

丸い肩をぴくりと揺らして、野田常子《つねこ》が振り返った。同時にサッと左手を後ろに回した。あたかも手にした買い物袋を他人の目に触れさせたくないかのように。

「なあんだ、嵩男さんか」

警戒の表情が見る見る解けて顔が綻び、目がキラキラ輝いた。

「もしかして、今日があの子の命日だから来てくれたの？」

「まあね」

電話してくれたら和菓子でも用意しておいたのに、と常子は残念そうに言った。愛嬌たっぷりに微笑みながら、嵩男の肘を親しげに両手で掴んで家に招き入れた。

玄関に続く八畳間に通された嵩男は立ったまま、ぐるりを見回した。雨漏りの跡が手術着に飛び散る血のように見える天井、所々欠けた深緑色の土壁、擦り切れた畳。窓の横の水屋箪笥の上には、ふっくらした頬の童顔の男と表情のない中年男の遺影が並べて飾ってある。

最後にその家に来た二年前にはちゃぶ台と座布団があった。それがテーブルと椅子に代わっていることに嵩男は気づいた。

テーブルの上には、ピンク色の待ち針が無数に打ち込まれた緑色のビロードの布の一山と古めかしい桐の裁縫箱が置いてある。どうやら、洋裁の途中で外出したようだ。この家の女主人は仕立て物の請け負いで生計を立てているのだ。

「〝変形性膝関節症〟ですってさ。正座仕事をする人がなるんだって」

と言いながら、常子が洗面所から戻ってきた。その顔を見て、嵩男は目を丸くした。久しぶりに訪れた息子の親友を歓迎している、と知らせているつもりであろうか。深紅の口紅を唇に塗っていた。

緑色の布と裁縫道具を掻き集めて胸に抱えると、常子は肘で器用に襖を開けて、隣の寝室に押し込んだ。椅子に腰掛けて待っててよ、と嵩男に勧めつつ、古い年式のガスストーブをカチカチ音をさせて点けた。

半開きの扉の向こうの台所でゴソゴソ動きながら、常子は愚痴を言い始めた。この病の苦しみは経験した者にしかわからない。朝、布団から起き上がるときが一番辛い。鎮痛薬を飲まずにいられないが、胃が荒れてしまう。湿布を貼れば皮膚がかぶれる。さんざんだ。幸い、親切な理学療法士が見つかった。筋力を強化する治療を受けるために、駅の近くの診療所に通っている……。

適当な相槌を打ちながら忍び足で、嵩男は水屋簞笥に歩み寄っていった。さきほど常子が後ろの壁と簞笥との隙間に押し込んだ花柄の買い物袋を引っ張り出し、中を覗いた。

一番上に紺色の女物のスラックスがあった。膝から下がファスナーで開閉できるという宣伝文と〈通院パンツ〉なるネーミングが印刷された厚紙が付いている。その下に、男物のシルクのトランクスが二枚。シェービングクリームと男性用洗顔剤もあった。

嵩男はレシートを見つけた。二千九百円の〈通院パンツ〉しか印字されていないことを確認して、買い物袋を元の場所に戻し、急いで椅子に腰掛けた。

「顔色がいいね。膝以外で具合の悪いところはなさそうだね」

茶碗を二つ載せた盆を手にして台所から戻ってきた常子がうんざり顔で応じた。

「内臓がとびきり頑丈なんだって。もう六十一歳だから、少しはガタがきそうなものなのに。まあ、長生きする気はないけどね。生きる張り合いがないんだから」

「そんなこと言うなよ。一人息子の分まで長生きしなきゃ損だ」

嵩男の向かいにドスンと腰を落とし、常子はため息をついた。冥く潤む小さな目をちらと簞笥の上の遺影に投げた。ぎこちない沈黙が続いた。嵩男は慎重にことばを選んで、その日の用件を切り出した。

「ところで、お袋さん。一人暮らしで心細いだろうね。何か困ってることはないの？　せっかくこうして来たんだから、相談に乗るよ」

常子はパッと顔を上げた。何か言いかけて、すぐに目を逸らした。

「困ってることなんか、ないよ。一人で何でもできるもの。年寄り扱いしないでよ」

「そういうんじゃない。〝人に言えない相談〟とか、そういうの、ないの？」

「ない。ないったら。あんた、しつこいねえ」

目を逸らしたというのが隠し事がある証拠だな、と嵩男は思った。鼻の頭を指でいじりながら、じっくり考えた。本心を言わせるには、どうすればいいだろうか。拷問して口を割らせる、という荒っぽいことをせずに。

テーブルに両肘をつき、嵩男はくぐもった低い声を響かせた。

「なあ、お袋さん。息子はもう帰って来ない。下着や洗顔剤なんか、揃えておく必要はないんだよ」

「え？　何の話？」

「俺さ、さっき駅前の店で見ちまったんだ。万引きしてたのをさ」

常子がひゅっと息を吸い上げた。

嵩男はおもむろに告げた。実はこの家の前まで来たのは二時間前だった。外出するお袋さんを見かけて、足が悪そうなのにどこへ行くのかと興味を持ち、後を尾行《つけ》た。大井町銀座のディスカウント店で男物のパンツなどを万引きしたのを目撃した。声をかけようかと思ったが、タイミングを失した。そのまま、この家まで戻ってきてしまったのだ、と。

「野田から昔、聞いたことがあるんだ。〝お袋は自分の胸に抱えきれない心配事ができると必ず万引きする癖がある〟と。親父さんが死んで急に生活が苦しくなったときや、野田の成績が下がったときだってね。だからさ、あるんだろう、いま悩みが」

一心に見つめる嵩男の眼の先を逃れようともせずに正面を向いて、常子は無表情を装っていた。しかし、瞼の痙攣が内心の狼狽を物語っていた。

息詰まる一瞬ののち、常子の右目からつうっと涙がこぼれた。

「一週間前、牧英彦《まきひでひこ》と名乗る若い男がやって来たんだ。茶髪で目付きが悪くて、不良っぽい男でね。〝あんたの息子と親しくしていた病院関係者の退職後の居所を知らないか〟〝退職金とは別に大学病院からカネを貰っていないか〟って、しつこく訊かれたよ。なんとかごまかして帰ってもらったけど、〝また来る〟って。毎日もう怖くて、怖くて……」

やっぱりな、と嵩男は胸の奥でつぶやいた。

全身の骨がきしんで砕け、崩れていく。そんな音が耳の中で鳴り響いた気がした。途方もない脱力感を味わいながら、嵩男はようよう立っていた。

年の瀬の十二月二十九日。外来診療と手術は前日に終わり、黎明大学医学部付属病院は年末年始の休暇に入っていた。神楽坂の自宅マンションでゴロゴロしていた嵩男の携帯電話が鳴ったのは、夜の八時過ぎであった。

外科病棟の看護師長の緊張した声が耳に飛び込んできた。

「御木本《みきもと》教授からの伝言です。病院にすぐ来てください。診療棟四階の集中治療室《ICU》の一番奥の部屋に真っ直ぐ来るように、とのお言い付けです」

わけがわからないまま、嵩男はジャンパーを引っ掴んで家を出た。五分後、小石川にある自分の職場の大学病院にタクシーで乗り付けた。

ICUの一番奥の部屋で白衣のポケットに手を突っ込んで、第一外科のボス、御木本紘平《こうへい》がベッドをじいっと見下ろしていた。白髪交じりのボリュームのある髪を七三にピタッと分けたヘアスタイル同様、一分の隙もない雰囲気を全身に漂わせていた。見つめられた者を落ち着かない気分にさせる冷ややかな視線を嵩男に打ち込み、顎をしゃくった。

嵩男は慌ててベッドに歩み寄り、横たわっている遺体の白い顔を覗き込んだ。数時間前、また来年、と言い交わして別れた野田宏正《ひろまさ》だと気づいたとたんに、呼吸ができなくなった気がして胸を手で押さえた。

白いペンキで壁を塗られた室内は機械音一つなく、耳が痛くなるほどの静けさだった。でっぷり太った看護師長が一人で黙々と遺体の処置を行っていた。ぽちゃっとした野田の白い腕から点滴の針を抜き、鼻の穴をはじめとするあらゆる穴に次々に綿球を詰め込んでいった。無残な形相になるのを防ぐために、顎は紐で吊り上げた。

嵩男の耳元で御木本教授が告げた。野田君は医局のトイレで倒れていた。ここへ運び込んだときにはすでに心停止していた。ヘロイン中毒によるショック死のようだ。薬物に常習的に手を出していたせいで、この有り様だ。

そう言って、遺体の左腕の注射の痕跡を指で示した。

「野田君は最近、まともではなかったそうだね。アルバイト先の病院で常勤の外科医長のIDとパスワードを勝手に使って麻薬や向精神薬を処方して、持ち出していたそうだ。噂を耳にしたので、注意したばかりなのだが。それにしても、厄介なことをしてくれたものだ。隣の医局や病院の外にこれが漏れたら、どうなると思うかね？」

キミは医局の一員で、野田君の親友だ。第一外科の汚点とならないように〝穏便なる処理〟に当然、協力してくれるだろうね、と有無を言わせぬ口調であった。

「本当にヘロイン中毒なんですか？」

嵩男は教授に向かってじりっと間合いを詰めた。

「野田は確かに、塩酸メチルフェニデートやエチゾラムに依存する傾向がありました。ですが、ヘロインに手を出す勇気は……」

「キミは野田君の全てを知っていた、と言うつもりかね？」

と御木本教授が遮った。

「親友であると同時にライバルだったキミに知られたくなかったのではないかね、自分の弱さを。己を律する強さを持ち続けられずに破滅した医者を、私は何人も知っている。キミも胆に銘じておきなさい」

部屋を立ち去る前に、教授は威圧する口ぶりで言い残した。死亡診断書はキミが書きなさい。適当な理由を選ぶように。それから、野田君の母親にはキミが連絡して、騒ぎたてないように説得しなさい、と。

「ヘロイン中毒で死んだ、と公にしないのですか？」

思わずそう訊き返した嵩男を、御木本教授は振り向きざま目で制した。

「彼の家は母子家庭だ。事実を公表すれば、退職金はどうなる？ 困るのは誰なのかね？」

ぶるっと肩を震わせて、嵩男は我に返った。至近距離から心配そうに覗き込んでいるのが〝骨格標本の頭蓋骨〟ではなく、横倉義實《よこくらよしみ》弁護士の顔だ、と気づくまで随分時間がかかった。

「折さん、具合でも悪いの？」

場外馬券売り場にほど近い新宿四丁目の雑居ビル地下の居酒屋にいるのだ、と嵩男はようやく思い出した。階段の下に無理矢理テーブルと椅子を押し込んで設えたいつもの席で、嵩男は横倉がやって来るのを待っていたのである。

年末最後の営業日で他の客が一人もいない店内を見回しつつ、横倉は嵩男の向かいにちょこんと腰掛けた。若い男性店員を手招きし、その日のお薦めメニューについて根掘り葉掘り尋ねた。その揚げ句に注文したのは、さつま揚げ、蛍イカの沖漬け、セロリとキュウリのマヨネーズ添え、という料理人が腕を振るいようのない品であった。

ポットからグラスに湯を注ぎ、嵩男が先にやっていた焼酎のボトルに手をのばしながら横倉が話の口火を切った。

「牧英彦はやっぱり、野田先生の母親のところに出掛けていたようだね」

「野田のお袋さんが、大金貰って口を噤んでいる、と思い込んでやって来たらしい。築四十年の古家でつましく暮らしているのを目にして、脅す相手が違う、と思ったんだろう。案外あっさり帰っていったようだ。野田のお袋さんはそれでも十分震え上がっていたよ。二年前、俺が渡した三百万円を返さなくてはいけないのかとビクついていた」

それはつい三日前のことだった。〝従兄弟の牧浩一郎は手術ミスで死んだ。世間に公表していいのか〟と言って牧英彦という名の若い男が黎明大学医学部付属病院の事務長を脅している。四年前の〝あのオペ〟の関係者を嗅ぎ回っているようだ。野田宏正の母親のところにも行ったかもしれない。様子を探ってきてよ、と嵩男は横倉から頼まれたのである。

「牧英彦はいまごろになってなぜ、従兄弟が死んだ経緯に興味を持ったんだろう。真相をどこまで知ってるんだ？」

「〝伯父が臨終前に打ち明けた。息子は黎明の第一外科に殺された。外科医の口車に乗せられて手術に踏み切ったのは間違いだった、と後悔していた〞……事務長にそう言ったらしいよ。残念ながら、核心を知っている可能性が高いな」

焼酎のお湯割りをちびちびやりながら、横倉は手元にある情報をかい摘んで語り始めた。

牧英彦は二十六歳。つい最近まで所沢の産業廃棄物処理業、牧興産の総務部に勤務していた。伯父が社長をしていて、一年ほど前に就職したそうだ。

その伯父が二ヵ月前、急死した。葬儀の直後、英彦は〝サラリーマンなんか、やってられっかよ。金儲けのアテもあるし〞と捨て台詞を吐いて会社を辞めてしまったという。

とにかく、素行が悪いと評判の男である。高校時代、隣家に押し入って女子大生をレイプし、当時健在だった厳格な祖父を激怒させた。カナダの大学に行かされて、帰国が許されたのはいまから一年前だ。呼び戻して自分の会社に就職させたのは伯父の牧桂一郎であった。

牧興産の社長、牧桂一郎は四年前、〝跡継ぎの長男〞を失って以来、病気がちだったようだ。その亡くなった跡継ぎの長男、牧浩一郎が難病を患って治療を受けていたのが、嵩男がかつて勤務していた黎明大学の付属病院だったのである。

「〝真面目に働くのは性に合わない〞とか〝最後はAV男優で食っていける〞とか。英彦は世間知らずなことを平気で口にして、周囲を呆れさせていたそうだよ」

と言って横倉が声もたてずに笑った。

「四年前、従兄弟が死んだとき、英彦は海外にいたから事情を知らなかったはずだ。伯父が死ぬ前に〝秘密〟を耳にする機会があったんだろう。〝こいつをネタに強請をすれば当分、遊んで暮らせる〟と安易に考えているらしい」

「懐柔工作に応じる可能性は？」

「ない。〝息子の命が失われたことは許しがたい。それはそれとして、病院の出入り業者として参入させてくれるなら水に流す〟と言って取引に同意した桂一郎社長とは器が違うんだ。牧英彦は頭が悪くて、ものの道理がわからない。だから、厄介なんだよ」

「で、俺はどうすればいい？　大井町に探りに行かされただけでは済まないんだろう？」

嵩男と横倉は無言で互いを見つめた。

数分にも感じられる睨み合いののち、地の底から絞り出すような声で横倉がささやいた。

「やってくれるよね？　皆のために」

「皆って誰だ？　あんたと俺と、それから？」

「野田先生の母親だよ。不安な気持ちで年を越させるなんて、気の毒だと思わない？」

これは、いつものような請け負い仕事ではない。ただ働きだ。しかも、あと二日しかない年内に決着をつけろ。そういうことか……。

牧英彦の趣味や性癖を調べてくれ。英彦がこれまで生きてきた延長にポンと乗っかるような〝相応しい方法〟を考える必要があるから、と嵩男が感情を込めない低い声で頼んだ。

明日の昼までに電話するよ、と横倉が約束した。

店を出ると寄り道をせず、嵩男は千駄ケ谷の自宅マンションを目指して歩き始めた。新宿御苑の南側に沿って走る暗い道に差し掛かったとき、急に雨が落ちてきた。それはほどなく、御苑の闇から吹き付ける風を伴う横殴りの雨に変わった。

黒革のジャケットの襟を立てようともせず、濡れるに任せて、嵩男はずんずん歩いた。子供のころ、祖母が〝冬に北の方角から風に連れられてやってくる強い雨〟の洒落た呼び名を教えてくれた気がした。嵩男は懸命に考えを巡らせた。〝北しぶき〟というのだと思い出したのは、マンションの玄関が見えてきたときだった。

熱いシャワーを浴び、〝鼻の毛穴パック〟で気晴らしをして、嵩男はやっと人らしい気分を取り戻した。暖房を効かせたリビングルームの床にあぐらをかいて座り、目を瞑った。ベランダのガラス戸を叩く雨音と横笛の音色に似た風の叫びにしばし、耳を傾けた。

「〝北しぶき〟に降られたら、傘なんか何の役にも立たない。身も心も凍えるに任せて、やり過ごすしかないんだよ」

優しげにくぐもった祖母の声を耳元で聞いた気がした。

「ねえ、嵩男。天気でも人生でも、〝北しぶき〟をやり過ごすのに必要なのは、知恵と忍耐力だよ。いざというときに備えて、その二つを身につける努力をしなさい。いいね？」

生前の祖母は、生きていくための叡知について雨言葉を引用して教えてくれた。まるで、ここ数年、嵩男が置かれることになった状況を予見していたかのように。知恵と忍耐力か。いざというときに備えて。いざというときに備えて……。

そうつぶやきながら、嵩男はゆっくり目を開けた。その刹那のことだった。野田宏正が死ぬ数日前に口にしたことばが突然、耳の中で響いた。

「〝いざというときに備える〟という英語のことわざを知ってるか？〝Save for a rainy day〟っていうんだ。あのな、お前だけに教えるんだぞ。俺、マンションのトイレのタンクの裏に一万円札を一枚、貼り付けてるんだ。いざというときのために」

強い目眩を感じて、嵩男はとっさに両手で顔を覆った。四年前の〝あの事件〟の記憶が津波のようにどっと脳裡に押し寄せてきた。

野田宏正の急死から二週間後。嵩男は野田が一人暮らしをしていた茗荷谷のワンルームマンションに出向いた。遺品の片付けを一人でする勇気がない。立ち会ってほしい、と野田常子に泣きつかれたからだった。

息子の洋服や下着を押し入れの衣装ケースから一枚ずつ取り出し、掻き抱くように胸に押し付けて、常子は泣きじゃくった。居たたまれず、嵩男はトイレに駆け込んだ。トイレットペーパーを大量に使って鼻をかみ終えたときだった。〝お前だけに教えるんだぞ〟と野田が教えてくれた〝いざというときの一万円札〟の話をふっと思い出した。戯れ言だったんだろうな、と思いながらも、嵩男はトイレの水洗タンクの裏に試しに指を差し入れた。と、カサカサ音がした。

引っ張り出すと、それは半透明のポリ袋であった。中に二ツ折りの一万円札が一枚入っていた。

嵩男は折り目を開いた。挟み込まれていた白いメモ紙がひらりと床に落ちた。拾い上げると、そこに見覚えのある野田の筆跡が見えた。

「八月二十日。UCのオペ。二本目のトロッカーで腹部大動脈を損傷。執刀医のK助教授、縫合止血の方法がわからないという。総出血量二十リットル。DOT」

その後に〝ID〟という文字と八ケタの数字が書き添えてあった。

嵩男はおやっと思った。〝UC〟とは〝潰瘍性大腸炎〟だろうか。カルテに記載するときなどに使う略語だが。〝八月二十日〟とは四ヵ月前の八月のことだろうか？ そのころ、嵩男は〝第一助手〟と呼ばれる執刀医の次に重要なポジションで入ることになっていた潰瘍性大腸炎のオペを、野田から懇願されて譲ってやったのだが。

そのオペの患者は確か、二十二歳の大学生だった。原因不明の難病、潰瘍性大腸炎との診断で黎明大学の付属病院で内科的治療を施されていた。ステロイド治療を受け、しばらくすると病状が再燃する、ということを繰り返していたようだ。〝ステロイドの総投与量が一万ミリグラムに迫り、副作用の満月様顔貌、不眠、血圧上昇、精神不安定などの症状が著しく、本人と家族が外科手術を望んでいる〟という理由で第一外科に移ってきた。表向きはそういうことになっていた。

内実は〝大腸の権威〟として知られる第一外科の御木本教授が炎症性腸疾患《IBD》のクローン病《CD》と潰瘍性大腸炎《UC》の腹腔鏡下手術《LS》に熱心に取り組む方針を一年前から打ち出しており、一例でも多く症例を集める目的で強引に第一内科から患者を奪い取ったのだ。

それまで〝ＩＢＤは開腹手術でやるべきだ〟と御木本は言い張っていた。ＬＳに熱心なライバル大学を〝美容的見地でやっている。邪道だ〟と非難していた。突然の方針転換は、ＬＳの最新機器を販売する会社から多額のリベートが渡ったためだろう、と医局ではもっぱらの噂であった。

大学の医学部と付属病院に君臨する外科教授とは〝その地位に就いただけで莫大な裏金の集金システムを手にする特権階級〟だ。御木本紘平も例外ではなかった。〝謝礼〟〝寄付〟という名目の領収書のいらないカネを当たり前のように貰っていた。それは例えば、医学博士論文の謝礼が一人につき五十万円、関連病院や民間病院から頼まれて医師を一人派遣するたびに五十万から百万円、そうした病院に自ら顔を出すと一回十万円、という具合であった。

金額の大きいところでは、手術装置や医療器具の納入業者に選定する謝礼が百万円単位。

一台数億円のCTやMRI購入のバックマージンが一割。ただし、表向きは〝研究費〟として。

さらに、御木本は、ある製薬会社の新薬の開発に直接関わって得た報酬の一億円を夫人が役員をしているダミー会社に振り込ませたという。そのうえ、その製薬会社の株を新薬承認前に買い付けたそうだ。インサイダー取引だとバレないように、生後六カ月の外孫の名義を使ったというから抜け目ない。加えて、その薬の治験を弟子たちにやらせ、患者の症例報告一件につき二万円を受け取っていた。しかも、患者に効果があろうがなかろうが、製薬会社の望むようにデータを書き換えるのである。

集金の手口は他にもある。〝手術執刀の謝礼一回百万円〟だ。患者や家族は知らないだろうが、大学病院の教授は、皮膚切開から患部の露出に至るまでの退屈かつ面倒な工程は全て弟子たちにやらせるのだ。〝本日のハイライト〟という場面で〝お出まし〟となり、三十分ほどメスを振るい、〝あとはよろしく〟と去っていく。それに対する謝礼が百万円だ。つまり、時給に換算すると二百万円というわけだ。

それでも、御木本は弟子たちを前にしてしばしば、こう言い放っていた。

「某私立大学の外科教授は、心臓手術の謝礼として〝三千万円持ってこい〟と患者に公然と要求している。キミたちは、モラルのない、そういう悪い医者になってはいかんぞ」

　金儲けに勤しむ御木本のような教授の姿を日々目にするうちに、〝医局〟という〝大部屋〟で過ごす嵩男たち医局員の神経はいつの間にか、麻痺していった。医学部に入学してしばらくは〝人の命を助けたい〟と強く願っていても、〝美味しい経験にありつきたい。自分もどうにかして教授になりたい〟と切望するようになる。それにつれて〝患者を熱心に治療しても出世の役に立たない〟と投げやりに考えるようになるのだ。

　野田宏正は、どんな手を使っても出世したいと思い詰めていた典型的な医局員だった。白くてぽちゃっとした童顔と腰の低さを武器に、上下関係が厳しい医局で先輩たちに擦り寄っていた。特に、教授には徹底的におべっかを使った。家の芝刈りまで〝やらせてもらっていた〟というのだから。製薬会社の医療情報担当者《MR》顔負けのゴマスリぶりを間近で見ていた嵩男は、とても真似ができないと思った。

　そんな野田と嵩男は、大学の医学部在学中から無二の親友だった。名門、黎明大学医学部に入るために一年浪人したので嵩男のほうが一歳年上だったが、野田はいつも兄貴風を吹かせていた。〝お前は口が悪いから気をつけろ〟〝医局の先輩たちに愛想笑いしたほうがいいぞ〟などと、嵩男はしょっちゅう説教されたものである。

　その一方で、野田は私生活の愚痴を嵩男にこぼした。中学生のとき父親が病死して母一人子一人の身の上になったこと。大学は奨学金を貰って卒業したこと。六百万円程度の大学病院勤務の年収の中から父親が残した親戚への借金を返しているが、結構大変だ。このままでは婚期を逃して一生独身でいることになりかねない、などと。

　そんな事情があったので、医局のボス、御木本教授が〝IBDのオペは今後、積極的にLSで〟と方針転換したとき、野田はライバルを出し抜くチャンスだと考えたらしい。

　講師への昇進を狙っていた野田は、LSの症例を医学雑誌に論文発表したい、と教授に持ちかけた。そして、IBDのオペに誰よりも積極的に参加するようになった。

　四年前の八月のある日。八月二十日のUCのオペは執刀医の金沢助教授の指名でお前が第一助手につくそうだな、と言って野田が嵩男の自宅にやってきた。

「〝頻回再燃〟の患者は格好の症例だ。論文の締め切りにちょうど間に合うんだよ。頼む、第一助手を譲ってくれ。親友を助けてくれよ！」

　オペは成功した、と嵩男はその後、先輩医師から聞いた。野田の役に立てて良かったと思い、それきり忘れてしまった。外来診察、オペ、病棟の見回り、論文発表の準備、その他雑用に忙殺される毎日だったからだ。

　突然、病院に呼ばれて〝野田君が薬物死した〟と御木本教授から告げられたのは、その年の暮れのことだったのである。

　それにしても……と亡くなった野田のマンションのトイレで立ち尽くし、手にしたメモに目をやりながら、嵩男は首を傾げた。これはいったい、どんな目的で書かれたのだろうか。〝いざというときの一万円札〟に挟み込んであったが、何か意味があるのだろうか？

気になるのは〝DOT〟という文字であった。ダイ・オン・テーブル。〝術中死〟を示す外科の隠語だ。

さらに、〝ID〟の文字に続く八ケタの数字はいったい、何なのだろう？

もしかして、患者番号かもしれないと閃いたのは、メモを発見した翌日だった。その番号に該当する患者がいないか、嵩男は外科のカルテ保管庫で調べた。だが、見つからなかった。諦められず、個人的に親しくしている内科外来の看護師に、内科の保管庫をこっそり調べてほしいと頼み込んだ。

ナース二年目の赤い頬の女の子は、嵩男と待ち合わせた病院の中庭に駆け足でやってきた。あのID番号のカルテは確かにありました。牧浩一郎という患者さんでした。八月に外科に移ってオペをして、回復室で急変して亡くなったと書いてありました、と報告した。

「カルテの表紙の隅っこに、赤ペンで小さな十字架が書いてありましたよ。あれって〝手術で亡くなった患者さんのカルテ〟だっていう〝内緒の印〟ですよね？」

潰瘍性大腸炎を患っていた牧浩一郎はオペの最中に執刀ミスで死んだのではないか。その事実を自分の身に何かあったとき、嵩男には知っていてほしくて野田はメモを残し、隠し場所をそれとなく伝えたのでは？　そうだとしたら、野田の死は事故ではないかもしれない……。

嵩男は悩んだ。迷った末に、牧浩一郎のオペに立ち会ったスタッフにそれとなく訊いてみようと決心した。

ところが、その矢先、人事異動のシーズンまで二カ月もあるのに、〝問題のオペ〟の関係者が次々に大学病院から飛ばされた。執刀した金沢助教授は北陸の民間病院の院長に転籍した。アシスタントについた講師一人、助手二人、麻酔担当の女医は関東から遥かに遠い他府県の総合病院に移っていった。

嵩男をさらに驚かせたのは、オペ室付きの熟練ナースが二人いっぺんに寿退職したことだ。病棟や外来とは違い、オペ室付きの看護師は〝一人前になるのに最低三年かかる〟と言われる専門職だ。二人同時に退職するのを病院が止めないのは異例である。

もしも本当に〝DOT〟があったとしたら、身内を庇うという意識が徹底している医者から真相を訊き出せる可能性は低い、と嵩男は考えた。そこで、病院を去ったナースを集中的に追跡した。

休日を利用して根気よく調べて三カ月後。メスや鉗子などの器具を執刀医に渡す〝機械出し〟と呼ばれる仕事を担当していたナースが独身のまま、北海道のとある漁師町の老人介護施設で働いているとわかった。嵩男は早速会いに行き、話してくれるように頼んだ。

が、きっぱり断られた。

輸液の交換や手術記録の記入を受け持つ〝外回り〟と呼ばれるナースのほうは、商社マンと結婚してクアラルンプールにいると判明した。嵩男は有給休暇をとって出掛けていった。野田の死に関係があるかもしれない〝あのオペ〟の真相をどうしても知りたいのだと懇願した。

元看護師は根負けしたらしく、自分が喋ったと口外しないでください、と何度も念を押した。牧浩一郎さんは、野田先生のメモから折壁先生が推測したとおり、潰瘍性大腸炎のオペの最中、執刀ミスで死亡したのですよ、と告白した。

証言によると、オペは大腸全摘・回腸嚢肛門管吻合《IACA》術で行われる予定だった。大腸を後腹膜から剥離し、血管処理をしたのち、下腹部の三センチほどの創から体外に大腸と回腸をごっそり、患者の腹の上に引き出したうえで切除するのだ。全腸の露出までの間に腸のそれぞれの部分と血管をいちいち、切離したり、剥離したり、縫合していく。慎重にして細やかな作業が数時間にも及ぶ、難易度の高いオペである。

事故はオペ開始から間もない時間帯に発生した。手術器具を出し入れするための円筒形の器具〝トロッカー〟の二本目を患者の臍の右上に穿刺した直後に突然、原因不明の大量出血が始まった。

オペ室は混乱した。運が悪いことに、その日のスタッフには、俗に〝野戦病院〟と呼ばれる救急拠点病院での経験がある外科医がいなかった。解剖学に詳しく、機転が利き、沈着冷静で、たとえ逆さまの位置からでも糸結びができるので重宝されていた嵩男のような腕利きが一人もオペに加わっていなかったのだ。

執刀医の金沢助教授はどちらかというと〝学術論文オタク〟で、うろたえるばかりだったという。嵩男の代役で第一助手に入った野田も、ただ立ち尽くしていたらしい。トロッカーの先端が腹部大動脈を傷つけたとわかったのちも、縫合止血の方法を巡って検討が続いた。結局、誰も自信がないということがわかって輸血が始まるまでに、出血量は二十リットルに達してしまった。患者は出血性ショックで死亡した。

「穿刺失敗の原因は、執刀医の金沢先生があの日、そわそわしていたせいだと思いますよ」

とオペ室付きの元ナースは言った。

「金沢先生はオペの直前に教授に呼ばれて、怒鳴られたそうです。原因、何だと思います？　金沢先生の奥さんは、御木本教授の姪ですよね。金沢先生の浮気が奥さんにバレて、教授に言い付けられたんですって。その浮気相手が、〝機械出し〟の坂本さんだったんですよ。坂本さんも教授に叱られたらしくて、泣き腫らした目でした。だから、あの日のオペ室の雰囲気は、始まる前からちょっと、異様でした」

野田先生がどうしてあんな死に方をしたか、私にはわからない。でも、これだけは言える。あの〝DOT事件〟の直後、オペ室にいた全員を部屋に呼んで口止めした御木本教授の目付きは恐ろしかった。あのまま病院にいると危険だという気がした。だから、結婚を急いだのです。

元ナースは震え声でそう話を結んだ。

帰国した嵩男は病院の事務方にそれとなく当たり、ある噂を耳にした。九月の下旬、〝息子のオペについて匿名の電話があった〟と言って牧興産の社長が血相を変えて御木本教授の元を訪れたという。

それから間もなく、牧興産は御木本の推薦で黎明大学医学部付属病院に出入りする医療廃棄物処理業者に選定されている。

また、それからしばらく経って、エレベーターホールで御木本教授が野田を叱責する場面を、ある事務員が目撃したそうであった。教授は野田に〝疑いが晴れないのはお前だけだ。しらばっくれるのか〟と言い、泣きそうな顔で野田は弁明していたという。

野田宏正が不可解な死を遂げたのは、それから数週間後であった。

それ以上は、どうにも真相を解明できなかった。嵩男は気を腐らせた。仕事をしても、酒場で浴びるほど酒を飲んでも、心は虚ろだった。どうにもやりきれないのは、野田の死亡診断書をその手で書いてしまったことだ。御木本教授に命じられて断れず、大きな力に流されるように行動してしまったのだが。

あのとき、野田の死因をどう偽ればいいのか、見当もつかなかった。そのうえ、親友に死なれて動揺していた嵩男は〝急性心筋梗塞による急性心不全〟と死因を書き込んだ。

そのことが気に入らない、と言い掛かりをつけられて突然、嵩男は御木本の部屋に呼び付けられた。病院内での聞き込みに行き詰まって悩んでいたある日のことであった。

「キミは学部で何を学んだのかね？　〝急性心不全〟とは病態の名前で、病名ではない。せめて気を利かせて〝無症候性心虚血発作〟とすべきだった。馬鹿なことをしてくれたな」

牧浩一郎の一件を嗅ぎ回っているのがバレたのだ、と嵩男は直感した。

反抗心と怒りが胸に込み上げて、唇がわなわな震えた。青ざめて立ちすくむ嵩男の口からら勝手にことばが出ていた。

「野田が死んだとき、どうして献体させずに、すぐに葬儀社に引き取らせたのですか？」

何を言い出すのか、という表情で御木本が目をすがめた。

「ウチの大学では伝統的に不文律がある、と学部時代、教えられました。〝黎明の外科に一度でも籍を置いた者は、後輩の解剖実習に役立てるために献体すべきだ。それが大学への一番の恩返しだ〟ということでしたが」

「キ、キミはいったい……」

「解剖すれば、はっきりしたはずです。ヘロインによる中毒死は、慢性と急性では違いがありますから。野田が常用者だったなら、細菌性心内膜炎、肝炎、腎臓に糸球体硬化症といった所見が確認できたはずです。しかし、急性なら、つまり〝あの日初めて大量のヘロインを注射されて死んだ〟というようなことだったら、高度の急性肺水腫が見られたでしょう」

はっとした様子で、御木本が息を呑んだ。カッと見開いた目が怒りと恐怖の色を宿してギラッと光った。

御木本が手を下したのだと嵩男は一瞬で悟った。そうして、心底後悔した。当て推量で口にしたことが真相を言い当ててしまったとは。証明するのは不可能なのに。なんということだろう！

その日から、嵩男はビクビクして過ごした。一方、御木本は嵩男の仕事を奪うことで様子を窺うという行動に出た。医局の出入り口脇に嵩男の机を移し、オペも外来診察も禁じた。〝ただ、医局に座っていろ〟というのであった。

先輩はもとより新人まで、医局員は急に嵩男に近づかなくなった。口をきかないようにしよう、と全員で申し合わせているように見えた。

嵩男は次第に精神のバランスを崩し、不眠症に陥った。気づいたときには、生前の野田のように抗不安剤に頼っていた。しかも、野田からかつて教えられたときには軽蔑した、即効性がある危ない方法を用いた。本来なら飲むべき抗不安剤を粉末状にして鼻の奥へと吸い込む〝スニッフィング〟を試したのである。

このままでは薬物死しかねない、と嵩男は不安に駆られた。そんなある晩、後輩から当直を押し付けられた。眠れない辛さを紛らわすために見回りをした病棟の個室で深夜、思いがけない人物と再会した。個室の入院患者は、嵩男の予備校時代の友人であった。重篤な状態にあった旧友を、嵩男は安楽死させた。そのときのことは……とても辛くて、思い出したくない。

それがきっかけだった。自棄になった嵩男は病院内で次々に安楽死に手を染めた。全てのケースが日本における安楽死の倫理基準を満たさないどころか、欧米でも禁止されている〝慈悲殺《マーシー・キリング》〟だった。

いつ発覚するか、と嵩男は楽しみにしていた。そのころには、こうなったら教授と対決して刺し違えてやろうと腹を括っていた。

御木本が事態を把握し、青くなって嵩男を自分の部屋に呼び付けたのは、一年近くが経過してからだった。

踏ん反り返って座っているソファの前に嵩男を小学生のように立たせて、御木本が喚き散らした。お前は人殺しだ。黎明大学に泥を塗り、この私に恥をかかせた。大学病院をクビになるだけで済むと思うな。日本全国、どこの病院にも就職できないように手を回してやる、と。

叱責のことばが途切れた一瞬、嵩男は前にスッと踏み出した。御木本の横面を思いきり平手で張った。二発。そしてもう一発。

悲鳴をあげて、御木本がソファから床に転がり落ちた。その背中を嵩男は後ろから膝で押さえ付けた。体重をかけてのしかかり、首を両手でぎゅうぎゅう絞めた。

ノックなしで突然、病院の顧問弁護士、横倉義實が部屋に入ってきたのは、そのときだった。

御木本紘平が〝無症候性心虚血発作〟で死んだという記事が新聞紙上で報じられたのは、それから二週間後だった。

未亡人の強い意向で、遺体の献体は見送られた。未亡人にとっては献体どころではなかったようだ。御木本紘平がかなりの蓄財をしているという情報提供があったらしく、隠し資産についての税務調査が行われることになったらしい。その相談をするために、葬儀の最中もたびたび席を外して公認会計士と打ち合わせをしていた。

夫が死んだというのに、未亡人はあまり悲しんでいなかった。セカンドハウスで冷たくなっていた夫を発見したのが、病院の顧問弁護士の横倉で良かった。愛人の誰かだったら大騒ぎしたかもしれないから、と真顔で言い、死亡診断書の手配など面倒なことは一切、横倉に任せたそうであった。

葬儀では焼香を待つ長い列に嵩男も並んだ。その最中ずっと思い浮かべていた。注射器を首に突き付けられた御木本が何度も命乞いした光景を。

〝あの晩〟、嵩男は横倉とともに、御木本の隠し財産の一つである高輪の高級マンションを訪れていた。横倉の執り成しで詫びを入れるため、というのが表向きの理由だった。

嵩男がしおしおとしていたのは、部屋に入れてもらうまでだった。客間の床に視線を滑らせ、毛足の長い絨毯がクッションになると確認するやいなや行動を起こした。両手を御木本の顔にのばし、親指を鼻の穴に突き入れて圧迫した。御木本は身動きできなくなり、本能的に目を閉じた。

なされるがままのその身体を、嵩男は仰向けに床に倒した。近くにあった赤革のアームチェアまで引きずっていって座らせ、持参したロープでぐるぐる巻きに縛った。

瞬きすらできずに見つめる御木本の前で、横倉経由で事前に手に入れたヘロイン二グラムを水で溶解した。注射器で吸い上げ、御木本の首の横で構えた。

「こうやって野田を殺したんだな？　白状しないと、首に突き刺すぞ」

顔面蒼白の御木本が自白した。牧興産の社長に〝息子さんは執刀ミスで術中死した〟と密告したのは結局、野田以外には考えられなかった。それ以上誰かに喋られては自分の地位が危うくなるので、ヘロイン常用者の中毒死を偽装して口封じした。ヘロインの調達は、便利屋代わりに使っている小さな製薬会社の社員にやらせた、と。

それから延々と、御木本は嵩男とその後ろで見守っている横倉に〝殺さないでくれ〟と懇願した。子犬のように脅えた目をして。

嵩男はふっと息を解き放った。注射器を教授の首から外し、テーブルに置いた。御木本は安堵に顔を歪ませた。

「野田はどの程度苦しんだ?」

嵩男の問いが意外だったらしく、御木本は返事を躊躇した。

「たいしたことはなかったと思う。長い時間ではなかった」

それだけ聞けば十分だ、と嵩男は思った。医者言葉の〝たいしたことはなかった〟は〝相当苦しんだ〟という意味なのだから。

頭を一振りして気を取り直し、嵩男は次の行動に移った。持参した塩酸モルヒネ(ガンの疼痛緩和などに使う強力な鎮痛剤)十ミリグラムの錠剤を五十錠、テーブルに並べた。それを五錠ずつ、根気よく御木本の口に押し込み、プラスチック製のロートと気管内挿管に使う九ミリのチューブを合体させて作った手製の装置で水を流し込んで飲ませる、という作業に没頭した。

御木本は昏睡に陥った。呼吸が緩慢になり、脈拍微弱、チアノーゼ、そして心停止、と教科書通りの経過を辿って死亡した。

ロープを解き、遺体を床に寝かせた。嵩男は屈み込み、遺体の瞼を開かせた。硫酸アトロピンの点眼剤を数滴ずつ、両目に垂らした。診断目的などで瞳孔を拡大させる薬を使うことで、モルヒネ中毒特有の〝瞳孔縮小の症状〟を消滅させたのだ。

何もかも終わったと告げるために、嵩男は立ち上がった。背後で中腰になって様子を見守っていた横倉が、好奇心を抑え切れない様子で目を輝かせ、嵩男に問いかけてきた。

「殺しに手を染めている間、どんな気持ちだったの？　人を殺す手応えや罪悪感を感じた？」

いや、何も感じなかった、と嵩男が答えた。横倉は納得しなかった。

「頭の中が真っ白になったということ？」

「違う。なぜだかわからないが、研修医のころ一生懸命練習した〝体内結紮《けっさつ》法〟の手技について考えているうちに終わっていたよ」

御木本紘平の殺害を嵩男に持ちかけてきたのは、横倉であった。横倉はその二週間前、教授の部屋に突然入ってきて嵩男を我に返らせ、御木本をなだめてくれた。その後で密かに接触してきて、こう言った。御木本教授に永遠に〝退場〟してほしいと願っているクライアントがいる。親友の野田先生の敵討ちをするいいチャンスだと思う。協力してもらえないだろうか、と。

折壁先生のことは随分前から調べて、何でも知っている、と横倉は言った。野田宏正の急死に纏わる経緯を調べていたこと。極真カラテの有段者であること。妻と不仲で別居中であること。軽度の知的障害があった弟の自殺。さらに、その弟を精神的に追い詰めて死なせた実の父親を殺そうとしたが、最後までできず、それ以来、両親と絶縁していることも。

「〝父殺し〟を完結できなかった自分の弱さを、嫌悪しているんでしょう?」

戸惑いを隠せない嵩男に、横倉が畳み掛けた。

「リターンマッチをいつか、するべきじゃないのかな? 血縁関係のない〝精神的な父親〟ならどう? 折壁先生の頭を押さえ付けている御木本教授は絶好の〝身代わり〟だと思うけどね」

〝息子〟はいつか〝父親〟を乗り越えなくてはいけない。それが宿命だから。

咽び泣きに似た声でそう言い終えた横倉は、書類鞄からビデオカセットを取り出した。

妻と別居中で仮住まいをしていたウイークリーマンションに備え付けのビデオ内蔵型テレビに映し出された九十分ほどの映像を、嵩男は声もなく見つめた。それは、黎明大学の付属病院の外科病棟で明日にも死にそうな患者が収容される〝特別個室A〟で隠し録りされた、とすぐにわかった。嵩男が抗ガン剤を使って十人以上の患者を死なせていく場面が鮮明な画像で記録されていた。

このビデオテープは私が責任を持って保管するとしよう。教授を始末してくれたら、報酬も支払うよ。そう言って、横倉は最後ににっこり笑った。

嵩男は依頼を引き受けた。報酬の三百万円は一円も使わず、野田の母親に届けた。〝お袋さんが貰って当然のカネだ。安心して使ってくれ。ただし、誰にも言わないように〟と口止めした。

それは、たった一度の請け負い仕事のはずだった。しかし、横倉はその後も嵩男に付き纏った。折壁先生には、外科医よりもっと相応しい仕事がある。天職というべき仕事だ。これまでの知識とキャリアが活かせて、儲かる。ぜひ転職してもらいたい、と熱心に勧誘した。

嵩男は大学病院を辞めた。横倉から前借りしてローンを完済したマンションを慰謝料代わりに渡して妻と別れた。友人たちとも縁を切り、居所を変え、横倉が手配したさまざまなトレーニングを半年間積み、本格的に〝プロデビュー〟した。

その後、黎明大学医学部第一外科の教授の席には、教授選の結果、臓器移植に積極的な第二外科の助教授が就任したと耳にした。横倉が言っていたクライアントとはおそらく、学内の移植医療推進派の誰かだな、と嵩男は考えている。御木本は〝倫理の問題がクリアされていない〟という理由で移植医療に強硬に反対していたから。

そうしたことを横倉に確かめる機会もなく時は過ぎ、嵩男は四十四歳になっていた。

嵩男が野田の命日に大井町の母親を訪ねた翌日。横倉が嵩男の携帯に電話してきて牧英彦に関する追加情報を告げた。

英彦は会社で女子社員の尻を触るなどセクハラを繰り返していた。また、住んでいる椎名町に近い池袋の複数のキャバレー、ピンクサロンに出入り禁止を言い渡されている。女性たちにしつこく迫る〝非常識な客〟としてブラックリストに載っているのだ。さらに、池袋のアダルトショップに入り浸り、怪しげな玩具や媚薬を買い込んでいるらしい。

「女とやりたい。それしか考えられない、ただのガキだよ。強請を思いついたのも、風俗通いの軍資金にでもするつもりだろう」

〝相応しい方法〟を思いついた。明日の晩、除夜の鐘が鳴るまでに片付けるよ、と嵩男は請け合った。


十二月三十一日の夜八時過ぎ。椎名町のとあるマンション一階の一室。バスローブを羽織って浴室から出てきた牧英彦をリビングルームで黒覆面の男が待ち構えていた。目出し帽で顔を隠した男、折壁嵩男は英彦の膝を目がけて飛びかかった。両足を摑んで身体をすくい上げ、相手が後ろに倒れる寸前、腰の後ろに蹴りを入れた。

英彦は呻いて伸びた。その両手両足に痕跡が残らないようにタオルを巻き付けて、嵩男は上から紐で縛った。

拘束した英彦をソファに寄りかからせ、嵩男はしげしげと眺めた。

英彦は鼻が悪いのか、締まりなく口を半開きにして呼吸していた。ニキビが顔一面に浮き、身体つきは痩せ型で、胸板が薄い。茶色に染めた長髪の下から見上げる目は、何が起きたのかと問いたげにぱっちり見開かれている。

嵩男は黒革のジャケットの内ポケットから青い錠剤を十錠、取り出して手のひらに並べた。英彦によく見えるように目の前に掲げた。

「こいつが何かわかるな。欲しいだろう？」

有名な勃起不全治療薬だと気づいたらしく、英彦は目を瞠った。

「こいつを全部、飲ませてやる。費用はこちら持ちで。経験したことがない快感を味わえるぞ」

コップに水を汲み、五十ミリグラムの錠剤を十錠、次々に飲ませた。

英彦は抵抗しなかった。それどころか目を輝かせていた。

続いて嵩男は、ズボンのベルトに挟んで持ってきたビデオカセットを部屋のビデオデッキにセットし、リモコンの再生ボタンを押した。喘ぎ声とともにテレビ画面に映し出されたのは金髪の白人女性の二人組であった。互いの裸体に舌を這わせ、乳房を擦り合わせて絡み合う光景を、英彦は食い入る目付きで見つめた。

「どうだ、出張サービスの女が欲しいだろう。ん？」

「呼んでくれるの？」

と視線はテレビ画面に向けたまま、英彦が上ずった声をあげた。嵩男は唇の片端だけ持ち上げて微笑んだ。

「慌てるなよ。いい思いをする前に、教えてもらおうか。お前、〝従兄弟が手術で殺されたことを公表していいのか〟と黎明大学の付属病院の事務長を脅したそうだな」

ぎくりとして英彦が唾を飲んだ。

「誰から情報を貰ったんだ？　伯父貴から聞いた、なんて嘘はつくなよ」

英彦はあっさり白状した。情報の出所は本当に伯父の牧桂一郎だ。ただし、無理矢理訊き出したのだが。

目眩で倒れて入院していた伯父を病院の個室に見舞ったとき、ナースが部屋に残していった血圧測定用のベルトが目に留まった。それをとっさに首に巻いて伯父を拷問した。息子の命を奪った黎明大学と取引して食い込むとは、社長は血も涙もない商売人だ。専務がそんな陰口を言うのを聞いた。どういうことなのか言え、と問い詰めた。

牧桂一郎は喋った。匿名の電話で息子の浩一郎が術中死したと知り、その後、御木本教授と交渉して取引業者にしてもらったのだ、と。

「用がなくなったから、伯父貴には死んでもらったんだ。枕元のティッシュペーパーを一箱分、口に詰め込んで窒息させた。あとはティッシュを片付けてオシマイってわけだ。えらく簡単だったよ」

お前も用済みだな、と嵩男は胸の奥でつぶやいた。

英彦のバスローブに手を掛けて前をはだけ、股間に視線を落とした。薬の効果は現れていた。

嵩男はジャケットのポケットからニトログリセリンの軟膏を取り出した。中身をたっぷり、手袋をはめた指にとり、血管が浮いた陰茎に塗りたくった。その間、英彦はぽかんと口を開けて見守っていた。

「こいつは狭心症の薬だ。こうやって使う裏技もあるんだ。いまに火照ってくるぞ」

嵩男はポケットから三つ目の薬を取り出した。亜硝酸アミルが入った瓶を英彦の鼻に押し当てた。と同時に、左手で口を塞いだ。

口呼吸ができなくなった英彦は鼻を広げた。ニトログリセリンとともに〝勃起不全治療剤との併用は厳禁〟とされている血管拡張剤、亜硝酸アミルを思いきり吸い上げた。

元旦の朝一番で、嵩男は野田常子に電話した。茶髪で不良っぽい例の男はもう二度と現れない。安心していいよ、と告げた。その時刻、〝媚薬のハットトリック〟で昇天した牧英彦の遺体が一人暮らしのマンションの床に転がっていることは言わなかった。

翌日から毎日午後、嵩男は大井町に出掛けていった。野田常子が万引きをやめたかどうか、気になったのだ。正月で何もすることがなく、退屈だったからでもあるが。

五日目の夕方、常子はこころなしか早足で家を出た。深紅の口紅を唇に引き、キャメル色のコートの胸元に赤いシルクのスカーフを覗かせて。

大井町銀座のディスカウント店に常子は入っていった。尾行する嵩男がはらはらして見守る目の前で男性用オーデコロンを堂々と万引きした。店を出て向かったのは駅裏の整形外科の診療所であった。

外で五分ほど待った嵩男は、思い切って中に入った。受付の若い女性に〝野田さんの付き添いのヘルパーです〟と偽った。

まんまと診察室手前の〝中待ち合い〟に入ることに成功した嵩男の耳に、常子の甘ったるい声が飛び込んできた。

「いやだわあ、遠慮しないでよ。もっと足の付け根んとこまで触ってよ」

「そういうわけには……。それにね、野田さん。治療に来るたびに下着とかオーデコロンとか、プレゼントしてくれるの、やめてもらえませんか」

「いいじゃないの。堅いこと言わないの。アハハハハ」

下着とかオーデコロン？

嵩男ははっとした。

中待ち合いと診察室を仕切っている白いカーテンの隙間から恐る恐る目を凝らした。

〝大腿四頭筋の筋力強化療法〟が行われているはずの診察台の上で膝を立てて、常子が仰向けに横たわっていた。ぽちゃっとした白い手をのばして理学療法士らしき若い男の手を掴み、強引に自分の太股に押し付けて触らせていた。

丈の短い白衣が似合う、きりりとしたサムライ顔の若い男は、手を離しそうにない常子を持て余していた。迷惑だといまにも言いそうに、ぎゅっと眉を寄せた。あらあら、しかめっ面も堪らないわね。ぐっときちゃう、とからかって、常子がきゃあきゃあ笑った。

立ちすくむ嵩男の脳裡に野田家の玄関脇の臘梅が鮮明な像を結んで浮かび上がった。臘梅の木は単色写真のような佇まいの路地裏の景色に釣り合わない、派手な黄色と紫色の花びらをつけて香っていた。路地を通りかかる人を誰彼かまわず誘うかのごとく。むらむらするような甘い匂いを発散させて。

踵を返して、嵩男は一目散に診療所を立ち去った。

# メディカル・アクシデント

一月のある朝、いつもの場所にロケバスを停めて、折壁嵩男《おりかべたかお》はしっぽりと雨に濡れる恵比寿公園を窓越しに眺めていた。

視線の先では幹を黒々と光らせた樫の木が鈍色《にびいろ》の空に裸の枝を突き上げている。理不尽な何かに抗議するかのように。その隣で欅の木がおずおずと、血管のように細い枝を天に向かって差し伸べていた。

それにしてもよく降るな、と嵩男は独り言を漏らした。

雨は本降りになりそうな勢いはないが、止む気配もない。どことなく寂しげな風情を漂わせて静かに降っている。祖母ならこんな雨を何と表現するだろうか。〝しとしと雨〟では？　平凡すぎる。〝しぶしぶ雨〟ならどうだろう。陰気にしょぼしょぼ降る雨、という意味の群馬県吾妻地方の方言だが。

いや、それより新潟県の方言〝しぽしぽ雨〟のほうが相応しい。〝じぶしぶ雨〟よりもさらに侘しさを感じさせる降り方だから。

雨言葉の使い分けの微妙なニュアンスを嵩男に教えてくれたのは、いまは亡き祖母であった。あれは嵩男が小学校四年生の冬のある日のことだった。熱を出した嵩男は、学校まで迎えに来てくれた祖母に肩を抱かれ、家路を急いだ。吹きっさらしの畦道を歩きながら、祖母が寒さ凌ぎに語ってくれた〝しとしと雨〟〝じぶしぶ雨〟〝しぽしぽ雨〟の違いについて夢中で耳を傾けた。

まさにその最中に小雨が降り出した。慌てる様子も見せず、祖母は自分が着ていたコートを傘代わりに嵩男を包み込んでくれた。

温もりを宿した祖母のセーターの脇腹に、嵩男は夢中で顔を押し付けた。祖母の腋から漂うほのかに甘い香りを嗅ぎ、たちまち幸せな気分に浸った。

「しぽしぽ雨、毎日降るといいな」

「おかしなことを言うね、嵩男は。あまんじゃく（旅先でよく雨に降られる人、あるいは、雨が好きな変わり者、という意味の群馬県勢多地方の方言）だねえ」

懐かしさに胸を掻き乱されて、嵩男は腹の底からため息をついた。

スモークガラスの窓を端から順番にコツコツと誰かが叩いていることに気づいたのは、そのときだった。ぎくりとして、嵩男は腰を浮かせた。

傘もささず、〝しぽしぽ雨〟に濡れるに任せてロケバスの窓を外から叩いているのは弁護士の横倉義實《よこくらよしみ》であった。嵩男はほっとすると同時に訝った。その日、この場所に横倉がやってくる予定ではなかったからだ。

書類鞄を手にした横倉は、銀座のテーラーで作らせているというスーツの上着の襟を寒そうに立てて歩道をうろうろ歩き回っていた。さして豊かでない髪が雨に濡れて頭部に張り付き、小分けの束となって縒れていた。

後部座席に座ったまま横のレバーを引き、嵩男はドアを開けた。

「いやあ、参ったよ。車に傘を積んでおいたはずなんだけどなあ」

と言いながら革靴をパタパタさせて横倉が飛び込んできた。運転席の後ろによろっと腰を下ろし、窓側の座席に分厚い書類鞄を重そうに投げ出した。

嵩男は腕時計にちらと視線を投げた。

「約束の時間を二十分過ぎているが、クライアントはまだ現れない。どうなってるんだ？」

「それがね、急に来れなくなったんだ。体調を崩して入院してしまったそうで。連絡とれたのが、ほんの三十分前だったんだよ」

「依頼はどうなるんだ？　延期、それとも中止なのか？」

その問いに横倉は答えなかった。ポケットからハンカチを取り出し、顔、首筋、そして髪と順繰りに拭った。それが一段落すると、珍しいものでも見るように目を輝かせて、後部座席からドアの開閉を操作できるレバーや天井から吊した暗幕といった車内の仕掛けをひとしきり観察した。

「ところで、いまから〝面談〟を始めてもらいたいんだ」

嵩男は面食らって訊き返した。

「いまから？　クライアントは来ないのに？」

「クライアントはここのところずっと体調が悪かった。念のため、依頼内容と経緯を供述した〝調書〟をこの私に預けていたんだ。入院してしまったら、代わりに事情を伝えてくれというわけだ」

「あんたがクライアントの代理人として、これからここで面談に応じると？」

「たまにはいいだろう？　さあ、やってもらおうか。折さんのいつものやり方で。まず、どこに座ればいいの？」

嵩男は横倉の真顔をまじまじと見つめた。

座席を向き合わせにしたロケバスの中央で暗幕を隔てて、嵩男は横倉と相対した。

「挨拶は抜きだ。時間を有効に使うことにしよう。俺は納得しさえすれば、依頼を引き受ける主義だ。隠し事はなしだ。詳しく事情を話してくれ」

なるほど、と感心したように横倉がつぶやいた。眉の付け根を揺らして笑ったのが、二枚の暗幕の隙間から見えた。

暗記しているのか、膝の上に置いた〝調書〟に目をやりもせず、横倉は淀みない言いぶりで語り始めた。

「クライアントの名前は成澤健吉《なるさわけんきち》。六十八歳だ。新宿に近い笹塚の観音通り商店街でおもちゃ屋〈成澤玩具店〉を経営して、かれこれ三十年になる。手品愛好家でもある健吉は十五年前、愛好家仲間の津坂泰三《つさかたいぞう》という友人の遺言に従い、その娘の蔦子《つたこ》と結婚した」

健吉にとっては再婚で、蔦子とは十六歳の年齢差があった。先妻との間の娘たちに結婚を反対されたが、健吉は頑として譲らなかった。

「蔦子は決して美人ではないが、劣情を感じさせる緩さ、とでもいうのかな。隙だらけなところが魅力的な女だったよ」

横倉は吐息ほどの笑い声を漏らした。

「いつも身体をくねらせていて、身なりに無頓着で、タイツや靴下の足元には皺が寄っていた。スカートなんかくるっと回ってしまい、ファスナーが前になっていた。髪型は野暮ったいソバージュ。スラッと背が高くて、後ろから見たスタイルと横顔はなかなかのものだった。どんないい女かと期待して前に回ってみると、極めて平凡な顔立ちだ。億劫がって筆を使わないので口紅のラインは歪んでいるし。でも、こちらをじいっと見つめる潤んだ目、舌足らずな喋り方に愛嬌があった。〝この女と暮らせたら人生が楽しくなるだろうなあ〟といつの間にか男たちに真剣に考えさせてしまう。そんな女だったよ」

一方、女たちの間で蔦子の評判はさんざんだった。健吉の娘たちに言わせると〝ペチャパイだし、臭いパンツを穿いていそうなあんな女のどこがいいのよ〟だそうである。

十六歳年下の後妻を、成澤健吉はなめるように愛していた。結婚四年目、蔦子が妊娠した。健吉五十七歳、蔦子は四十一歳だった。健吉は大喜びして商店街で触れ回り、出産を心待ちにしていた。

「蔦子がかねてから受診していた近所の産婦人科医院に入院したのは、予定日から二週間が過ぎた七月第二週の木曜日の深夜だった。日付が変わって間もなく、女の子が生まれた。その直後、原因不明の大量出血で蔦子は亡くなった。いまから十年前のことだ」

車の中は案外、口が渇くもんだね、と横倉が掠れ声を出した。しきりに唇をなめ、咳払いをした。ややあって、続きを話し始めた。

「成澤健吉は、蔦子が息を引き取った産婦人科医院から自宅まで三百メートルの距離を、泣きながら遺骸を腕に抱えて連れ帰ったそうだ。初産を心配して愛知県から上京して付き添っていた蔦子の母親の加江《かえ》も動転していたが、健吉に比べると冷静だった。〝陣痛促進剤を使われたかもしれない。娘は医療ミスで死んだのではないか〟と加江は疑っていた。

かつて夫とともに北新宿でタバコ店を経営していたころ、道路の拡張を巡る立ち退き問題で揉めたことがあった。そのとき、住民側の代理人を務めた私を思い出したらしい。その日のうちに相談にやってきたんだ」

横倉は笹塚の成澤家に出向いた。念のため、遺体を解剖すべきだと勧めた。健吉は激怒した。これ以上、蔦子の身体を傷つけさせない、と言って火葬してしまった。

やっぱり納得できないと半年後に言い出したのは、津坂加江だった。陣痛促進剤を投与されて亡くなった女性の遺族が起こしていた医療訴訟の記事を、新聞で読んだのがきっかけだった。山陰地方のとある地方裁判所で下されたその判決は、産婦人科医の過失を認め、約五百万円の支払いを命じていた。

加江は言い張った。初産婦であったこと。〝子宮口を柔らかくするお薬ですよ〟と言われて薬を飲まされたこと。その後、絶叫するほどの苦しみが産婦を襲い、赤ん坊を産み落とした直後から出血が始まった、などの状況が蔦子のケースとよく似ている、と。

成澤健吉もそのころには客観的な判断ができる精神状態になっており、加江と二人で横倉の事務所にやってきた。

「そのころ、私は独立してまだ三年目だった。理想と志はたっぷりあったが、事務所経営に行き詰まっていた。いまの西新宿の高層ビルにあるオフィスからは想像もできない、北新宿の古いビルの五坪のスペースを借りていた。その家賃を払うのに精一杯、という有り様だった。そのうえ、医療訴訟の経験が全くなかった。手に負える案件ではないと思ったので、独立するまで居候をさせてもらっていた先輩弁護士に相談した。八歳年上の真藤《しんどう》博久《ひろひさ》弁護士は、複数の医療訴訟を手掛けた経験があった。そのうえ、温厚な博愛主義者でね。たいていの弁護士が敬遠するヤクザの組員からの依頼も引き受けて、出所後の身の上相談を熱心にやっていた。陽気な酒好きで、〝街の弁護士〟としての使命感に燃えていて、私の憧れの先輩だったんだ」

真藤弁護士は〝私が担当するから、民事訴訟で闘おう〟と言ってくれた。民法第四一五条（債務不履行責任）と同法第七〇九条（不法行為責任）に基づき、遺族は北沢五丁目の〈近田産婦人科医院〉の院長、近田《ちかだ》好雄《よしお》に慰謝料と弁護士費用など総額千五百万円の損害賠償を求める訴訟を起こした。

経験豊かな先輩弁護士に引き受けてもらって安心した横倉は裁判に関わることを遠慮した。見通しが明るくないようだと気づいたのは、だいぶ経ってからだった。

訴訟は準備段階からケチが付いたようである。証拠保全のための〝検証〟を実施する当日になって、その日が〈近田産婦人科医院〉の開業記念日で休診日だと判明した。送達（病院側に証拠改竄の余地を与えないように、との配慮から、裁判官が現場に到着する一、二時間前に行うことが多い）ができず、延期された。ベテランの真藤弁護士らしからぬ調査ミスが原因であった。

仕切り直して後日、裁判官が出向いて〝検証〟が行われた。ところが、肝心の分娩監視装置が〝故障した〟という理由で過去の記録ごと廃棄されていた。心電図チャートやエコーなど当時の記録も〝年末の大掃除でうっかり紛失した〟として証拠保全できなかった。

公判が始まると、被告側はこう主張した。蔦子が死亡した原因は致死率九十パーセントの〝羊水塞栓〟によるものだ。従って、被告医師に過失はない、と。産科医療訴訟の権威である大学教授に依頼した鑑定書を根拠に、〝出産から死亡までの時間が比較的短く、羊水塞栓の疑いが濃厚〟というのだった。

死亡した産婦の病理解剖が行われなかったのは遺憾。きちんと実施されていたなら、肺の羊水から胎児のぜい毛などが検出されて、羊水塞栓であったと明白になったはずだ。

被告側の切れ者弁護士は、わざとらしい迷惑顔でそう述べた。

一方、原告側代理人の真藤弁護士は、近田医師への被告本人尋問で巻き返すどころか、たじたじとするばかりだった。「骨盤出口付近の狭骨盤により娩出困難であったと認識しています」といった、あたかも医学用語であるかのごとき意味不明のことばの羅列で煙に巻かれた。近田医師側の作戦にまんまと引っ掛かってしまったのだ。

審理の日程を関係者の間で調整できない、などの理由で、地裁の判決が出るまで六年かかった。その揚げ句、〝成澤蔦子の直接の死因は、羊水塞栓による播《D》種性血管内凝固症候《I》群《C》。大量出血への措置として輸血のタイミングがもっと早かったとしても、救命の可能性はなかった〟という被告側の言い分が全面的に採用された。遺族は控訴したが棄却され、原告の全面敗訴で裁判は幕を閉じた。

「成澤健吉の不幸は、実はこれで仕舞いではなかった。蔦子の死亡から二年半後のことだった。蔦子の忘れ形見が交通事故に遭遇したんだ」

美華と名付けて健吉が可愛がっていた女の子は活発だった。そのころはちょうど、物事に興味を覚える年頃で、商店街をチョコチョコ歩き回る姿が頻繁に目撃されていた。

その夜、観音通り商店街の〈成澤玩具店〉で健吉は塾帰りの子供たちにせがまれ、自慢のカードマジックを披露した。数分間目を離した隙に、美華が店の外に出てしまった。三百メートル離れた井ノ頭通りまで、美華は歩いていったようである。未成年が運転するバイクに跳ね飛ばされ、救急車で近くの総合病院に担ぎ込まれた。

身元がすぐにわかって病院に健吉が駆けつけることができたのは、皮肉な理由からだった。美華が轢かれた場所というのが〈近田産婦人科医院〉の真ん前だったのだ。

「物音に驚いて外に出た近田院長と妻の清子が成澤家の末娘だと気づき、消防と健吉に通報した。〝救急車が来るまで毛布をかけてやった〟と言い触らしていたようだ。裁判での心証を良くするためのパフォーマンスだよ」

そう告げた一瞬、横倉がきゅっと唇の片端を持ち上げた。

横倉は話を続けた。

美華が救急搬送されたのは現場から八百メートルの〈大山町総合病院〉であった。輸血が必要だと判断したのは研修医であった。夜九時というその時刻、病院内に待機していた医者は研修医ただ一人という態勢だったのだ。

研修医はＡＢＯ式血液型判定用血清による精密検査と交差適合試験をオーダーした。Ｂ型であるとの検査結果を得て、輸血の準備を整え、父親の到着を待った。

駆けつけた成澤健吉に、娘さんの血液型は？　と研修医は念のため質問した。健吉は答えた。生まれてから一度も検査していないが、死んだ女房も自分もA型なので、A型かO型だと思う、と。

B型ということはありませんかと研修医は訊き返し、健吉は、何を馬鹿な、と一蹴した。

研修医は疑った。もしかして伝票の取り違えなのかと。ほとんど同時刻、〈大山町総合病院〉にはもう一人、輸血を必要とする患者が運び込まれていた。飲食店で乱闘騒ぎを起こし、刃物で肩を刺された若者だった。研修医が検査伝票を確認すると、その若者の血液型がA型だとの結果であった。研修医は本人に確認を試みた。しかし、薬物を使用していたらしく、錯乱状態だった。A型ともB型とも、はっきりした回答は得られなかった。

研修医は考え込んでしまった。そのわずか一カ月前、〈大山町総合病院〉では不適合血液の輸血による医療ミスが二件、発生していたのだ。原因は二人の患者に対する〝伝票の間違い〟と〝血液バッグの取り違え〟であった。相談できる先輩医師が一人もいない状態でどうしていいかわからず、研修医は立ち尽くした。

そんな姿を見て、成澤健吉が癇癪を起こした。娘は痛がって泣き叫んでいるではないか。

こうしている間にも、どんどん血が流れている。早く輸血してほしい。B型ということはあり得ない。何を迷っているんだ、早くしろ、と最後は怒鳴りつけた。

連日の当直続きで、研修医の思考力は低下していた。そのうえ、患者の家族からせっつかれて、つい、わかりました、と返事をした。これは検査伝票の取り違えなのだ。乱闘男がB型で、成澤美華ちゃんがA型だ。そう自分に言い聞かせ、A型の血液四百ccの輸血を美華に対して開始した。

やがて、悪寒、発熱、意識混濁の症状が美華に現れた。しかし、研修医はショック状態に陥った乱闘男への対応に精一杯で、対処できなかった。看護師の指摘でようよう、美華の血液を再検査した。〝やはりB型で間違いない〟との結果であった。

交換輸血が行われたが間に合わず、急性腎不全から多臓器不全を起こして、成澤美華は死亡した。病院に運び込まれた翌日のことだった。

「成澤健吉は呆然として、泣くこともできない有り様だった。そんな健吉のところに〈大山町総合病院〉の事務長、鬼島修《きじまおさむ》が訪ねてきたんだ。葬儀の手配の最中に。輸血ミスで二歳半の女の子を殺してしまったことを詫びるどころか、鬼島は健吉にこう切り出した。

〝メンデルの法則をご存じですよね？　死んだお嬢ちゃんの血液型がB型だったということは、成澤さん、あなたの子供ではなかったんですよ。A型同士の両親からB型の子供は生まれませんから〟と」

黙り込んでしまった健吉を鬼島は脅した。裁判なんか起こしたら、世間体が悪いですよ、と。持参した五十万円で、その場で示談を取り付けてしまった。

津坂加江は成澤健吉の娘たちから蔦子の不貞を責められた。居たたまれず、成澤家と縁を切った。

成澤健吉はその後、蔦子の裁判の判決が出るまでは気を張っていたが、全面敗訴が確定した直後、脳卒中で倒れた。同居していた長女がすぐに発見したので大事に至らず、麻痺などの症状は残らなかった。ところが、しばらくして、物忘れが始まった。新しいことが覚えられず、感情が乱れる、という症状だった。脳卒中で引き起こされた〝血管性痴呆〟との診断が下されたのは半年前のことだ。

健吉は決心した。いまはまだ〝まだら痴呆〟の状態だが、この先の保証はない。物事を自分の意志で決められるうちに、やるべきことの手配をしておこう、と。

「成澤健吉はこう言っている。蔦子は、巡り逢えて幸せだと実感させてくれた、生涯でたった一人の女だ。いまでも恋しくて、胸が苦しい。どうしても蔦子の供養になることをしたい。蔦子の命を奪った近田。死後に辱めた鬼島。この二人に罰を与えたい。自分ではできないので、専門家の力を借りたい。……以上が今回の依頼の全容だ」

語り終えた横倉は疲れた様子で目を伏せた。

嵩男の求めに応じて横倉が差し出した裁判の記録と津坂加江の供述によると、成澤蔦子が死亡するまでの経緯は次のようであった。

蔦子が破水して〈近田産婦人科医院〉に入院したのは、いまから十年前の七月十日、木曜日の夜十一時過ぎ。カルテによると、入院当時の診察では、子宮口二指開大、羊水の流出はあるが混濁はなく、胎児心音良好。陣痛なしの前期破水であった。

近田院長はこの段階で蔦子に陣痛誘発目的で子宮収縮薬、ジノプロストン〇・五ミリグラムの錠剤を二錠、投与している。付き添っていた津坂加江によると、このとき陣痛誘発剤だという説明は一切なく、〝子宮口を柔らかくするお薬ですよ〟と言われたという。ところが、公判における近田院長の言い分は全く違う。

「〝付き添いをしてくれる母は、愛知県から上京している。蒲郡《がまごおり》の海水浴場で親戚が経営する海の家を手伝っている。シーズン入りして忙しいので土曜日までしか東京にいられない。だから、どうしても金曜日じゅうに出産させてほしい〟という患者さんの希望で仕方なくジノプロストンを使用しました」

これに対して、法廷に立った津坂加江はこう反論している。確かに私は、姉が経営する海の家の手伝いをして夏場は暮らしの糧を得ています。でも、あのとき、娘も私も、そんなことを頼んだ覚えはありません、と。

陣痛開始はジノプロストン投与の四十分後、七月十一日午前零時十分だった。午前一時、子宮口全開大。陣痛はかなり強かったようで、蔦子は悲鳴をあげて苦しがった。津坂加江の供述によると、近田院長とその妻で看護師の清子は〝我慢が足りない。そんなことでは人の親になれない〟とたしなめたという。

午前一時八分、蔦子は女児を娩出。四分後、胎盤娩出。その直後から多量の出血が認められた。近田院長は〝内診の結果、子宮頸管や子宮下部に裂傷はなかった〟と主張している。

近田は直ちに、子宮双合圧迫による止血を行った。しかし、出血は増加し、午前一時三十分までに三千ミリリットルに達した。その間、蔦子は苦痛を訴えて叫び続けた。

午前一時四十五分、蔦子が眠気を訴え、意識障害に陥った。午前二時十五分、血圧低下。この段階でやっと、近田院長は輸血用血液の発注を行っている。

午前三時四十五分、到着したA型血液四千ミリリットルの輸血を開始。蔦子はいったん、意識を回復した。が、午前四時五十分、無尿状態。血圧六十／四十。

午前五時十分。総出血量が五千ミリリットルとなり、近田院長は母校である私立医科大学の産婦人科助教授の自宅に電話して助言を求めた。〝一分を争う事態だ。すぐに大学病院に搬送するように忠告した〟とその助教授は公判で証言している。だが、なぜか、近田院長は蔦子を自分の病院内に留め置いた。

血圧低下は続き、午前五時五十八分、蔦子の意識混濁。血圧測定不能、チアノーゼ。

午前六時十六分、死亡が確認された。

「優秀な元外科医としての意見を聞かせてよ。このケースが本当に、〝三万回の妊娠で一例〟という頻度で発生するとされている羊水塞栓だと思う？」

横倉に問いを投げかけられて、嵩男は露の間、考え込んだ。

産婦人科は専門外。プライベートでも出産に立ち会った経験がないので門外漢だが、と断って嵩男は自分の意見を述べた。

羊水塞栓は、羊水に含まれる胎児の産毛や皮膚細胞、血液凝固促進物質などが何らかの理由で母体の血液中に入り込むことで発症する。子宮壁の静脈血管から下大動脈、心臓、そして肺動脈に至って塞栓を起こす。実際の症例では、子宮静脈への流入のきっかけになった最初の入口が判明することは、ほとんどない。また、症例ごとに状況もかなり違う。そのうえ、発生頻度が極めて少ないので、大学病院の産婦人科でも、実際の症例を経験した医者はほとんどいない。

メカニズムとしては、子宮腔内の圧力が高まらないと起きない。〝陣痛があって発症する〟のだ。陣痛誘発、あるいは促進の最中に発症するケースが目立ち、この場合は、ショック状態に陥り、血圧の急激な下降、産婦の絶叫などの典型的症状がある。チアノーゼ、意識消失から、早いケースだと五十分程度で死亡するなど、短時間で急激に悪化するという特徴がある。

一方、分娩後四時間が経過してから発症する場合もある。このパターンでは、子宮収縮不全による大量弛緩出血と血液凝固障害が起きる。

いずれのパターンも治療には高度な専門知識と設備を要する。そのうえ、救命率はかなり低い。つまり、開業医の手に負えないことだけは確かだ、と嵩男は断言した。

「成澤蔦子の症例の経過を見ると、羊水塞栓のどちらのパターンにも当てはまらないようだな」

嵩男は胸の前で高く腕を組んだ。

「蔦子は初産婦だったんだろう？　羊水塞栓というより、陣痛促進剤の投与で引き起こされた〝過強陣痛〟が原因で、子宮下部、あるいは子宮頸管に裂傷が生じた。それによる大量出血と考えるほうが自然だと思うな。まさに、近田医師が否定していることだが」

「つまり、近田が裂傷を見逃した？」

「あるいはパニックを起こしたか。この資料で見る限り、優秀な産婦人科医とはいえないようだから。導尿していないし、縫合止血もしていない。輸血のタイミングは致命的に遅すぎる。ここまでの出血があったら、子宮全摘しか救命できない。外科医でもわかることだよ。もちろん、羊水塞栓を疑わなかった場合だが。とにかく、早急に大病院に転院させるべきだった。〝転医義務違反〟は争点にならなかったのか？」

横倉が首を横に振った。それを言われると困る、というような弱々しい動作だった。

「この医療訴訟の最大の争点は〝陣痛促進剤の使用ミス〟だったはずだ。陣痛促進剤は事故が多いから、慎重に使うように義務づけられている。陣痛の強さを調整する余地がある点滴でも危ないのに、近田は調整力のない錠剤を内服させた。しかも、二錠。〝添付文書の用量〟に明らかに違反している。その過失を強く訴えるべきだったと思うが」

津坂加江の供述を信じるまでもなく、〝患者が希望したから〟というのは、まだ前期破水の段階で促進剤を投与する理由にならない。おそらく、蔦子や加江ではなく、近田院長のほうに〝金曜日じゅうにお産を終えたい事情があった〟に違いない。金曜の晩、そして土曜・日曜は製薬会社の接待や医師会のゴルフがある。だから、多くの産婦人科開業医は週末にかかる出産を扱いたがらない。〝計画出産〟という都合のいいことばを振りかざして陣痛促進剤を平気で使用する。それによって十年前も現在も変わらず、数え切れない出産事故が起きているんだよ、と嵩男が一気に言った。

「確かに、開業医には、異常事態が発生した場合速やかに患者を大病院に転院させる義務、すなわち〝転医義務〟がある。なのに近田はどうして、成澤蔦子を自分の元に留め置いたのかな？」

「患者をギリギリまで抱え込む。それが開業医の生命線だからだ」

と嵩男が即答した。

「大学病院の医者はそんなことを考えもしないが、開業医にとって患者は〝カネヅル〟だ。何人のお客がいて、毎月の売上が幾らになる、と見通しをたてられる。妊婦は産婦人科開業医にとって〝上得意客〟だ。出産はもちろん、その後の定期検診、更年期障害の治療と、長いこと通ってきてカネを落としてくれる。そんな大切な客を、出産時のトラブルで大病院の産婦人科に搬送してしまったら、どうなる？　それを機会に奪われてしまうかもしれない」

大学病院の医者のほうが優れているというつもりはない。が、いったん医師のライセンスを取得したら、あとは一生、最新医学を学ぶ必要はない。愛想だけでやっていける、と高を括っている開業医がどれほど多いことか。病院経営しか考えられず、ギリギリまで自分の手元に患者を置く。その結果、どういうことが起きるか。腰が痛いと訴える患者に湿布薬と痛み止めを大量に処方する。しかし、精密検査は受けさせない。自分の病院には最新の検査機器がないからだ。患者の病状が悪化して初めて、本当は肺ガンの転移だったと判明する。そんなことがよく起きるというわけだ、と嵩男は話を結んだ。

「本題に戻るが、成澤蔦子のケースは病理解剖をしていないから、勝訴するのは難しかったかもしれない。だが、羊水塞栓と認定されるのも無理があったと思う。転医義務違反と陣痛促進剤の使用に関する過失で、少しは賠償金を分捕れたはずだ。あんたの〝憧れの先輩〟を悪く言いたくはないが、腕は確かだったのかな。医療訴訟の経験がある弁護士ならもっと突っ込んで、全面敗訴だけは避けられたと思うよ」

むすっとして、横倉が黙り込んでしまった。言い過ぎたかな、と嵩男は後悔した。

「まあ、医療訴訟は、医者や病院側に有利に運ぶことが多いけどな。医者の立場で言わせてもらうと、ミスを犯して患者を死なせても、業務上過失致死傷などの容疑で刑事事件として立件されるのは、届け出件数のたった五パーセントにすぎない。医師免許を取り上げられる心配もない。未成年者をレイプして発覚すれば、剝奪されるけどな。民事で訴えられても、敗ける確率は三割だ。賠償金は医師賠償責任保険から支払われるし。一件一億円で、年間三件までって具合に。病院長や開業医でも七万円の年間保険料なんて、安いものかもしれない。驚くのは、この保険の支払い請求を頻繁に行う医者が実際にいることだ。いわゆる〝リピーター医師〟だよ。そういう札付きが野放しの状態で、そうとは知らない大勢の患者をせっせと診療し、メディカル・アクシデントを繰り返している。それが現実だ」

「近田好雄はその〝リピーター医師〟なんだよ」

と横倉が唸るような声を響かせた。

「近田は十三年前に父親から病院を引き継いだ。それ以降、調べられただけで十一人、産婦を死なせている。全てのケースで金曜日に促進剤が使われている。折さんの想像どおり、近田は週末、ゴルフ三昧だ。医師会での地盤固めに余念がないんだ」

「ところが、近所での評判はいいんだろう?」

「そのとおり。スポーツマンタイプの男前で、ジョークを交えた会話で患者を喜ばせている。退院するときの花束のプレゼントと、自らベンツを運転して自宅まで送り届けるサービスを行っている。これが患者にはえらく評判でね。クチコミで父親の代の何倍もの〝客〟を集めている。たいした経営者だよ。人間としてはクズだが」

横倉はいつになく荒っぽい言葉遣いだな、と嵩男は感じた。

「〈大山町総合病院〉の事務長、鬼島修も近田と同類だ」

と横倉が断言した。

鬼島は、十年前まで赤字経営だった〈大山町総合病院〉を徹底的なコスト削減で立て直した。心臓カテーテル検査を日帰りで行う試みを始めたり、病棟や診療科を再編し、看護師や技師、事務員のリストラを徹底して行った。大学病院からの医師の派遣を〝高くつくから〟と断り、あちこちの大学の医局からはみ出した医者を安い給料で雇い、酷使している。そうした改革のツケが、成澤美華への輸血ミスを生んだと思われる。

「人の命より金銭の損得で判断する男だ。成澤美華に輸血ミスをした研修医をクビにせず、給料を半分に下げて、それまで以上に働かせたというんだから。〝結局、得した〟と笑っていたそうだよ」

「近田好雄も鬼島修も社会の害悪だ。これ以上放っておくべきでない。あんたはそう言いたいんだな？」

「十分納得してもらえる案件だと思うんだ。引き受けてくれるよね？」

嵩男は頭を座席の背もたれに預け、考えを巡らせた。

クライアントの動機は明白で、経緯に不自然な点は感じられない。クライアントの代理人である横倉の言いぶりにも迫力がある。もっともだ、と釣られて頷いてしまったほどだ。しかし、その〝もっとも過ぎる〟ことに引っ掛かりを感じるのであった。

「わかった、引き受けるよ。原則的に」

嵩男の返事が意外だったらしく、「えっ？」と横倉が訊き返した。

「今回は、自分で調べてみたいんだ。ターゲットの周辺を。それからやっても、遅くないだろう」

これだけ情報を揃えたのに、まだ何を知りたいのか。いつもは自分で調査するなんて言わないのに、とぶつぶつ言って、横倉が口を尖らせた。〝お蔭でワケありの仕事を随分させられたよな〟ととっさに言い返したい気持ちを嵩男はぐっと堪えた。

「いつものように〝相応しい方法〟を考えて、手際よく実行するつもりだ。ただ、納得してからやりたいんだ。なあに、目立たないように行動するから、心配しなくていいよ。それとも、急ぐ特別の事情でも？」

困ったように、横倉が顔を翳らせた。

翌日から早速、損害保険会社の調査員を装って、嵩男は聞き込みを始めた。

近田院長について判明したのは次のようなことであった。

近田好雄は四十九歳。ゴルフ焼けした浅黒い肌の痩身で、吊り上がったキツネ目が如才なく見えた。二歳年下の妻、清子は看護師で、一緒に働いている。夫婦仲は悪くないようだ。子供は男の子が一人。近田の出身大学である私立医科大の一年生である。三千万円の寄付金を払って補欠入学した、と近所の噂になっていた。この一人息子は家に寄りつかないらしく、嵩男はとうとう、姿を見かけなかった。

井ノ頭通りに面した北沢五丁目の〈近田産婦人科医院〉は、外観がピンク色で人目を引いていた。インテリア雑誌で紹介された豪華な個室に入院して出産した近所の主婦によると、部屋は広々として、ヒーリング・ミュージックが絶えず流れている。バスローブやアメニティグッズはブランド物。食事は渋谷のフレンチレストランからデリバリー。〝退院時に花束贈呈と院長運転のベンツによる送り届けがある〟という情報は事実であった。

産院と棟続きの自宅は、さすがにピンク色ではなく、煉瓦張りの三階建てだ。一階のガレージにはベンツも含めて外車が三台、並べて駐車してあるのが門の外から見えた。

嵩男は医療ミスについての情報も得た。五年前、妻と胎児をいっぺんに亡くしたという、いまは横浜に引っ越している三十代の男性と面会した。〝陣痛促進剤を使ったという証拠はない、と言われて見舞金五万円でチャラにされた。あの院長は医学の知識がない素人が太刀打ちできる相手ではない〟と語った男性は諦め顔だった。

一方、鬼島修についても、嵩男は慎重に調べを進めた。

鬼島は現在五十八歳。中肉中背で、白髪が一本もない不自然に黒い髪をカチッと刈り上げ、見栄えのするスーツを身に着けている。妻子はいるらしいが別居中。現在、亀戸のマンションで一人暮らしだ。

大学で経営学を学び、アメリカ留学の経験もあるらしいが、鬼島の経歴にはよくわからない部分が多い。九年前、理事会にスカウトされて〈大山町総合病院〉の事務長に就任した。それ以後の活躍と徹底した悪役ぶりは、横倉が語ったとおりだった。古株の清掃スタッフによると、過労で病気になって解雇された若い医師が事務長の部屋に押しかけて灯油を撒き、火をつけたという騒ぎまであったそうだ。

速足でキョロキョロと周囲を見回しながら病院内を歩き回るのが、鬼島の日課のようだ。まだ何か無駄なものはないかと狙っているような目付きが印象的であった。

ピリピリした冷たさを四六時中、隙なく身に張り付けているこの男は、いつ、どうやって気分転換しているのだろうか。そんな興味を覚えた嵩男は病院の外での鬼島を尾行した。そうして、〝秘密の息抜き〟を突き止めた。鬼島は自宅に近い錦糸町駅裏のフィリピン・パブで週に三日、羽目を外していた。

たった二回足を運んだだけで、フィリピンから来日して十年というその店のママに、嵩男はすっかり気に入られた。ときどき、常連客が集まって仮装パーティを開く。ノリ次第で乱交パーティになる。次回、ぜひ参加してよ、としつこく誘われた。

こうして、三週間があっという間に過ぎた。近田と鬼島に纏わるそれ以上の情報は得られそうになかった。思案に暮れる嵩男はふと思いついた。ターゲットの周辺から何も出ないなら、クライアントを探ってみたらどうだろうか？

嵩男は早速、笹塚に向かった。


二月四日、火曜日。午後四時の観音通り商店街は、通りを歩く客の姿もなく静まり返っていた。甲州街道を隔てて反対側の十号通り商店街では同じ時刻、みりん醬油の香ばしい煙が立ち込める通路に買い物客が溢れていた。そんな光景を目撃したばかりの嵩男は案じた。こっちは人通りがないが、大丈夫なのだろうか？

そぞろ歩きを始めて間もなく、一坪ほどのガラスの部屋に安置されている小さな観音像を発見した。通りの名前の由来となった〝笹塚観音〟だ。周囲が汚れるので供物を置かないように、という注意書きが貼ってある。毎月十八日が縁日であるらしい。

嵩男は勝手に想像した。ははあん、ここの住民はよほどの綺麗好きなのだ。だから、通りには塵一つ落ちていないし、観音様もガラスの中に入ることになってしまったのだろう。

八百屋、米屋、和菓子屋、花屋、カットサロンなどが軒を並べる商店街を外れまで歩いて、嵩男はやっと目当ての店を見つけた。

〈成澤玩具店〉の建物は、四十年以上経っていそうな木造二階建てだった。ひょいと目を上げると、洗濯物が干してあるのが見えた。一階が店舗、二階が住居になっているようだ。

ガラガラ音をたててガラス戸を開けた。薄暗い店の中に一歩、足を踏み入れると、木の床がミシリと鳴った。天井まで山積みの男児用戦士キャラクターのフィギュアの箱が嵩男を出迎えた。それを避けるように、嵩男は右手に回り込んだ。

ベイブレード、女児向けの人形などが展示されたガラスケースを通り過ぎ、奥に進んだ。すると、腰掛けるのにちょうどいい高さに畳を三枚敷き詰めたスペースが出現した。シルクのスカーフ、ロープ、色・柄・種類が豊富なトランプのセットなど手品の基本的な道具がその上に並べてあった。

嵩男は立ち止まった。封を切って置いてある紙製トランプに視線が吸い寄せられた。気づいたときには手をのばしていた。

しっとりとした紙の質感を、嵩男はかたとき、手のひらで包んで味わった。それから、ヒンズーシャッフル、オーバーハンドシャッフル、リフルシャッフルを続けざまに試みた。長いことやっていなかったが、手が動作を覚えていた。

ポーカーサイズのカードは手の大きい嵩男向きであった。しかも、このカードにはほどよい柔軟性がある。裏面の幾何学模様もタネの仕込みがしやすそうだ。

そんなことを考えていると、「なかなか、いい手つきじゃないか」と突然、後ろから話しかけられた。嵩男はサッと振り返った。

いつの間に現れたのであろうか。グレーのセーターに紺色のズボン、海老茶色のチョッキという服装の大柄な男が嵩男の後ろに立っていた。ドングリ目で、眉はくっきり太い。一直線に嵩男を見つめる眼差しに力がある。禿げ上がった頭のてっぺんと額がテカテカ光っていた。

嵩男は医者だったころの癖が抜けず、肌の感じから年齢を判断して、七十の少し手前だな、と見当をつけた。血色がよく、腹が迫り出しているが肥満体ではなく、かなり健康そうだ。

その男が三週間前、急に入院して恵比寿公園に来られなくなった成澤健吉本人だと気づき、嵩男は目を丸くした。

「兄さん、何かやってみせなよ」

健吉に促されて慌てて、嵩男はカードをシャッフルした。一枚抜き取ってもらい、それを当てる、という初心者でもできるマジックを、過去の記憶を辿りながら五種類やり遂げた。額に汗をかきながら。それが終わると、ロープによるマジックにも挑戦した。

畳に腰掛けて見守っていた健吉がパチパチと手を叩いた。

「妙に手つきがいいなあ。特にロープの扱いは、見事なものだ。どこで覚えたんだい？」

「子供のころ、ボーイスカウトに入っていたもので。そのとき覚えたんですよ」

「ボーイスカウト？　おもしろい冗談を言う兄さんだね」

〈成澤玩具店〉の店主は腹を抱えて笑った。

兄さんのことが気に入った。二階の居間で茶でも飲もうや、と健吉が誘ってくれた。嵩男はついていき、一緒にこたつに入った。

それから一時間、嵩男は健吉の昔話に辛抱強く付き合った。随分前のことだが、新宿のホテルの宴会場で〝他人の人生を念力で言い当てる〟という催しがあった。超能力者だと称するその男が奇術のトリックを使った詐欺師だと見抜き、満座の前で暴いてやった。そんな他愛もない武勇伝であった。

そのうち、パート仕事を終えた長女の恵子が帰宅した。父親が知らない男を二階にあげて愉快に喋っているさまを目にしても別段、驚かなかった。お好み焼きを作るから一緒に食べていってよね、と笑顔で誘ってくれた。

恐縮しながら、嵩男は成澤親子と夕食の膳を囲んだ。食後再び、健吉の昔語りに耳を傾けた。

健吉は底抜けに陽気だった。喋り口調はせっかちで、昔のことだけでなく最近の出来事までよく記憶していた。話の筋は通っており、矛盾は感じられない。同じ話を繰り返すということもなかった。

観察を続けるうちに、嵩男は疑問を覚えた。この老人は本当に〝血管性痴呆〟を患っているのだろうか？

嵩男はさりげなく入院の経験を尋ねた。恵子が横から、お父さんは生まれて六十八年間、病気知らずが自慢なのよ、と言った。

「脳卒中は？」

「卒中？　隣のハッちゃんが去年やって、いま、リハリビやってるあれかい？」

〝リハリビ〟じゃなくて〝リハビリ〟よ、と恵子がすかさず指摘した。

「おう、そうかい。俺もとうとうボケたかな」

妙だな、と嵩男は思った。会ってから三時間が過ぎた。しかし、この老人は一度も〝感情失禁〟を見せていない。血管性痴呆の患者にみられる〝突然わっと泣いたり笑ったりする感情の乱れ〟が全くないのだ。これはいったい、どういうことなのだろうか？

嵩男は賭けに出た。座布団を外して正座し、成澤親子に頭を下げた。

「申し訳ない。実は私、通りがかりの客ではないんです。役所のほうから来た、覆面調査員なんです」

こちらでは十年前、奥さんの蔦子さんが医療事故で亡くなり、〈近田産婦人科医院〉を訴えて敗訴した、という情報を得た。そういう弱い立場の原告遺族の方々から本音を訊き出し、今後の福祉行政に役立てる目的で調査に来た。本当は身分を明かしてはいけないことになっている。でも、お二人によくしてもらい、食事まで御馳走になり、話さないではいられなくなったのですよ、と口から出任せを並べ立てた。

よく似た丸顔の父と娘はぽかんと口を開けていた。やがて、健吉が戸惑い顔で言った。

「何かの間違いじゃないのかい？　確かに十年前、当時の女房がお産で死んだよ。でもさ、そのことでウチは裁判なんか起こしてないよ」

「そんなはずはありません。提訴した原告側遺族として名前が……」

横倉が見せてくれた裁判の資料の中に〝原告側遺族〟として成澤健吉の名前を見た記憶がないことに、嵩男は不意に気づいた。

「それは多分、津坂加江さんだと思うわ」

嵩男を気の毒がる口調で成澤恵子が助け舟を出した。

「訴えを起こしなさいって、弁護士さんに随分勧められたけど、ウチは遠慮させてもらったんですよ。商売をやってるのに地元の病院を訴えたりしたら、ご近所付き合いがギスギスしますもの。そうだったわよね、お父さん」

嵩男は真正面から健吉のドングリ目を見つめた。健吉は視線を逸らさなかった。

「蔦子についてはは確かにいろいろあったけど、過ぎたことでね。人生の残り時間を、俺は楽しみたいんだ。いま交際中の女性に求婚しようと思ってることだし」

この近くに住んでいるお琴の先生だ。淑やかで上品で、もったいないくらいの美人だよ、と健吉が嬉しそうに告げた。上気したその顔に、嵩男は視線を注いだ。

この老人は大した役者なのだろうか？　〝専門家〟に仕事を依頼したと同居している長女にも知られない用心のために、〝蔦子のことはもう忘れた〟としらばっくれているのか。それとも、仕事を依頼したことすら忘れてしまうほど痴呆の症状が進んでいるのだろうか？

それまで考えてもみなかった別の可能性が突然、意識の前面に躍り出てきた。嵩男はギョッとして息を詰めた。

ありえるだろうか、そんなことが？

嵩男は翌日、愛知県の蒲郡に向かった。

帰京したのは翌晩だった。すぐさま横倉の携帯に電話し、仕事を正式に引き受ける、と嵩男は告げた。そして、具体的なプランと日程を説明した。

「ところで、血液型占いを信じるか？」

女の子じゃあるまいし、と言って横倉がクックッ笑った。

「外科医だったときは考えもしなかったが、いまの仕事に就いてから、雑誌の占いなんかが気になるんだ。〝O型の人の今週の運勢は波乱含み。出歩かないほうがいいでしょう〟

なんて目にすると、〝仕事は来週に延期しようか〟ってな具合に。実際にはそんなわけにいかないが」

「へえ、折さんにそんなナイーブな一面があるとはね。意外だな。血液型がO型というのも初めて知ったよ」

「あんたは？　AB型じゃないかと、ずっと思っていたんだが」

「ほう。なぜ？」

「几帳面なA型。着想が大胆なB型。その両方を持つ二面的な性格のように見えるからだよ。もし、ハズレなら、第二候補はB型だ」

「察しのとおり、AB型だよ」

やっぱりな、と嵩男は胸につぶやいた。

「ところで、雑誌の占いにこう書いてあった。〝AB型の人はこの週末、一人で過ごさないように。人と会うなど大勢で過ごすといい〟そうだよ」

翌日から三日間、嵩男は精力的に働いた。

まず、金曜日。自宅マンション近くに借りているガレージの扉を閉め切ってDIYに熱中した。二十センチの長さに切断した銅管をグラインダーを使って切り口を斜めに切り、〝ちょっとした道具〟をこしらえた。次に、仮装パーティ用に骸骨の仮面と、肋骨を模して表面に白くペイントした黒いマントを作った。

その夜十一時。仮面とマントで〝骸骨マン〟に扮した嵩男は錦糸町のフィリピン・パブの仮装パーティに紛れ込んだ。

鬼島修は頬に赤いペイントを施し、頭にキャップを載せ、ピンク色の制服を身に着けてナースに変身していた。誰彼構わず抱き着き、「お注射しちゃうわよっ！」とはしゃいでいた。

嵩男はマントの内側で、速乾性のエポキシ系接着剤と硬化剤を混ぜ合わせたものをパイ皿にたっぷり塗ってスタンバイさせた。クレオパトラの扮装のフィリピン人ママの膝の上に尻を乗せ、ゲラゲラ笑いながらウイスキーのボトルをラッパ飲みしている鬼島にスッと歩み寄った。正面からその顔にえいっとパイ皿を押し付けた。そのまま二分ほど押さえていた。

骸骨マンがナースにホイップクリームのパイ皿を押し付ける〝おふざけ〟をしているように見えたらしく、「フワフワ」というかん高い掛け声とともに音楽に合わせて身体を揺らしていたフランケンシュタインや吸血鬼が爆笑した。滑稽だ、もっとやれ、と口々に囃し立てた。

鬼島は呼吸ができず、パイ皿を顔から引き剝がそうとして嵩男の手を引っ掻いた。が、間もなくバタッと床に倒れた。

嵩男は店を出た。鬼島が窒息死したと誰かが気づく前に。

土曜日。ゴルフに行くために早朝、眠そうに目を擦りながら近田好雄が自宅一階の駐車スペースに降りてきた。

目出し帽を被った嵩男が待ち構えていた。近田の後頭部を拳で殴って意識を失わせ、近くの路上に駐車していたワゴン車に運び込み、富士山麓を目指した。

二時間後。青木ヶ原樹海を縫うように走る国道一三九号線の路肩に嵩男は車を停めた。気を失っている近田を肩に担ぎ上げ、薄暗い樹海の奥へと入っていった。

足元の地面は、倒木、腐った枯れ葉、苔などが堆積していた。ボーイスカウトの経験がある嵩男は来た道を戻れるように、自分だけわかる目印を残しつつ慎重に進んだ。

国道から百メートルほどの場所で、嵩男は近田を地面に下ろした。大木の幹を抱く格好で寄りかからせた。

近田の背中に指を置き、セーターの上から第十二肋骨を探り当てた。左腎より下がった位置にある右腎の位置を確認して、嵩男は小さく頷いた。続いて、前日、銅管を斜めに切って手作りしたニードル・ナイフを革ジャケットのポケットから取り出した。それを右手に握り、無言でグサッと近田の右の腎臓を目がけて突き刺した。

近田好雄は意識を取り戻した。何が起きたかわからない様子で両手を振り回し、喚いた。その間に銅管のニードル・ナイフに導かれて、大量の血液が身体から流れ始めた。

後ずさりして、近田は木から離れた。懸命に身体を捩って背を覗き、か細い悲鳴を長々と漏らした。

自分の身体を突いているパイプ状の刃物から血が滴り落ち、足元を赤く濡らす光景を、近田は呆然とした面持ちで見つめていた。そのナイフはいったん突き刺さったら引き抜けない構造だと悟るまでの長い時間、ものも言わずに立ち尽くしていた。

近田が地面に崩れ落ち、失血死するまでの一部始終を、嵩男は持参したデジタルビデオカメラで撮影した。溶岩で塗り固められた地表を大蛇のように這う大木の根っこに腰掛けて。

日曜日、嵩男はワゴン車を群馬に走らせた。ある人物と密会するために。

その二日後のことであった。嵩男はいつもの公園脇のいつもの場所に停めたロケバスの中にいた。

「ここに七枚のカードがある」

嵩男は胸の前で〈成澤玩具店〉推奨のトランプカードを掲げた。

「数えてみよう。一、二、三……。変だな、七枚のはずなのに八枚ある。一枚捨てよう。……さてと、もう一度数え直すとしよう。一、二、三……。おかしいな。また八枚だ。もう一枚捨てるぞ。もう一度トライしてみよう。一、二、三……。何度やっても八枚だ。…

……このトリック、あんたに見破れるかな？」

「それより教えてよ。どうしてここに呼び出したか。仕事完了の報告なら、電話か、あるいは夜、いつもの居酒屋で一杯やりながらでもよかったのに」

と横倉が言った。落ち着かない様子で、膝の上に置いた骨張った手をしきりに組み替えていた。

「いまのマジックのネタばらしをしよう。カードは最初から、七枚ではなくて十一枚あったんだ」

「なるほど。そうか、気づかなかったよ」

「今回の依頼も、このマジックと同じだった。視野の範囲にある〝手元のカード〟は揃いすぎていた。だが、目に見えない場所に別のカードが隠れていた。キングのカードが。この依頼の本当のクライアント、つまり、あんただよ」

横倉がキッとした眼差しを嵩男の顔に射つけた。

「一人の女の魅力を、あんなに滔々と喋るなんて変だ。成澤健吉の台詞を借りて、あんた自身の心情を語ったのではないか。……俺がそう気づかないと思ったのか？　真相を探り当てられないまま依頼をこなしてしまうほど馬鹿か、試したのかな。それとも、プライベートな発注だと告げるのは抵抗があったか。どういうつもりだったか、教えてくれよ」

横倉は少しの間、窓の外を見つめていた。その日も〝しぽしぽ雨〟が降っていた。

「折さんなら気づいてくれると信じていたよ。いや、気づいてもらいたかった」

横倉は視線をゆっくり、嵩男の顔に戻した。

「人らしい感情など、とっくに捨ててしまった私だがね。これでも人並に血が流れているんだ。傷つき、膿み、決して治りそうもない、じくじくしたものを胸に抱え込んでいる。そんなことを誰かに無性に知ってもらいたい、という衝動に駆られるよ、ときどき。信頼できる誰かに限るけどね」

この俺を信頼してくれたのか。光栄だな、と嵩男がつぶやいた。

「津坂加江と話をしたよ。姉が経営している民宿で一日働いて、くたくたになってアパートに帰ったら、黒覆面の男が待ち構えていた。そういう状況で脅されたら、普通の女は震え上がって、知っていることを白状するさ。怖がらせて悪かったよ」

適当にごまかしておくから、心配しなくていいよ、と横倉が言った。

「道路拡張の立ち退き問題で北新宿の津坂家に通ううちに、あんたは蔦子と懇ろになったようだな。どうして、成澤健吉の後妻になるのを止めなかったんだ？」

「蔦子はカネで苦労してきた女だ。父親はタバコ屋の仕事に熱心ではなかった。汗を流して働くより、ブラブラしたり、カラオケをして過ごすのが好きでね。生活に困ると知り合いに片っ端から借金した。幼い蔦子を使いに出して哀願させる、というやり口だった。……成澤健吉は、そんな蔦子を小学生のころから知っていた。生い立ちを承知したうえで、丸ごと人生を引き受けたんだ。そんな懐の深い男には敵わない。それにね、当時、生活力がなかった私は、反対なんかできる立場ではなかった」

「でも、彼女はあんたと結ばれたかった。血液型でいつかバレるに違いない、というリスクを負ってまで、あんたの子供を産む決心をしたんだからな」

堪えきれないように、横倉が俯いた。その肩が小刻みに揺れ始めた。

「可哀相な蔦子! 出産の前日、目を潤ませて、私にこう言った。〝あなたを信じているわ。仕事が軌道に乗ったら、すぐに迎えに来てね。お腹にいるあなたの子供をちゃんと産んで、成澤家で育てて待ってるわ〟と。その翌日、あんなことになるとは……」

自分は蔦子に何一つしてやれなかった。せめて無念を晴らしたくても、〝遺族〟と名乗れない立場だった。一方、成澤家は訴訟を起こすのを尻込みした。それで仕方なく、蔦子との関係に薄々気づいていた津坂加江に頼み込み、原告になってもらった。そして、信頼していた先輩弁護士、真藤に恥を忍んで事情を打ち明け、訴訟を担当してもらった。ところが……。

「法律の女神は正義を見せてくれなかった。ハラハラしながら訴訟の行方を見守ったが、三年も過ぎたころには、私はすっかり絶望していたよ」

「それが、殺し屋の斡旋、という裏の稼業に転身したきっかけだったんだな?」

横倉がふっと笑った。

「殺しの実行役に適任なのは、どんな人材か。随分考えた末に医者だと思いついたときは、笑い死にしそうになったよ。弁護士が殺しのエージェントで、医者が殺し屋。そんなことがあろうと、誰が想像する？　世間では、弁護士は正義の味方だと思われている。状況から容疑が真っ黒々な殺人者でも、カネのために平気で弁護する。嘘の鑑定書をでっち上げてでも勝とうとする。そんな良心のかけらもない弁護士が実際、いくらでもいるというのに。人の命を助けるのが使命だと思われている医者に命の重みなど考えたこともない連中が大勢いるのと同じだ」

「つまり、俺たちは今後とも、絶妙のコンビというわけだな」

「折さんさえよければね」

「ところで、耳に入れておきたいことがあるんだ」

嵩男は一呼吸置き、声の調子を変えた。

「あんたは気づいてないようだが、この案件にはもう一枚〝隠れカード〟があったんだ」

怪訝そうに、横倉が目を光らせた。

「ある人物が一昨日、故郷の群馬県の宝川温泉に向かう山道から崖下に転落して死んだ。まだ、新聞に載ってないけどな。そいつは昔、蔦子さんの忘れ形見の美華ちゃんを井ノ頭通りに置き去りにした。〝車に轢かれても仕方ない〟と思いながら。〝未必の故意〟であんたの娘を殺した張本人だ」

その男は蔦子が結婚するまでアルバイトをしていた新宿西口の飲み屋の常連だった。蔦子にぞっこん惚れていて、カネをやるから愛人になれ、としつこく迫った。奥さんにしてくれなきゃイヤ、とはねつけた蔦子が自分よりも年上の成澤健吉の後妻におさまったときは悔しがった。

蔦子が医療ミスで亡くなり、その直後、横倉から〝蔦子と関係していた〟と打ち明けられたその男は腰を抜かすほど驚いた。

「〝蔦子め、よりによって、あんな醜い小男とデキて子まで作っていたとは。二人で私に恥をかかせてくれた。いつか思い知らせてやるつもりだった〟とその男は吐き捨てるように言ったよ。崖の上から俺に突き落とされる直前にな」

「まさか、真藤弁護士が？　そんな馬鹿な……」

はあっという息を漏らして、横倉は震える両手で顔を覆った。

「医療訴訟を手掛けたことがあるベテラン弁護士にしては、裁判に臨む真藤の態度は投げやりだったのではないか。そんな疑問がずっと頭の隅にこびりついていたんだ。それで、津坂加江に会ったとき、訊いてみた。津坂家と真藤弁護士との間で何か感情の行き違いがなかったか、と。加江は言った。実はあるとき、酒に酔った真藤が家に上がり込んで帰ろうとせず、抱き着かれた蔦子が脅えて警察を呼ぶ騒ぎとなった。加江は蔦子を叱責した。優柔不断な態度をとるから、真藤さんに誤解されるのだ。もし、他に好きな人がいるならそう言って、ちゃんと断りなさい、と。蔦子は渋々、秘めた恋の相手の名前を母親に告げた。……この話を聞いてやっと、今回の依頼のウラが見えたよ。本当の悪党が誰かということも」

淡々とした口調で嵩男は続けた。

「俺に呼び出されて群馬の山中にやってきた真藤は悪びれていなかった。〝コケにされて頭にきていたんだ。訴訟に身が入るわけがなかろう。敗訴してもいい、という気持ちでやった〟だと。……蔦子さんの死後もずっと、怒りは収まらなかったらしい。ある日、成澤家の前を通りかかって、道端で遊んでいる美華ちゃんを見かけた。顔を覗き込むと、あんたに瓜二つだった。それでカッとして、発作的に抱き上げて井ノ頭通りまで連れていき、放置してしまった。その場所が〈近田産婦人科医院〉の前だったのは偶然だ。そう言っていた」

横倉がおずおずと顔を上げた。

「私のために人を一人、殺してくれたんだね？」

「これはサービスだ。あんたにはいつも、世話になってるからな」

骸骨を思わせる横倉の顔が一瞬でくしゃっと歪んだ。堰を切ったように、涙が頬を濡らして流れた。

# プライベート・リベンジ

気のせいではないらしい。あの女、俺を意識している、と折壁嵩男《おりかべたかお》は確信した。

その晩、嵩男はアメリカ大使館が目と鼻の先の溜池交差点に近いビルの一階にいた。出入口の扉と窓はサイズが小さく、天井も低いその空間は、まるで茶室のようであった。白木のカウンターにバーチェアが十五席。照明はほどよくコントロールされている。初老のバーテンダーが布でグラスを磨くキュッキュッというリズミカルな音だけが乾いた空気を揺らして響いた。

さきほどから店内に客は二人だけだ。出入口に最も近いカウンターの端に嵩男が腰掛けている。もう一人は若い女で、嵩男が店を訪れたときにはすでに一番奥の席に陣取っていた。出入口に向かって身体を四十五度の角度に構えて。

嵩男は思い切って、奥の席の女に視線を投げた。ネコ科の動物を思わせる大きな目が臆するふうもなく見つめ返してきた。

女の肌は滑らかで浅黒い。黒目勝ちの大きな目、真っ直ぐな鼻筋、高い頰。太くて形のいい眉が見る者におおらかな印象を与えている。その一方で、きゅっと持ち上がった口角、ふっくらとした唇がコケットリーを感じさせる。棟方志功の絵のモデルみたいだな、と嵩男は思った。

女は目も覚めるようなストロベリー色のワンピースを身に着けている。胸の隆起、引き締まったウエスト、急カーブを描いて張り出している大きな尻を、嵩男は短時間で眺め回した。どうやら華奢な体格ではなさそうだ。たっぷりとした質感を湛えているが余分な肉はなく、均整がとれた身体つきである。

年齢は？　おそらく二十六、七。何をしている女だろうか。学生、ＯＬ、主婦？　どれも当てはまりそうにない。ホステスかコールガール？　確かに色っぽい女ではあるが、世間知らずのおっとりした雰囲気も漂わせている。メニューがないのでカクテル一杯が幾らなのか見当もつかないこの高そうな店で、女は落ち着き払って飲んでいた。あたかも自分の家の居間にいるかの風情で。

女は優雅な手つきでグラスを口許に運んだ。ふつふつと泡立つシャンパンに浮かぶフランボワーズを一粒、唇にくわえた。マスカラを丹念に塗った大きな目が再び嵩男を捕らえた。明らかに値踏みする眼差しを嵩男の顔に一直線に打ち込み、徐々に下へ移動させていった。嵩男の黒革のジャケットの肩に、胸に、腰の辺りに。満足したかのように、女がにっこり笑った。次の瞬間、ぱくっとフランボワーズを飲み込んだ。釣られて嵩男も唾を飲んだ。

後ろからぽんと肩を叩かれたのは、そのときだった。

「待たせて悪かったね。何か摘んでくれてたらよかったのに」

肉感的美女から嫌々視線を剝がし、嵩男は肩越しに振り返った。人懐っこそうな小さな目をぱちっと見開いて、横倉義實《よこくらよしみ》弁護士が立っていた。女物の型で作らせているという特別注文のスーツがこの店の景色にやけに馴染んで見えた。

「いい店だろう？」

と言いながら横倉が椅子によじ登った。嵩男の右手に腰掛けたので、女の魅力的なボディが嵩男の視野から遮られた。

バーテンダーが横倉にダイキリを差し出した。横倉は用心深い手つきでグラスを持ち上げた。唇を突き出して一口すすり、ふうっと息をついた。

「この店はね、〝座ったら二万円〟で有名な老舗寿司店のオーナーが最近、趣味で始めたんだよ。派手な看板を出していないから、一見の客が入ってこない。小ぢんまりしているし、適度な照明だし。いかにも大人の隠れ家の趣だと思わない？」

「で、用件は？　仕事の話なんだろう？」

ちょっと外してくれないか、と咽び泣きに似たいつもの声で横倉がカウンターの内側に声をかけた。梨らしき花が描かれた麻の暖簾の奥にバーテンダーが引っ込んだ。

「折さんに〝おいしい仕事〟をプレゼントしたいんだ。〝おいしい話〟と言うべきかな。この前のサービスのお礼に」

この前のサービスとは、ほんの一週間前、横倉のために群馬県まで出掛けていって行った無料奉仕のことだな、と嵩男はぴんときた。

「折さんの好意は意外だったし、嬉しかったよ。そのお礼がしたいんだ。二週間ほど、沖縄のブセナ・リゾートの高級ホテルに宿泊するってのはどう？　魅力的な女性と一緒にマリンスポーツをするもよし、自由に観光してもらっていい。もちろん、部屋に籠もって二人で仲良くしてもらって構わない。ただし、条件がある。二つ。一つは同宿の女性を徹底的に楽しませること。家に連絡したい、帰りたい、なんて途中で思わせないように。もう一つは二度ほど東京にトンボ返りして、ちょっとした用事を足してほしい。それだけだ」

嵩男は横倉の澄まし顔をじろりと見た。

「ちょっとした用事って何だ？」

「折さんには苦もなくできることだよ。〝血も涙もない殺し屋〟を演じてくれればいい。簡単だろう？」

絶句して黙り込んだ嵩男の顔を横倉がニヤニヤ笑いながら眺めた。それからやっと、〝事情と計画〟を打ち明けた。

「この時期の沖縄は気候がいいよ。真冬の東京とは大違いだ。引き受けてくれるよね？」

「一緒に過ごすのがどんな女かによるな」

横倉がふふふっと笑った。

「そう言うと思ったよ。だから、こうしてここに来てもらったんだ」

カウンター奥のストロベリー色のワンピースの女に向かって横倉が顎をしゃくった。嵩男と目が合うと、女が笑みを浮かべて会釈した。

絶句した嵩男の耳元で横倉がささやいた。

「いい男付きで南の楽園で息抜きをしないか。そんなふうに持ちかけたら、彼女、喜んで応じてくれたよ。どうやら、折さんを気に入ったみたいだし。ここはぜひ、協力してよ」

女からなおも見つめられることに耐えられなくなって、嵩男は顔を背けた。

カウンターに頬杖をついて、嵩男はしばらく考え込んだ。目を上げたとき、女の姿は消えていた。嵩男はおやっと思った。この店の出入口は一カ所ではないのだろうか？

「とにかく、クライアントに会わせてくれ。何をするにも納得して行動したいからな」

「折さんときたら、堅いんだなあ！」

唇の片端だけ上げて、横倉がニヤッと笑った。

「お楽しみの後のことなんか考えないで、目先の快楽に没頭すればいいんだよ。もっと気楽に考えてよ」

嵩男は苦笑いした。

横倉が書いてくれた地図は実に正確だった。中央自動車道に車を走らせ、山梨県内の長坂インターチェンジを下りて目当ての建物まで、嵩男は一度も迷うことなく辿り着けた。ワゴン車を降りてドアをロックしながら周囲をぐるっと見回した。その日は見渡す限り雲一つない晴天であった。風もなく、鳥の囀《さえず》り一つ聞こえない。その場所が東京より気温が低いことを、吐く息の白さが物語っていた。

静まり返った雑木林の中に古い民家がぽつんと建っていた。茅葺きの屋根に雪がまだらに載っている。午後になって急に気温が上がったせいだろうか。融け始めた雪が茅の切断面をしとどに濡らし、無数の滴が地面にポタポタ垂れていた。

ぬかるみに足を取られないように慎重に、嵩男は玄関まで歩いていった。磨りガラスの引き戸に手漉き和紙が一枚、貼ってあった。毛筆による流れるばかりの筆跡は〝手打ち蕎麦限定三十食、完売いたしました。またのお越しをお待ち申し上げております。亭主〟と読めた。

裏に回ったほうがいいだろうか、と嵩男は思案した。すると突然、引き戸がガラリと開いた。中から顔を出したのは雪のように白い髪の男だった。

「お待ちしておりました。お寒いでしょう。さ、中へどうぞ」

藍染めの作務衣を纏った、こちこちに痩せた男に導かれて、嵩男は建物の奥に進んだ。がっしりとした梁が天井のぐるりを巡り、黒光りした大黒柱が聳える広々とした空間が目の前に現れた。大きな天窓から外光が差し込んでいる。人の心を和ませる、淡く柔らかな光であった。その真下の囲炉裏端に座るようにと促されて、嵩男は黒革のスニーカーを脱いだ。一段高い板の間に上がり、差し出された藍染めの座布団に正座した。どうぞお楽にと言われたが、足を崩さなかった。

「申し訳ないが、サングラスを外すわけにいかない。ご容赦願います」

「構いません。それより、こんな山家までよくお出ましくださいました」

と応じて、男が磨き込まれた板張りの床に両手をついた。じわりと頭を下げ、同じ速度ですうっと上げた。一拍置いて席を立ち、足音一つたてずに奥の間に引っ込んだ。戻ってきたときには、蕎麦を備前焼の皿に盛り付けた漆塗りの盆を捧げ持っていた。

「ほんのお口汚しです。どうぞ、味見してください」

目の前の男性は、かつて斬新な創作料理の作り手として有名だった、と横倉から教えられたことを思い出し、嵩男は恐る恐る箸を手にした。

嵩男の緊張を察したかのように、男は床に拳をつき、するすると後退していった。光が当たらない土間の壁際に身を滑り込ませ、椅子に腰掛けた。

男が見せた一連の滑らかな身のこなしに、嵩男は目を奪われた。背筋がぴんと伸びているのに粘りを感じさせる、極めて自然な動作だったからだ。

大学を卒業するまで嵩男が習った極真カラテでも、姿の良さは貴ばれた。とことん道を極めた者だけが身につける気品と気迫に溢れた佇まい。そのようなものを、嵩男は白髪の男に確かに見た。

蕎麦を一口すすった。香ばしさが口じゅうに広がった。弾力を湛えた一本一本が舌に纏わり付き、喉をするっと通過していった。

こんなに風味がいい、軽やかな蕎麦は生まれて初めてです、と嵩男は心からの感想を口にした。白髪の男が笑みを口許に浮かべて囲炉裏端に戻ってきた。

「さぞ、材料を吟味しているのでしょうね？」

嵩男の真向かいで男が小さく頷いた。

蕎麦の実は信州・戸隠産を使用している。石臼を使って毎日挽く。〝つなぎ〟の自然薯はこの近くの志の立派な農家から手に入れている。粘りとコクのあるものを作ってくれるので、非常に助かる。出し汁は信頼のおける北海道の知人が送ってくれる鰹節と昆布で作る。甘味料に頼らず、自然な甘みを出すために、昆布を惜しみなく入れるように心掛けている。薬味の大根下ろし用の辛味大根も大切だ。こればかりは京野菜でなくてはいけない。

昔からよく知っている洛北・鷹峯の農家に作ってもらっている……。

いささかも押し付けがましくないその言いぶりに、嵩男は感心した。

食後に男が柿の葉を煎じた茶をいれてくれた。前屈みに身を乗り出し、手にした火箸でときどき囲炉裏の灰を掻き混ぜながら、男は静かに語り始めた。

「申し遅れました。私、宗村将史《むねむらまさふみ》と申します。横倉先生からお聞きになっていると思いますが、三年前まで、東京の四谷で割烹料理店をやっておりました。財界の方々や芝居関係の皆さまのお蔭をもちまして、店は繁盛いたしました。半年前に予約を入れていただかなくてはならないほどでした。そんなことが十年も続いたのです」

あるとき、出版社の編集者が電話をかけてきた。クオリティの高い食のガイドブックを出版することになった。その取材のために食通で知られる有名な評論家が行くので予約を入れてほしい、という用件だった。〝わかっていると思いますが、酒も料理も、一番高価なのを出してくれないと困ります〟と高飛車に言われ、一方的に日時の指定があった。しかし、その日は、古くからのご贔屓さんの法事で貸し切りとなっていたので、その旨伝えて断った。生意気な店だと思われたらしく、その出版社から二度と連絡はなかった。

「評論家の三波正昭《みなみまさあき》が予約も入れず、一人でぶらっと店にやってきたのはそれから一ヵ月後のことでした。その日も満席だったので、あらためて予約をお取りくださるように、私が出ていってお願いしました。三波は激怒しましてね。店内のお客さまが振り返ったほどの大声で怒鳴り散らして帰っていきました。……身に覚えがない食中毒の疑いをかけられて突然、保健所から営業停止の処分を受けたのは、それから一週間も経たないうちのことでした」

大慌てで被害を訴えた女性の家に詫びに出向いた。その中年女性は、予約表で一度たりとも名前を見た記憶がない、初めて見る顔だった。〈宗村〉で食べた鯖鮨にあたった。下痢をして大変だった、と言い張った。ところが、どんな器に盛り付けてありましたかとの問いには、ことばに詰まった。〝高そうな食器だったわ〟としか答えなかった。

結局、厨房からもその女性からも、食中毒の原因となる菌類は検出されなかった。疑いが晴れて営業再開の許可が下りた。その準備の最中に狙いすましたかのように、週刊誌や夕刊紙に次々に記事が載った。四谷の〈宗村〉に保健所の立ち入りがあった。高級店にもかかわらず、衛生管理が杜撰《ずさん》で食中毒を起こすとは言語道断。それ以前から、客に対する横柄な態度が問題視されていた、という内容だった。いずれも美食評論家、三波正昭の署名入りであった。

驚いたことに、三波は恐ろしい嘘まで書いていた。宗村将史は野心が強すぎる。禁じ手を使うことに躊躇しない性格は危険ですらある。一例を挙げるなら、フグの卵巣だ。塩漬けしたのち三年間、ある種の方法で糠味噌に漬けるとフグの卵巣は解毒できるという説がある。それを一年でできないかと宗村将史は企み、実験しているらしい。そうした試作段階の卵巣を新作料理と称し、常連客にこっそり出している、と。

「〝潮が引くように〟というのは、ああいうことを言うのですね。あっという間に客足は絶えました。店が潰れるまで半年とかかりませんでした。食中毒だと訴え出た中年女性が三波の知人だと知ったのは、随分経ってからでした」

宗村は衣紋掛けのような肩を上げ下げして息をついた。

「私は四谷の店を畳み、長野県との県境に近い日野春のこの家を知人から買って引っ越しました。最初のうちは、二度と料理などするまいという気持ちが強かったので、料理道具を全部、捨ててしまいました。蕎麦を打つ喜びに目覚めたのは、一年後のことでした。最初は近所の人たちに振る舞いました。それが口コミで噂になりましてね。遠くから車で来てくれる人たちが大勢現れました。それで、店を開くことになったのです」

「〝一日限定三十食〟というわけですね。商売として成り立たないでしょう？」

宗村将史は苦笑いに顔を歪ませた。

「〝いい料理人〟が〝成功する商売人〟になれるとは限らない。両立は難しい。料理を極めようとすれば商売から離れる。純粋に料理が好きなら、店を出してはいけない。……娘の亜子《あこ》には、きつくそう言い聞かせたのですが。自分の腕が世間に通用するか、どうしても試したかったのでしょう」

亜子は母親を幼少期に亡くし、男親育ちだった。高校卒業と同時に京都に行き、とある料亭で修行中だった。風評被害で父親の店が潰れたと知ると東京に戻ってきた。

落ち込んでいる父親に自分の今後を相談するのは時期が悪い、と考えたのであろうか。こつこつ貯めた資金で交通の便のいい三宿に一軒家を借り、父親に内緒で自分の店を出した。

亜子の店は家庭料理専門店だった。炊き込み飯、煮物、焼き魚など、素朴だが下準備を丁寧にした月並みでない料理を出したようである。それは例えば、鯛のアラを蒸し、ネギの風味付けをしたものを載せた鯛飯や、揚げる前に丁寧に骨まで包丁を入れたスズキの姿揚げなどだったという。

場所柄、複数の芸能人が通ってくるようになった。そこで、深夜四時過ぎまで営業した。たちまち評判になり、十五席しかないのにアルバイトを雇うほど繁盛した。

あるとき、男が一人立ち寄った。亜子の料理の腕を褒めちぎったその男は「薄田《すすきだ》だ」と名乗った。亜子はまさか、父親の店を廃業に追い込んだ評論家だとは思いもしなかったようだが、それは三波正昭の本名だった。三波の本職は大学の食品生産学の教授なのである。身分を隠して料理屋を調査するときは、たいがい悪巧みを画策しているという。

若い女の料理人にしては大した腕だ、と三波は亜子を持ち上げた。知り合いが近々、料理の公開イベントを行う。手垢のついていない、勢いのある若い料理人を探している。テレビの録りもあるそうだから、この店の宣伝になるはずだ。出演したらどうか、と誘った。

亜子は張り切ってイベントに参加し、得意料理を披露した。結果は惨憺たるものだった。当日、ゲスト出演した三波が亜子の料理にケチをつけたのだ。素材、味付け、盛り付けの全てをけなした。そればかりか、亜子の料理に対する姿勢や人間性までこき下ろした。

〝人間が悪いから、こんな下らない料理しか作れないのだ〟などと。

「数百人の観客の前で非難されたのですから、亜子はショックだったでしょう。それよりもっと困ったのは、〝有名な芸能人が彼女の店にお忍びでやってくる。アイドル同士のアベックにときどき、店の二階を逢い引き場所として提供している〟と三波に暴露されてしまったことでした。……イベントだけなら仕方ないが、一部始終をテレビで放映されたらどうしよう、と亜子は青ざめました。写真週刊誌に撮られたくない芸能人が店に来なくなるのは明らかですし、信用問題でもある。店が潰れてしまうと亜子は恐れて、イベントの翌日、成城の三波の家を訪れたのです」

玄関先で土下座した亜子に向かって、三波は言った。私が酷評したシーンをテレビで放映しないように手配してやってもいい。それには、出すものを出しなさい、と。ぽかんと口を開けてしまった亜子に、イロかカネか、どちらか差し出すものだと促した。

「〝まあ、あんたは三十をとうに過ぎているし、身体は痩せぎすだし、食べるにはちょっとなあ。カネのほうがいい。三百万円、現金で持ってきなさい〟……三波はそんな恥知らずなことを平然と言ったそうです。店を出したばかりで手持ちの現金に余裕がなかった亜子は、すごすご帰るしかなかったのです。そして、数日後、テレビで酷評シーンが放映されてしまいました。……私はテレビを観て初めて、亜子が店を持ったことを知りました。三波が悪意で亜子の才能を潰したのだとも気づきました。翌朝、上京して三宿の家を訪ねました。店の二階の住まいのドアを大家さんに開けてもらい、中に入ると……居間は血塗れでした。愛用の柳刃包丁を腹に突き立てて、亜子は命を断っていました。傍らに、それまでの経過を綴り、〝三波正昭の横暴に抗議する〟と記した遺書がありました」

身動きも呼吸もできないような沈黙の時が過ぎた。我に返った宗村が深々と息をついた。ゆっくり顔を動かして、床の間に飾ってある菜の花の一輪挿しを見据えた。

「亜子は菜の花の蕾みたいな娘でしたよ。小柄で痩せっぽちで、おとなしそうな見かけだったが、小さいころから、いまに何かしてやるぞと身構えているようなところがありましてね。足し算もできないころから包丁を握って遊ぶのが好きで、思春期には一端の料理人気取りでした。家庭で旦那のために旨い料理を出せばいい、と私が言うと、不満そうでした。〝それじゃあ、つまらないわ。宗村亜子という人間が確かにこの時代に生きて、いい仕事をしたという証がほしい。亜子にしかできない料理を残したいの〟……そんなことを大真面目で口にして、思い詰めたふうでした」

亜子はおそらく、父親の影響をまともに受けたのだ。私の料理の師匠は魯山人の愛弟子だった。私も魯山人を尊敬しているので、その数々の箴言を亜子の前でよく口にした。

〝目先の包丁の冴えを誇るな〟〝舌に響く料理、心に真っ直ぐ落ちてくる味を極めよ〟〝戦場の武士のごとく、常に名乗りを挙げて仕事に向かう料理人たれ〟と。

「三波は評論家の権威を振りかざして亜子を踏みにじりました。この私の娘だと気づいていたか、定かではありません。三十二歳という若さでセンスと才能に溢れたいい料理を出す。そんな評判が立ったから狙ったのでしょう。〝いまのうちに叩いておこう〟と思ったに違いありません」

そう言い切った宗村は、苦いものを間違って噛んでしまったかのような表情を見せた。

「私が一番許せないのは、亜子の死後、三波が週刊誌にこんなコメントを寄せたことです。あまりにも悔しいので、全文を諳《そら》んじることができます。〝先日自殺した新進気鋭の料理人、宗村亜子は意味もなく生き急いでいた。その姿勢は料理に如実に現れていた。肩に力が入るばかりで、睨み倒しているかのようだった。素材と器をよく吟味せずに使っていたのは、いかにも勉強不足であった。にもかかわらず、よくできましたとお褒め遊ばせと言わんばかりの押し付けがましさに満ちていた。これは、近ごろ持て囃されている二十代、三十代の若手料理人にありがちな欠点である〟」

亜子が死んで半年が経ったが、毎日、悪夢の中をさ迷っているような心持ちだ。私怨を晴らす。プライベート・リベンジ。してはならないことだとわかっている。自分が道を断たれたときは抗議せず、引き下がった。だが、一人娘が辱めを受け、自殺に追い込まれたのは許せない。

これは決闘だ。方法も考えた。卑怯を覚悟で、三波の泣き所を突くことにした。実現するには、あなたの力を少しだけ借りなくてはならないのです。

そう話を締め括って、宗村は再び床に手をつき、嵩男に向かって深々と頭を下げた。

「承知しました。協力します。それで、宗村さん、あなたいったい、何をなさるつもりですか？」

顔を上げた宗村が、かすかな笑みを口許に浮かべた。

「私に他に何ができるでしょう。料理をするんですよ」

二日後の二月二十一日、金曜日の昼下がり。嵩男は沖縄の那覇空港に降り立った。黒ずくめのいつもの服装ではなく、ハイビスカスの柄を紅型であしらった沖縄風アロハシャツにチノパン、素足に麻のスリップオンを突っ掛けて。

空港の建物から一歩、外に出ると、予想していたほどには暑くなく、暖かいと感じる気候であった。しかし、日差しの眩しさに、嵩男は思わず手をかざした。

ねっとりとした湿気を含む重い空気がたちまち、嵩男の肺に吸い込まれた。初めて訪れた沖縄の空はどこまでも青く、蘇鉄や椰子の木が生い茂る周囲一帯の風景は東南アジアの国のように見えた。

予約しておいたレンタカーを沖縄自動車道に走らせ、一時間で名護市のブセナ・リゾートに到着した。

部瀬名岬の弓なりの白浜に面した高台に目指すホテルはあった。赤いスペイン瓦が紺碧の海に映える外観は、すぐにそれとわかった。

着替えを入れたバックパックをひょいと肩に引っ掛け、嵩男は風が吹き抜けるホテルのロビーをスタスタ歩いた。そうして、女を見つけた。

籐のソファに寄りかかり、首をわずかに傾けて、女は海を見ていた。間接照明のほの暗い空間に女が身に着けている純白のワンピースがぼうっと浮き上がっていた。

嵩男に気づき、女が身体を起こした。嵩男は歩み寄った。女も立ち上がった。ネコ科の動物を思わせる黒目勝ちの瞳に、嵩男の目は吸い寄せられた。

「さて、あんたを何と呼べばいい？」

「お好きなように。あなたの奥さんや彼女の名前でなければ」

男心をそそる色気を含んだハスキー・ボイスだった。

「お互い、本名を知る必要はないってわけだ。だが、太郎と花子では雰囲気が出ない」

倦んだように女が笑った。何て馬鹿なことを言うのかしら。アバンチュールを一度も経験したことがない可哀相な中年男ね。そんなふうに見透かされた気がして、嵩男はどぎまぎした。

「難しく考えないで。〝ダーリン〟と〝ハニー〟でいいじゃない」

女がにじり寄ってきた。嵩男の紅型のシャツの胸元に人差し指を置き、鎖骨の窪みをスーッとなぞった。続いて、唇をすぼめ、ふっと息を吹きかけた。

ペパーミントと唾液が入り混じった女の息の匂いを覚え、嵩男の胸は疼いた。

「ねえ、私たち、いつまで突っ立ってるの？　すぐ部屋に行くべきだと思わない？」

そうだな、時間を有効に使うことにしよう、と掠れ声で嵩男が応じた。


それから三日間、テラス付きのスイートルームから一歩も出ずに、嵩男と女はよろしくやった。食事は全てルームサービスで頼んだ。

月曜の晩も夕食は部屋で摂った。口紅を直すと言って女が席を立った。嵩男は予めすり潰しておいた作用の違う二種類の睡眠薬を女のクリームシチューに入れた。

シチューを口にした十五分後、女はぐったりしてソファに横たわった。嵩男はその身体を抱えてベッドに移した。寝息をたてているのを確認し、部屋を出た。扉の取っ手に〝Don't disturb〟の札を下げて。

嵩男はレンタカーを空港に走らせ、那覇発東京行きの最終便に飛び乗った。十一時二十五分には黒革のジャケットを羽織り、サングラスをかけて羽田空港を歩いていた。横倉手配の車を運転し、芝浦に向かった。開店したばかりのスペイン・レストランの裏手に到着したのは午前零時十分だった。

　外食産業の新興企業が美術品倉庫を買い取って改装したという店内は混み合っている気配だった。正面には回らず、横倉の指示書に従って、嵩男は裏口から侵入した。罵声が飛び交う厨房の裏手の狭い食材置き場を中腰で走り抜けた。螺旋階段を足音をたてないように用心して駆け上がった。

　店の二階には個室が三つ。そのさらに奥の廊下の突き当たりに貴賓室があった。黒い目出し帽を被り、呼吸を整え、嵩男は一気に扉の向こう側へ身を躍らせた。そうして、後ろ手に鍵をかけた。

　カエルによく似た平べったい顔の男が大理石のテーブルに着いていた。首の側面を爪で掻きながら、むすっとしてパエリヤの鉄鍋をフォークでつついていた。手元に引き寄せたメモ帳に何か書き付けながら、おい、もっとましなワインを持ってきなさい、と渋い低音を響かせた。

　三波正昭がはっとして顔を上げたとき、嵩男はすでに後ろからその首にぐるっとロープを巻き付けていた。

　嵩男は三波の耳元でささやいた。

「今夜もただ飯か。足元の紙袋の中身は何だ？　持ち帰りのデザートではなさそうだ。現金だな。この店を悪く書かない代わりにいくらせびったんだ？」

ロープで首を絞められたわけでもないのに、三波は身体を硬直させ、うっと呼吸を止めていた。肝臓が悪そうなどす黒い顔の皮膚が引きつり、額に汗が滲み始めた。

「あんたは随分、恨まれている。人の恨みや呪いは、あんたのところに直接向かうとは限らない。大切なものに行く場合もある。例えば、溺愛している若い愛人に」

三波がびくりと肩を揺らした。

「〝罪作りなほど美味しい。見栄えがするうえに身の締まり具合のいい塩甘鯛のような女〟……あんたがそんなふうに評論した女だよ。彼女はあんたに断りもなく、どこかに出掛けてしまって、連絡が取れない。この五年間、そんなことは一度もなかったのに。どこかで浮気でもしているかと、あんたはこの二、三日、カリカリしてるんだろう？」

何か言いたげに三波が口をパクパクさせた。が、声にならなかった。

嵩男は右手でロープの端を握ったまま、左手を素早くジャケットのポケットに差し入れ、イヤリングを取り出した。紅珊瑚の丸い玉と金細工の玉を交互に花のように並べた古風なデザインであった。

パエリヤの鉄鍋の横に無造作に投げ出されたイヤリングを見たとたんに、三波が目を剝いた。

「半年前、ロンドンに出張したとき、ノッティングヒル・ゲートの蚤の市で買ったアンティークだ。あんたが彼女に与えたんだろう？」

「貴様、梨花《りか》に何をした？」

我を忘れた様子でカッとして、三波が椅子から立ち上がりかけた。嵩男は三波の首に巻いたロープをきゅっと両手で引っ張った。ギャッと悲鳴をあげた三波の両肩を肘で押して、椅子に座り直させた。

「あんたが自分の命の次に大切にしている女の身柄を預かっている。たっぷり可愛がってやるから、安心しろよ」

首のロープを少しだけ緩めてやった。

「何が目的なんだ？　カネなら払う。助けてくれ。頼む！」

「生憎、俺は雇われの身だ。あんたの彼女がどうなるかはクライアント次第だ。そのクライアントは尋常でなく怒っているぞ。カネで解決できる段階ではないかもな」

「お願いだ。教えてくれ。どうしたら、彼女に危害を加えないで解放してくれるのかね？」

「ま、しばらく時間をやろう。家で謹慎しろ。これまでの悪事を反省して過ごすことだ。そのうち、連絡する」

「梨花を返すと約束してくれ！」

嵩男は返事をしなかった。ロープを三波の首に巻いたまま端を握り締めて、大きく一歩、後ずさった。

「服を脱げ」

インテリぶったヨレヨレとした上着と立ち襟のシャツを、タックなしのズボンを、三波は次々に床に落とした。パンツも靴下もだ、と嵩男に脅されて、半泣き顔を見せた。

「窓を開けろ。脱いだ服をまとめて下に投げろ」

三波はウヘッと声をあげたが、言われたとおりにした。

股間を隠すのに懸命な三波を、嵩男は持参したデジタルカメラで撮影した。

「わかっていると思うが、警察に駆け込むような馬鹿はするなよ。この映像がモザイクなしの実名でインターネット上に流れることになるぞ」

発作的に三波が泣き出した。


店の裏口から十メートルの路上に黒い車が停まっていた。助手席に嵩男が乗り込むと、音もなく走り出した。

「午前一時きっかりだ。さすが折さん、時間に正確だね」

と運転席の横倉が感心したように言った。車は横浜方面に向かっていた。

「で、沖縄はどうよ？　さぞ、お暑いだろうねえ」

わざと〝お〟を付けた。女と熱々なのだろうと冷やかしているのだとわかったが、嵩男は聞き流した。

「いまのところ順調だ。ところで、日野春のほうはどうなんだ？　準備は進んでるのか？」

「うまい具合にいってるそうだ。〝最高の仕上がりになりそうだ〟と今朝、弾んだ声で電話があった。あの人が言うんだから、よほど自信があるんだろう」

四十分後、車は横浜市鶴見区のとあるマンションの前に到着した。

駐車場らしき空き地で車を降りて、嵩男は横倉から懐中電灯を受け取った。弱々しい明かりを頼りにマンションの外壁を下から上へと照らした。

「なるほど。こういう構造か。晩餐の会場は？」

「最上階だ。ここはね、建ったはいいがトラブルに巻き込まれてしまった建物なんだ。電気も水道も全部整って、あとは売り出すばかりだったのに、景観権を主張する近隣住民が集団で市を相手に訴訟を起こしたんだよ。売り出しができなくなって、建設会社は倒産した。いまは〝ある組〟の管理下にある。この私に恩義を感じてくれている親分さんが最上階の部屋を一晩、無料で貸してくれることになった」

嵩男は早朝六時五十五分発の始発便で沖縄に戻った。ブセナ・リゾートの高級ホテルのスイートルームに滑り込んだのは十一時五分前だった。ベッドの中でまだ眠っている女にそっと寄り添い、鼻を摘んだ。

女は手で払いのける仕草をした。数秒後、のろのろと目を開けた。

「あら、いま何時？」

「十一時だ。随分、寝坊だな。今日はどうする？　ダイビングかシュノーケリングをやるってのはどうだ？　ホエールウォッチングのツアーもあるが。それともまた一日、部屋に籠もるか？」

どうしようかな、とつぶやいて、女が微笑んだ。そろりと掛け布団をめくり、羽織っていたローブの紐を片手でスルスル解き、前を開いた。

カーテンの隙間から差し込む光の筋が女の褐色の肌を照らした。横たわっているのに形が崩れない豊かな乳房を、嵩男は目を細めて眺めた。くびれた腰のライン、亜麻色のもしゃっとした繁みも。

手早く服を脱ぎ、嵩男は女の身体に跨がった。窓の外の潮騒と呼吸のリズムを合わせながら、嵩男はあらためて女の腹の辺りに目をやり、胸の奥でつぶやいた。

肉付きはいいが、脂肪が厚すぎない。なんて正中切開しやすそうな腹部なんだろう！

三月六日、木曜日の深夜。横浜市鶴見区のマンションの階段を黒覆面の嵩男が慎重な足取りで上っていた。先を歩いていた三波正昭が急に立ち止まった。

「本当に会わせてくれるんだね？　梨花は無事だと言ってくれ」

「もうすぐわかるさ」

建物の最上階、三階のペントハウスのドアを開けた三波の手はブルブル震えていた。

二人は一列になって薄暗い玄関と廊下を抜け、奥のリビングルームに向かった。天井から吊るした眩しいライトの下で欅の一枚板のテーブルを背にして、宗村将史が出迎えた。その晩は作務衣ではなく、黒紬を着流していた。

「よくお出でくださいました。私を覚えておいでですか？」

きちっと刈り込まれた雪のように白い頭髪をしげしげと眺めて、三波が首を傾げた。

「三年前、四谷の〈宗村〉でお目にかかったときは黒い髪でした。見間違えたでしょうね。娘が自殺して間もなく、こんな頭になってしまったのですよ」

三宿の自殺した女はあんたの、と三波が言い、息を呑んだ。

突っ立っている三波正昭の背中を、嵩男が後ろからどんと突いた。三波の身体が前にのめった。バタバタッと足が動いて転びかけた。テーブルの前に置かれた木製の椅子に手をつき、ようよう身体を支えた。

どうぞ、お座りになってください、と宗村が穏やかに告げた。三波が椅子に腰掛けた。その後ろにピタッと、背後霊のように嵩男が立った。

「ここに来るまで、あなたの愛人を拘禁したのがこの私だと、あなたは気づかなかったようだ。私たち親子の他にも、あなたに辱めを受けた人が大勢いたのでしょうか？」

「おい、私がいつ、恨まれるようなことをした？　言い掛かりはよしてくれ」

と三波が言い返した。胸を反り返らせ、声を張り上げて。

「あんたの店が潰れたのは、腕がなかったからだ。娘さんの自殺は、気の毒だとは思うが、私のせいにしてもらっては困る。あの程度の苦言に耳を貸せないようでは、料理人として大成したと思えん。私は評論家だ。厳しいことばで料理人を鍛える使命がある。だから、あんたに謝るつもりはない。それより、梨花を返してくれ。梨花はどこだ？」

宗村が笑った。表情のない、ぞっとするような冷たい笑顔だった。気圧されたように三波が口を噤んだ。

宗村は無言で盆を差し出した。備前焼の器に拳ほどの量の酒の肴が盛り付けられており、ほんのり柚子の香りが漂っていた。

本能に突き動かされたかのように三波が身を乗り出し、鼻をひくひくさせた。

「これは心尽くしの持て成しの品です。今夜のために、三波先生に召し上がっていただきたい一心で仕込みをいたしました。特製の塩辛でございます」

宗村が言い終える前に三波は箸を手にしていた。どろっとした塊を口に放り込み、目を瞑った。くちゃくちゃ音をたてて嚙み、ほうっと言った。

「もう一口、もらってみるか」

あっという間に器は空になった。宗村は塩辛の残りを壺から取り出した。丁寧な手つきで別の備前焼の器に盛り付け、柚子を絞って差し出した。

「これは伝統的製法による塩辛だね。最近のスーパーマーケットに並んでいる、四から七パーセントの低塩分で作って調味料でごまかした〝イカサマ〟な塩辛とは違うな」

「そのとおりでございます。三波先生は食品生産学がご専門でいらっしゃる。発酵食品の製法にお詳しいと存じますが」

宗村に水を向けられて、三波は相好を崩した。箸を置き、滑らかな口調で語り始めた。

伝統的製法による塩辛は、魚介類の肉や内臓を細切りしたものに十から二十パーセントの食塩を加えて作る。食中毒を起こす腸炎ビブリオ菌は〝好塩菌〟というだけあって、二から五パーセントの食塩で活発に増殖するが、十パーセント以上の塩分の中では生きられない。さらに、比較的塩分に抵抗力があるとされている黄色ブドウ球菌も、塩辛では全く検出されない。

食中毒に無縁の長期保存食。それが塩辛だ。

仕込み後、十パーセントの塩分で気温十度の場合、十日ほどで最適の食べ頃を迎える。十日間の熟成により、グルタミン酸、アスパラギン酸、リジンなど遊離アミノ酸が増加する。原料となる魚介類に含まれていた〝代謝に関する酵素〟が、死んでエネルギーの供給を断たれることにより、分解が進むのだ。タンパク質、糖質など原料の成分が分解によってさまざまな種類のアミノ酸に変化する。これが塩辛を塩辛たらしめる独特の旨みの素となるのである。

一番古い文献では、『今昔物語』に〝鯵の塩辛〟が登場するなど、塩辛は平安時代から日本の食卓を彩ってきた。つまり、民族の伝統を伝える食品でもあるのだ、と三波は演説をぶった。

「さすが三波先生。博学でいらっしゃる。ところで、いま召し上がっていただいた塩辛は、イカから作ったのではありません。材料が何か、おわかりですか？」

宗村に口を挟まれて、三波があからさまに顔をしかめた。

「いま言おうと思っていたのだ。これはもちろん、イカではない。魚介類でもない。そうだね？」

かすかな笑みを口許に浮かべて、宗村が小さく頷いた。

「やはりそうか。最初は、鮎の身と内臓を細切りした〝切り込みウルカ〟かとも思ったのだ。しかし、歯ごたえが違う。大トロを感じさせる風情がある一方で、柚子をかけても消えない、臭みにも似た独特の風味がある。……ズバリ、野鳥だね。私は昔、信州の木曾谷で〝ツグミウルカ〟を食べたことがある。これは、それと随分似ている。キジかね？　それとも、ヤマバトか？　もったいぶらずに、さあ、言いなさい」

宗村は欅のテーブルの下から写真を二枚取り出した。並べてテーブル越しに滑らせた。

三波は老眼鏡をかけた。二枚同時に目の前に掲げ、交互にしげしげと見つめた。次の瞬間、その手からポトリと写真が落ちた。

「冗談はよしてくれ」

「冗談ですって？　私は真剣です。この十日間、どんなに気を遣いながら熟成させたことでしょう。この〝極上の素材〟を活かさなかったら、あなたに申し訳ない。そういう気持ちで臨みましたよ」

嵩男は床に滑り落ちた写真を拾い上げた。一枚は仰向けにベッドに横たわって微笑む美しい女の全裸写真であった。腹の上に組んだ両手の爪にネイルアートで赤いシーサーが描かれている。沖縄のホテルで撮影したときの光景が一瞬のうちに脳裡に蘇り、嵩男はニャッと笑った。

もう一枚は、やはり仰向けの女の裸体の胸から臍下までのアップだった。腹部は正中切開されており、腸のほぼ全部が露出していた。臍下に添えるように置かれた両手の爪に、もう一枚と同じシーサーのネイルアートが鮮明に写っていた。

「いま召し上がっていただいた塩辛は、あなたの大切な女性の腹をさばき、取り出した腸を薄切りにして漬け込んだ特製の品なのですよ、三波先生」

宗村将史の手にいつの間にか、刃渡り二十センチの牛刀が握られていた。無表情の宗村は切っ先をぐいっと三波の目の前に突き出した。

呻き声を漏らして、三波が椅子から転げ落ちた。悲鳴をあげて床を這う三波を、宗村が牛刀を振り回して追いかけた。

嵩男は部屋の隅の壁際に避難した。二十畳ほどの広さのその部屋を右往左往、男たちが走り回るさまを腕組みしてじっくり観察した。

やがて、追い詰められた三波が嵩男の足に飛びついた。

「お願いだ、助けてくれ！」

嵩男は三波の肩を抱いて起こしてやった。その耳元に口を寄せ、ささやいた。

「刺し殺されたくないなら、窓から逃げろ」

えっというように、三波が嵩男の目を見つめた。

「ここは三階だ。骨折するかもしれないが、刺し殺されるよりましだろう？　外に出たら、二十メートル先に隣の家がある。そこに駆け込め」

宗村からガードしてやる振りをして、嵩男は三波の尻をぐっと押し出した。

三波は窓に突進した。ガラス戸を開け、窓枠によじ登り、暗闇にひらりと身を躍らせた。

宗村が窓に駆け寄ろうとした。嵩男はとっさにその肩を摑み、引き戻した。顔を出すな。近所で誰が見ているかわからないぞ、と注意した。

嵩男は部屋の照明を消し、それからやっと宗村を促した。二人で肩を並べ、窓の下へ目を据えた。

「死んだでしょうかね？」

宗村が心配そうに訊いた。だいじょうぶだ、と嵩男が請け合った。

死体検案の専門家から昔、教えてもらった。飛び降りて確実に死ぬかどうかの高さの境目は、ビルなら六階だそうだ。ここは俗に〝地下室型マンション〟と呼ばれる構造の建物だ。傾斜地を利用して建てた〝地上三階、地下四階〟の最上階だ。つまり、三波は七階から飛び降りたのと同じなのだ、と説明した。

ほっとしたように、宗村が長々と息を吐き出した。

窓を離れた二人は部屋の奥に戻った。照明を点灯させた宗村がくるっと振り返り、顔じゅうで笑いながら嵩男を誘った。塩辛の残りを摘みに酒でも飲みますか、と。

翌朝、ブセナ・リゾートを目指してひた走るレンタカーでラジオをつけたとき、ローカル・ニュースが流れた。国際会議に出席したバイオベンチャー企業の社長が今朝、恩納村のホテルの自室で胸を刺された変死体で発見された。そう報じる男性アナウンサーの言いぶりが何の緊張感も漂わせず、間延びしていた。殺人事件を伝えるときも沖縄ではのんびりしているのか、と嵩男は呆れた。

ホテルのスイートルームでは、前夜盛った睡眠薬がまだ効いているらしく、梨花がベッドの中で眠りこけていた。一心に目を閉じ、すうすう寝息をたてて。

赤ん坊のようにあどけない寝顔を、嵩男はしばらく眺めた。汗で額に張り付いた前髪をそっと掻き上げてやった。それから、胸の奥でつぶやいた。この女はこれから、どうやって生きていくのだろう？

梨花は〝座ったら二万円〟で有名な老舗寿司店〈煮雪《にゆき》寿司〉の主、煮雪武生《たけお》の長女だ。この五年間パトロンだった三波正昭が死亡したことを、まだ知らない。元々は父親の店を潰すぞと脅されて愛人にさせられたらしい。だが、その後、〝見栄えがするうえに身の締まり具合のいい塩甘鯛のような女〟の色香で三波を虜にしたようだ。五十六歳にして独身の三波は梨花に贅沢な暮らしをさせていたというから。

鶴見のマンションの最上階で宗村が三波に食べさせた塩辛の中身は〝梨花の腹をさばき、取り出した腸の薄切り〟ではなかった。本当はキジの肉と内臓だった。しかし、三波は狼狽して信じた。青ざめ、我を失い、判断力をなくして窓に突き進んだ。宗村が予測したとおり、煮雪梨花は三波正昭の泣き所だったのだ。

頭を一振りして、嵩男はベッドルームを後にした。メインルームで気分転換の〝鼻の毛穴パック〟をし始めてすぐ、雨音に気づいた。振り返ってテラスを見ると、つい数分前まで晴天だったのに雨が降り始めていた。

散り渋る煙のような飛沫混じりの雨でビーチは霞んでいた。空は灰色の雲で覆われているが、地表も海面も、決して暗くない。砂浜はあくまで白く、海は青々と光っている。雨降りなのだが、どこか見えない場所に雲の切れ間があり、そこからスポットライトが差し込んでいるかのようだ。

そんな不思議な光景をぼうっと眺めるうちに、ああ、これか、と嵩男は思った。高気圧と低気圧が交互に通過する春先の、沖縄特有の不安定な雨降り。〝びーじゅんあみ〟なのだ。

沖縄には他にも独特の雨言葉がある。イジュの花洗いの雨（イジュの花を洗うように降る雨）、すーまんぼーすー（梅雨）、くかるあまーみ（塩辛くない夏の雨）……。次々に思い浮かべるうちに、窓の外で〝びーじゅんあみ〟がスコールに変わっていた。

盛大な降りように見とれながら、嵩男は思った。今回の仕事は外科医から殺し屋に転職して初めて、心の底から楽しめた。男を一人、死ぬほど脅えさせる手伝いをしただけで、いつもと同額の報酬を得た。伝説の料理人の手打ち蕎麦と特製塩辛も堪能した。そのうえ、極上の女まで味わい尽くしたのだ。

まさに〝おいしい話〟だったな、と嵩男はにんまり笑った。

# GOLSAT

神楽坂の上り口にあるその有名な甘味処では、いつも決まって田舎汁粉と釜飯を注文する。

陣取るのは二階の窓際の席だ。釜飯が炊き上がるのを待つ間、茶をすすり、亡くなった祖母が大好きだった田舎汁粉をちびちびと食う。窓からちらと見える急勾配の坂を行き交う女の足や服装を眺めては、季節の移ろいや巷のあれやこれやに思いを巡らせる。それが折壁嵩男《おりかべたかお》にとって、祖母の月命日である毎月四日の密やかな行事だ。

先月の四日は仕事で沖縄に滞在していたので、残念ながらこの店に来ることができなかった。二カ月ぶりに口にした田舎汁粉の蕩けるばかりの旨さに、嵩男は顔を綻ばせた。

空になった椀を盆に戻そうとして、何気なく右手をのばした。とたんに、鎖骨にしくりと弱い痛みを感じた。

うっとうしい〝八の字型包帯固定〟から解放されて三日目。そろそろカラテの稽古を再開できるかと思っていたのだが。いまから二十五日前、ドジを踏んだときの光景がまざまざと脳裡に蘇った。嵩男は思いきり顔をしかめた。

それは、横倉からプレゼントされた〝おいしい仕事〟を終えて羽田空港に降り立った直後の出来事だった。浜松町に向かうモノレールに駆け込み乗車をした。閉まるドアに身体を挟まれもせず、絶妙のタイミングで滑り込めたことに、嵩男は気をよくした。ホームを離れた電車が何の予告もなく急停車したのは、その数秒後のことだった。

後ろに立っていた大柄なサラリーマンに突き飛ばされる格好でバタンと、前のめりに床に倒れた。受け身をする余裕はなかった。とっさに手はついたが、右肩が床とランデヴーした。

翌日、都内の私立医科大学の付属病院で検査を受けて驚いた。たいしたことはないと思っていた怪我は〝烏口鎖骨靭帯内側の骨折〟だったのである。

極真カラテや実践格闘技で身体を鍛えてきた。それが、電車の急停車くらいで鎖骨骨折するとは。我ながら呆れ返り、嵩男は診察椅子に座り込んでしまった。

青白い顔の若い整形外科医は、患者である嵩男の顔をまるっきり見ようとしなかった。レントゲン写真とカルテに交互に目をやり、偉そうに言った。

「これから三週間、保存的治療を行います。〝八の字型包帯〟といって、胸を反り返らせて後方に引いた両肩の前方から包帯をぐるっと巡らせ、両肩甲骨の中央で交差させるように巻いて固定します。骨折した部分の骨の断端が重ならないように、姿勢を維持するのが目的です。……なあんて難しい話をしても、どうせ素人にはわからないだろうな。要は、この特殊な巻き方は我々専門家にしかできない。それだけ理解してくれればいい。ちゃんと通院してください。言い付け、守れますよね？　お返事は？」

嵩男はカッとした。この野郎、幼稚園児相手に言って聞かせているつもりか。お前が〝ボンボン医大〟の学生だったころ、俺は名門、黎明大学医学部の第一外科で腕っこきの外科医だった。日本で十数例しか行われていない〝肝原発悪性リンパ腫の肝切除のオペ〟を手掛けていたんだぞ、と言ってやりたい衝動に駆られた。

椅子を蹴って診察室を飛び出した。しかし、エレベーターホールに行き着く前に足が止まった。八の字型包帯固定を自分で自分の肩に施すのは不可能だと気づいたからだ。

嵩男は踵を返し、すごすごと診察室に戻った。それ見たことかといまにも言いそうな整形外科医の薄笑いに耐えて処置を受けた。

三日後、エージェントの横倉義實《よこくらよしみ》弁護士から急ぎの仕事を打診された。断ると、理由を尋ねられた。それで間抜けなアクシデントの一部始終を打ち明けるはめになった。

「折さんらしくないなあ。浮かれ気分で沖縄から戻ってきて怪我をしたなら、困ったものだな」

横倉の小言が針のように嵩男の耳を突き刺した。

「この仕事に慣れてきたいまごろが危険なんだよ。身体も気持ちも、早く通常のモードに戻しておいてよね。それができないうちは仕事の発注、しないからね」

全く面目丸潰れであった。横倉の言うとおりだと認めるしかない嵩男は気を腐らせた。そんな不本意な出来事の記憶を意識の外へ追い払いたい一心で、嵩男は頭を強く一振りした。そうして、窓の外にあらためて視線を向けた。

朝方から降り続いている弱い雨が路地裏のアスファルトをしっとり濡らしていた。道端にひょろっと一本だけ生えている若木の先端が芽吹き始めていた。青葉の透き通るばかりの美しさに、嵩男は瞬きを止めて見入った。目も心も吸い込まれそうだ。新生児みたいに新鮮だな、と思った。

一雨ごとに新芽が伸びるというが、春先のこの時分、木の芽を育むかのように降る雨には、いくつか名称がある。その一つが〝木の芽萌やし〟だ。〝木の芽おこし〟という別の呼び名もある。どちらも徳島県の方言だ。

他にも〝木の芽流し〟〝木の芽雨〟などがある。感覚が繊細だった祖母の一番のお気に入りは〝木の芽春雨〟だった。『千載和歌集』で前中納言大江匡房《おおえのまさふさ》が詠んだ和歌が出典であるらしいと本を読んで知ったのは、つい最近のことなのだが。

若い女の店員がようやく釜飯を運んできた。嵩男は唾を飲み、蓋を取った。ふっくらと炊けた飯と醤油のいい香りが鼻の奥をくすぐった。

杓文字に手をのばしかけたとき、横の通路を年老いた女が杖をついて通りかかった。ほっそりとした身体が不意にグラッと揺れたのを目の端で見た気がした。

次の瞬間、老女は膝から床に崩れ落ちた。音をたてて杖が床を滑っていった。

嵩男は反射的にしゃがみ込んだ。失神したと思われる女の脈を取り、呼吸を調べ、眼瞼結膜のチェック（瞼の裏を診ること）を行った。

店員が駆け寄ってきて中腰で横から覗き込んだ。救急車を呼んだほうがいいかしら、とつぶやいた。嵩男はとっさに返事をしていた。その必要はない。一過性の脳の血流不全のようだ。症状は軽そうだ、と。

老女が目を開けたのは三十秒ほど経過してからだった。

「だいじょうぶですか？　自分の名前を言えますか？」

瞼の弛みがぎこちなく動いた。口をすぼめて、老女が吐息を漏らした。

「ハナイ……花井《はない》環《たまき》よ」

思いの外明瞭な高い声であった。

「住所と年齢も言ってみてください、念のため」

「住所は、豊島区東池袋二丁目……。年齢は……」

客が数人集まってきて自分の顔を上から覗き込んでいることに気づいたらしく、老女は恥ずかしそうに手で顔を隠した。

「あなた、女性に歳なんか訊いて、どうしようっていうの？　ナンパして淫行条例に引っ掛かる年齢ではない。それでよくって？」

老女のとっさの応答が気に入り、嵩男は思わずクスッと笑った。

嵩男は手を貸して、老女が上半身を起こすのを手伝った。ゆっくり時間をかけて、たったいままで自分が座っていた席に腰掛けさせた。

花井環と名乗った女は、おかっぱにした髪の乱れを手でしきりに撫で付けて直した。それは嵩男の目には、他人の眼差しが気になって仕方ない思春期の少女の仕草であるかのように映った。

嵩男は向かいに座って老女を観察し始めた。

年の頃は八十歳前後だろうか。肌は青白く、血管が透けて見える。眉にラインを引き、頬にうっすら紅を掃いている。先端がひゅっと伸びた赤い鼻はピノキオを思わせた。

年齢の割に背は高く、痩せている。体重はおそらく四十五キロあるかないか。象の模様が浮き上がったタイシルクらしき濃い紫色の上着を羽織っている。サテン地の黒いスラックスにバレエシューズに似た黒い靴を履いていた。店員が拾い上げておずおずと差し出した杖の握り手は木製で、見事な虎の顔の彫刻が施してあった。

一見して香港マダム風のハイカラな風情を漂わせる老女は、笑みを口許に湛えて嵩男を見つめ返してきた。

「すっかり手間を取らせてしまったようね。助かりました。ところで、あなた、医療の心得があるように振る舞ったわね。もしかして、お医者様なのかしら？」

嵩男は返事に困った。大学病院を辞めて丸二年経ったが、医師免許を剝奪されたわけではない。ということは、まだ、医者と名乗れるのだろうか？

「どこの病院にお勤め？　それとも開業を？」

嵩男はとっさに出任せを口にした。

「フリーランスです。所属している特定の病院はありません」

「あらそう。ということは、医療界のフーテンの寅さんなのね。愉快だこと！」

嵩男は感心した。機転とユーモアを利かせた老女の物言いぶりは、頭の回転が早くて理知的だった祖母を思い出させた。

つかの間、嵩男と老女は無言で見交わした。

「ねえ、笑われるかもしれないけど……」

とテーブルに両肘をつき、親しみの籠もった眼差しで見つめながら、老女が切り出した。

「あなたには相談できそうな気がしてきたわ。患者の顔も見ない、つっけんどんな、その辺によくいる医者には言いにくいことなの。話を聞いてくださる？」

私は一年ほど前から小ぢんまりとした有料老人施設に住んでいる。その施設と契約している医者が週に三日、往診して薬を処方してくれる。それは有り難いのだが、高血圧の薬だの睡眠薬だのを飲むうちに最近、酷い目眩がする。転ぶことも多くなった。いまでは杖なしで歩けない。それもこれも、施設に入居して薬をたくさん飲むようになってからだ。毒でも盛られているのではないかと不安で堪らない。

一気にそう告げて、老女は眉をピクリと揺らした。

「いま、薬を何種類、飲んでいますか？」

「二十種類くらいかしら。それ以上かもしれない。とにかく多くて覚えられやしないのよ。どんどん数が増えていくような気もするし」

老人施設でありがちなことだな、と嵩男は直感した。

高齢者をケアする施設では、睡眠薬をはじめとする大量の薬を契約の医師に処方させて入居者に飲ませる傾向にある。老人たちをなるべくベッドに釘付けにするのが管理面で好ましいからだ。介護スタッフの手が足りない夜は特に。

投与する薬の種類が増えると、複合的に副作用が発生する確率はぐんと上がる。目眩、転倒は代表的な症状だ。それどころか、健康だった老人が急にパーキンソン病に似た症状を発症するケースも珍しくない。そのまま寝たきりとなり、余生を終えることになりかねない。

「薬品名がわかれば、助言できないこともないですよ」

「部屋に帰ればわかるわ。……そうだ、いいこと考えた」

楽しい企みを思いついた、と言わんばかりに瞳をキラッと光らせて、老女が胸の前でポンと手を打った。

「ねえ、あなた。これから一緒に来てくださらない？　処方されている薬が正当なものかどうか、専門家の目で判定してくださいな。それに私、まだふらつくから、一人で帰れそうにないわ。部屋までエスコートしてくださったら、お礼を弾むわよ」

カラテの稽古はやめておいたほうが良さそうだ。それに暇だしな、と嵩男は思った。

「行きましょう、あくまで友人として。それなら、施設が契約している医者の顔を潰さないで済みますからね」

老女が急かすので、嵩男は渋々釜飯を諦めて立ち上がった。

手をつないで階段を一階まで降り、タクシーを拾って一緒に乗り込んだ。その直後、老女が話しかけてきた。ところで、お名前は、と。

嵩男はとっさに偽名を思いつかず、「タカオといいます」と告げた。

花井環が暮らす老人施設は、JR大塚駅から至近距離の空蟬橋にほど近い住宅街にあった。〈サンシャイン60〉が威圧するように間近に迫る路地の入口で、二人はタクシーを降りた。

傘をさして十メートルほど歩き、建物の正面に辿り着いた。ここよ、と言われて顔を上げた嵩男は目を丸くした。老人施設というから、病院のような造りではないかと勝手に想像していたのだ。ところが、木造三階建ての洋館であった。緑青で覆われた銅葺き屋根の上で風見鶏が回転している。風と雨に身を任せてクルクルと。大正時代の趣を漂わせるこの建物には〝瀟洒な〟ということばがピッタリだな、と嵩男は思った。

牡丹の花が彫り込まれた正面玄関の扉を嵩男に開けさせて、花井環は杖を支えにゆっくり、中に入っていった。

大量のタオルを腕に抱えたエプロン姿の若い女が正面左手の曲がり階段を下りてきた。環の顔を見るなり、駆け寄ってきた。

「花井さん、どうしたんですか？　ちょっと出てくると言って四時間も経ちましたよ。ストーカーに誘拐されたんじゃないかって、心配しちゃったわ」

「あらあら、もう四時間も経ったの？」

散歩の最中、風で乱れた髪に手をやったら、通りかかったタクシーが急停車してしまった。紛らわしい仕草をしたこちらが悪いので、乗ることにした。行き先を訊かれてなんとなく、神楽坂まで、と言ってしまったのよ。

澄まし顔でそう告げた環はゆるりと後ろを振り向き、ついて来なさい、という表情で嵩男に流し目を送って寄越した。

ヘルパーらしき若い女は、警戒の眼差しを嵩男に浴びせかけた。サングラス、革ジャケット、ポロシャツ、ズボン、革スニーカーに至るまで全身黒ずくめの服装をうさん臭そうに眺めた。それから、「どちらさま？」と尖った声で尋ねた。

嵩男の三歩先を歩いていた環が振り返りもせず、ピシャッと言った。

「こちら、タカさん。私のボーイフレンド。お茶してナンパしたの。何か文句ある？」

環の部屋は二階の右手奥にあった。扉を開けると、まず目に飛び込んできたのは高級そうなレースがかかった出窓だった。

部屋の広さは二十畳ほどであろうか。床と腰壁は磨き込まれた板張りだ。残りの壁と天井は漆喰で塗り固められている。

中央にどんと置かれているのは、椅子四脚と正方形のダイニングテーブルのセット。オーク材のアンティークだ。左手の壁際には、すらっとした猫足のフレンチデスク。南の窓の方角に孔雀の彫り物の木製衝立。さらにその奥にベッドがあるらしく、白いレースカバーの端だけ見えた。

「どう、気に入った？　もっと殺風景な部屋を想像していたでしょう？」

環の姿が衝立の向こう側に消えて、高い声だけが響いた。

「ここは〝宅老所〟や〝グループホーム〟をちょっとだけ豪華にした施設よ。民家を活用して高齢者をケアしているの。入居しているのは、金銭に余裕がある、身寄りがない女性たちが九人。全員個室住まいよ。私以外には軽い痴呆の症状があるらしいわ」

「なるほど。九人というのがポイントだな」

と嵩男がつぶやいた。環が着替え始めた気配を感じ、とっさに衝立に背を向けた。

「入居者が十人以上だと、サービスを提供する施設としては、老人福祉法の適用を受けなくてはならない。でも、九人以下なら有料老人ホームの届け出は必要ないわけだ」

出窓の前にロッキングチェアがあるのに目を留め、それを指で押して揺らしながら、嵩男は話を続けた。

「あなたたちは民家で共同生活している。その世話を複数のヘルパーがしている、という形をとっている施設だ。入居者は自宅にいるような気分でリラックスできる。しかも、こんなに風情がある洋館でアンティーク家具に囲まれて暮らせるなんて、なんだか羨ましいなあ」

ガンを患い、隙間風が吹き込む離れに追いやられて息を引き取った祖母を思い出し、嵩男はいっとき顔を翳らせた。

「私、若いころずっと、海外で暮らしていたのよ」

花井環のかん高い声で嵩男は我に返った。

「だから、この素敵な洋館に巡り合えたときは、運がいいと思ったわ。月に二十五万円払えば、ヘルパーが親切に面倒をみてくれるのよ。個室だから、何をしようと勝手だし」

「例えば、男を連れ込むとか？」

「それは今日が初めて」

ほどなく衝立の向こう側から環が姿を現した。サーモンピンク色のニットのガウンとラベンダー色のロングスカートに着替えていた。左手で杖をつき、右手にデパートの紙袋を二個提げて、ダイニングテーブルに歩み寄った。紙袋の中身をドサッとテーブルの上にあけた。山盛りの薬袋は二、三十はありそうに見えた。

「さあ、タカさんの出番よ。調べてちょうだい」

タカさんか。悪くない呼び名だな、と嵩男は思った。

椅子に腰掛けて、安定感抜群の座り心地をまず楽しんだ。それから、テーブルに積み上がった薬袋の中身を片っ端から調べ始めた。

環が扉の横の冷蔵庫から缶ジュースを二本持ってきた。一本を嵩男に差し出し、出窓の前のロッキングチェアに腰掛けてもう一本に口をつけた。しかし、二口で缶を床に置き、ガウンのポケットから煙草の箱と金色に光る派手なライターを取り出した。

ジュースは飲むためでなく、缶を灰皿代わりに利用しているんだな、と横目で見ながら嵩男は推測した。

環の煙草の喫みっぷりは豪快だった。パッパパッパッと吸っては、口をすぼめて煙を盛大に吐き出し、またパッパパッパッとやる。四、五回繰り返すともう缶に捨てて、次の一本に火をつけていた。短くなるまで吸うようなしみったれたことはしない主義らしい。

「この建物の中は禁煙なのよ」

と環が出し抜けに言った。

「〝この歳ですもの。いまさら、肺ガンの心配をしてくれなくていいわ〟って、入居した翌日、施設の責任者に言ってやったのよ。何て答えが返ってきたと思う?」

「さあ……」

「〝あなたの健康ではなく、寝煙草による火事を心配してるんです〟だって。けったくそ悪いったらないわ。こっちは客なのに。灰皿を取り上げられて仕方なく、ジュースの缶なんかで代用してるの。無様で嫌になってしまうんだけどね」

不思議だな、と嵩男は思った。花井環は施設の責任者やヘルパーよりも威張っている。重大な病気を患っている様子はなく、痴呆の症状もない。精神的にも金銭的にも自立している女性であるように見える。にもかかわらず、文句を言いつつ、ここに住み続けている。一人暮らしができない理由があるのだろうか?

「ところで、毒薬は見つかったの?」

「そんなものはありません。全部、病院で処方された〝まともな薬〟ですよ。ただ……」

「ただ、何?」

「種類が多すぎるんです。高血圧の薬、抗不整脈薬、頭痛薬、脳の代謝を改善する薬、アレルギー薬、うつ病の薬、自律神経薬、入眠剤、整腸剤、胃潰瘍治療薬、抗菌薬、吐き気止め、下痢止め、下剤……。毎日、こんなにたくさん飲んでいたら、健康な人でも具合が悪くなりますよ」

嵩男はわかりやすいことばを選んで説明した。

ある年齢以上の人なら誰でも、血圧が高くなり、皮膚に痒みを覚え、寝付きが悪くなる。それに対処するためにいちいち、薬を処方されるのが問題なのだ。服用する側は、飲めば飲むほど具合が悪くなっていく。

例えば、薬の飲み過ぎで胃が荒れる。それを抑える薬が処方される。目眩が起き、精神的に不安定になる。抗うつ薬が出される。吐き気や下痢の症状が出る。整腸剤と下痢止めが処方される。身体に力が入らなくなり、目が霞む。転倒して、今度は怪我の治療をしなくてはならない。またいつ転ぶかと不安で不眠症が悪化し、強い睡眠薬が処方される。ストレスから痴呆の症状が起きる……。

「とまあ、こんな具合で、キリがないんです。悪夢のような連鎖とでもいうべきかな。老人医療の隠れた問題点なんですよ」

ロッキングチェアに身を任せ、環は真剣な面持ちで耳を傾けていた。

「いいですか。このメトクロプラミドは吐き気止めとしてよく処方されるんですよ。ところが、起立歩行できなくなったり、筋肉の強ばりが生じるという多くの症例が、老人の患者さんで報告されています。パーキンソン病と誤診されがちだが、実はこの薬の副作用だった。そんなことが珍しくありません。肝機能、腎機能が衰えた老人には、こうした〝どうってことない薬〟でも毒になる場合があるんです」

目眩と転倒を防ぐために、少なくとも抗不安薬エチゾラムの服用をいますぐ中止すべきだ。主治医に症状を強く訴えて、全くやめるか、別の薬を処方してもらうのだ。そもそも、これだけ大量の薬を本当に全部飲む必要があるのか。主治医と相談して整理したほうがいい。ズルズル飲み続けているとパーキンソン病、あるいは痴呆症の患者同然となり、ベッドから出られなくなる可能性がありますよ、と嵩男は警告した。

環は煙草の最後の一本をジュースの缶にポンと落とした。空になった煙草の箱を手のひらで捻り潰し、虚ろな視線を窓の外にさ迷わせた。

「ここに入居したのは、命の安全を優先したからなのに……。ストーカーに殺される前に施設の医者に生殺しにされるのね。皮肉な話だわ」

ロッキングチェアの肘掛けをぎゅっと摑んだ。力が入り過ぎて、指の関節が白く染まっていった。

「抗不安薬を止めるわけにいかない。絶対に。それを飲んでいる間だけ、殺されるんじゃないかと脅える気持ちが和らぐんですもの……」

皺と染みで覆われた両手を顔に押し当て、環は肩を震わせた。

「何か事情があるんですね？　ストーカーって何ですか？　相談に乗りますよ」

環がすっと顔を上げた。澄んだ目で嵩男の瞳の奥を数秒間、試すように見つめた。

「実はね、ある職業に従事している専門の人を捜しているの。でも、どうやって見つけたらいいのか、さっぱりわからなくて困っているのよ」

「どんな職業？」

一呼吸ののち、躊躇《ためら》いがちのおずおずとした口調で花井環が切り出した。

「殺しのプロは、どうやって捜せばいいのかしら？」

その晩、場外馬券売り場にほど近い新宿四丁目のいつもの居酒屋で焼酎のお湯割りを飲みながら、嵩男は横倉弁護士に昼間の出来事を打ち明けた。

「上品なそのお年寄りは、折さんにこう言ったんだね？　一年前からストーカー被害に悩まされている。怖くて一人で暮らせない。鎌倉の自宅を引き払い、老人施設に入居した。それでもいまだに電話がかかってくる。〝お前が気に食わない。殺してやる〟と。もはや耐え難い。プロの殺し屋を雇いたい。……そういう話なんだね？」

「施設の経営者も警察も、ストーカー被害を訴えても、まともに取り合ってくれないそうだよ」

「ほう。理由は？」

「相手がジャーナリストだから、だとさ」

表面がささくれ立つ木のテーブルに肘をつき、嵩男はぐいと身を乗り出した。

「相手はこう言い逃れをしているそうだ。〝花井環が海外で手掛けていたビジネスについて周辺取材を重ねた。それが一段落したので、本人に取材を申し込んでいるだけだ。ストーカー呼ばわりされて心外だ〟と」

タコと春キャベツのマリネの皿を箸でつつきながら、嵩男は花井環から打ち明けられた内容をかい摘んで語った。

広島出身の移民の子として、環はブラジルで生まれた。やがて、一家はホンジュラスに移り住み、環は地元の実業家と国際結婚した。それをきっかけに、貧しい農村の女性や子供たちの自立を支援するボランティア活動に参加するようになった。

夫が亡くなったとき、環は五十代だった。両親の母国である日本に住居を移し、それまで以上に熱心にボランティア活動に打ち込んだ。やがて、国際的な人権擁護団体の代表になってくれと頼まれ、引き受けた。

それから二十年余りの歳月を、南米、アジア、アフリカ、東欧の貧しい国々を飛び回って過ごした。人身売買の被害者になりがちな若い女性や子供たちを劣悪な環境から救い出し、孤児の里親探しをする充実した毎日だった。いまから二年前、七十六歳のとき、全ての活動から退いた。不整脈と気管支炎に煩わされるようになったからだ。

しばらくすると、鎌倉の自宅に若い男が訪ねてきた。そうして、思いがけないことを言った。〝国際的な人権擁護団体の代表というのはカモフラージュで、あなたは本当は南米や東欧の貧しい国の子供たちを国際的なネットワークを使って人身売買している犯罪組織の女ボスだ〟と。

「荒唐無稽なことを言い出したそのイカレた男は、フリーのジャーナリスト、国武一輝《くにたけいっき》と名乗った。国武は花井環を〝レディ・タイガー〟と呼んだ。人身売買組織の女ボスの裏社会での渾名だそうだ。彼女が肌身離さず手にしている杖が、その女ボスの持ち物だという確かな証言がある。そんなふうに言い張っているらしい」

「花井環は否定したんだね？」

「彼女は俺にこう説明した。数年前、アジアのある国で活動していたとき、誘拐されて売春窟に売り飛ばされる寸前で廃屋に監禁されていた中国系の子供を偶然発見し、連れ出すことに成功した。親元に送り届けてしばらくして、その子供の祖母だと名乗る女性がシンガポールの支部まで訪ねてきた。〝風水の魔除けだ。礼として受け取ってほしい〟と言って杖を置いていった。せっかくなので肌身離さず持っている。その杖のせいで、どうやら、マフィアの女ボスと間違われているらしい、とね」

でも、国武という男は納得していないんだね、と押し被せる言いぶりで横倉が口を挟んだ。

「〝私はマフィアなんかではない。人違いだ〟と否定するうちに口論となり、警察を呼ぶ騒ぎになったそうだ。それで国武はキレた。以来、態度が豹変した。ストーキングが始まり、〝気に入らない。殺してやる〟とエスカレートしていったようだ」

「で、折さんは、その気の毒な花井婆さんを助けてやりたいわけだ。〝殺しのプロに渡りをつけられる人物に心当たりがある〟と言ってしまったんだね？」

弱点を指摘するかのような目付きで横倉に睨めつけられて、嵩男は一瞬、たじろいだ。

「なにも、歳が寄った女に特別弱いってわけじゃないさ」

「ふうん。そうかな」

嵩男は慌てて弁解した。花井環の言い分のウラを取るために、施設のヘルパーにも訊いてみた。ヘルパーはこう言った。吊り上がった細い目の、幽霊みたいな青白い顔で、五分刈り頭、筋肉質の体型。年齢はおそらく三十代半ばの無表情な男が建物の前に立ち、何時間も花井環の部屋を見上げている。そんな光景を何度も見かけましたよ、と。

「ターゲットは一人だけだし、決して難しい仕事ではない。この俺が殺し屋だ、と本当のことを打ち明ける必要もない。引き受けてみてもいいかと思うんだ。どうだろう？」

横倉はいいとも悪いとも返事をしなかった。黙って嵩男の顔を眺めていた。

「折さんがせっかく〝営業〟して持ってきてくれた仕事だからなあ……。花井環と国武一輝の履歴を調べてみるよ。それが済むまで、動かないでよね」

納得してからでないと、行動を起こしたりしないさ、と嵩男が応じた。

その翌日、四月五日の土曜日。嵩男は久しぶりに新宿御苑沿いの道をジョギングした。体調がいいので、昼少し前に千駄ケ谷の自宅マンションのリビングルームで極真カラテの稽古を始めた。準備運動を慎重に行い、呼吸法と基本的な〝構え〟の動作を確認したのちに〝太極〟と呼ばれる型に取り掛かった。

まず、不動立ちから左下段払い、右足を踏み込んで右前屈立ちから右正拳中段突きを決めた。百八十度右に回転し、右前屈立ちをして右下段払い。今度は左足を前に踏み出し、左前屈姿勢から左正拳中段突き。呼吸を整え、左回転して左下段払いに移行する。両の拳を右耳の横で交差させ、左前屈立ちから左下段払い。右足を一歩踏み込みつつ右中段突き。右を軸足にして左足を踏み込み、左正拳中段突き。左を軸足に換えて右足を踏み込み、右正拳中段追い突き。突くと同時に「エイッ」と腹から声を発した。

少し離れたソファの上で携帯電話が鳴っていることに気づいたのは、そのときだった。かけてきたのは若い男だった。ジャーナリストの国武一輝です。花井環さんと先ほど電話で話をした。あなたのこの携帯の番号を教えてもらいました、と早口で告げた。

「〝あんたなんか、もう怖くないわ。あんたを抹殺してくれる人間を手配できる彼氏、見つけたわ〟と、いきなり言われちゃいました。正直、そこまで感情をこじれさせてしまったかと、びっくりしてるんですよ」

「俺に何の用だ？　無駄話をするほど暇ではない。切るぞ」

相手は「ハハハハ」と軽く笑って受け流した。

「花井さんはあなたのことを随分、信頼しているみたいだな。だから、相談に乗ってほしいんです。お願いしますよ。〝抹殺〟なんて物騒なことをされる前に、誤解を解きたいんです。今夜、会ってもらえませんか？」

いきなり電話してきて、会ってくれ、とは。どんな魂胆があるのだろうか？

「直接会って、お見せしたい写真もあるんですよ」

「写真？　どんな？」

「きっと興味を持ってもらえると思います。南米ホンジュラスのとある農場に二年前、潜入して隠し撮りしたんです。そこは表向きは酪農の農場なんだけど、牛以外の生き物も飼っています。裏社会の連中はその農場の秘密の家畜小屋を〝カサ・デ・エンゴルデ〟、スペイン語で〝太らせる家〟と呼んでいます。何を太らせていると思います？　人間の子供ですよ」

「人身売買か？」

「二年前、その農場に花井環がいました。それをバッチリ撮影した写真があるんです。ね、見たいでしょう？」

この男の馴れ馴れしい物言いぶりと押しの強さは尋常ではない。何者だろうか、と嵩男が考えを巡らせて黙っていると、国武の自信たっぷりの含み声が耳に忍び込んできた。いまの話に信憑性があるか知りたいなら、調べてくれて構わない。手っ取り早いのはインターネットだ。〝臓器密売組織〟〝カサ・デ・エンゴルデ〟〝レディ・タイガー〟のキーワードで検索すれば、海外で報道された記事のダイジェストを読むことができるはずだ、と。

「生憎、インターネットに加入していないんだ。それに、暇ではないと言ったはずだ」

「えっ、いまどき、ネットをやってないんですか？ 化石みたいな人だな」

馬鹿にしたように、国武一輝がクスクス笑った。

「じゃあ、渋谷あたりのネットカフェに行けばいい。店のスタッフに頼めば、引き出したい情報を検索してくれますよ。それで納得したら、今夜、会ってくれますよね？」

一応、時間と場所を言え、と嵩男はぶっきらぼうに返事をした。

池袋駅から北東に伸びる埼京線と東武東上線の線路が首都高速五号線および川越街道と交差する富士見橋。その脇にJRの変電所がある。そこから至近距離の線路沿いに、国武一輝が指定した建物があった。

一カ月前までリサイクル店の倉庫だったという古ぼけた平屋の前をいったん通り過ぎ、少し離れた路上に、嵩男はワゴン車を停めた。国武から指定された午後八時まであと十五分という時刻であった。

嵩男はルームライトを点灯させ、助手席に手をのばした。渋谷のインターネットカフェでプリントアウトした新聞記事のダイジェストにあらためて目を通し、考え込んだ。

国武に言われた通りに検索をかけて、嵩男は初めて知った。日本では滅多に報道されないが、海外では臓器を奪う目的で子供の誘拐や殺人が現実に行われていることを。

フランスのある新聞の報道によれば、ヨーロッパでは九〇年代から臓器売買目的での犯罪が多発しており、大きな社会問題になっているらしい。東欧の貧しい国からヨーロッパ各地に〝供給〟される子供の臓器の取引にはマフィアの関与が確実視されている。驚くべきは、子供たちの〝調達〟にヨーロッパの複数の国の病院、孤児院、慈善団体などのスタッフが関わっていると疑われていることだ。

さらに、イギリスの高級紙は、臓器売買目的で誘拐される子供たちの〝大量供給国〟としてかねてから噂されていた南米某国で発覚したある事件を扱っていた。その国の首都の郊外にある下水道で、腎臓をえぐり取られた瀕死の状態で十歳の少年が放置されていたのだ。

運よく救出され、透析で助かったその少年によると、スラム街の少年たちが十数人、誘拐されてトラックで郊外の農場に送られた。そこで数週間、十分に食べ物を与えられ、健康チェックを受けた。それから、子供たちは順番に連れ出され、姿を消した。たまたまその少年は心臓に若干の問題があり、〝使い物にならない〟と言われた。腎臓だけ奪われ、町中に戻され、下水道に放置されたらしい。

嵩男が注目したのは、少年の証言の最後の部分であった。

「〝食事とお金をあげる〟と言ってスラムから子供たちを〝狩り出した〟のは慈善団体の人達だった。リーダーはサングラスをかけた年寄りの女性で、流暢なスペイン語を喋る東洋人だった。他の男たちから〝レディ・タイガー〟と呼ばれていた」

国武一輝は電話で自信たっぷりに言ってのけた。花井環が〝レディ・タイガー〟だと証明できる写真を見せよう、と。しかし、スクープ写真の撮影に成功したのが事実なら、さらに、国武一輝が本当にジャーナリストなら、この二年の間になぜ、メディアに発表しないのだろうか？

この話にはウラがありそうだ。一つだけ確かなのは、国武一輝がやけに熱心に会いたがっている、ということだ。会ってやろうじゃないか、と嵩男は腹を決めた。

約束の時刻きっかりに、嵩男はワゴン車を出て倉庫に向かった。建物で一カ所だけ、細く開いた窓が見えた。そこから明かりが漏れていた。嵩男は用心深い足取りで窓近くの出入口を目指して近づいていった。

頑丈そうな鉄の扉がすうっと開き、中から五分刈り頭の若い男が青白い顔を覗かせた。

「よく来てくれましたね。中へ、どうぞ」

扉を手で押さえて、男は身体を斜めに退けた。白目の部分がどんより濁ったその赤い目に射るばかりの視線を打ち込みつつ、嵩男は倉庫の中に身を滑り込ませた。続いて、男の後ろをついて二歩、三歩進んだ。背後で扉がバタンと閉まった。続いて、鍵がかけられるガチャガチャという音が木霊した。

嵩男は立ち止まり、振り返った。三方から男たちに囲まれたとわかった。やっぱり罠だったか、と嵩男は胸につぶやいた。

唇の片端だけ持ち上げて薄笑いしている正面の五分刈り頭の男の人相は、ヘルパーが証言した国武一輝のそれと一致していた。年齢は三十代半ば。嵩男と瓜二つの黒ずくめの服装だ。何らかの格闘技を習得しているらしいことは、隙なく両手を中段に構え、腰をぐっと落とした立ち姿から想像できた。

心拍数と血圧がピンと跳ね上がるのを、嵩男は感じた。医学的に説明するなら、危機に直面するというストレス状態に置かれたことで副腎髄質からアドレナリンが、副賢皮質からはコルチゾールが分泌されて血管に流れ込んだのだ。〝副腎ストレス反応〟と呼ばれる生理学的反応だ。

嵩男は意識して肩の力を抜いた。呼吸を整え、首を回した。そのついでにちらと、後ろの二人を見た。

一人は迷彩服を着た二十歳くらいの男だ。デカい体格を持て余しているように見える。

いまにも飛びかかってきそうに顔を真っ赤にして身構えている。

もう一人は三十歳前後の男で、Tシャツの上から緑色のワークシャツを羽織り、カーキ色のズボンを穿いている。ウエストのごついバックル付きベルト、先端が尖ったブーツに、嵩男は目を留めた。いざというとき、武器に使うつもりだろう。こいつは闘いの経験がありそうだな、ととっさに思いはかった。

「ターゲットは花井環ではなく、この俺だったんだな？　俺をどうするつもりだ？」

と嵩男が質問した。

「殺す」

「ほう。理由は？」

「お前が評判ほどの腕ではないと証明してやる」

「どんな評判なんだ？　この街でいま一番腕が立つ旬の殺し屋。そんなところか？」

「自惚れるな。黙って消えろ」

「消えろだと？　おいおい、手品かイリュージョンでもやるつもりか。お前さんのような格闘技オタクが、この俺とフルコンタクトで殺し合いをする勇気があるのか？」

嵩男に挑発されて、国武が顔色を変えた。動揺が見えたその一瞬を狙って、嵩男はパッと飛び上がった。身体を回転させつつ、国武の顔面に左足で後ろ蹴りを放った。

国武は寸前で体をかわした。よろめきつつ、嵩男の足を摑もうとした。そのときにはもう、着地した嵩男は床を転がり、迷彩服の若い男の背後に回り込んでいた。

複数対一の格闘で勝利するには秘訣がある。全員をいっぺんに相手にしないこと。さらに、防御のために常に動き回ることだ。

そう教えてくれたのは、いまの仕事に転職するとき、横倉の手配でトレーニングしてくれた特殊部隊式実践格闘技の教官であった。二十年以上、アフリカの各地で傭兵として働いていたという。髭面の熊のような体格のその教官が叱り付ける口調で教えてくれたことばが嵩男の耳の中で響いていた。

「よく覚えておけ。本物の戦闘では、綺麗な型で戦おう、などと思ったら死ぬぞ。生き延びるためには汚いこともやれ。手近にある使える物は何でも利用しろ」

迷彩服男に放った顎へのジャブは全く効果がなかった。嵩男は防御の構えで円を描きながら逃げた。

スルスル動きながら周囲を見回した。と、目に飛び込んできたものがあった。倉庫の片隅に放置されている充電式ドリルドライバーだ。

嵩男は横っ跳びしてドリルドライバーを摑んだ。使えなかったらどうしようか、と一瞬ヒヤリと考えた。

大声で吠えながら、迷彩服男が上からのしかかってきた。その左膝を目がけて、金属の穴空けに使うドリルの先端を押し当て、手のひらで強くスイッチを握った。

ウォーッと獣のような呻き声があがった。迷彩服男がのけ反り、膝を抱えて床を転げ回った。その膝頭から血が流れているのを確認すると同時に、嵩男は跳ね起きた。

ワークシャツの男が鉄パイプを振りかざして突進してきた。応戦しようとして、ドリルのスイッチを再び握った。が、手応えはなかった。充電切れだと気づいて、嵩男は細く開いた窓の隙間からドリルを外へ投げ捨てた。次の瞬間、避け損ねて、鉄パイプで右肩をしたたか打たれた。

痛みとともに、分泌されたアドレナリンが素早く全身の血管を駆け巡るのを感じた。酸素と糖が筋肉へと送られ、グルコースが肝臓から放出されるというイメージが脳裡をかすめた。その感覚は恐怖よりもむしろ、嵩男の内に半ば眠っていた闘争本能を蘇らせた。

嵩男はカッと目を剝いた。相手の股間に一発、容赦のない蹴りを入れた。

ワークシャツの男の動きが止まった。鉄パイプを手にしたまま真っ青な顔で一歩、後退した。内股で床に膝をつき、喘ぎ始めた。

一息入れる間もなく、背後から国武に首を絞められた。とっさに、嵩男は身体を前屈みにして片膝をつき、相手の体重を利用して前方に投げ飛ばした。

国武は受け身の姿勢を取り、しなやかに弾む動作で立ち上がった。しかし、そのときには、嵩男は数メートル離れた倉庫の奥の道具類を収納した棚に向かって駆けていた。

回復して立ち上がったワークシャツの男と国武が一列になって嵩男の背後から飛びかか

ってきた。嵩男は振り向きざま、二人の顔面に手にしたスプレーを吹き付けた。ワークシャツの男と国武が悲鳴をあげた。大きく開いたその口に狙いを定め、嵩男はスプレーをさらに噴射させた。中身を飲ませるのが目的だった。

嵩男が武器として使ったスプレーは自動車用ガラスクリーナーだった。成分のメタノールは、純度百パーセントの場合、十ミリリットル飲んでも人を失明させる。それどころか量によっては死亡する可能性もある。

男たちは三人とも苦悶に顔を歪めて床を転げ回っていた。動きを封じ込めることができて、嵩男はようよう肩で息をついた。

あらためて棚に視線を走らせて、一番下の段に好都合な物を発見した。嵩男はニヤリと笑った。

嵩男が手にしたのは強力な換気扇洗浄液入りポリ容器だった。人体の組織と接触すると化学反応を引き起こし、腐食させる特性を持つ水酸化カリウム溶液を、のたうち回る男たちを一人ずつ捕まえ、口を開けさせて、たっぷり流し込んだ。

男たちを放置して電気を消し、鉄製の扉に外からチェーンを巻き付けて、嵩男は倉庫を後にした。

ワゴン車に戻り、運転席にどすんと腰を落とした。その拍子に鉄パイプで打たれた右肩に激痛が走った。嵩男は思わず叫んだ。

「クソッ、また整形外科に通院するのかよ！」

気を紛らすために、嵩男は国武一輝から奪った携帯電話を〝戦利品〟を観察することにした。一つは国武の黒ズボンの尻ポケットに入っていた携帯電話だ。試みにスクロールして、記録されている通話番号をモニターに表示させた。すると、発信記録リストの最初の番号とその一つ前、着信記録リストの二十個ほど前の番号に見覚えがあった。

嵩男は首を傾げた。発信記録リストの最初の番号は花井環の部屋の電話だ。その一つ前は嵩男の携帯である。国武は嵩男を呼び出した後で花井環をさらに脅したのだろうか？

理解に苦しむのは、着信記録リストに残っている番号であった。

痛みで頭がぼうっとしてきた。嵩男は手のひらで頬を叩き、気合を入れ直した。それから、国武から取り上げたもう一つの品を眺めた。

それは、長いこと持ち歩いていたらしく、縁がボロボロに破れた古びた写真であった。国武のジャケットの胸の内ポケットに入っていた。

半袖のワンピースを着た品のいい中年女性が子供たちに纏わり付かれて写真の中央に立っていた。背景の建物は学校、あるいは病院のようだ。

子供たちは男の子が二人、女の子が四人。女の子のうち、頭に三角巾、両腕にアームカバーをはめた一人だけが十代後半の年かさに見えたが、あとは幼いようである。中年女性の腰に抱き着いている五歳くらいのやんちゃそうな短髪の男の子の面立ちが国武一輝によく似ていた。

嵩男は写真を引っ繰り返した。裏に走り書きを発見した。

「〝マミーとボクとホームのみんな〟だと？　何だ、こりゃ」

嵩男はあらためて、写真の中央に写っている〝マミー〟と思われる中年女性をまじまじと見つめた。どことなくユーモラスな表情にも見える、穏やかそうな顔つき。子供たちに囲まれて嬉しいのであろう、満面の笑み顔であった。

かなりの時間が経過したとき、その女性の特徴ある鼻の形状に気づいて、嵩男は心底ギョッとした。女の顔を再度注意深く見つめ、唸り声をあげた。

それから三時間後。日付が日曜日に変わった深夜一時。嵩男は東池袋の洋館の裏口にいた。

ピッキング用の特殊工具を使い、二分で開錠に成功した。一階ホール脇の当直スタッフの部屋を覗き、中年の女性ヘルパーが鼾をかいて眠っていることを確認した。

二階右手奥の部屋で枕元の電気を点灯させて、花井環が待っていた。

嵩男は真っ直ぐ歩み寄り、ベッドにそっと腰掛けた。環の瞳をじっと見つめながら、白い前髪を指で払うように掻き上げた。

「いい知らせなのね？」

嵩男は答える代わりに、皺がさざ波のように並んでいる環の額に唇を押し当てた。楽しげな息遣いとともに環が身を捩った。その手がそろりとのびて、ベッドの横に立て掛けてある杖を摑みかけた。

嵩男は視線の端で見ていた。左手でサッと杖を横取りした。右手で杖の握り手を引いた。中からアイスピックのような刃物が現れた。

「国武は本当のことを言ったんだな。国際的な人権擁護団体の代表という立場を悪用して、あんたは犯罪活動を行ってきた。貧しい国の子供たちをホンジュラスあたりの農場に見せかけたファームに集め、いい具合に太らせて、臓器を売り飛ばしている。目的は金儲けなのか、レディ・タイガー？」

尖った刃物の先端を環の喉元に突き付けた。

「私はね、根っからのビジネス・ウーマンなのよ」

と環が答えた。慌てる様子もなく、脅えもせず、落ち着き払っていた。

「この商売は儲かるのよ。不整脈や気管支炎くらいで引退するのは惜しいから、復帰したの。その話、聞きたい？　煙草を吸わせてくれるなら、詳しく話してあげるわよ」

「おっと、その手は食わないぞ。煙草を取り出すと見せかけて、マットレスの下に隠してある別の武器で襲いかかるつもりだろう？　煙草なしで喋るんだ」

「あらあら。レディに向かって何て言い方なの？　困った子だこと」

嵩男は仕込み杖のアイスピックを用心深く構えたまま、二十センチだけ身体を引いた。

「あんたは見事に表と裏の顔を使い分けている。人身売買の一方で、身寄りのない子供たちを大勢、養子にしているんだろう？　この写真みたいな子供たちを」

革ジャケットのポケットから国武一輝が後生大事に持っていた写真を取り出し、環の目の前に掲げた。環は一瞥しただけで、ふんと鼻を鳴らした。

「養子の国武がどうなったか、全然訊かないんだな」

「タカさんがここにやってきた。ということは、首の骨でも折られて死んでるんでしょうよ」

そんざいな言い方が気に障り、嵩男は眉をしかめた。

「養子は大勢いるわ。〝鉄砲玉になってくれるスペア〟がたくさんいるってことよ」

レディ・タイガーは顔じゅうの筋肉をゆっくり動かして薄笑いした。

「子供というのはね、確実に儲かる、利幅が見込める商品なの。なぜだと思う？　使い途がいろいろあるからよ。器量のいい女の子なら、幼児売春用に高く売れる。可愛い子は男女を問わず、ポルノやペドフィリア（幼児に対する異常性愛）の用途で需要があるわ。残酷に弄ばれるのを撮影した映像は高く売れるそうよ。容姿が悪くても健康な子供なら、臓器売買に回せる。子供の臓器は高値で取引されるのよ。世界中でドナー不足だから。大人以上にね。闇取引したがっている客は山ほどいる。アメリカ、ヨーロッパ、中東に。もちろん、日本にもね」

そう言ってニヤッと笑った。

「一輝みたいに小さいころから根性がある男の子は訓練を受けさせて、ボディガードや組織の構成員にするの。孤児や貧しい国の子供は、そんなふうに役に立ってくれるわ。鯨と同じで、捨てるところがないのよ」

「子供たちの命や身体を商売の道具としか考えられないのか。あんたはタチが悪いな」

「そうかしら？　私がこの手で子供たちを殺しているわけじゃないわ。これは一種のネットワークビジネスよ。〝汚れた手〟というのは、タカさん、あなたみたいな人のことを言うんじゃなくって？」

花井環は悪びれたふうもなく、嵩男の目を見つめて打ち明けた。

半年ほど前、〝これまでにないタイプの凄腕の殺し屋が東京に現れた〟という噂を耳にした。ぜひ、スカウトしたいと思い、日ごろジャーナリストを名乗らせているボディガード兼養子の国武一輝に調べさせた。一輝は面白くない顔をしたが、言い付けに従った。

最近になって、確実なルートからタレ込みがあった、と一輝から報告があった。〝その凄腕の殺し屋は、亡くなった祖母の月命日である毎月四日、神楽坂の有名な甘味処に現れる。二階の窓際の席で田舎汁粉と釜飯を注文する。六十歳以上の女に頼られると、優しくしないではいられない。それが唯一の弱点だ”というのだった。

「あの店で待ち伏せしていたわけか。目眩と転倒、ストーカー被害というお涙頂戴話をでっち上げて、俺の気を引いた。一方で、国武一輝を焚き付けて、俺と殺し合いをさせた。この俺の実力を試したんだな？」

「あなたがいま、チビの弁護士から貰っている三倍のギャラで引き抜こうと考えているのよ。あなたにライバル心を燃やしていた一輝にあと二人つけて、三人まとめて倒せないようでは、お金を払う価値はないわ」

何でもカネなんだな、と嵩男がつぶやいた。鳩のような声で花井環が笑った。

「タカさん、むくれた顔してもダメよ。交渉しに来たのはわかってるんだから。ギャラを釣り上げたいのね。いくら欲しいの？　いま、あなたが属している組織の四倍出す。そう言えば、引き抜きに応じてくれる？」

俺は組織なんかに属していない。エージェントが一人いるだけのフリーランスだ、と嵩男が言い返した。すぐさま環が遮った。

「何を馬鹿なこと言ってるんだか。ねえ、タカさん、話を引き延ばすのはやめなさい。ちゃんと言うのよ、欲しい金額を」

嵩男は革ジャケットのポケットに左手を突っ込んだ。取り出したのはジュースの缶だった。その口はすでに開いており、ラップで覆われている。

透明マニキュアを塗って指紋を消した手のひらに握り締めたジュースの缶を、嵩男は露の間、じいっと見つめた。

「あんたの話を聞いていると、大学病院の医局を思い出すよ。あれはまさに、マフィアと変わらない組織だったな」

運搬のために上部に巻き付けておいたラップを、缶を持ちながら指先だけで外した。

「医局の頂点に君臨する教授は、医局員全員の将来を決定するんだ。だから、怖くて誰も教授に逆らえない。それをいいことに、教授はどんどん横暴になり、権力という名の魔法の杖を使う快感に溺れる。医局だけでは飽き足らず、外部にも力を見せつけようとする。自分が勝手に考えた治療方法を〝ガイドライン〟という名目で学会に採用させるんだ。〝私の言うことは神のお告げと同じだ〟ってな。医学的な根拠《エビデンス》を無視した、患者のためにならない方法だとわかっていても、誰一人指摘しない。睨まれたくないからだ。〝どうせ、被害を受けるのは、出鱈目な治療を施される患者だけだしな〟ってわけだ」

嵩男がふっと笑うと、釣り込まれて環もにこっと笑った。

「こういうのは何も日本に限ったことではない。欧米でも同様の状況があるそうだ。それを憂う医療関係者の間で〝GOBSAT〟と呼ばれている。〝Good Old Boys Sitting Around the Table〟の略だよ。……自分は魔法の杖を持っていると思い込んでいる医局の教授連中と、あんたは同類だ。方針だけ決めて、決して手を汚さない。〝Good Old Lady

Sitting Around the Table〟だ。〝GOLSAT〟だよ。煙草の吸い方と同じで、手下をポイポイ使い捨てしている。そういうのが、俺には虫酸が走るんだ」

嵩男は右手を回してアイスピックをズボンの後ろに挟み込んだ。環の頭を押さえ付け、その口に無理矢理、用意してきたジュースの缶をあてがい、中身のドロッとした液体を飲ませた。

環が目をひん剝いた。いったい何なの、と問いたげに顔を引きつらせた。

「中身を知りたいか？ 教えてやろう。あんたの大好きな煙草を十二本、ジュースに一時間かけて浸して作ったんだ。致死量の三倍のニコチンを溶出させた高濃度の液体だよ。過呼吸、痙攣、筋肉麻痺、不整脈が起きて、十五分以内に死ぬはずだ」

環は絶句した。その耳元に口を寄せ、嵩男はささやいた。一階で眠り込んでいるヘルパーが明日、あんたの死体を見つけるだろう。司法解剖されるかもしれない。施設の経営者が評判を落とすのを恐れないなら。万が一そうなっても、灰皿代わりの缶ジュースをうっかり飲んだことによる事故で片付くはずだ。この種の報告例は多いから。特に老人の誤飲は。

「小ぢんまりとした老人施設で目立たないように暮らしながら、ダーティなビジネスの指示を出し続ける。いいアイデアだったな。だが、ここでは、あんたはただの老人だ。他の部屋の入居者と同じで、いつ痴呆の症状が現れても不審がられない。〝あんなに忠告したのに、隠れて煙草を吸っていたとは。吸い殻を浸したことも忘れて缶ジュースを飲むほど痴呆が進んでいたのか〟と気の毒がられるだけさ。……おっと、吐き出そうとしても無駄だ。あんたはもう、助からない」

ロの端から黒い液体を滴らせて、レディ・タイガーが怒りに満ちた目で嵩男を見つめた。嵩男の二の腕をぎゅっと摑んで爪を立て、「ちくしょう!」と呻いた。

嵩男が横倉をいつもの居酒屋に呼び出したのは、翌日、月曜日の晩のことだった。

嵩男は横倉の目を見据えて、挨拶抜きで切り出した。

「俺が毎月四日、神楽坂の甘味処に行くという情報を流したのは、あんただな?」

どうしてわかったの、と横倉がにこにこして尋ねた。国武の携帯電話の着信記録リストにあんたの携帯の番号が残っていたんだよ、と嵩男が低い声で告げた。

横倉はみじんも表情を変えなかった。焼酎のお湯割りを作ろうとしてポットに手をのばした。骨格標本を思わせるその骨ばった手を、嵩男はとっさに上から摑んでテーブルに押し付けた。

「俺は殺されていたかもしれない。鎖骨の怪我が治ったか怪しい体調で、三人と格闘したんだからな。この俺を嵌めた理由を話せ」

横倉がふわっと微笑んだ。嵩男の手に自分の左手を重ね、優しくさすり始めた。

「嵌めたんじゃないよ。折さんなら、うまくやってくれると確信していた。それに、話さないほうが安全だと判断したものでね」

横倉は静かに語った。幼児売買を行う国際的なネットワークの中枢にいる女ボス〝レディ・タイガー〟こと花井環を抹殺してもらいたい。そんな依頼が舞い込んできたのは、いまから一年前だった。クライアントの素性は明かせない。政府の要人としか。

それを聞き付けたかのように、環は姿を消してしまった。炙り出す方法はないかと考えるうちに、はたと閃いた。凄腕の殺し屋、折壁嵩男。その評判を裏社会に流すのだ。レディ・タイガーは〝腕と口が達者な男前〟を好んで側に置きたがるという評判だ。飛びついてくるはずだと思った。そうして、そのとおりになった。

「俺はメス虎のエサか。買収されて、あんたの敵になる。そういう可能性は考えなかったのか？」

横倉が相好を崩して笑った。

「へえ、少しはそんな気になったの？　ねえ、報酬をいまの何倍出すと言われた？　二倍、それとも三倍？　水臭いなあ、教えてよ」

相変わらず食えない野郎だな、と胸の奥で毒づいた。嵩男は焼酎のボトルを引っ掴み、ラッパ飲みした。

# ポイント・オブ・ノー・リターン

明け方、梶睦子《かじむつこ》の夢をみた。

白い霧がシュルシュル音をたてて渦巻く野原に、睦子は全裸で立っていた。子猫のように心細げにぐずる赤ん坊を胸に抱き、あやしていた。

母子の至近距離に突っ立ち、嵩男《たかお》は考え倦《あぐ》ねていた。可哀相に、赤ん坊は腹を空かせているらしい。睦子はなぜ、乳を与えようとしないのだろうか？

睦子がふっと顔を上げた。咎めるような視線を嵩男に浴びせかけ、抱えていた赤ん坊をひょいっと横にずらした。

嵩男ははっとして息を呑んだ。睦子の胸から両の乳房が消えていた。跡形もなく。残っているのは醜く爛れた赤い皮膚ばかり。その下に肋骨が透けて見えた。

嵩男は顔を背けた。赤ん坊が火がついたように泣き出した。追い打ちをかけるように睦子のすすり泣きが加わった。

「お願い、助けて。早くお乳を飲ませないと、この子、死んでしまうわ。乳首と乳管を返してちょうだい！」

大声で叫びながら、折壁《おりかべ》嵩男はガバと身を起こした。

悪夢をみたのだ。睦子は無事だ、良かった、と思った。腹の底から安堵のため息を吐いた。しかし、次の刹那、思い出して気が滅入った。いまから五ヵ月前、嵩男は睦子の夫を手術台に縛り付け、その胸をメスで切り裂いた。麻酔もかけずに乳首から大胸筋まで剝ぎ取ったのだ。

深く呼吸すると肺が破れてしまいそうな錯覚を覚えた。嵩男はかたとき、背を丸めてじいっとしていた。やがて、恐る恐る額に手をやった。汗が指の腹をべっとり濡らした。とろりと纏わり付くその感触は血糊を思わせた。

嵩男はベッドサイドの目覚まし時計を無造作に摑んで引き寄せた。時刻は午前五時八分。ベッドから抜け出し、スリッパも履かず、鉛のように重い足を引きずって廊下を進んだ。

辿り着いた浴室で熱いシャワーを浴び、〝鼻の毛穴パック〟で気晴らしをした。

人間らしい気分をようよう取り戻した嵩男は、タオルで頭を拭きながらリビングルームに向かった。カーテンを開け放ち、窓の外に広がる景色を眺めた。

新宿御苑の緑の海をしっとり濡らして、雨が静かに降っていた。いまにも薄日が差してきそうな天空から絹糸のように細い筋がつうつう垂れていた。まるで、天国から下りてくる蜘蛛の糸みたいだな、と嵩男は思った。

嵩男はすぐに別のことを考え始めた。上空で雨の粒が形成され、落下するという現象において、不可逆の地点《ポイント・オブ・ノー・リターン》は存在するのだろうか？　臨床医学でも、例えば糖尿病性腎症に不可逆の時点があるように。ポイント・オブ・ノー・リターンを越えてしまうと、以後は血糖・血圧のコントロールをどれだけ熱心に行っても進行を食い止められなくなるのだ。この世のことは全て〝一別雨のごとし〟だな、と嵩男はしみじみ考えた。いったん地上に向かって落ち始めた雨は、二度と空に戻れない。それは男女の仲でも同じだ。

嵩男は窓の前を離れ、ソファに腰を沈めた。頭の後ろに手を回して組み、目を瞑った。梶睦子の面影が像を結んで浮かび上がってきた。

抱き締めると骨が砕けてしまいそうに華奢な腰つき。握ると柔らかくて熱っぽかった白い手。切れ長の目の奥で瞳がキラキラ光っていた。

表面的には美人で勝ち気で意地っ張り。大学時代、射撃部に所属して磨きをかけたとびきりの集中力と決断力、さらには、物事の本質を素早く見抜く才能に恵まれていた。だが、一方では、優秀すぎるがゆえに窮屈な高みへと自分を追い込むことになり、絶えず苦しんでいた。外交的で前向きな睦子の内面は、意外なくらい脆弱だった。身近にいた嵩男は少なくとも、そう感じていた。

二人はとびきり気が合った。ドライブしたり、どちらかのアパートで酒を飲みながら一晩中語り合った。一枚の毛布にくるまり、肩を寄せ合って朝を迎えたこともあった。一度や二度ではなく。

そんなとき、睦子はしばしば、嵩男の内心を窺う口ぶりで切り出した。

「実家の母がまた、うるさいこと言ってきたわ。〝医者を続けるつもりなら、早く女の子を産みなさい。立派な女将に仕込むから〟って」

睦子の実家、熱海・来宮の割烹旅館〈牧水楼〉は繁華街から離れた山の中腹にある。明治時代には遊郭だった木造三階建ての風情ある佇まいが気に入り、著名な歌人、若山牧水が頻繁に逗留した。その縁で〈牧水楼〉と途中から改名したという由来があるらしい。

「〝睦子は育て方を間違ったけど、孫はちゃんと教育してみせる〟ですって。よく言うわ。旅館の経営しか頭になくて、一人娘のあたしを放ったらかしたくせに。優しかった父を追い出したのも母なのよ。……母みたいにだけは、なりたくないわ。あたしは子供をたくさん産んで、自分で育てるつもり。〝大家族のおっかさん〟になるの。それが、あたしのささやかな夢よ。実現できるかしら？」

睦子は、大量出血で運び込まれてくる重症患者を前にしても顔色一つ変えない冷静な医者だ。ところが、家庭生活の夢物語を嵩男に語るときは別人になった。熱でもあるように頬を上気させ、やけに饒舌だった。

「大家族のおっかさんか。そういう夢を叶えてくれる男、めっけろよ。陰ながら応援してるからさ」

嵩男の素っ気ない返事は睦子の顔を強ばらせ、沈黙させた。なんて冷たい人なの、と言いたげに目を潤ませたが、それ以上は決して踏み込んでこなかった。

何の進展もなくダラダラと、二人は二十年も付き合った。男女の深い関係になる機会はいくらでもあったが、嵩男が拒んだ。睦子を心から愛していたからだ。

亡くなった祖母を別にすれば、睦子は深い情愛を感じて胸を疼かせた唯一の女性だ。しかし、嵩男には確信があった。自分は愛する人を不幸にしてしまう定めを背負っている。祖母も、弟も、あんな死にざまだったのが何よりの証拠だ。睦子には幸せになってほしい。何があろうとも。だから、深入りするまい……。

嵩男の本心を知らない睦子は、三十八歳の誕生日の翌月、東京を去った。名門、黎明大学医学部の付属病院を突然辞めて、実家近くの熱海の公立病院に就職してしまった。それから六年、二人は一度も会っていない。

久しぶりに嵩男が睦子に電話をかけたのは、いまから五カ月前だった。短いやり取りの中で、睦子は照れ臭そうに報告した。ほどなく出産すること。そして、入籍したことを。

睦子が名前を打ち明けなかった結婚相手が大学の後輩、野《の》中《なか》耕作《こうさく》だという事実を嵩男が知ったのは、依頼を請け負って野中を殺害した一週間後のことだった。

それにしても……とソファから立ち上がってリビングルームをぐるぐる歩きながら、嵩男は思案に引き込まれた。

経営状態が悪いらしい実家の借金と赤ん坊を抱えて、睦子はどのように暮らしを成り立たせているのだろうか？　夢をみたのは、安否を確認しろという天の啓示か？

十時になるまで待って、熱海・来宮の〈牧水楼〉に電話をかけた。電話口に出た女将に探りを入れた。大学で同級生だった折壁嵩男ですが、睦子さんはお元気ですか、と。

「亭主に逃げられた、とかなんとか、噂を聞いたんでしょう？　ええ、元気にしてますとも。メソメソするなら、ちっとは可愛げがあるんですけどねえ。あの子の強情っ張りときたら、救いようがないわ」

女将はきらびやかな笑い声を撒き散らした。

「この二月から東京で暮らしてますよ。お給料のいい都内のクリニックに転職したんです。折壁さんは親友ですってね？　会って励ましてやってくださいな」

嵩男の意向など訊きもせず、女将は睦子の携帯の番号を早口で告げた。

メモした番号をさんざん眺め、迷った末に、嵩男はその日の夕方、睦子に電話をかけた。

翌日、四月十三日の日曜日。午前十一時半という約束の時刻を五分以上遅刻して、嵩男は睦子から指定されたカフェレストランを見つけた。その店は流行発信エリア、代官山のランドマーク〈代官山アドレス〉の敷地内で最も奥まったわかりにくい場所にあった。芝生を眺めることができるテラス席に睦子は座っていた。「迷子のお上りさん。ここよ！」と言いながら、ヒラヒラ手を振って合図を送ってきた。

嵩男は照れ隠しにチノパンのポケットに手を突っ込み、むすっとして睦子の向かいに腰掛けた。気持ちのいい風が吹き込む南国風インテリアの店内におもむろに視線を回した。

睦子は店員を手招きし、勝手に料理を注文し始めた。身振り手振りを交え、目をクリクリ動かして会話するその姿に、嵩男は無言で見とれた。

外見は六年前に別れたときと変わっていなかった。毛先を軽やかにカールさせた肩まである髪を後ろに流し、リボンで緩く結んでいる。スカイブルーのワンピースを身に着け、素足に紺色のローファーを履いている。スポーティかつエレガントなデザイン。纏って気持ちいい服装。まさに睦子の好みであるように見えた。

「お前さん、四十四歳にしては、化け物みたいに肌がピチピチしてるな。美容整形とか、怪しげな胎盤クリームを使うとか、ヤバイことやってんだろう？」

目だけ上げて、睦子が嵩男を睨めつけた。

「失礼しちゃうわね。この顔、百パーセントの天然よ。美貌は昔から変わってないわ」

「おうおう、たいした自信だな。俺、視力は悪くないぞ。昔も、いまも」

「相変わらず、口が悪いわねえ！　少しは大人の男になったかと期待してたのに。がっかりだわ」

テンポよく胸元ギリギリに速球を投げ込んでくる。そんな言い方も以前と変わっていなかった。夫に失踪されて萎れているのではなさそうだ。嵩男は少しほっとした。

「この近くに住んでるんだって？」

「徒歩五分のマンションにね」

「赤ん坊を置いて外出して、大丈夫なのか？　まだ、授乳してるんだろう？」

フォアグラと雲丹を惜しげもなく盛り付けたその店特製の丼を食べようとして箸を構えた睦子の手が、ピタッと止まった。

「ウチにはいないわ。一緒に暮らしたことがないのよ」

野中耕作との結婚生活について口にしたのかと、嵩男は一瞬、勘違いしかけた。

「赤ん坊はどこにいるんだ？」

「新生児集中治療室《NICU》」

と睦子が素早く返事をした。

「未熟児か？」

「いいえ。原因不明の遺伝的な疾患を患っているの」

箸をそっとテーブルに戻し、睦子は淡々とした口ぶりで語り始めた。

子供が産まれたのは予定日の翌日、昨年十二月一日。四十三歳九ヵ月での初産婦にしては満点だと褒められたスムーズな出産だった。

赤ん坊が発作を起こし、心肺停止した。すぐに蘇生させた、と知らされたのは数時間後のことだった。

「全身を詳しく検査してもらったけど、異常はないの。ただ、〝普通の部屋〟では生きられないってだけで。紫外線過敏症の色素性乾皮症《XP》や環境ホルモンの過敏症を疑ったわ。でも、違うらしいの。未知の症例なんですって」

幸い、小児の難病を熱心に研究している病院が受け入れてくれた。酸素濃度や光を特別に調節した無菌室で赤ん坊は二十四時間、厳重に管理されている。その部屋にいる限り、発作を起こすことなくスクスク育っている。

会えるのは二週間に一度。窓越しに数分間だけ。母乳を与えることも、触れることも禁止されている。これが現実だと受け入れるには、正直言って努力が必要だ。が、気を腐らせている暇はない。いま、自分にできるのは、せっせと医療費を稼ぐこと。原因不明の病気なので、特定疾患の認定も難病指定も、期待できないからだ。

熱海の公立病院の倍の給料で雇ってくれたいまの病院には感謝している。会員制の高級クリニックで、ノルマがある。仕事はきついし忙しいが、あれこれ思い悩む時間がないからかえって助かっている。

そんなことを顔色一つ変えずに告げて、睦子はぎこちなく微笑んだ。

口にすることばが見つからない嵩男は黙り込んだ。その顔をちらと見て、睦子が言った。

そんな深刻な顔しないでよ。こんなことになったのは、あなたのせいじゃないんだから、と。

睦子は飯粒一つ残すことなくフォアグラ丼をペロリと平らげた。食後の紅茶を上品に啜りながら、しみじみとして言った。

「やせ我慢じゃないわ。あたしね、自分の子供がこんなことになったせいで、医学の進歩をこれまでにないくらい信じる気になっているのよ」

ヒトゲノムの解読が完了したことがまず、大きな第一歩だ。それを元にさまざまな病気の治療薬の開発に直結するタンパク質の構造・機能の解析作業が始まっている。

贅沢病だ、などと昔は片付けられていた糖尿病のような古典的な病気でさえ、いまでは分子生物学や遺伝学の観点から原因究明が行われている。例えば、HNF-1αなど膵β細胞の機能不全に関与する複数の転写因子が発見され、〝1型〟〝2型〟という従来の分類に当てはまらない別タイプの糖尿病の研究も進められている。

さらに、生殖医療の分野の躍進ぶりには勇気づけられる。不妊治療だけではない。生殖生物学と遺伝学の最新テクノロジーの合体によって生まれた生殖遺伝学には大いに希望が持てる。あらゆる臓器に育つ可能性を秘めた胚性幹細胞（ES細胞）の研究に各国が競って取り組んでいる。現に、韓国とアメリカの共同チームがヒトの未受精卵を操作して作ったクローン胚からES細胞を作製することに成功している。

こうしたことが進んでいけば、〝自家臓器移植〟も実現するかもしれない。自分の皮膚細胞から自前のスペアの臓器を作って病気治療に使えるのだ。拒絶反応も倫理面の問題も、心配する必要はない。

「だから、ウチの子の未来も悲観したものではないと思うのよ」

睦子は嵩男に問われるままに、二月から勤務している会員制クリニックでの仕事について語った。

内科医で女医、ということを生かし、主に女性患者に対する総合的な相談窓口の役割を担っている。専門分野である糖尿病などの成人病、更年期障害、心療内科の診療を手掛け、乳ガンや婦人科系ガンは専門医への橋渡しを行っている。さらに、不妊治療のカウンセリングも。

カーテン一枚で仕切られるだけでプライバシーを確保されない普通の病院は嫌だ。高い会費を払ってもいい、尊厳ある人間として扱われたい。まともなサービスを受けたい。そのような患者のニーズに応じている。最先端の医療機器による人間ドックで全身のスクリーニングを行い、会員からの医療相談を担当医が二十四時間受け付けている。

サービスを提供する医者は大変だ。患者のプライベートな事情に深入りすることもある。精神的にタフでなくては務まらない。でも、やり甲斐もあるのよ、と睦子は切れ長の目をキラキラさせて言い終えた。

そのクリニックは何という名前で、どこにあるのか、と嵩男が尋ねた。睦子はスッと視線を外した。

「そういう話は、いずれまたね」

それきり、会話は弾まなかった。家に戻って文献を読むわ、と言って、睦子はそそくさと立ち上がった。

足早に去っていく睦子の後ろ姿を、嵩男は店の前で突っ立って見送った。華奢だが煽情的な腰のラインに未練がましく視線を注いでいる自分にやがて気づき、苦笑した。

踵を返し、代官山駅の方向に歩きながら、嵩男はしきりに考えた。久しぶりのデートは気まずく終わった。理由は何だろうか。気を悪くさせるようなことを口にしただろうか？

不思議だな、と首を捻ったのは、駅のホームに渋谷行きの電車が滑り込んできたときだった。睦子はまるっきり訊かなかったのだ。大学病院を辞めた嵩男の現在の職業と近況について。

翌晩、嵩男は弁護士の横倉義實《よこくらよしみ》に電話で呼び出された。

新宿のいつもの居酒屋の階段下に無理矢理椅子とテーブルを押し込んで設えたいつもの席。横倉はちんまり腰掛けて待っていた。木の芽天麩羅の盛り合わせ、アスパラガスと豚バラ肉の炒め物、茸雑炊を注文した。世間話をあれこれした後で、依頼について切り出した。

「クライアントの名前は椙山《すぎやま》絵麻《えま》。現在妊娠六カ月の主婦で二十七歳。ターゲットは彼女の三歳年上の夫、啓介《けいすけ》だ」

絵麻は三年前からドメスティック《D》・バイオレンス《V》に苦しめられている。妊娠して以来、夫の暴力はエスカレートするばかり。もはや一刻の猶予もない状況だ。

椙山啓介は債権回収業を営んでいる。法務省から免許を交付されたサービサー（債権回収代行業者）ではない。回収額の半分を成功報酬として受け取るので〝取り半〟と呼ばれるモグリの取り立て屋だ。

横浜生まれの暴走族出身。身長百八十センチで見るからに強面《こわおもて》。若い男を常に三、四人引き連れ、金融会社からカネを借りた中小企業の経営者をすかしたり脅したり、巧みに追い込む手腕に優れている。仕事は順調で、暮らし向きは豊かである。東急東横線の祐天寺駅近くの一軒家は５ＬＤＫの注文建築だ。

絵麻と啓介は糖尿病患者のサークルで知り合った。二人ともインスリン投与が不可欠な〝１型糖尿病〟を十代で発症している。患者仲間として励まし合ううちに恋愛関係に発展し、三年前に結婚した。その直後から、甘えん坊だった啓介が暴れ始めたという。

「とにかく、彼女の日記を読んでみてよ」

横倉が骨ばった手で押して寄越した紺色の日記帳に、嵩男は早速、目を通した。

「四月二十八日。啓介がまたキレた。夕食の後片付けをしていた私の手元を後ろから覗き込み、水切り籠の中の食器に私の手を洗った水が飛び散った、と喚き始めた。私の後頭部を拳でガンガン殴った。私が逃げると、髪を掴んで床に引きずり倒した。〝オメエ、生意気だ〟〝鈍臭い女だ〟〝俺の稼ぎでただ飯食いやがって〟〝土下座しねえと殺すぞ〟と罵声を浴びせた。二時間近く殴られ続けて、私の顔はパンパンに腫れ上がった」

「六月十日。夜中に突然、叩き起こされて、車に乗れ、と命令される。百キロくらいのスピードで一般道を走って海辺へ。砂浜に引きずり出され、顔への往復ビンタ、背中に蹴り。その後、海水に頭を突っ込まれる。息ができず、死ぬかと思った。抵抗する気力を失ってじっとしていると、急に浜に引き戻された。〝簡単に死なせねえ。オメエを殴ればスッキリするんだ。一生、痛めつけてやる〟と言われた。それから朝まで、殴る蹴るが続いた」

「八月十七日。啓介は殴るだけではなく、ことばの暴力で私を追い詰める。〝オメエは皆から嫌われている。友達もできねえ〟〝オメエが両親に捨てられたのは、小汚いガキだったからだ〟〝オメエなんか、大したことねえ。大学出てるからって、高卒の俺より頭がいいと思うな〟〝オメエは能なし女だ。就職もできなかったくせに〟……毎日毎日、繰り返して言われると、そうかもしれない、と思えてくる。私には実家がない。就職できるとも思えない。この家から追い出されたらホームレスになるしかない。誰か助けて！」

「九月二十二日。最近、啓介が帰宅する時刻が近づくと、呼吸が苦しくなる。それを察しているみたいに、啓介は〝あと何分で帰る。待ってろよ〟と電話をかけてくる。殴られるのは必ず夕食後だ。私たち糖尿病患者にとって、食前のインスリン注射とそれに続く食事は重要だ。厳格に守らないと、命に関わる。注射と食事が済んでから、啓介は心置きなく私を痛め付ける。いっそ殺してくれたらいいのに」

「十月三十日。昨夜も殴られた。身体じゅうが痛むので、昼間、横になっていた。午後、啓介のお姉さんがやってきた。私を見て、どうしたのかと尋ねる。DVだと打ち明ける。信じてもらえない。〝おとなしい啓ちゃんが？　言い掛かりはよして〟と。腫れ上がった私の顔を目にして言うから、まるで鬼だ。それどころか、〝近所に言い触らしてないでしょうね。世間体を考えなさい〟と言った。私の手や足から流れた血で染まった畳を踏んで白いソックスを汚さないように、用心深く避けて帰っていった。その後ろ姿を見て、悔しくて泣けた」

「十二月二十四日。クリスマスイブなのに殴られた。とうとう我慢できず、交番に駆け込んだ。対応した年配の警官は困ったように何度も訊いた。本気で夫を傷害罪で訴えるつもりか、と。警官が言うには〝DVと夫婦喧嘩の違いもわからず、駆け込んでくる女性が多い。そういう夫婦に限って、被害届を出したその晩、燃えるようなセックスをして子供ができる〞のだとか。説得され、付き添われて家に戻る。啓介は平気な顔で警官を出迎えた。〝女房は精神的に不安定で、自傷行為を行う。精神科医に診せるつもりだ〞と言った。啓介にお茶をいれてもらって、警官はすっかり丸め込まれた。〝奥さんの面倒をみてやって偉いねえ〞と感心して帰っていった。啓介はそうやって、人懐っこい笑顔で周囲を易々とたらし込む。その後、気絶するまで私を殴るのだが」

読み終えたとき、嵩男の胸はムカムカした。脳裡に去来したのは、少年時代の記憶だった。

嵩男の父親はこの椙山啓介顔負けの暴力男だった。矛先は嵩男と弟に向けられた。母親は知らんぷりした。身体を投げ出して止めに入ってくれたのは祖母だった。

父の暴力と横暴な態度はやがて、知的障害を患う弟を追い詰めた。そうして……。

頭を一振りして、嵩男は我に返った。

「ところで、クライアントは妊娠してるんだな。レイプでもされたのか?」

テーブルに肘をつき、横倉が身を乗り出した。

「いや、合意のうえだ。それ以上だ。二人で不妊治療に通って子供を作ったんだよ」

追い詰められたある日、絵麻は包丁で手首を切った。その日に限って早く帰宅した啓介に発見され、死なずに済んだ。

　啓介は泣いて詫びた。愛している、やり直したい、と言った。そこで絵麻は条件を出した。子供を作るならこの家に留まる、と。

　糖尿病患者の妊娠にはリスクが伴う。昏睡、腎症などの合併症が悪化することが考えられるからだ。主治医と相談のうえ、血糖値をきっちり管理しなくてはならない、と知っていた二人は病院に相談した。産婦人科で検査を受けると、多少の問題を抱えていると判明した。不妊治療を受け、それがうまくいき、絵麻は妊娠した。

　これで何もかもいい方向に向かうに違いないと絵麻は期待した。しかし、間もなく、啓介は再び暴力を振るい始めた。以前にも増した暴れようであった。

「アメリカの心理学者、レノア・E・ウォーカーの説では、DVには周期があるそうだ」

　横倉はそう言って雑炊を一口、旨そうにすすった。

「暴力を爆発させる時期、ハネムーン期、緊張が蓄積されて暴力期の再来。その繰り返しだというんだ。ウォーカー博士はこうも言っている。妊娠中や子育ての時期に暴力が酷くなるケースが多い、とね。被害者が離婚を切り出しにくい、弱い状況に置かれたときを、あえて狙うらしい。DVってのは、陰湿で計画的な犯罪なんだよ」

　DV防止法が施行されて、状況は良くなったのではないか。椙山絵麻も公的シェルターに保護してもらえないのか、と嵩男が質問した。横倉が反論した。公的シェルターは日本にはない。民間のシェルターが細々と活動しているだけだ、と。

この問題への国の取り組みは欧米に比べるとかなり遅い。DV夫から逃げ出した妻の居所を知られないようにするために、住民基本台帳の閲覧を一部制限しよう。あるいは、単身者でも公営住宅に入居できるように自治体に通達する、といった試みが始まったところだ。アメリカのように、裁判所が加害者であるDV夫にカウンセリング・プログラムの受講を命じる、といった踏み込んだところまで到達していない。

「というわけで、暴力夫から妻が身を守るには、保護命令制度を利用するしかないんだよ。ところが、その内容は〝六ヵ月の接近禁止命令〟と〝二ヵ月、住居から退去させる〟だ。この程度の命令で怯むような男は、そもそもDVをやらないよ」

「結局、被害者は住民登録もできずに各地を転々と逃げ回るしかないわけか」

「そのとおり。暴力夫が諦めるまで。あるいは、殺されるまで。椙山絵麻は逃げたくても、頼りにできる親兄弟、友人がいない。そのうえ、夫は取り立てのエキスパートだ。どこに隠れても見つけ出すだろうな。……こんな可哀相な妊婦、放っておける？　依頼を引き受けてくれるよね？」

焼酎のお湯割りのグラスを手のひらで包み、嵩男はしばらく考えた。いつものように、納得してやりたい。クライアントと〝面談〟させてほしい、と返事をした。

「面談の日取りは決めてあるよ。明後日の午前十時。クライアントが定期検診で通っている病院の近くで。クライアントが外出できるのは、病院に行くときだけなんだ。それも、暴力亭主が付き添うそうだ。検査の合間に怪しまれないように抜け出してくる。だから、面談は短時間で済ませてよね」

「了解した。ところで、その病院ってのは？」

黎明大学医学部付属病院だ、と横倉が答えた。

春日通りを小石川六丁目の交差点で右折し、嵩男は左手の公園脇にロケバスを停車させた。

道の向こう側に黎明大学医学部付属病院の正門が見えた。その奥に聳える二十二階建てのタワーに下から視線を這わせた。

敷地内の建物は全て建て替えられたばかりだ。嵩男がこの病院を去った直後に着工し、二年がかりで先月、竣工した。シックな煉瓦色の外装は目にも鮮やかな周囲の緑と調和している。病院にありがちな白や灰色でないのは、煉瓦造りだった以前の大学病院の雰囲気を踏襲したらしい。

この病院の顧問弁護士をしている横倉によると、タワーは入院棟で、患者の個人情報をベッドサイド端末から取り出せる最新式のシステムが全室に導入されているという。中庭は以前のままだそうで、それをコの字に囲むように、外来診察が行われる診療棟、オペ室がある検査棟、医学部と医局が入っている研究棟の、それぞれ中層階の建物が並んでいるらしい。

母校であり、かつての勤務先でもある病院の見違えるばかりに生まれ変わったピカピカの建物を、嵩男はしばし、ぼうっと眺めた。いまタワーがある場所には、以前は医学部の古い建物があったのだ。正面玄関に欄間付きの車寄せ、三階建ての屋根の中央部には時計塔というモダンな洋風建築は、日本の医学界を常にリードしてきた伝統と自負を感じさせる凛とした佇まいだった。

中庭はいま、どうなっているだろうか？　かつては病院の売店から鯉が泳ぐ池が見えたのだが。池の端に花海棠の古木が一本だけ植えられていた。ちょうどいまごろの時期、艶やかな紅い花が咲いていた。

池の周囲の芝生に研究で実績があった教授たちの胸像が点在していた光景も、嵩男の脳裡に鮮やかに蘇った。滑稽なのは、どの胸像も同じポーズだったことだ。真面目腐った表情。腹の前に開いた本。その上に髑髏。そんな像が二十か三十、あったのではないか。

物思いに耽る嵩男の胸にやがて、侘しさに似た強い感情がふつふつと沸き上がった。いくら眺めても、ここはもはや、立ち入ることを許されない場所なのだ、と思った。

エンジンをかけ直し、嵩男はロケバスを発進させた。小石川植物園の方角を目指して緩い下り坂を徐行した。

曲がりくねった道の左手に公園、右手に大学病院の大谷石の塀が延々と続いた。道幅は狭く、シラカシ、アカシア、アカウルシ、サクラなどの樹木が両側から葉を繁らせた枝を張り出している。そのせいで晴天の空が遮られていた。

チラチラ瞬く木漏れ日に誘われて、嵩男はゆっくり車を進めた。不意に右手の病院の敷地が途切れた。隣の敷地の門に掲げられた自動車整備工場の看板が目に飛び込んできた。

嵩男は開け放たれた門から敷地の中にロケバスを滑り込ませた。横倉の指示どおり、整備工場の奥の倉庫の前で停めた。

右手の方角にみすぼらしいトタン塀が見えた。手入れが行き届いていない様子で、一部が剝がれている。隙間から大学病院の灰色の高い塀が見えた。その奥に検査棟がある。

嵩男は腕時計に目をやった。午前九時四十分。約束の時間まであと二十分。それがすぐに面談を始められるように、嵩男は天井から暗幕を吊るして車内を仕切った。それが終わると後部座席の定位置に腰掛けた。

スモークガラスの窓を細く開けて、外の空気を入れた。ツッピーというシジュウカラの囀りが耳に飛び込んできた。くぐもったキジバトの声も。杉のいい匂いを胸いっぱいに吸い込み、嵩男はしみじみ思った。この辺りの緑と空気は以前とちっとも変わっていない。ちょっとした森林浴気分を味わえるな、と。

そのまま静かに時間が過ぎた。十時三分になったとき、トタン塀の隙間を両手でこじ開けて、赤いマタニティドレスの女が姿を現した。丸い腹を重そうに抱え、ガニ股で、迷うふうもなく一直線にロケバスに歩み寄ってきた。

嵩男は後部座席からレバーを遠隔操作してドアを開けた。

「産婦人科の待合室で夫が待っています。時間がないんです」

と告げた椙山絵麻はふうふう息をつき、反っくり返る姿勢で暗幕の前の座席に腰掛けた。

嵩男は二枚の暗幕の隙間から観察した。

クライアントは疲れ果てた表情で肩を落としていた。パーマをかけてから相当の時間が経過しているらしく、長い髪の毛先のカールが伸びている。前髪はカチューシャで留めていた。

顔は細長く、色黒。どことなくトーテムポールに似ている。小さな目、ツンと上を向いた鼻、厚い唇のそれぞれの近くに紫色の痣が見えた。

嵩男の視線は腹の丸みを両側から抱えている絵麻の両手に吸い寄せられた。甲が腫れ上がっている。おそらく、足、背中、腹にも痣や傷があるはずだ。大学病院の内科と産婦人科の主治医が気づかないわけがない。面倒なことに巻き込まれるのを避けて、気づかない振りをしているのだろう。

「大学病院には、いつごろから通ってるんだ？」

「十七歳で糖尿病だと診断されて、それ以来です。十年になります」

「ところで、確認したいことがある。あんたの覚悟を知りたい」

嵩男は押し被せる言いぶりの低い声で続けた。

「あんたはいま、岐路にいる。ここで俺が〝引き受ける〟と言ってしまったら、もう後戻りできない。ポイント・オブ・ノー・リターンだ。それでいいのか？」

緊張した面持ちで絵麻がこくっと頷いた。

「将来、子供に父親のことを尋ねられても、真実を言わずに通せるか？　誰かに秘密を打ち明ければ心が軽くなる。そんな誘惑に負けないと保証できるか？」

嵩男の問いかけに、絵麻は気を呑まれたようであった。瞳をぱちっと瞠り、ただじいっと座っていた。

「良心の咎めを感じるなら、ここで止めたほうがいいぞ。秘密は墓場まで持っていくと誓えるなら、仕事を引き受ける」

絵麻の小さな目からそのとき、涙が一粒こぼれ落ちた。

「啓介のお父さんはお母さんを殴り殺して、刑務所で自殺したそうです」

反対側の目からも涙が流れて頬を伝った。

「私の家も同じようなものです。父は行方不明、母は男と逃げました。私たち二人とも、家庭に恵まれなかったし、思春期に糖尿病を発症しました。似た者同士なんです」

腹をさすりながら、絵麻は虚ろな眼差しを夫が待つ塀の向こう側にそっと向けた。

「〝1型糖尿病〟の患者にとって何が一番苦しいか、想像できます？　インスリンを打っても打っても完治しないことです。いずれは透析が必要になったり、動脈硬化に苦しめられるとわかっているんです。将来に絶望して暴れたくなるのは、私だって同じ。啓介が精神的に追い詰められているのを一番理解しているのは多分、私なんだと思います」

「それが、三年間、耐えられた理由なんだな。ところで、その腹だが。六ヵ月にしては大きすぎる。双子だな？」

濡れた目の下を指で拭いつつ、絵麻が小さく頷いた。

「やり直そうねって約束したんですよ。二人で不妊治療に通って、やっと授かったのに……。啓介はこの子たちまで殺しかねないわ。お腹を蹴り上げて、笑っているんですもの。……いま、私は夫か子供たちか、どちらか命を選択しなくてはならないんです。こんな依頼、しないで済むなら、どんなにいいかしら……」

絵麻は泣き崩れまいとして、懸命に歯を食い縛っていた。

「いまの気持ち、忘れるな。命の重みを感じて、旦那の分まで生きろよ。で、いつ実行してほしいんだ？」

ほっとしたように絵麻が吐息を漏らした。マタニティドレスのポケットに手を突っ込み、一枚のメモを取り出して隣の座席に置いた。

詳しいことはこれに書いた。今度の日曜日、横浜のホテルで夫の甥の結婚式が執り行われる。私は家で留守番することになっている。夫は普段は部下たちと一緒に行動していて隙がないが、親族と会うときは別だ。一人になるし、置物の猫みたいにおとなしく振る舞う。この機会を逃したら、いつチャンスが巡ってくるかわからない。どうしても日曜日にお願いします。

そう告げて、絵麻は肩をぶるっと震わせた。

嵩男は腕組みして考えを巡らせた。

「ところで、旦那が受けているインスリンの投与法は？」

啓介は〝強化インスリン療法〟をやっている。一日四回の皮下注射で、うち三回は毎食前に〝超速効型〟を、残る一回は〝中間型〟を就寝前に投与する。〝超速効型〟の製剤はインスリンアスパルト。ペンタイプの注入器を使用しています、と絵麻がスラスラ答えた。

「外出するときは、血糖自己測定《ＳＭＢＧ》の器材と注入器を持ち歩いているんだな？」

「はい、もちろん。注射の前にＳＭＢＧをやります。指先を針で刺して、血糖値を測定するんです。啓介はそういうこと、すごく几帳面にやる性格なんです」

「場所は？　トイレで？」

「ええ。血糖値の測定では血が出るし、注射はお腹をベロッと出さなくてはならないですから。体面を気にする啓介は必ず、トイレでやります」

いいぞ、これでいこう、と嵩男はほくそ笑んだ。

強化インスリン療法を受けている患者なら、食事の前にトイレに立ち、しばらく戻ってこなくても、周囲の人間は不自然だと感じないはずだ。そのうえ、〝超速効型〟はすぐに効果が現れるが持続性に欠ける。急激に低血糖になったり、逆にインスリンが切れて食前に高血糖になりやすい。膵β細胞が破壊され、インスリンの絶対的不足により発症する〝1型糖尿病〟の患者にとって、日々の血糖コントロールは非常に難しいのだ。

「わかった。引き受けた。あんたの苦しみは日曜日に終わる。それまで頑張れよ」

嵩男に一礼して、身重妻は立ち去った。トタン塀の向こう側にトボトボ戻っていくその後ろ姿は、喜んでいるどころか、むしろ落ち込んでいるように嵩男には見えた。

四月二十日、日曜日の午前十一時。横浜の山下公園にほど近いホテルの結婚式場専用ロビーに集合した人の群れに、嵩男は紛れ込んでいた。冴えない礼服を纏い、髪を七三に分け、黒縁眼鏡をかけて。

目当ての男はすぐに見つかった。眉が欠け落ちた凄みのある面構え、オールバックの髪型、バスケットボール選手のような体格で目立っていた。身体に悪いからお酒を控えなさい、と小言を繰り返す黒留め袖の中年女性から逃げ回り、ウロウロ歩いていた。

嵩男はさりげなく椙山啓介に近づいていった。私は花嫁の身内だ。良かったら、茶碗にワインを入れて持ってきてあげよう。一緒に飲む相手を探しているので、と話しかけた。

啓介は目を輝かせ、お願いしますよ、と乗ってきた。

ロビーの柱の陰で、二人は嵩男がバーで調達してきた白ワインで乾杯した。嵩男はボトルからどんどん啓介の茶碗に酒を注いだ。

やがて、両目を真っ赤に染めた啓介が嵩男に尋ねた。お仕事は何を、と。

嵩男は内心でにんまり笑った。機会があれば口にしてみたい言い回しがあったからだ。

「あれやこれやさ。べつにきまっちゃいない（ジェイムズ・M・ケイン著、小鷹信光訳『郵便配達夫はいつも二度ベルを鳴らす』の主人公の台詞）」

「ああ、自営業ですね」

と啓介が応じた。嵩男の身なりを一瞥し、にっこり笑った。

「運転資金、ご入り用でしょう？　私ね、金融業に顔が利くんです。良かったら、この会社に電話してくださいよ。相山啓介の紹介だと言えば優遇してくれますから」

貸金業らしき社名の名刺を嵩男の手に握らせて、啓介はウインクした。よろけつつ立ち上がり、「社長！」と叫んで禿げ頭の初老の男に走り寄っていった。

立ち話を始めた啓介の屈託のなさそうな輝くばかりの笑顔を、嵩男はじっくり観察した。人あしらいの上手な、あの世慣れた感じときたら、どうだろう。取り立て屋をしているだけかと思っていたが、融資先の物色までしているとは如才ない。しかも、身内の結婚式の会場で。

白い歯を見せつけた人懐っこそうな笑顔には誰もが魅了される。ごつい顔や身体とのギャップで、かえっていいヤツに見える。そのうえ、言葉遣いは丁寧で、礼儀正しい。女房を気絶するまで殴る男だと周囲が見抜けないのも無理はない、と嵩男は納得した。

お式が始まりますので、ご親族は中に入ってください、とほどなく係が呼びに来た。

それから二十分が過ぎた。啓介が一人でふらふらと挙式会場の外に出てきた。視線は定まらず、壁を伝い歩きしている。左の脇にセカンドバッグを抱えている。中に血糖値の測定器とインスリン注射器具一式が入っているに違いない。

階段下の衝立に隠れて待ち構えていた嵩男はニヤリと笑った。強い睡眠薬、ペントバルビタールカルシウムの錠剤を砕き、ワインの最初の一杯に混入させておいたのだが、それが効き始めたらしい。気分が急に悪くなった啓介はトイレに向かったようである。計画どおりだ。

嵩男は深呼吸した。手のひらを眺め、透明マニキュアを塗って指紋の溝を消してあることを確認した。

おもむろにサングラスをかけて、嵩男は衝立の後ろから人気のない廊下へと歩き出した。啓介が姿を消した男性トイレに身体を滑り込ませる直前、このホテルを前日に下見したときに盗んだ〝清掃中〟のプレートをドアの前に置いた。

洗面台で蛇口から大量の水を流して、啓介は顔を洗っていた。意識を失うまいとして躍起になっていた。お蔭で黒い大理石の床に水が盛大に飛び散っていた。

嵩男は足音をたてずにそうっと、背後に歩み寄った。啓介が気づいて振り向く寸前、後ろから手を回して口を押さえた。勢いをつけて、大柄なその身体を床に引きずり倒した。ペントバルビタールカルシウムで意識が遠のきつつある啓介は抵抗しなかった。ダラリと力が抜けて床に横たわった。

その身体を引きずって、嵩男は二つある個室の一つに運んだ。洗面台の上のセカンドバッグも個室に持ち込んだ。中からインスリン注入器を探し出し、自分の上着のポケットに入れた。それと同タイプで未使用の注入器を別のポケットから取り出し、便器の蓋の上に載せた。

次に啓介の礼服の上着のボタンを外し、ワイシャツをめくり上げ、腹を露出させた。便器の蓋の上に準備したペンタイプの注入器を手にし、ダイヤルを六十単位（〇・六ｃｃ）に合わせた。

嵩男は注入器の先端を啓介の真っ白な腹に打ち込んだ。さらに場所を変えて腹の別の四カ所にも。一日の限度量をはるかに超える合計三百単位を投与したのである。

インスリン注入器の針は極めて細いので、注射の痕跡は残らない。そのことを一応、目で確認して、嵩男はすぐさま片付けに取り掛かった。ワイシャツをズボンに入れてベルトを締め直し、上着のボタンをきちんと掛けた。身繕いが完了した啓介の身体を、腋の下に手を入れて立たせた。ドアのほうを向かせて。

トイレの洋式便器の後ろに床から一メートルほどの高さの棚があった。その角に、嵩男は啓介の頭を思い切り打ち付けた。便座に腰掛けようとしてふらつき、後頭部を打って脳震盪を起こし、失神した、と偽装するために。

なおも意識を失っている啓介をそうっと洋式便座に座らせた。使用済みのインスリン注入器は、啓介の右手で握らせて指紋を付けて、セカンドバッグに入れた。そして、携帯の電源をオフにした。

それが終わると、トイレの個室の鍵を内側から掛けた。壁をよじ登り、嵩男は個室から脱出した。

大理石の床や洗面台の周囲を慎重に観察したのち、嵩男はトイレを後にした。ドアの前の〝清掃中〟のプレートはそのままにしておいた。

トイレの入口を見張ることができる階段下まで素早く移動し、嵩男は衝立の後ろに身を潜めた。それから、根気よく監視を続けた。

二時間後。披露宴の途中でトイレに向かった酔っ払いに抗議されて、ホテルの若い男性従業員が男性トイレに入っていった。やがて、青ざめた顔をして飛び出してきた。「人が死んでいる!」と叫びながら。

騒ぎが始まる前に、嵩男は悠々と立ち去った。

嵩男は普段の生活に戻った。二週間が過ぎた五月四日の午後、自宅のリビングルームで極真カラテの型の練習に励んでいたとき、携帯電話が鳴った。

「こんなこと、頼めた義理じゃないんだけど。ちょっと手伝ってもらえないかな」

咽び泣きに似た声の持ち主は横倉であった。

「新規の案件か？」

「いや、違う。こんなことは初めてだよ。椙山絵麻が報酬の残金の支払いを渋ってるんだ」

嵩男はびっくりして携帯を握り直した。

「殺し屋に仕事をさせておいて、踏み倒そうってのか？」

「踏み倒すつもりはないらしい。手元に用意していた現金を遣ってしまった。預金を引き出せない事情も発生した。だから、支払い期日を先に延ばしてほしい、と言ってきた」

啓介の死は不運な事故ということで無事片付いた。普段は飲むのを控えていたアルコールをがぶ飲みしたことが引き金となって低血糖発作を起こした。低血糖昏睡で倒れていた場所がトイレの個室だったので、誰にも発見されなかった。運が悪かったのだ、と。何の問題もなく預金や不動産を絵麻が相続できるはずだった。ところが、大部分が啓介の仕事のパートナーである姉名義になっていた。そんなわけで揉めている。少し待ってほしいそうだ、と横倉がモゴモゴ告げた。

「俺に何をやらせようっていうんだ？　まさか、取り立てじゃないだろうな」

嵩男の剣幕に、横倉は気圧されたようであった。最終的な責任は私が取る。厳しく対処する。その前にクライアントにチャンスを与えたい。身重だし、気の毒な境遇だから。折さんの督促なら怖がってすぐに支払いに応じるかもしれない。少しばかりドスを利かせて脅してもらえないだろうか、とおずおずと言った。

嵩男は横倉から聞いた椙山絵麻の携帯の番号にすぐさま電話した。呼び出し音を苛々して聴きながら胸の奥で毒づいた。債権回収業の男を殺害した報酬をその女房から取り立てるために、脅しの電話をかけなくてはならないとは。なんてこった！

眠そうな声で絵麻が電話に出た。

「俺が誰だかわかるな。用件はわかってるだろう?」

一瞬の間があって、絵麻がのんびりとした言いぶりで応じた。

「すみません。お金なら、払えません。手元の現金、全部遣っちゃったものですから」

「何に遣ったか、説明しろ」

「啓介から解放されたら気が大きくなって、パーッと。美容院に行って綺麗にしてもらって、エステとネイルサロンに行って、洋服買って……。それから、ホストクラブに行きました。気づいたときには、そちらに支払う残金の三百万円、無くなってたんです」

嵩男はことばを失った。これがあの、自動車整備工場の敷地に停めたロケバスの中で涙に暮れていた妊婦なのか？

「殺し屋に支払うカネをホスト遊びに回すとはな。いい度胸だ。死にたいのか？」

絵麻がコロコロ笑った。耳障りなかん高い声が鼓膜に響いて、嵩男は顔をしかめた。

「払うようにします、いつかね。いますぐにでも払いたい気持ちはあるんですよ」

「気持ちだと？　態度で示せ。新たに工面できるのは？　具体的に何日と言え」

「うーん……。五日後に大事なイベントが控えているんです。それが一段落した月末なら、なんとかなるかも……」

五日後にいったい、どんな大事なイベントが控えているんだ、と嵩男が精一杯の皮肉を込めて問いかけた。すると絵麻は少々上ずった声で嬉しそうに答えた。

「私、入院するんです。お腹の子供を中絶して、胎児から取り出した膵臓を移植してもらうんです。糖尿病の悪夢からもうすぐ解放されるんですよ」

嵩男は絶句した。

見え透いた嘘で言い訳されるほど、俺はなめられているのか、と嵩男はつくづく嫌になった。気を取り直して再び声を出すまで、しばらく時間がかかった。

「そんな与太話、信じられるかよ。証拠はあるのか？」

「証拠って言われても……。医者から勧められた〝治療〟です。綿密なプランを立てて、一年半前から進めてきたプロジェクトなんですよ」

絵麻は淀みない言いぶりで説明を始めた。

このプランを考えてくれたのは、昔から糖尿病でお世話になっている、古い付き合いの医者だ。〝生殖補助医療《ART》を利用してインスリンから離脱できる〟というのだ。

食事管理や薬の服用などで安定した状態を保てる〝２型〟の患者とは違い、絵麻のような〝１型糖尿病〟の患者はインスリン注射から生涯逃れられない。そのうえ、糖尿病性腎症、高血圧などによる心疾患を合併するリスクが高い。そうなると死を覚悟しなくてはならない。

根治治療法は〝膵島移植〟と〝膵移植〟だ。このうち、確実で成績良好な〝膵移植〟は一九六六年以降、全世界で一万六千件以上行われている。生存率はもちろん、インスリン離脱率も良い。アメリカでは治療法として定着している。ところが、日本での症例は三十件に満たない。他の臓器移植同様、ドナーが簡単には見つからないからだ。

ドナーの条件は、血液型の適合、さらに、ヒト組織適合抗原《HLA》において強い抗原性を発揮するＨＬＡ－Ａ、Ｂ、ＤＲの三つの抗原系でなるべく多く一致することとされている。血縁者、特に兄弟だと可能性は大きい。ＨＬＡ型の抗原を規定する遺伝子が第六染色体上に存在し、その第六染色体は両親のそれぞれに由来する一対の相同の染色体から構成されているためである。

以上のことを元にして、生殖補助医療の技術を活用して血縁のドナーを意図的に製作し、移植に使う、というアイデアが生まれたらしい。

具体的には、まず、体外受精《IVF》を行う。着床前遺伝子診断《PGD》を途中で行い、HLAを確認する。レシピエントである絵麻と適合する型のものだけ選別した受精卵を子宮に戻す。胎内である程度育てたのち、中絶する。取り出した胎児の膵臓を絵麻に移植する、という計画だ。

「医療の最先端のテクノロジーって、素晴らしいですよね。インスリンから永遠にサヨナラできるなんて、夢みたい。費用さえ工面できれば実現できる、と先生に言われました。それで思い切って、この計画に賭けることにしたんです」

「つまり、こういうことか?」

半信半疑で嵩男が確認した。

「あんたは自分だけ糖尿病を治したい一心で、旦那を騙して不妊治療に通わせた。精子を得るために。自分とHLA一致のドナーにするという利己的な目的で〝デザイナーベビー〟を作った。その胎児を間もなく中絶する。そして、膵移植に使うんだな?」

頭の回転が速いんですね、と絵麻におだてられて、嵩男はムカッとした。

「旦那を殺したのは、体外受精が成功すれば用はないからか?」

「DVもね。我慢の限界、越えてましたから。お蔭で暴力夫から自由になれました。手術を受けて、もうすぐ健康になれるし。私の人生、これから始まるって感じです」

「おい、気は確かか？」

と嵩男が遮った。これは与太話ではないかもしれないと疑い始めていた。

「生まれてくる自分の子供が可愛くないのか？　膵移植に使うために犠牲にするだと？　地獄に落ちるぞ」

受話器の中で絵麻が吹き出した。あなたがそんなこと言うなんて意外ですね、と言った。

「夫と子供は取り替えられます。私の命は一つです」

「何だって？」

「そもそも、胎児は誰のものですか？　DNAのもう一人の提供者は死にました。所有権は母親にあるはずですよ。元々、私の身体の一部ですしね。胎児を病気治療に使うのが、そんなに悪いことですか？　リサイクルみたいなものだと思いますけど」

しばし会話が途切れた。筋が通っているようで、実は自分勝手なことを並べたてている女の言いたい放題に我慢して付き合わなくてはならない状況が、嵩男には耐えがたかった。舌打ちしかけたが、カネを取り立てるためだと自分を宥め、嫌々話を先に進めた。

「いまのが作り話だったら殺すぞ。そのアイデアを吹き込んだ医者と病院の名前を教えろ。話が本当だと確認できれば、こっちの支払いを月末まで猶予してやる」

「そういうわけにいかないんですけど」

と絵麻が困ったように言った。

「これは秘密のプロジェクトなんですよ。部外者にバラしたなんてわかったら、手術してもらえなくなるかもしれないわ」

だったら、この俺に打ち明けるなよ、と言いたかった。

嵩男はふと、まさかな、と思いながら口にした。

「おい、オペは黎明大学医学部の付属病院でやるのか？」

一拍置いて、絵麻が答えた。

「違います。でも、全くの無関係ってわけでも……」

これ以上は言えないと言い張る絵麻と、嵩男はしばらく口争いをした。絵麻は最後に渋り渋り、代案を出してきた。

手術の前に医者や病院に確認されては困る。いまの話も絶対に内密にしてほしい。そのうえで、こういうのはどうだろうか。手術のために今度の金曜日、五月九日の朝十時までに入院することになっている。祐天寺の自宅からタクシーで行くので、尾行してくれて構わない。ただし、目立たないように。病院に入るまで見届ければ、この話が出任せでないとわかるのでは？

嵩男は素早く考えを巡らせた。この女は今日明日に支払いをしそうにない。金曜日まで待って病院に行かなかったら、そのとき、どうするか考えればいい。

「わかった。祐天寺の自宅の住所を言え。この携帯も、いつでも出られるようにしておけよ」

嵩男は横倉にかけ直した。ざっと概要を伝え、金曜日まで待ってみたい、と告げた。

横倉は急に態度を変えた。もういい。あとはこちらで取り立てをする。この話は忘れてくれ、と言った。冷ややかで不機嫌そうな声色だった。

椙山絵麻にいいように押し切られたのは弱腰だ、と横倉に暗に指摘されたように感じて、嵩男は少しだけ気を腐らせた。

嵩男はその晩、なかなか寝付けなかった。零時過ぎ、睦子の携帯に電話をかけた。

「こんな時間に悪いな。お前さん、糖尿病が専門だったよな。この前会ったとき、生殖医療の話もしてたし。ちょっと教えてほしいんだ」

何なのよ、とひどく眠そうな機嫌の悪い声で睦子が訊いた。

「あのな、レシピエントとＨＬＡ適合のドナーを確実に作り出す目的で体外受精《IVF》する。その途中で着床前遺伝子診断《PGD》を行う。そうやって得た胎児を中絶して〝1型糖尿病〟患者の膵移植に使う。そんなことを実行しようとしたら、いまの日本で技術的に可能かな。手掛ける病院はあるかな？」

数秒間の沈黙ののち、睦子が答えた。

「技術的に十分、可能だわ」

「具体的には？」

「ＰＧＤは分割卵生検が主流よ。受精前の卵子の極体を利用するという方法もあるわ。受精卵が六から八細胞に分割した段階で一個か二個、割球細胞を取り出して分析するの。ＰＣＲ法（ポリメラーゼ連鎖反応法）でＤＮＡ診断する場合は卵細胞質内精子注入法《ＩＣＳＩ》で受精卵を製作するんだけどね」

眠気が覚めたのか、睦子は徐々に滑らかな口調になっていた。

「血友病、筋ジストロフィー、嚢胞性線維症といった百五十以上の疾患を対象に、遺伝子診断ができるのよ。体外受精卵の染色体異常のスクリーニング、骨髄移植を前提にした受精卵のＨＬＡ抗原検査も、すでに行われているわ」

「ＰＧＤによる妊娠は確か……」

「神戸の産婦人科医が学会に申請しないで男女産み分け目的のＰＧＤをやって、大問題になったわ。日本ではいまのところ、ＰＧＤによる妊娠はタブーよ。〝出生前診断でさえ命の選別につながるという議論があるのに、それより溯って行う着床前診断など時期尚早〟ってね。欧米ではＰＧＤを受けて生まれてきた子供たちがもう、数百人はいるっていうのに」

一方、〝1型糖尿病〟の根治のための膵移植は、一九八四年からの十年間に日本で十五例が実施されたと記憶している。一九九七年に臓器移植法が制定され、一九九九年には膵臓移植中央調整委員会が実施要綱を定めた。二〇〇〇年以降、実施例が十例ほどあるのではないか。そう言って、睦子は実施施設の大学病院名を具体的に挙げた。

黎明大学はやっていないのか、と嵩男が独り言をつぶやいた。移植医療に強硬に反対していた御木本《みきもと》教授が死んで、第一外科もいまでは臓器移植に前向きに取り組んでいるのではないか。なんとなくそう思い込んでいたのだ。

「で、どう思う？　糖尿病患者のためにＩＶＦとＰＧＤと膵移植を組み合わせる、なんてことを手掛ける病院、あるかな？」

「ない。あたしが知る限り」

と睦子が断言した。

「最初から犠牲にするつもりで体外受精する？　そうやって作った双子の胎児を自分の病気を治すために臓器移植に使うだなんて。実の母親のすることかしら？　それに、いくら患者が希望したとしても、協力する医者も病院も、いまの日本に存在するとは思えない」

遅くに悪かったなと謝って、嵩男は電話を切った。

ギョッとして暗闇で跳ね起きたのは、五分ほど経過してからだった。

嵩男は決して口にしなかったのだ。胎児が〝双子〟だとも、臓器移植を希望している患者が〝母親〟だとも。

ＩＶＦでは多胎児となる傾向が強いので、双子というのは偶然言い当てたかもしれない。

だが、移植を希望する患者が父親、あるいは近しい親族という可能性もあるのに、母親だと睦子は決めつけた。いったい、どういうことだろうか？

不意に〝接点〟に気づいて、嵩男はゾッとした。

椙山絵麻は十年前から糖尿病の治療で黎明大学医学部付属病院の内科に通院している。さらに、手術を行う病院がまさか黎明ではないだろうな、と質問した嵩男に、絵麻は含みのある言い方をした。〝違います。でも、全くの無関係ってわけでも〟と。

〝糖尿病でお世話になっている、古い付き合いの医者〟とは、まさか……。

確かめる方法はある、と嵩男は思った。


五月九日、金曜日。夜明け前に降り始めた雨は短時間で上がった。湿り気を帯びたアスファルトに朝日が反射してきらめくさまを眺めながら、嵩男は祐天寺の椙山家近くの路上に停めたワゴン車で待機していた。

タクシーが八時十五分に絵麻を迎えにきた。駒沢通りを都心に向かってひた走り、青山通りを経由し、外堀通りに出た。飯田橋から進路を変えて、後楽園の横を通り過ぎた。九時二十分のことだった。

タクシーを追跡してワゴン車を運転する嵩男は、春日通りを北西に走り始めたころ、落ち着かない気分に襲われた。絵麻はいったい、どこに向かっているのだろうか？

タクシーが小石川六丁目の交差点を右折した。それを見て、嵩男は顔を翳らせた。その先には黎明大学医学部付属病院がある。

緩やかな下り坂を速度を落とすことなく進んだタクシーは、あっという間に大学病院の門の前を通り過ぎ、絵麻が嵩男と密会した自動車整備工場の手前で減速した。整備工場のさらに小石川植物園寄りの隣の敷地の、鉄条網を張り巡らせた塀の前でピタリと停止した。

嵩男はいったん追い越して、二十メートル先の路上でワゴン車を停車させた。ダッシュボードから双眼鏡を引っ摑み、車を降りた。大急ぎで公園まで走って滑り台の階段を駆け上がった。

道の向かいの敷地の門に双眼鏡を向けた。銀色に光るプレートが門柱にはめ込まれており、〈小石川パナケイア研究所〉と読めた。さらにその下に〈小石川パナケイア・クリニック〉という細くて小さな文字も見えた。

敷地内の門の脇に警備室と思われる箱のような建物が設置されていた。その中にベージュのマタニティドレス姿の椙山絵麻が立っているのがガラス窓越しに確認できた。

絵麻の横で警備員らしき服装の男が電話で何か話している。早くしてよ、という仕草で絵麻がガラス窓を指で叩いていた。

二分ほど経ったとき、敷地奥の灰色の建物の方角から白い人影が現れた。

嵩男は懸命に目を凝らした。人影が白いのは、白衣を纏っているからだとわかった。とたんに、双眼鏡を握る指に力が入った。

白衣の人物が警備室に入り、椙山絵麻に話しかけた。次の瞬間、朝日に照らされて、その人物の顔が見えた。嵩男はぐっと息を呑んだ。

嵩男にとって永遠にも感じられる数秒間が過ぎた。白衣の人物は絵麻の荷物を持ってやり、一緒に警備室を出た。肩と肩を寄り添わせた二人のシルエットはやがて、城塞を思わせる灰色の建物の中に消えた。


銀行口座に振り込みをしたので確認してほしい、という電話を横倉から貰ったのは、三日後の昼過ぎだった。

「念のため訊くんだが。あんた、自腹を切っちゃいないよな？」

「残金を回収できたから振り込んだ。そういうことだよ」

と横倉が言った。感情がまるで籠もっていない低い声だった。

「クライアントの〝いま持てるもの〟で払わせた。心配しないで受け取ってよ」

問い詰めたいことは山ほどあった。だが、喉元まで出かかったことばを、嵩男は努力して呑み込んだ。


同じ日の夜九時過ぎ。小石川六丁目の会員制クリニックの通用口からグレーのスーツを着た梶睦子が出てきた。

ワゴン車の窓を下げて、嵩男が声を掛けた。

「乗れよ」

睦子は後ずさりした。狼狽の表情をありありと顔に浮かべて。

押し黙る睦子を助手席に乗せて、嵩男は車をゆるゆる走らせた。黎明大学医学部付属病院の前を通り過ぎ、左折し、春日通りを後楽園の方角にドライブした。行く先のあてはなかった。

「椙山絵麻は三日前、クリニックに入っていった。それきり二度と携帯電話に出ない。もう、生きていないんだな？」

睦子の下唇がぴくりと動いた。

「お前さん、横倉とグルだな。俺が殺し屋に転職したことも、知ってたんだろう？」

睦子はフロントガラスを真っ直ぐ見据えていた。膝の上に載せたショルダーバッグの肩紐に無意識の様子で指を絡め、握り締めた。

「真相を知らされずに何かやらされる。そういうのは耐えられないんだ。話してくれ」

睦子は車の窓の外で流れて消える夜の街並みに救いを求めるかのように眼差しを向けた。

続いて、肩を上げて大きく息をついた。

「生殖補助医療の技術を応用して組織型適合の胎児を作り出し、中絶して膵移植に使う。

そんなアイデアを相山絵麻に吹き込んだのは、あたしよ。絵麻は黎明の付属病院に勤務していたときの患者なの。ＤＶの悩みを打ち明けられたのが、そもそもの始まりだったわ」

〈小石川パナケイア・クリニック〉に正式に転籍したのはこの二月からだが、二年前から週一回、アルバイトをしていた。黎明に通いながら、こっちのクリニックの会員になったらどうか、と絵麻を勧誘したのは、そのほうがゆっくり相談に乗れると考えたからだ。

絵麻の打ち明け話は、予想以上に悲惨だった。何とかしてやれないかと考えるうちに、デザイナーベビー活用のプランを思いついた。絵麻は是非やりたいと言った。二人で細部を検討した。体外受精が成功したら、啓介には消えてもらうしかない、という結論に達した。

全てがうまくいくはずだった。絵麻はＤＶ夫とインスリン注射から永遠に解放される。体外受精や移植の費用がクリニックに支払われるので、睦子はノルマを達成できる。そして、啓介殺害の手配は旧知の横倉が引き受けてくれた。

しかし、啓介が死んだとたんに、絵麻はしたたかな本性を剝き出しにした。啓介殺害の報酬の残金も、体外受精の代金も、支払いを先に延ばしたいと言い出したのだ。それどころか、膵移植のオペが済んだら全て踏み倒して海外に逃亡する準備をしている、と横倉の調査で判明した。

睦子は横倉と話し合った。絵麻にけじめをつけさせるしかないと決断した。ただし、その前に絵麻に一度だけチャンスを与えることにした。それで素直に支払いに応じたら、計画を中止する予定だった。

「で、この俺を使って取り立てをさせたわけだ。ところが、絵麻は改心するどころか、計画をペラペラ喋った。どうせ何もかも踏み倒すのだから、その場の言い逃れができればいいと考えたんだな」

「多分ね。絵麻は死んだ啓介とそっくりだったわ。人当たりが良くて、言葉遣いは丁寧。だけど、自分のことしか考えない性格で、言い逃れの天才。まさにあの二人、似た者夫婦だったのよ」

信号待ちの間、嵩男は睦子の横顔に射るばかりの視線を打ち込んだ。

「予定どおりの日程でオペをすると偽って、お前さんは椙山絵麻をクリニックにおびき出し、始末したわけか。相手は妊婦だぞ。よくも、そんなことができたな」

睦子は身じろぎ一つしなかった。

「そもそも〝膵移植のためのデザイナーベビー製作〟なんて発想自体、どうかしてるぞ。その結果、どうなった？　椙山夫婦と生まれてくるはずの双子。一家四人皆殺しだ。新生児の母親で医者でもあるお前さんが、そんなことを平気で画策したとはな。俺は信じたくないよ」

嵩男は大きなため息を吐くと同時にハンドルを切って、車を本郷通りに走らせた。

「どうして、俺にやらせなかった？」

「え？」

「椙山絵麻の始末だ。手を汚すのは、俺一人で十分だったのに」

「わかってないわね、あなたって人は」

睦子が悲しげな声を響かせた。

「あなたに頼めば、殺してしまったでしょう、普通に。それでは絵麻が払うべきお金を回収できないわ。だから……」

「だから？」

「引き渡したのよ、臓器担保屋に。お腹の胎児ごと」

バケツで血を頭から浴びせかけられた心持ちがして、嵩男は息を呑んだ。とっさにブレーキを踏みかけて、膝がガクガク震えていることに気づいた。

窓の外の漆黒の闇を見つめながら、ささやくばかりの小声で睦子が言った。絵麻の身体はいまごろ、心臓、腎臓、肝臓はもちろん、角膜、皮膚、アキレス腱に至るまで〝分解〟されて、複数の病人の治療に役立てられているはず。それがせめてもの救いだわ、と。

「あなたの知らないことが、他にもたくさんあるわ。でも、いまは言えない。……これだけは信じて。こんな残酷なこと、平気でやれない。あたし、子供を人質に取られているのよ」

白い手を顔に押し当てて、睦子がしくしく泣き出した。

「ポイント・オブ・ノー・リターンを踏み越えてしまったのよ。あなたも、あたしも……」

ＪＲ神田駅の高架が目の前に迫っていた。嵩男はカッと目を剝き、肩で喘いだ。

# マーシー・キリング

鉤鼻の老人が依頼の内容を話し終えたとき、外で土砂降りの雨が降り始めた。ロケバスの窓の外でアスファルトの道路や公園の木々が大粒の雨に叩き付けられ、見る見るうちにぐっしょり濡れていく光景に折壁嵩男《おりかべたかお》はしばし目を奪われた。

この降りようときたら、〝鉄砲雨〟どころではない。天の底が抜けて大量の水を地上にぶちまけたかのようだ。富山県の一部の地方と岡山県では、こんな雨を〝抜降り〟というらしい。亡くなった祖母がそう教えてくれたことを、嵩男は一瞬のうちに思い出した。

「話を整理してみよう。二十二年前、男と駆け落ちした奥さんを、あんたは最近、見つけ出した。積年の恨みを晴らしたい。奥さんたちに天罰を下したい。そういう依頼なんだな？」

口をへの字にひん曲げて、クライアントが深々と頷いた。天井から吊るした二枚の暗幕の隙間から観察しながら、嵩男はつくづく思った。それにしても人間離れした顔だな、と。

老人は吊り上がった目を常に細めている。その隙間から放たれる眼光は鋭い。日本人には珍しい鉤鼻。黒いものが両側面に残るが頭頂部付近は真っ白な髪を後ろに流している。そのさまは、さながら猛禽類の冠羽のようだ。加えて、厳つい肩が殺気を漲《みなぎ》らせて羽ばたく直前のコンドルを連想させる。

老人はその一方で、男所帯の侘しさを身なりに滲ませている。上等な紺色のスーツを着ているが、その下の灰色の開襟シャツにアイロンが当てられた形跡はない。さらに、鼻の穴から白い鼻毛が伸び放題だ。

「女房を他の男に奪われて悔しいのはわかる。だがな、復讐するより、赦してやれないのか？　何もいま、三角関係の清算をしなくてもいいだろう。奥さんも相手の男も、そのうちお迎えが来る年齢だろう？」

「余計なお世話だ。年寄りが嫉妬に狂って悪いか」

と老人が言い返した。それまでずっと小刻みに震えていた右手を暗幕に向かって振り上げようとした。が、自由にならないと気づいて左手で押さえ付けた。

「こんな身体でなかったら、三百万の大金を払わずに自分でやるわい」

怒りで顔をまだらに染め、いがらっぽく咳き込みながら、老人はまくし立てた。この二十二年間、腸が煮えくり返る想いで妻を捜し続けた。莫大なカネと時間と人手を費やし、ようよう発見したとの知らせを受けた。潜伏先に踏み込んだのは先月のことだ。

二人はひしと抱き合い、〝いまさら離れ離れになるくらいなら心中する〟と言い出した。どうやら本気らしい。そんなことをされては堪らない。何としても先に手を打ちたい。あんたは腕がいいそうだが、気乗りがしないなら別の人間に頼むだけだ。引き受けるか、断るのか。この場でさっさと返事をしろ。

最後は吐き捨てる口調でそう言い放ち、嵩男が身を隠している暗幕を睨み据えた。

車内は気まずく静まり返った。それまで一言も口を挟むことなく老人の後ろにちんまり腰掛けて成り行きを見守っていた横倉義實《よこくらよしみ》が、そのときやっと身を乗り出した。

「ねえ、入山瀬《いりやませ》さん。仕事を断るって言ってるんじゃないんですよ。ただ……」

横倉は尖った顎を暗幕に向かってしゃくった。

「彼は十分に納得して仕事をやりたいだけなんです。偏屈だが、とびきり腕がいい。それは私が請け合います。お願いです、ちょっとだけ、彼に考える時間を与えてください」

〝偏屈〟と言われたことに嵩男は苦笑いした。

老人は新規の案件のクライアントだ。名前は入山瀬平太《へいた》。七十五歳。いつもはクライアントと二人きりでこのロケバスで〝面談〟するのだが、今回はエージェントの横倉弁護士が付き添っている。クライアントの身体が少々不自由だという理由で。

入山瀬はかつて、派手な仕手戦で兜町にその人ありと恐れられた個人投資家だったという。二十二年前の五十三歳のとき、髄膜腫の摘出手術を受けた。その術後の闘病の最中に、十五歳年下の妻が男と出奔してしまった。

　ショックを受け、気力を失った入山瀬は株の世界から引退した。品川区中延の邸宅で隠居生活を始めたが、妻を諦めきれず、人を頼んで行方を捜した。しかし、なかなか発見できなかった。

　歳月が流れ、二年前からパーキンソン病を患っている。震えと強ばりの症状があるが、いまのところ右半身のみの一側性。歩行障害は軽微。姿勢もなんとか保っていられる〝ステージ1〟の状態だ。だが、今後どうなるか、不安でならない。いまのうちに〝手仕舞い〟しておきたいのだ、と入山瀬平太は強気と弱気が交錯する心情を嵩男に吐露した。

　元医者の嵩男の目には、入山瀬の病状はごく軽いように見える。仕事を引き受けるとすぐに返事をしなかった嵩男に腹を立て、食ってかかったほど元気だ。短気で、せっかちで、口が悪い。歳をとれば丸くなる。悟りの境地に至る。そんな、老人とはかくあるべきというイメージにまるで当てはまらない。

　この気性では仕方ない。他人の心の奥底でとぐろを巻く感情をとやかく言う資格はないしな、と嵩男は諦め半分、仕事を引き受ける気になり始めている。

　それにしても、七十五歳の老人に依頼されて六十歳の女と七十歳の男を始末しなくてはならないとは。なんとも気が滅入ることではある。そのうえ、入山瀬平太は条件をつけている。〝二人を別々に片付けてほしい。まず、妻の千代乃《ちよの》を。その後で相手の男を。二人いっぺんでは困る。心中と同じだから〟というのだ。

離れ離れになるくらいなら心中してやる、と開き直られたことで、いたくプライドを傷つけられたようだ。こうなったら、ただ復讐するだけでなく、意地の悪いやり方をしないと気が済まない。そんなふうに思い詰めている様子は哀れでもあるのだが……。

嵩男はさんざん考えた末に返事をした。

「ターゲットに会ってみたい。明日にも。会うといっても、こっそり顔を見るだけだ。そのうえで、最終的な返事をしたい」

入山瀬老人が不満顔で何か言いかけた。すると、横倉が骨張った手を入山瀬の肩にそっと置き、懇願する口調でささやいた。

「彼でないとダメなんです。何もかも台なしになってしまいます。お願いです」

この老人はおそらく、横倉の〝上得意客〟なのだろう。俺には関係ないけどな、と嵩男は冷ややかに考えた。

「お願いだ……助けてくれ……いま、やってくれ！」

途切れ途切れの細声を喉から絞り出し、男が嵩男に訴えた。

俺にはできない、と返した嵩男の声は掠れていた。ベッドに横たわる男が悲しげに目をしばたたいた。

男と嵩男は医学部進学予備校時代、寮のルームメイトだった。一日十時間の講義と八時間の自習、さらに眠るときまで一緒という一年間を励まし合って過ごした仲だ。

嵩男はその後、最難関の黎明大学医学部に合格し、のちに第一外科の医局員となった。一方、山陰地方の国立大学の医学部に合格した旧友はその後、自ら志願して瀬戸内海の小島に赴任した。ろくな医療を受けられない山間部に暮らしていた父親が手遅れの胃ガンで亡くなったのが契機だったという。無医村の医者こそ俺の天職だと思うんだ、と電話で嵩男に知らせてきた友の声は弾んでいた。

二人はともに多忙を極め、いつしか手紙のやり取りだけの関係になっていた。旧友が地元の漁師の娘と結婚したこと、息子が生まれたことは、葉書を貰って知った。相変わらず精力的に仕事をしているに違いないと思っていた。旧友が重い病を患っていたとは、嵩男は想像もしていなかった。

それは偶然が巡り合わせた再会だった。医局で冷遇されていた嵩男はその晩、後輩から嫌がらせで当直を押し付けられた。他所から転院してきたばかりの重症患者を診るために嫌々、深夜の個室に向かった。投げやりに患者に声をかけ、ひょいっと顔を見た。とたんに、あっと声をあげた。患者もすぐに嵩男だと気づき、目を瞠った。

男は肺ガンの末期であった。自発呼吸がもはや困難な状態で、すぐにでも気管切開し、気管内チューブを入れて人工呼吸器に繋ぐ必要があった。だが、そうなると喋ることはできなくなる。そのうえ、重症の場合は鎮静剤や筋弛緩剤が使われて、結局意識が失われることになる。そこで、最後の会話をさせるために、家族が上京してくるのを待っている状況であった。

患者の身体には、点滴の針が手の甲に突き刺さり、顔には酸素呼吸マスク、導尿のためのバルーン・カテーテル、首の静脈には太い管が差し込まれていた。身動き一つできず、苦しげに顔を引きつらせてベッドに横たわっているその姿は、レストラン店頭のショーケースでよく見かける〝スパゲティをフォークに巻き付けた模型〟を思わせた。いつ死んでもおかしくないのに人工的に生かされている。いわゆる〝スパゲティ症候群〟だ。

掛けることばもなく、嵩男は立ち尽くした。かつては福々しいまでに丸くて穏やかな顔立ちだったが、旧友の容貌は変わり果てていた。頰はこけ、皮膚は張りを失い、顔じゅうが黒ずんでいた。

旧友は震える手でもどかしげに酸素マスクを外した。目にうっすらと涙を浮かべ、息をぜいぜい漏らしながら話しかけてきた。

終わりの時が近づいていることは、医者なのでよくわかっている。このまましばらく生かされる可能性があることも。それだけは、絶対に嫌だ。

明日、一人息子が妻に連れられて上京してくる。たまたま東京に来ていたときに具合が悪くなり、入院して病名がわかったので、この三カ月の間に父親が病み衰えて人相まで変わってしまったことを息子は知らない。

父親がバイクをかっ飛ばして島じゅうを走り回り、皆に頼りにされていた姿だけ脳裡に焼き付けて、息子には伸びやかに育ってほしい。それが人生最後の望みだ。こんな死人同然の姿を見せたくない。決着をつけたいから、協力してくれ……。

男に目で指示されて、嵩男はベッドサイドの写真立てを恐る恐る手にした。白い木製フレームの中で、父親似のやんちゃそうな男の子が笑っていた。日焼けして、目がくりっとしている。年齢は小学校低学年であろうか。サッカーボールを胸の前で大事そうに抱えている。太くて立派な眉の下のホクロの位置まで父親と同じだ、と不意に気づいて、嵩男の胸は締め付けられた。

「息子はまだ……八歳だ。たった八歳で……父親が間もなく死ぬことを……受け入れるのは無理だ……辛い想いを……させたくないよ……」

落ち窪んだ目からとめどもなく涙が溢れた。

「お願いだ……お前にこうして会えたのは……きっと神様の思し召しだ……助けると思って……やってくれよ……頼む！」

恐怖に駆られて、嵩男はずるずる後ずさりした。気づいたときには、よろめきながら廊下を走っていた。辿り着いたのは外科の薬剤倉庫だった。ポケットに入っていたキーを無我夢中で手にして、劇薬を保管している棚の扉を開けた。最初に目にした抗ガン剤の瓶を摑み取り、別の棚から注射器と注射用水の瓶を引っ摑んで個室に戻った。扉を後ろ手に閉めたときには息が切れて、しばらく床にへたり込んだ。

それからどうしたのか。記憶は抜け落ちている。旧友に名前を呼ばれて我に返り、嵩男は手元に目を這わせた。点滴の三方活栓から注射器で通常の十倍の抗ガン剤を入れようとしているところだった。しかし、指は硬直し、腕がぶるぶる震えていた。

友の喘ぎ声が耳に忍び込んできたのは、そのときだった。

「頑張れ、折壁嵩男……ナースが見回りに来るぞ……その前に、さあ……やっちまってくれ！」

一呼吸ののち、嵩男はえいっとばかりに指先に力を込めた。

青紫色の抗ガン剤が点滴の管を流れ始めた。大量の劇薬が自分の身体に向かってひたひたと迫りくる光景を、友は顔じゅうに笑みを浮かべ、うっとり見つめていた。やがて、その唇を割ってかん高い声が漏れた。

「ああ、なんて綺麗な色なんだ！」

ドーンという衝撃で宙に放り出され、続いて身体がスッと落ちていく気配を感じた。嵩男は呻きながら目を開けた。乱気流が発生しているので引き続きシートベルトの着用を願いま、という機内アナウンスを耳にしてやっと、自分がどこにいるか思い出した。依頼された仕事の下見をするために、鳥取行きの飛行機に乗っているのだ。

ジャケットのポケットからハンカチを取り出して、額と首を拭った。鳩尾《みぞおち》に鈍痛を覚え、さらに吐き気までするので、深呼吸もままならない。体力をひどく消耗させられた気がした。

嵩男は何げなく左隣の窓際の乗客に目をやった。そうして、リアルな白昼夢をみることになった原因を発見した。隣の客は茶色に髪を染めた若い女で、オーバーブラウスを着ていた。青紫色の。

青紫は嵩男には特別な色だ。青紫色に着色された抗ガン剤、マイトマイシンCを使って旧友を安楽死させてしまったから。

旧友の名は新家《しんや》晃行《あきゆき》。さっぱりとした性格で、男気に溢れていた。嵩男が風邪で高熱を出したとき、徹夜で看病してくれた頼りになる男だった。

そんな旧友から懇願されて、いまから四年前、嵩男は通常の十倍の抗ガン剤を投与した。

〝安楽死〟というより、欧米でも禁止されている〝慈悲殺《マーシー・キリング》〟だ。

それ以降、自棄になった嵩男は黎明大学医学部付属病院の外科病棟で次々に、患者に対してマーシー・キリングを実行した。その様子を隠し録りしたビデオテープを横倉義實から突き付けられ、いまの仕事にリクルートされた。証拠のテープはいまでも横倉が保管し

ている はずだ。

〝たら・れば〟は何の意味もない。それでも嵩男は考えずにいられない。もし、あのころ、医局でうまく立ち回っていたら？　親友の野田宏正《のだひろまさ》の不審死の真相を暴こうとしなかったら？　御木本《みきもと》教授から干されることもなく、あの晩の当直を後輩から押し付けられなかったのでは？　あの晩、旧友と再会しても、願いを撥ね付けていたら？　病院の当時の劇薬管理があんなに杜撰でなかったら？　当直のナースが個室に見回りに来てくれていたら？

唯一の救いは、新家が息を引き取った二時間後、霊安室で見た光景だ。

かつての黎明大学医学部付属病院の霊安室は、第二次世界大戦中に防空壕だった洞穴のようなスペースを利用していた。昼でも日が差さない洞窟のような通路を下へ下へと降りていった地下にあった。湿り気を帯びた空気がひんやり漂うほの暗い霊安室で、嵩男は最後の別れを告げるために、蠟燭の光を頼りに友の顔を覆っていた白い布をそっと外した。

現れた新家晃行の顔は、臨終前とは別人のようだった。骨への転移による激痛に耐えるために歯を食い縛り、強ばっていた顔は、笑みを湛えた柔和な表情に変化していた。それは予備校時代、寮のルームメイトとしてよく知っていた新家の寝顔そのものだった……。

乱気流に弄ばれてなおも揺れる機内で、嵩男はしみじみ後悔した。人生がガラリと変わってしまったあの晩の何もかもを。そして、いまでは殺しが生活の糧を得る手段になり下がってしまったことを。

ターゲットの潜伏先は、奇岩や洞窟で有名な鳥取・浦富海岸にほど近いちっぽけな海辺の町の外れにあった。海岸線に沿って連なる防風林に守られてひっそり建つ庭付きの古い平屋。道路に面した敷地正面の門柱に地方紙の販売所であることを示す看板が掲げられている。プラスチック製の看板の角が二ヵ所、欠けたまま潮風に晒されていた。

その日は五月二十八日の水曜日。正午を少し回った時刻。月末が近い集金日で人が出払っているのか、前庭に面したガラス戸越しに見る限り、新聞販売所の作業場に人の姿は見えない。辺りはしんとして静まり返っている。

空港で借りたレンタカーの中から建物の正面を観察し終えた嵩男は車を降りた。敷地のぐるりを囲む榊の生け垣まで走って身を隠し、海岸方向の裏庭に回り込んだ。

黒松の林と生け垣との間の幅数メートルの砂地に足をとられながら、嵩男はそろそろと進んだ。家の裏手を盗み見できる位置を探し当て、生け垣の隙間から様子を窺った。

荒れた庭がまず、嵩男の目に飛び込んできた。苔むした灯籠が一つ。あとは何もなく、一輪草と雑草がのたくって地面を覆っている。

庭から建物の縁側に、嵩男は視線を移した。軒先に小さな四角い籠が吊るされている。中で忙しなく動いているのは何だろうか？　赤カナリヤだ。

縁側とそれに続く和室を仕切っているガラス戸は開け放たれていた。カナリヤの籠の斜め下で縁側に向かって置かれた寝椅子に誰か横たわっている。軽そうな掛け布団を顔まで引き上げて。ターゲットかもしれない。男だろうか。それとも女のほうか？

嵩男は盗み見するのにさらに都合のいい場所を求めて足を一歩、踏み出した。家の奥から近づいてくる足音に気づいたのは、そのときだった。嵩男はとっさに身をすくめた。

「いま戻ったよ。足はまだ痺れるかい？　どんな具合だね？」

年老いた男の声が響いた。声に深みがあり、力強い。だが、口調は優しげだ。

「だいぶいいわ。それより、ねえ、あなた」

か細い女の声は寝椅子から聞こえた。

「そろそろ、支度したほうがいいかしら？　急だと不調法しそうで、私、心配だわ」

女も年配のようだ。その声音には男に甘えている響きがあるように、嵩男には感じられた。

「心配することはない。それより、晩飯を楽しみにしていなさい。刺し身のよさそうなところを見繕ってきたから。お前の好きな鯛もあるよ」

「まあ、高かったんじゃなくって？　そんな贅沢をさせていただくなんて、申し訳ないわ」

「何を言うんだ。いまを楽しまないで、どうするんだね」

「花見も終わってしまったしねえ……。気掛かりなのは、カナリヤよ。貰ってくださる方、見つかるかしら」

「こんなに綺麗なんだから、きっと大丈夫だよ」

嵩男は生け垣の隙間から目を凝らし、会話する男女をじっくり観察した。

寝椅子に横たわっているのは女で、白い浴衣を身に着けている。陶器の人形のように整った品のいい顔立ちだ。白髪交じりの長い髪を首の後ろでクルリと丸めている。

一方、男のほうは後ろ姿しか見えない。水色のジャンパーを着ており、頭は禿げている。畳に膝をつき、掛け布団の上の女の手首に指を添えていた。

嵩男はおやっと思った。医学用語で〝橈側《とうそく》〟と呼ばれる親指側の手首に、男は第二、第三、第四指の三本を添えている。その場所には橈骨《とうこつ》動脈があるのだ。あたかも医療関係者が脈を取る手つきに見えた。

女の手を布団の中にそうっと戻し、男は女の額に手を置いた。それから長いこと、無言で撫でていた。

女が寝息をたて始めると、男は足音を忍ばせてその場を離れた。

嵩男は生け垣に沿って中腰で用心深く、前庭まで移動した。と、さきほどの男の声が耳に飛び込んできた。

「おやおや、紐は解いて使うものだよ。切ってしまったら、ゴミになるだけだ」

「でも、俺、器用じゃねえし、メンドウだし」

「キミは短気だな。最近の若い人は辛抱が足りないねえ」

集金から帰ってきたらしい若者に向かって、男は小言を並べたてていた。配りきれずに残った新聞やチラシを片付けるために、紐で括って庭に出しておくように言い付けた。早速やってくれたようだが、括り方が緩かったり雑だったせいで、庭に散乱しているではないか。こんなやり方をするようでは一事が万事、何も成し遂げられない大人になってしまうよ、と。

「いいかね、これは根気と辛抱の問題だ。紐だけのことではない。一度切ってしまったら二度と元に戻らない。そういうことが、人生にはいくつもあるんだよ。覚えておきなさい」

今日はこんなところにしておこう。キミも受験生だ。あとは私がやっておく。早く家に帰りなさい、と男は声を和らげて告げた。

教師が生徒を相手にするような男の物言いぶりに耳をそばだてるうちに、嵩男はいつしか眉をひそめていた。新聞販売店の経営者らしい男の口調に聞き覚えがある気がしたからだ。

嵩男は生け垣からそうっと顔を出した。

男は数メートル先にいた。ズボンが汚れるのも構わず地面に膝をつき、慣れた手つきで新聞紙やチラシを紐で結わえていた。やがて、疲れたようにふっと手を止め、つぶやいた。

「紐を切らずに解いて使ってくれたら、何かご褒美をやったのだがなあ」

〝紐〟〝ご褒美〟ということばの組み合わせが、大学時代の懐かしい記憶を閃光のように蘇らせた。中腰の不安定な体勢で盗み見していた嵩男はつんのめりかけ、爪先で踏み止まった。

信じられない思いで息を詰めて、嵩男は男の横顔を凝視した。似ている。理知的な高い額、奥二重の目がそっくりだ。だが、こんな田舎町の新聞販売店にいるわけがない。

その人はかつて、黎明大学医学部の脳外科教授だった。あるとき、急に大学を辞めてしまった。教授のファンだった嵩男はがっかりした。脳外科への興味を一気に失い、一般消化器外科に進路を変えたのだった。そんな憧れの教授が、こんな場所にいるはずがないのだが……。

括り終えたチラシの束を二つ重ねて胸に抱え、男がよろよろと立ち上がった。苦労しながら身体の向きを変えた。

初めて正面から男の顔を見た嵩男は、思わず立ち上がった。

「先生！　名和《なわ》先生ですね？」

禿げ頭の男が驚いたように目を丸くして嵩男を見つめた。

「キミは確か……私が出した課題を三分四十二秒でやり遂げた学生だな。名前は……」

折壁嵩男です。先生はここで何を、と言いかけて、嵩男はギョッとした。

「そんな……。先生がさっき、裏の和室で話をしていた女性は……」

「千代乃がどうかしたかね？」

呻き声をあげて、嵩男は後ずさりした。


海から吹き上げる風が丘の稜線を煙らせていた。巨大な砂丘は雪で覆われているかのように白光りしている。雲一つない、どこまでも青い空がその上に広がっていた。白と青のコントラストが際立つその情景は、ため息をつかせるばかりに美しい。だが、見る者に生きる気力を湧かせない。コンピュータ・グラフィックスで作り上げた仮想現実のワンシーンみたいだな、と嵩男は思った。

砂丘から視線を引き剝がし、嵩男は振り返った。しばらくの間、ロープウェイの降車口から吐き出される観光客を見つめた。

初老の男女のグループが待ち構えていた男たちに半ば強引に案内されて、砂丘をバックにラクダと記念撮影を始めた。それが終わると、〝まあ、広いのね〟〝絵葉書より迫力があるなあ〟などと口々に感嘆の声をあげながら、嵩男の横を通り過ぎていった。

嵩男はラクダの休憩小屋の脇にどさりと尻をついて座った。足元の砂を試みに手ですくってみた。太陽の熱を帯びた砂の粒は、嵩男の長い指の間からスルスルこぼれ落ちた。抵抗しても無駄だと言わんばかりに。諦めたかのように。

嵩男は胸の奥でつぶやいた。何ということだろう。今度の仕事のターゲットが大学時代に慕っていた恩師だったとは。

名和潤造《じゅんぞう》は、嵩男が学生時代、日本一腕がいいと評判の脳外科医だった。黎明大学医学部付属病院には連日、名和に執刀してもらいたいと願う患者が全国から集まってきた。患者だけではない。名和のオペを一度でいいから見学したいと望む現役の脳外科医も押しかけていた。

しかし、名和はそんな世間の羨望や名声をまるっきり気にしていないように、飄々と振る舞っていた。嵩男たち学生にも患者にも、気さくに接してくれた。

名和の授業はユニークだった。講義の途中で〝ゲームをしよう〟と度々言い出した。箱の周囲を紐で複雑に結び上げた包みを数個、常に準備していた。鋏を使用せず、手だけで紐の結び目を解いてタイムを競う。そんなゲームだった。名和によると、脳外科医に不可欠な手先の器用さと根気を試すテストだそうであった。

〝一番早くできた者にはご褒美をあげる。私のオペを見学させてあげよう〟と言われて、学生たちは目の色を変えた。外科結び、罠結び、筋交い縛りなどを組み合わせ、爪を差し込む隙間もなくギリギリと結び上げられたカイヤー・ロープと格闘した。

制限時間の二十分以内に全ての結び目を解くことができた者は一人か二人だった。嵩男だけは、挑戦するたびに四分以内でやり遂げた。最速は三分四十二秒。その記録はとうとう、誰にも破られなかったようだ。

ゲームに勝利したご褒美として、嵩男は合計八回、名和が執刀するオペを手術台の横に立って見学することを許された。しかも、名和のレクチャー付きで。

名和が語ってくれたのは、執刀中のオペの手順、手技についてだけではなかった。中世ヨーロッパでは狂気を抜き取る目的で脳外科手術が行われた。そのための金属製の穿頭器具まで開発されていた、などと医学の歴史の話をしてくれた。

学生時代、開頭直後の人間の脳のあまりの美しさに息を呑んだ体験が忘れられず、脳外科医になった。いまでも患者さんの開頭後の脳を見るたびに、神が作った芸術品だと感じる。そんな打ち明け話もあった。

名和はさらに、脳外科医の資質について熱心に語った。手先が器用なこと、根気だけでなく、オペは長時間に及ぶので気力と体力が不可欠だ。また、脳外科のオペでは手術野が狭く、二人分の器具が入らない。基本的に一人で執刀しなくてはならず、執刀助手に頼れない。従って、孤独に耐えられる図太さも必要だ。冷静さと決断力も。血の海を目にして我を失うようでは、脳外科医になれない。

大きな声では言えないが、女医さんはたいがいダメだ。大出血に出合うとすぐに投げ出してしまう。もちろん、男の医者でも失神してしまう者が少なからずいるが。

そう言って、名和は気持ち良さそうに笑ってみせた。

あるとき、髄芽腫の子供の脳圧亢進を解消するためにシャントしながら、名和はいつになく厳しい口調で告げた。

「折壁君、キミは〝外科〟ということばが〝外道〟に由来していると知っているかね？　医学の道では元来、〝手を汚す行為〟は本道ではないとされてきたのだ。ヨーロッパではいまでも、外科は蔑まれている。学会に行くとわかるが、内科医は〝ドクター〟と呼んでもらえる。ところが、我々外科医は〝ミスター〟の扱いだ。アメリカや日本では外科医の地位は高い。それでつい、自分は神に近い特別な存在だ、などと錯覚しがちだ。しかし、我々外科医がやっていることは所詮〝外道〟なのだよ。それを覚えておきなさい」

名和が突然、大学を辞めてしまったのは、それから間もなくだった。嵩男が医学部の五年に進級した春のことだった。

その日、嵩男は三日前の講義でゲームに勝利した〝ご褒美〟で見学を許されて、オペ室に入っていた。その場の雰囲気はいつもとまるで違っていた。名和が終始、無言だったからだ。執刀助手や機械出しのナースから話しかけられても、名和は何かに心を奪われている様子でろくすっぽ返事をしなかった。ひどく顔色が悪く、ときどき足元がふらついていた。

異変が起きたのは、患者の脳底部のクモ膜を取り除き、動脈と癒着している瘤のドームをそろそろと剝離していく最中のことだった。〝時限爆弾の信管を抜き取る〟と比喩されるほど慎重を要する作業の途中で突然、名和の手がピタッと止まった。一瞬の沈黙があり、血が噴き上がった。患部付近はあっという間に血で覆い尽くされた。

オペ室にはそのとき、執刀助手の助教授以下十数人の外科医が詰めていた。だが、全員が立ち尽くすばかりだった。吹き出した大量の血を目にしても名和がぼうっとしていることに何か意味があるはずだ、と考えていたに違いなかった。

教授が変だと本能的に気づいたのは、学生の嵩男だけだった。嵩男はとっさに吸引管に飛びつき、大声で叫んだ。

「吸引を！　テンポラリー！」

嵩男の叫び声をきっかけに、オペ室はパニックに陥った。目を開いたまま身動きできずに立ちすくんでいた名和が、弟子たちの手で椅子から床に引きずり降ろされた。助教授が慌てふためいてオペを引き継いだ。

自分も何かしなくては、と焦る嵩男は、出血点と思われる場所にやみくもに吸引管を突っ込みかけた。とたんに、誰かに肩を突き飛ばされた。学生は下がってろ、という怒声とともに、手にしていた吸引管を奪われた。

未熟な者が血の海で吸引管を動かすと、破裂孔を広げるか、新たな血管損傷を生む。最悪の場合、頸部断裂の〝ネック裂け〟を起こしてしまう。そういう危険性があったと知って嵩男がゾッとしたのは、ずっと後になってからだった。

止血に成功し、オペはなんとか終了した。翌日から、名和潤造は大学に出てこなくなった。退職し、外科医も辞めたらしい。そんな噂を一ヵ月後、嵩男は耳にした。

憧れの名和がいなくなり、嵩男は脳外科への興味を失った。名和ほど心引かれる師にはそれ以後、二度と巡り合えなかった。

卒業間際、〝第一外科の医局は楽しいぞ。花見やクスリ屋の接待があるし、スッチーと合コンできるぞ〟などと先輩たちから勧められてなんとなく、嵩男は消化器外科をフォローする第一外科への入局を決めた。医局の先輩たちが後任の雑役係を確保するために必死でリクルートしていたにすぎないと知るまで、さして時間はかからなかったが。そうして、その後の医局での日々は……。

ロープウェイの降り口からスラッと背の高い老人が足元を確かめながら近づいてくるのが視線の端で見えた。嵩男は立ち上がって出迎えた。かつて胸をときめかせた師の老い顔に、無言で見入った。

「先生、逃げてください。千代乃さんを連れて、いますぐ」

「ねえ、キミ。久しぶりにこうして会えたのだ。挨拶くらいしたらどうかね」

「悠長なことを言っている暇はありません。先生と千代乃さんの命を狙っている人物がいます。早く逃げてください！」

名和潤造はにこにこ笑いながら、ゆったりとした動作で白い砂の地面に腰を下ろした。ジャンパーのポケットから不格好な黄色い果物を取り出し、器用な手つきで皮を剝き始めた。両の拳を握り締めて突っ立っている嵩男に穏やかに呼びかけた。まあ座りたまえ、と。嵩男は不承不承、名和の隣に膝を抱えて座った。

果物の汁が滴る指先をしげしげと眺めながら、名和が問いかけてきた。ところで、キミ、何歳になったの？　鳥取には何をしに来たのかね？　きっと観光旅行だね、いい季節だから。鳥取砂丘を見るのは初めてかな？　案外大きくて、びっくりしただろう。話は変わるが、黎明大学の付属病院は最近、建て直したそうだね。中庭の池とその周辺以外は、すっかり変わってしまったとか。どんなふうになったの？

楽しげに顔を綻ばせて喋り続ける名和の顔を、嵩男は痛ましい気分で見つめた。

かつての名和は、額が高く、くっきりとした奥二重の端正な顔立ちだった。姿勢がよく、いつも糊の利いた白衣をぱりっと着こなしていた。ところが、いま目の前にいるのは、緊張感なく背を丸め、目をしょぼつかせた老いぼれだ。顔や手の皮膚に無数の染みと深い皺が刻まれている。身なりは褪せた水色のジャンパー、膝が汚れた灰色のズボン、履き古したズック靴。

嵩男はじりじりして考えた。命を狙われている、とせっかく忠告したのに、切迫した状況だと伝わらなかったようだ。ここに来た本当の目的を訊かれる前に、何とか逃げてもらいたい。いったい、どうすればいいのだろうか？

剝いた果物を半分、嵩男に寄越して、名和は自分の口に一粒放り込んだ。モグモグ口を動かしながら、晴れ上がった高い空を目を細めて見上げた。

「そうか、入山瀬平太は本気で怒っているのだな。無理もない。命を預けた執刀医に妻を奪われたのだから。殺したいと思うのは当然だ」

ギクリと肩を揺らした拍子に、嵩男の手から果実の塊がポロッと落ちた。

「入山瀬老人の二十二年前の髄膜腫のオペは、先生が執刀したんですか？」

「そうだ。私は自分が執刀した患者の妻を寝取ったのだ」

「先生が大学と病院を急に辞めてしまったのは、それが原因だったんですね？」

小さく頷いて、名和が事情を打ち明けた。

運悪く、入山瀬千代乃と一緒にホテルに入るところを入山瀬の付添婦に目撃されてしまった。妻の浮気とその相手を知った入山瀬は動転し、病院長に直訴した。

当時の病院長は第一内科の老教授で、若くして教授に昇進した名和に敵意を抱いていた。意気揚々と院長室に名和を呼び付けて迫った。スキャンダルを公にされたくないなら、いますぐ辞めろ、と。

「私が失態を見せてしまったあの脳動脈瘤のオペは、そう言い渡された直後だったのだ。オペ室に入って何をしたか、いまでも全く思い出せない。これからどうすればいいのかと、そればかり考えていた。突然の大出血に対応するどころではなかった。あのとき、キミが叫んでくれなかったら、どうなっていたことか」

乾いた息を長々と吐き出して、名和潤造は問わず語りを始めた。

「キミは覚えているだろうか。昔、黎明大学の付属病院の中庭の池の端に、花海棠の樹が一本だけ植えてあった。春になると薄紅色の妖艶な花を咲かせた。しどけない風情のあの花が好きで、私は毎年、好んで眺めたものだった。……二十二年前、五月最初の週のあの日も、私は長時間のオペを終えて、清々しい気分で中庭の海棠の花を見に出掛けた。すぐに雨がパラパラ降り始めた。花海棠の樹の下に誰かいると気づいたのは、そのときだった。紫色の着物を纏った女性だった。満開の花を見上げて、放心して泣いていた……」

ほっそりしたその女は、三十代後半の年齢に見えた。目が釘付けになるほど美しいその顔立ちをじいっと見つめるうちに、名和は思い出した。二日前に執刀した頭蓋底髄膜腫の患者の妻であった。

オペの前日、病室まで出向いて、名和は患者とその妻にオペの概要を説明した。ところが、患者の入山瀬平太はベッドから起き上がりもせず、ぶすっとして言い放った。

「失敗なんかしやがったら、治療費を払わないからな」

オペが無事に終了した直後、オペ室の外の廊下で、名和は患者の妻に告げた。再発の危険がないように患部を全摘出した。ただし、頭蓋底は血管や神経と隣接している部位なので、腫瘍細胞が浸潤した硬膜の残存を避けられなかった。賛否両論あるが、念のため、放射線をかけることを薦めている。どうされますか、と最後は問いかけた。

和服姿の患者の妻は終始、草履の爪先を見つめていた。やっと顔を上げたが、いまにも泣き出しそうに顔を歪めて言った。私に意見を求めないでください。主人の意向を訊かずに今後のことを決めたりしたら、怒鳴りつけられます、と。

それだけ言い残して逃げるように立ち去った患者の妻の後ろ姿を、名和は啞然として見送った。

羽振りがいいらしい株屋の横柄な態度と、そんな夫にビクビクする妻の取り合わせは、名和の心に強い印象を残した。しかし、オペが済み、もはや関わることはないと思っていた。

ところが、その日、通り雨にしっとり濡れる花海棠の樹の下で放心して泣いている患者の妻を見かけたとき、名和は心を揺さぶられた。女の様子がただ事ではないように見えたからだった。

枝越しに降りかかる雨粒を顔や肩に受けても、女は身じろぎ一つしなかった。身体はそこにあるが、魂は消滅してしまったかのようだった。美しい女が萎れているさまを譬えた〝海棠の花が濡れたる風情〟という言い回しが、そのときふっと、名和の脳裡に浮かんだ。

「あのときの千代乃の姿は、いまでも網膜に焼き付いている。雛人形のように透明でつるつるした白い肌に、筆で描いたような、すんなりとした目鼻立ち。おちょぼ口にほんのり紅を注していた。艶やかな黒い髪を古めかしい夜会巻にしていて、その髪型が古風な紫色の縞柄の銘仙とよく調和していた。片足をわずかに引き、膝をかすかに屈めた姿勢で佇んでいた。頭上に満開に広がる妖艶な海棠の花より人目を引いていた。この世の者ではないような美しさだった。そんな人が、放心して泣いていたのだ。声をあげるでも、泣き崩れるでもなく。……気づいたときには、私は駆け寄っていた。奥さん、だいじょうぶですか、と呼びかけていた」

名和は立ち上がり、散歩しよう、と嵩男を誘った。嵩男は黙って従った。

「私はつい、昼飯に誘ってしまった。銀座で天麩羅を御馳走したが、その間ずっと、千代乃は俯き加減で、哀しげだった。この女の笑顔をどうしても見たい、と私は意地になった。〝ねえ、奥さん。あなたが行きたいところがあったら言ってください。どこへなりともお供しますから〟と言ってみた。女性にかしずくような台詞など、それまで口にしたことはなかったのだが。……千代乃の顔に急に生気が戻った。瞳をぱっちり瞠り、〝デパートに付き合ってくださいな〟と言ったのだよ」

千代乃は名和を新宿のデパートに連れていった。通い慣れている様子で、エレベーターを降りると小走りして小鳥売り場に向かった。カナリヤが籠に入れられて並んでいるガラスの部屋でしゃがみ込み、レモン色やオレンジ色のカナリヤを一心不乱に観察し始めた。てっきり、ハンドバッグか和服売り場に付き合わされると思っていた名和は、困惑して後ろで見守った。

やがて、千代乃が打ち明けた。千代乃は福岡出身で、父親は手広く商売をしていた。両親は美しい生き物が好きで、ウグイスやインコやカナリヤをたくさん飼っていた。あるとき、父親が事業に失敗し、多額の負債を抱えた。大口債権者の中に、同郷出身で当時、株の世界で売り出し中だった入山瀬平太がいた。入山瀬は千代乃の父親に申し出た。借金を棒引きする代わりに長女の千代乃を貰う、と。千代乃はそのとき、二十歳になったばかりだった。

身売りするような気分で、千代乃は親や妹たちと別れた。実家を出る日、迎えに来た入山瀬に頼んだ。巻き毛のカナリヤだけでいい、連れていかせてくれ、と。すると、入山瀬は〝カナリヤにまで、ねぐらとメシを与えろというのか。図々しいぞ〟と怒鳴った。

普通にしていても猛禽類のように見える怖い顔の入山瀬にギラギラした目で睨みつけられて、千代乃は震え上がった。この人は小鳥を飼うのと同じ感覚で私を引き取り、愛でるために手元に置く。その代償に住居と食べ物を与え、保護してくれる。私は一生、籠の中で過ごすのだ、と悟ったという。

「そのとおりの結婚生活がいまでも続いているんです。私はあの人に自由を奪われ、魂が死んだまま肉体を生かされている籠の中の鳥です。……そう打ち明けて、千代乃はさめざめと泣いたのだ。彼女がいじらしくて、私はいっぺんで好きになってしまった。病気療養中の患者の妻だと理性ではわかっていたが、感情は堰き止められなかった。千代乃も私を好いてくれた。一度関係を持ってしまうと、あとはもう、抜き差しならないことになってしまった……」

三ヵ月後、二人の関係が入山瀬と病院長の知るところとなった。退職を迫られ、動揺して、名和はオペを失敗した。もはや自分のキャリアはお仕舞いだと頭を抱えた。そんな名和に、千代乃はそれまでとは打って変わって、自分の意志をはっきり口にした。

「もう、家には帰りません。私を連れて逃げてください」

二人は駆け落ちを決行した。持ち出した互いの貯金が底をつくまで各地を放浪した。とうとうカネを使い果たし、心中しようと決めた。最後に辿り着いたのが、真冬の浦富海岸だった。

松林に遺書と靴と草履を残し、二人は手を繋いで海に入っていった。漁師の親子が気づき、冷たい海に飛び込んで助けてくれた。同情したその人たちは、潰れかけていた新聞販売所に住み込みで働くように世話してくれた。それから今日まで、偽名を名乗り、ひっそり暮らしてきた。先月、入山瀬平太に踏み込まれるまでは。

「入山瀬の執念には恐れ入ったよ。千代乃はあの男をいまでも毛嫌いしているが、私は感服している。ここまでされては仕方ない、気の済むようにしてやろう、と思っているのだ」

長い長い打ち明け話をそう締め括った名和潤造は歩みを止めた。肩越しに振り返り、嵩男の瞳の奥を覗き込んだ。

「キミは入山瀬が私たちを始末しようとしているのを知って、教えに来てくれたのだね？好意は有り難いが、私たちはもう、逃げ隠れする元気がないのだよ。なるようになれだ。どうか、放っておいてくれ」

「違うんです、先生」

嵩男は名和の前につかつかと回り込んだ。射るばかりに強く、恩師の目を見つめた。

「入山瀬平太は私のクライアントです。先生たちを殺すように依頼されて、私はここに来ました」

砂丘を吹き渡る風が正面からどっと押し寄せてきて嵩男の呼吸を停めた。とうとう打ち明けてしまった。殺しのプロとしてのタブーを破ってしまったのだ、という考えに打ちのめされて、嵩男の胸はしんと冷えた。

日が雲に隠れ、再び現れ、また隠れて辺りがすとんと暗くなった。

「キミはキミの仕事をしなさい」

と名和潤造が静かに言った。

「私も千代乃も、覚悟はできている。教え子だったキミに報酬が入るなら、結構なことだ。キミは気が咎めるのかね？　だったら、こう思えばいい。これは昔、キミのお蔭で患者を殺さずに済んだ教師からのご褒美だ」

先生、待ってください。私にはできません、と叫ぶ嵩男を砂丘に残して、名和潤造は足早に立ち去った。

嵩男は東京に戻り、自宅に引き籠もった。おかしい、この話は最初からどこか変だ。ウラがあるような気がする。何なのだろうか、と考え続けた。

翌々日、嵩男は行動を起こした。ターゲットの身辺を調べて納得できないときは、クライアントの周囲を探るしかない。

ダークスーツ、革靴、黒縁眼鏡、脇には書類鞄、という保険会社の調査員を騙るときの扮装で、嵩男は品川区中延を歩き回った。目を付けたのは、中原街道沿いのタクシーの営業所だった。駐車場で不景気そうな顔をして欠伸しながら車を洗っている中年運転手に狙いを定め、近づいていった。この近くに住んでいて、ときどき病院に行くためにタクシーを利用している、身体の悪い入山瀬平太という人物を知っているか。暮らしぶり、交友関係など何でもいい。情報が欲しい、と切り出した。

運転手は嵩男がそっと差し出した一万円札を大切そうに両手で受け取った。同僚に話を訊いてくると言ってプレハブの休憩小屋に行った。三十分後に戻ってきて報告した。入山瀬邸に普段、出入りしているのは家政婦と介護ヘルパーだけであること。入山瀬老人が外出するのは病院に行くときだけで、まるで仙人みたいな暮らしぶりだよ、と。

「珍しいことに、先月の二十日、あの家に来客があったみたいだな。朝の九時に同僚が電話で呼ばれて、客を東京駅まで運んだらしいよ」

さらなる一万円を今度は素早く受け取り、運転手は同僚から聞き込んだそのときの詳しい様子を語った。

聞き終えて、嵩男は声を失った。急いで横倉に電話をかけた。

「確認しておきたい。今回の仕事を引き受けたら、いくら貰えるんだ？」

「あれ、言わなかったっけ？」

と惚けた口ぶりで横倉が応じた。

「それで返事を渋ってたの？　報酬はいつもの倍額だよ。二人分だから」

「俺とあんた、それぞれ六百万円ずつってことか？　老人を二人、やるだけなのに？　クライアントは支払いを納得しているんだろうな？」

「この前、もう少しで取りっぱぐれそうになって、折さんに迷惑かけたよね。あれに懲りたから、今回は前金ではなく先に全額、入山瀬平太に振り込んでもらったよ。だから、安心して引き受けてよね」

嵩男は翌朝、羽田空港に向かった。

新聞販売店に電話して嵩男が名和潤造を裏の松林に呼び出したのは、正午を少し回った時刻だった。

「この仕事の本当のクライアントがわかりました。先生でしょう?」

名和がふわっと微笑んだ。なぜ、わかったのかね、と穏やかな口調で尋ねた。

「先月二十日の朝九時、品川区中延の入山瀬邸に客を迎えに行ったタクシーの運転手がこう証言しました。客は老人カップルで、男が女を支えて入山瀬の家の玄関から出てきた。女は白い紬を纏い、具合が悪そうだった。男のほうはスラッと背が高く、奥二重で頭が禿げていた。二人を追いかけて、杖をついて見送りに出てきた入山瀬老人が、門の手前で急にワッと声をあげて泣き崩れた。老人カップルの男のほうが入山瀬の手を握り締めて立たせてやり、そのまま男女三人、肩を寄せ合い、ひとしきり泣いていた。ようやくタクシーに乗り込んだ老人カップルは、東京駅に着くまでずっと咽び泣きしていた、と。……先生と千代乃さんですね?」

名和の顔から一瞬も目を離さず、嵩男はよく響く低い声で続けた。

「おかしなことは他にもあるんです。駆け落ちした妻と相手の男を始末してくれ、と入山瀬は息巻いたけれど、高いカネを払うと言って口走った金額は、実際の報酬額の四分の一でしかなかった。たまたま、それがいつも貰う私の取り分と同じだったので、そのときは聞き流してしまったのですよ。……先生、真相を話してくれますね？」

黒松をきゅうきゅう鳴らして、海の方角から風が吹き抜けてきた。塩辛い磯の匂いを宿した風にきっぱりと顔を向けて、名和が重い口を開いた。

「私と千代乃は先月、確かに入山瀬の家まで出向いた。心中する許可を貰うためだ」

肩の荷を降ろしたと言わんばかりに名和が微笑んだ。

「本当のことを言うと、入山瀬は、私たちが駆け落ちした一年後には、この場所を突き止めて乗り込んできたのだ。千代乃が随分抵抗してね。包丁を自分の首に突き付けた。それで仕方なく、入山瀬は連れ戻すのを断念した。〝離婚はしない。これは別居だ〟と言い捨てて帰っていった。それから毎月五万円ずつ生活費を送金してきた。律義な男なのだ」

「そういう状態が二十年以上続いたんですね。ところが、最近、心中する許可を求めるようなことが起きた。いったい、何なんです？」

「千代乃はもう、長く生きられない」

肩を大きく上げて、名和潤造は深々と息を吸い込んだ。

「〝古典的PN〟を患っているのだよ。〝結節性多発動脈炎〟のⅣ期だ」

名和は元医者らしい淡々とした口調で語り始めた。

結《P》節性多発動《N》脈炎は日本で千四百人程度しか患者がいない難病だ。近年、顕《M》微鏡的多発《P》

血管炎《A》と呼ばれる、主に小血管が侵襲される新しいタイプの分類が加わったので、患者数はもう少し多いと推測される。

千代乃が発症したのは、古典的PNと呼ばれる従来型の結節性多発動脈炎だ。中・小サイズの動脈が侵襲される。初期には発熱、体重減少などの症状がある。ところが、辛抱強い性格の千代乃は我慢していたようだ。手足にしびれを感じ、動脈に沿って足に紫色の斑点が出たのちも、名和に気づかれないように用心していた。痣のように醜い斑点を見られたくなかったようである。睦むとき、電気を消してちょうだい、と頼んだほど、千代乃は慎重だった。それが災いして、病気は進行した。

千代乃の足の動脈に沿って数珠状に並ぶ皮下結節に名和が気づき、驚いて二十キロ離れた町の総合病院に連れていったときには、病期はすでにⅢ期まで進行していた。

それから四年。良くなったり悪くなったりを繰り返しながら、症状は徐々に悪化した。高血圧による頭痛、視覚障害が著しく、脳血管障害、虚血性心疾患、腸虚血がある。重い腎炎のために透析が欠かせない。最近では小脳まで侵襲されているらしく、ときどき痙攣発作を起こす。

ステロイド薬などでコントロールができないケース、あるいは、全身性で重症に進んでしまった千代乃のようなケースでは死亡率が高い。最後は感染症、腎不全、呼吸不全などで命を落とすことになる。

「PNは膠原病の一つとして分類されているが、厚生労働省の特定疾患難治性血管炎に指定されていることからわかるように、手ごわい病気だ。いかに初期のうちに診断して、ステロイドの大量投与、あるいは免疫抑制療法を厳格に行うかに、予後はかかっているのだ。そんなことは、元外科医の私でも知っていた。ところが、愛する女性の身に起きたときには見抜けなかった。私のせいで、取り返しのつかないことになってしまった……」

この病の末期の苦しみは壮絶だと知っている名和は、居たたまれない気持ちで千代乃を透析に連れていき、養生させた。しかし、今年に入って間もなく、名和だけ病院に呼ばれ、主治医に言い渡された。〝今年の花見はできます。来年はおそらく無理でしょう〟と。

ショックで診察椅子から転げ落ちた名和に追い打ちをかけるように、主治医が言った。悲観することはない。〝ガンは死刑、膠原病は終身刑〟と医療の現場でよく言う。もう長くない、苦しむのもあと一年と思えば、家族はさほど辛く感じないはずですよ、と。

「無神経なことを平然と言ってのけたその医者に飛びかかって殺してやりたい、と思った。だが、できなかった。黎明大学の付属病院でも、医者が平気で口にしていたと思い出したからだ。〝ガンは死刑、膠原病は終身刑〟と。患者や家族にとって残酷なそんなことばを、この私も口にしなかっただろうか？　脳腫瘍で嘔吐する患者に向かって夜勤明けのナースが〝吐くのは甘えです。吐かないように努力してください〟と叱っているのを見ても、咎め立てしなかった。ことば一つで患者や家族が傷つくと考えなかった気がする。そんな私はつくづく、傲慢な医者だった。いまさらながら、思い知らされたよ」

一気呵成にそう告げて、名和は項垂れた。

「あと一年と宣告された、と病院から戻って告げた。千代乃は取り乱さなかった。〝そうだと思っていたわ。自分が一番わかるものよ〟と笑っていた。千代乃はこうも言った。〝これ以上病み崩れる前に終わりにしたいわ。あなたが花海棠の下で私を見初めてくださったあのときの顔で旅立ちたいの。今年の花見が終わったら、逝かせてちょうだい〟……」

ことばが途切れた。名和は歯を食い縛った。

「千代乃を失ったら……私は生きていけない……」

唇が解けて、すすり泣きが漏れた。

「彼女を失っても生きろというのは……拷問と同じだ。だから……一緒に死ぬことにした……」

千代乃と愛し合ったことを後悔していない。四十八歳という分別盛りでの駆け落ちを、決して恥じていない。黎明大学医学部の脳外科教授という地位も、名声も、家族も捨てた。これだけ犠牲にしたこの恋は本物だ。誇らしいくらいだ。

だが、二十二年が経ったいま、千代乃が残酷な病に冒され、もはや心中せざるをえないところまで追い詰められて思うのは、二人が想いを貫くために、いかに多くの人たちに迷惑をかけたかということだ。申し訳なくて胸が潰れそうだ。

大学の医局に残された弟子たちは、ボスを失い、出世の道を断たれたに違いない。関連病院などへ飛ばされて、口惜しかっただろう。医局とは、個人の実力とは関係なく、ついたボスと他のボスとのパワーゲームで医局員の運命が左右される特殊な世界だから。

家族にも苦労をかけた。女房は後始末のために、あちこち頭を下げて回っただろう。のちに別の大学の医学部に入学した息子も、父親のことで後ろ指さされたに違いない。

そして、入山瀬の心情は計り知れない。無愛想でカネにうるさい男だが、千代乃には心底惚れている。優しいことばを口にする代わりに、着物だけは惜しみなく買い与えたようだ。千代乃のために誂えた訪問着、付下げ、小紋、紬、夏物の単衣、絽、高価な西陣織や佐賀錦の帯、宝石をあしらった帯留……。そうしたものを簞笥三棹分、運送屋の車でこの家に届けさせた。そのような形で思いやりを示したのだ。

「入山瀬に許可を得ずに心中できない、と私は強く思った。だから、もはや旅行もままならない千代乃を無理をして連れて、中延の家まで出向いたのだ」

事情を打ち明けられた入山瀬は泣き伏した。自由になる左手で床を叩いた。心中など許すものか。ただひたすら千代乃が幸せであれと願い続けたこの年月は何だったのか。死ぬのが避けられないなら、この家で看取らせてくれ、と畳に頭を擦り付けて懇願した。

千代乃も泣き出した。あなたという人は、どこまでも底意地が悪い。あと一年、醜く病み衰えていく様子を見てやろう、という魂胆だろうけれど、お断りよ。あなたの許可が貰えなくても、私は先生と死ぬわ、と言い張った。

三人は一晩中、泣きながら話し合った。堂々巡りで疲れ果て、途方に暮れて迎えた明け方のことだった。名和の脳裡にある男の顔が思い浮かんだ。

「黎明大学の付属病院の顧問弁護士をしているその男は、どうやって調べたかわからないが、三年ほど前からときどき、私を訪ねてくるようになっていた。医療ミスが毎日のように起きている黎明のお粗末な態勢を嘆き、立ち直らせるにはどうしたらいいか意見を聴きたい、などと言って。その弁護士からこう言われていたのだよ。〝困ったときには相談してください。トラブルを解決できる人間を手配できます〟と。……私は中延からその弁護士に電話した。〝腕のいい人間を手配できます。先生もよく知っている男ですよ〟と言われた」

横倉義實ですね、と唸るばかりの低い声が嵩男の口から飛び出した。

「入山瀬はようやく納得してくれた。心中は許せない。だが、第三者に殺しを代行させるなら認める。二人いっぺんでなく、時間をずらすこと。千代乃の遺体は中延に戻すこと。その代わり、生きている間は一緒にいてよろしい。……そういう取り決めが成立したのだ」

「つまり、先生と千代乃さんと入山瀬平太は、三人納得ずくでこの依頼を？」

「そうだ。費用は平等に負担するという条件で」

「先生に憧れていたこの私に、先生と千代乃さんの命を断つ役目が果たせると思ったんですか？」

名和の両目に新たな涙がひたひたと込み上げた。

「キミがやってくれないと困る。下手クソな殺し屋の手に懸かって死ぬのはゾッとする。私はともかく、千代乃をこれ以上、苦しめたくない。彼女は十分すぎるほど苦しんだのだ。最後はそっと逝かせてやりたい。尊厳を持たせて。それができるのは、医学の心得があり、心根が優しく、安楽死させた経験のある者でなくては。キミはその条件に合致する得難い人材だ」

名和がにじり寄ってきた。両手で嵩男の肩をぎゅっと摑み、目を真っ直ぐ見つめた。

「弟子は大勢いたが、キミだけだった。将来、この青年を執刀助手にしてオペをしたら、さぞ楽しかろう。心からそんなふうに思わせてくれたのは」

「先生……。そんなこと、言わないでください」

「キミになら、安心して千代乃を託せる。私の代理として、優しく安楽死させてやってくれ。その後で、私もキミの手に懸かりたい。そうすれば、キミは私たちのことを生涯、記憶の片隅に残してくれるだろう」

一陣の風が嵩男と名和の足元で巻き上がり、まるで釣り込まれたかのようにザワザワと防風林が揺れた。

二時間後。名和が準備していた薬品と器具を使って、嵩男は入山瀬千代乃に点滴を始めた。

そよ風が吹き込む裏庭に面した和室で、嵩男はまず、生理食塩水を流し込んだ。それから、心の準備ができたら教えてください、と低い声で告げた。千代乃の目を決して見ないように横を向いて。

糊の利いた真っ白な浴衣を纏った千代乃が、寝椅子からゆっくり身体を起こした。嵩男の顔を覗き込み、からかう口調で言った。

「ねえ、あなた。誠実に仕事をやろうとしてくださるのは有り難いわ。でも、そんなに緊張しなくていいのよ」

自分を殺そうとしている男にどうして、優しいことばをかけられるんですか、と詰ってやりたい衝動に駆られた。嵩男は点滴バッグを睨みつけ、むっつり押し黙った。

そんな嵩男を宥めるかのように千代乃が語り始めた。

あなたはおそらく、私とあの人と中延の夫が奇妙な取り決めをしたものだと呆れているのね。でも、私たち、大真面目なのよ。息を引き取るまでは、私の身体はあの人のもの。死んだらその瞬間から中延の夫のもの。そういう約束なの。

あの人はさっき急に、〝生きているうちにお前の髪の毛がほしい〟なんて言い出したのよ。耳の横のここを、ほら、二センチだけ切って渡してあげたわ。あの人は、肌身離さずこれを持って後を追うんだって言ったわ。可哀相な人。一人で逝くのが心細いのね。私はあの人の髪の毛なんか持たなくても旅立てるのに。すぐまた〝あちら〟で会えるとわかっているんですもの……。

　やや上ずった高い声で喋り続けていた千代乃が突然、「あら」と言うなり黙り込んだ。離れた場所から聴こえてくる音楽に気づいて、嵩男も耳をそばだてた。

　それは、名和潤造が控えている新聞販売店の作業場の方角から流れてきた。女性歌手の声。歌謡曲のようだ。こんなときになぜ、音楽がかかったのだろうか、と嵩男は訝った。

「送別の曲をかけてくれたのね。あれはね、テレサ・テンの「香港」という曲よ」

　千代乃は目を細め、クスッと笑った。

「私たち、あの曲が好きで、カセットテープを毎日聴いていたわ。テープが擦り切れるんじゃないかと心配になるくらい」

　永遠にこの世をさ迷い続ける旅人の歌なのよ、と告げた一瞬ののち、千代乃の笑み顔にかすかな翳りの表情が浮かんだ。

「あの歌を口ずさみながら、あの人はいつも遠い目をしていたわ。私と一緒の人生をさ迷いながら、元いた場所に戻りたいと、心のどこかで思っていたんじゃないかしら」

「そうかな。先生が後悔なんか、するはずがないと思いますよ」

と、とっさに嵩男が遮った。

「先生はあなたと生きると決断したんです。そのとき持っていたものを全部投げ出す決意をして、実行した。そんな先生を、私は尊敬します。妻もガールフレンドも幸せにしてやれなかった、中途半端な私みたいな男には、絶対に真似できないことです」

千代乃がにこっと微笑んだ。

「あなたを見込んで、お願いしてもいいかしら？」

「できることなら」

「軒のあのカナリヤ、貰ってくださいな。〝赤巻き毛カナリヤ〟という種類のオスよ。名前は好きなようにつけていいわ」

熱があるせいで頬が赤い千代乃はまるで、可憐な少女のようであった。その刹那、何もかも忘れて、嵩男は千代乃の美しい顔に見とれた。

はっとして我に返り、嵩男は目を逸らした。わかりました、引き取ります。今日の記念に〝チヨタロウ〟とでも名付けますか、とぶっきらぼうに言った。

「ありがとう。これで思い残すことはないわ。さあ、やってくださいな」

千代乃は寝椅子にそろりと身を横たえ、目を閉じた。

「あの人と巡り逢えたお蔭で私、十分に生きたわ。もう、お腹いっぱいってくらい。あなたもどうぞ、幸せな人生を送ってね」

嵩男は麻酔薬、塩酸ケタミンを注射器で点滴の三方活栓から投与した。時間をかけて、ゆっくりと。千代乃が意識を失ったことを確認して、筋弛緩剤、塩化スキサメトニウムを、そして最後に塩化カリウムを流し込んだ。

横倉が手配した黒いワゴン車がやってきて、サングラスをかけた大柄な男が二人、無言で千代乃の遺体を運び出した。テールランプが見えなくなるまで、嵩男は門のところで見送った。肩を落とした名和とともに家の中に戻ったときには、日が暮れかけていた。

裏庭に面した和室に、さきほどまで千代乃が横たわっていた寝椅子と、カナリヤが忙しなく中で動いている籠がぽつんと置き残されていた。それを見ないように背を向けて、嵩男は壁際にどすんと座った。

頭を両手で抱えて、嵩男は唇をきゅっと引き結んだ。

これで終わりではないのだ。やるべきことがまだ残っている。最後までやり遂げられるだろうか？　恩師が愛した女性を手に懸けただけで、これほど胸が痛むのに。いまさら誰かに代わってもらうわけにいかない。逃げ出せるものなら、どんなにいいだろう。ああ……。

名和がマグカップを手にして台所から戻ってきた。

「ハーブティーだ。気分が落ち着くから飲みなさい」

ミント味の熱い茶を、嵩男は飲み干した。息継ぎもせず、一気に。

澄んだ目でその様子をじいっと見つめながら、名和が低くつぶやいた。

「昔はよかった。大学病院にいたころは、人生は単純だと心から思えたものだ。いまから考えると、随分のんびりとした毎日だった」

名和は笑みを浮かべて告げた。脳外科のオペの多くは、スリルより根気が必要で、たいがいは呑気なものだった。午前中のオペの最中、頻繁に話題にのぼるのは、どんなことだったと思うかね？　焼き肉だよ。ほら、電気メスを使用するときに発生する臭い。あれは牛肉を焼くときの香りによく似ている。オペが終了すると、スタッフ全員で焼き肉ランチを食べに行ったものだ。それがおかしなことだと思いもしなかった……。

自分の身体がゆらりゆらり、右に左に揺れているように嵩男が感じ始めたのは、名和の一人喋りが十五分ほど続いたときだった。

妙だな、と嵩男は思った。頭が重く、瞼が下がり始めた。徐々に意識が遠のいていく気配にギクリとした。しまった、ハーブティーに睡眠薬を入れられた、と気づいた。宙に手をのばした次の瞬間、後頭部からドサッと畳に倒れた。

「すまんな。もう一つだけ、話しておくことがあったのだが」

名和の声が耳元で小さく聞こえた。

「キミは、入山瀬が正当な報酬の四分の一の金額を口にした、と言ったね？　それは正しかったのだよ。我々は全員で均等に割って、キミと横倉に報酬を支払ったのだ。つまり、クライアントは四人だ。私、千代乃、入山瀬。そして、最後の一人は……」

嵩男は意識を失った。


それは奇妙な夢だった。嵩男はなぜか小学生だった。大嫌いな近所の歯科医院の診察椅子に紐で括り付けられ、泣いていた。マスクをつけた歯医者が嵩男の口を開けさせ、ドリルで情け容赦なく歯を削っていた。

横から亡くなったはずの祖母がひょいと顔を覗かせた。

「おやおや、嵩男は泣き虫だねえ。歯医者が怖くて、よく外科医になれたものだねえ」

祖母の笑顔をもっとよく見たいと思った。嵩男は懸命に瞬きを繰り返した。すると不意に、その顔が元ガールフレンド、梶睦子《かじむつこ》の顔と入れ替わった。

目を開けたとき、梶睦子の顔が見えた。嵩男はがっかりしてため息をついた。悪夢の続きをみていると勘違いしたのだ。

「まだ眠りたいの？　悪いけど、後にして。お仕事の時間よ。起きてちょうだい！」

後ろから睦子に支えられ、嵩男は苦労して上半身を起こした。

頭がズキズキ痛んだ。霞む目を凝らして、周囲を見回した。そこは窓一つない、天井も壁も床も真っ白な部屋だった。嵩男はベッドに横たわっていた。

「歯の治療はもう、終わったのか？」

「あら、歯医者にかかった夢をみていたの？　眠ってるくせに怖がって泣いてたのは、そのせいだったのね」

嵩男はむっとした。ここはどこなんだ、と質問した。睦子が答えた。あたしの職場よ。小石川六丁目の〈小石川パナケイア・クリニック〉の地下よ、と。

口の中でかすかにしょっぱい血の味を感じた。嵩男の脳裡に、意識を失う直前、頭から後ろに倒れたという記憶が蘇った。転倒した拍子に口の中のどこかを噛んで傷つけたのかな、とぼうっと考えた。

さっさと立って歩いてよ、と睦子に急き立てられて仕方なく、嵩男は棒のように硬直した自分の足を前に動かした。

案内されたのは、隣の部屋だった。天井も壁も床も白く塗られている。扉が後ろで閉まる音を聞いた。睦子に促されて、嵩男は背もたれのある頑丈そうな椅子に座った。

ふと、目の高さほどの台が前に置いてあることに気づいた。その上に載っている黒い物体に、嵩男の視線は吸い寄せられた。これは何だ？　拳銃だろうか？　筒形の銃身部分がやけに細くて長いが。ガス管を切断して取り付けたかのような特徴あるその形は、外国映画で見た記憶がある。殺し屋がよく使う銃だよな？

そんなことをしきりに考えている間に、睦子が後ろから嵩男の肩に革ベルトを回し、椅子の背もたれに固定していた。気づいた嵩男は、驚いて目を剝いた。

「やあ、折壁君。気分はどうかね？」

数メートル離れた正面の壁の前から誰かに呼びかけられた。椅子に腰掛けているその人物の顔に、嵩男は目を据えた。声の主は名和潤造であった。

視野の外からスッと、骸骨のような小男が姿を現した。名和の隣に寄り添って立った横倉は含み笑いしていた。

「悪く思わないでよね、折さん。怪我をさせずにここまで来てもらうには、ああするしかなかったんだよ」

睦子、名和、横倉。三人揃って、ここで何を？ これは悪夢の続きなのだろうか？

再び、深みのある名和の声が響いた。

「さて、約束どおり、私を殺してくれ。ただし、目の前のその拳銃を使ってほしい」

何の話をしてるんだ？ 拳銃なんか、使い方も知らないのに、と嵩男はつぶやいたつもりだった。しかし、喉がカラカラに渇いて声が出なかった。

「私は自分の臓器を、ある男に提供するつもりだ。彼は数年前から〝慢性糸球体腎炎〟を患っている。最近、重い腎不全に移行して、かなり重篤な状態だ。私の腎臓を二つとも移植すれば助かる。幸い、彼と私とは、ヒト組織適合抗原《HLA》が完璧に一致する。なぜなら、私の一卵性双生児の弟だからだ。彼が〝四人目のクライアント〟だよ」

　参考までに教えてあげよう。腎移植を前提に人を殺すときの最善の方法を。脳にダメージを与えすぎないように、二十二口径の銃で少し離れた場所から撃つのだ。頭の後ろから、大後頭孔近くの〝脳幹と脊髄の境目付近〟を。そのようにして死を迎えた遺体の臓器は、いい状態で摘出できる。海外のある国では、臓器提供を承諾した囚人をそうやって射殺しているらしい。

「キミには射撃の心得がないそうだから、梶睦子君に手伝ってもらうことにした。彼女は大学時代、射撃部だったそうだ。その後もトレーニングを積んで、なかなかの腕前だとか。そうだね？」

「ええ、お任せください。この距離なら、先生の頭を一発で撃ち抜いて差し上げますわ。でも、わざと外して痛い思いをさせたい気持ち、ちょっとだけありますけどね。先生は女医否定論者でしたよね？　あたし、脳外科概論で〝可〟しか貰えなかったんですよ」

「そうか、それは悪いことをした。いまからでは遅いかもしれないが、謝るよ」

　嵩男は目眩と吐き気を覚えた。何が何だか、さっぱりわからない。睦子も名和もなぜ、ふざけたやり取りをしているのだろうか？　黎明大学の付属病院の至近距離にある会員制クリニックの地下で、いったい、何をおっぱじめようというのだろうか？

　睦子が嵩男の後ろに立ち、銃を手に握らせた。自分の両手で包むように嵩男の手を外側から支え、壁に向かって構えさせた。

名和が頷いた。椅子に座ったままクルッと背を向けて、壁に頭を押し付けた。

ピョンピョン跳ねる足取りで、横倉が大急ぎで名和の側から離れた。睦子と嵩男の真横にやってきた。

これは現実の出来事なのだ。自分はこれから、名和潤造を銃殺しなくてはならないのだ、という考えが突然、頭の上から降ってきた。全身が総毛立ち、嵩男はとっさに椅子から立ち上がろうとした。しかし、肩にかかった革ベルトで拘束されて、ぴくりとも身動きできなかった。

「こんなこと、やらせないでください！」

嵩男の叫び声が密閉された部屋の空気を揺らして響いた。

「先生だけは殺せません。先生が好きなんです。お願いです。やらせないで！」

「いや、キミならできる」

と名和が叱り付けた。顔を壁に向けたまま、ちらとも振り返らなかった。

「キミはこれから、もっと辛いこともやらねばならないのだ。躊躇せず、引き金を引きなさい。後でキミが罪の意識を感じないと保証するから。キミはやがて、知ることになるだろう。この私がキミの運命を変えた張本人だと。キミは私を呪うようになる。だから、安心して引き金を引きなさい」

顔から血の気が引いていくのを感じつつ、嵩男はもがいた。嫌だ、こんなことしたくない、となおも呻き声をあげた。

そんな嵩男を名和が叱咤する口調で励ました。頑張れ、キミならできる。これは試練だ。私の屍を乗り越えて、キミはどこまでも歩いてゆけ。キミ自身が生き残るためだ。さあ、撃て！

「頼むから、千代乃の後を追わせてくれ。これが意味ある死となるなら幸いだ。これまでさんざん、周囲に迷惑をかけてきた。最後に双子の弟に臓器を提供できるのだ。私の魂は救済されるだろう。そう信じて逝くことができる。だから、お願いだ。意味あるマーシー・キリングを行ってくれ！」

睦子の指が嵩男の指に絡みついた。愛撫するかのように優しく、拳銃の引き金に導いた。その刹那、嵩男の胸に去来したのは、かつて旧友を死なせるために注射器を握る指に力を込めた、恍惚にも似たあの一瞬であった。

嵩男は下腹にぐっと力を込めた。手の中で黒い銃が軽やかに火を吹いた。

# セラー

「こんなこと、やらせないでください！　先生が好きなんです」

天井も壁も床も白く塗られた部屋に嵩男《たかお》の叫び声が響いた。

「いや、キミならできる」

叱り付けた名和潤造《なわじゅんぞう》は顔を壁に向けたまま、ちらとも振り返らなかった。

「私の死が意味あるものとなるなら幸いだ。最後に一卵性双生児の弟に臓器を提供できるのだ。私の魂は救済されるだろう。だから、お願いだ。意味あるマーシー・キリングを行ってくれ！」

梶睦子《かじむつこ》の指が嵩男の指に絡みついた。愛撫するかのように優しく、拳銃の引き金に導いた。嵩男は息を詰め、下腹にぐっと力を込めた。手の中で銃身の長い黒い拳銃が火を吹いた。次の瞬間、嵩男は気絶した。

ベッドから床にドサッと落下して頭を打った。パッと目を開けると、窓に掛かったブルーのカーテンが見えた。夢だったのだ。ここは千駄ヶ谷の自宅マンションの寝室だと気づき、折壁《おりかべ》嵩男は安堵のため息を吐き出した。

仰向けに床に転がったまま、嵩男はのろのろと左腕を上げた。カーテンの隙間から漏れる筋のような光を頼りに、腕時計に目を凝らした。六月二十三日、月曜日。午後二時四十三分。あれから三週間が過ぎたのだな、と嵩男は思った。

ごろりと身体を転がし、冷たいフローリングの床に胸も腹もべったり付けて突っ伏した。腹の底から深く長く、息を吐き出した。

この三週間、小石川の怪しげなクリニックの地下で恩師を射殺した光景が一瞬も脳裡を離れない。引き金を引いたときの手応えも。記憶の回路を断ち切る方法はないものかと思案に暮れて、瞑想をしてみた。浴びるほど酒も飲んだ。それでも効果はなく、不眠症が悪化した。

最後の手段としてクスリを使うことにした。短時間型の睡眠薬の錠剤と水を口に含んだとたんに、思い出してはっとした。ハーブティーだと偽って名和潤造に睡眠薬らしき薬物を飲まされたことを。その直後、何事もなかったかのような表情の名和から〝電気メスで人体を焼く臭いに食欲を刺激されて、オペの後でよく焼き肉を食べたものだよ〟と昔話をされたことも。

嵩男はとっさに薬と水を口から吐き出した。ついでに胃液も床にぶちまけた。

瞑想もアルコールも効果なし。クスリにも頼れないとしたら、どうすればいいのだろうか？

何より辛いのは、慕っていた恩師がこの世にもう生きていないと気づかされる瞬間だ。全身から体液が流れ出てしまったかのような喪失感。誰にぶつけようもない怒りと後悔が胸を突き上げる。食事はほとんど喉を通らず、気力は湧かず、手足に力が入らない。たまにウトウトすると悪夢ばかりみる。人に会いたくないし、携帯電話の電源も切ってしまっている。恩師の名和が生前愛した女性、入山瀬《いりやませ》千代乃《ちよの》から頼まれて引き取ったカナリヤに餌を与えることだけは、義務感に駆られてやっているが。

いまとなっては、この三年間、職業として人を殺してきたのが奇跡に思われた。ほんの二カ月前には、横浜の山下公園近くのホテルのトイレで身長百八十センチの債権回収業の男を躊躇なく殺した。いまは考えるだけで全身の肌が粟立つ。

皮肉だな、と嵩男はつくづく思った。報酬を約束されて初めて人を殺したときは、落ち着き払っていたのだ。ターゲットは当時の上司で、第一外科の医局に君臨する教授だった。首にヘロイン入り注射器を突き付け、さんざん脅した。そのあとで大量の塩酸モルヒネを無理矢理飲ませた。ターゲットがもがき苦しみ、チアノーゼから呼吸停止へと至る経過をった。

冷静に観察した。死亡を確認したときも、後始末の最中も、特別な感情を抱くことはなかった。

多くの医者にとって死は日常だ。歯を磨くのと同じくらいの意味しか持たない。大学病院の医局というシステムの一員として働くうちに、嵩男はなおさら、人の命の重みを感じなくなっていた。ガンの末期を告知した患者がそれきり外来に姿を見せなくなっても、気にも留めなかった。現実を目にして心だけ切り離す。そんなことが易々とできたのである。

殺し屋は天職かもしれない、と嵩男はいつしか思い始めていた。仕事を続けていくうちにいつか、人を殺すのが恐ろしくなって手が震えたり、殺される相手の苦しみや命の重みを実感して立ち尽くすのかな、と漠然と考えたことはあった。だが、まさか、そんな日が本当に来るとは……。

これから俺はどうすりゃいいんだ、と嵩男は震え声でつぶやいた。

バスルームでシャワーを浴び、素っ裸にタオルを肩に引っ掛けて、嵩男はリビングルームに向かった。ひどく消耗させられた気分でソファに腰を沈めた。

の気配を感じてふっと振り返り、嵩男は飛び上がりかけた。数メートル離れた場所に誰かいることに気づき、とっさにタオルで股間を押さえた。

女が中腰で鳥籠を覗き込んでいた。膝をのばし、クルッと振り返った。

「カナリヤシードしか与えてないみたいね。赤カナリヤはカロチン餌を食べさせて色揚げしないと、あっという間に羽の色が褪せちゃうわよ。飼育のガイドブック、買ってきて読みなさいよ」

三十五センチ四方の籠の中でクチュクチュ鳴きながら動いているカナリヤといい勝負の鮮やかな赤色のポロシャツ、そして白いジーンズという服装。女は梶睦子だった。

「どうやってここに入った？　いつからいたんだ？」

「〝合鍵を渡してもらえる仲〟じゃないけど、親友でしょ？　電話に出てくれないから、心配したのよ。練炭でも焚いて自殺してるんじゃないかとね。ま、死ぬときは、どんな手立てを使っても苦しむものよ。それについては、身に沁みて知ってると思うけど」

口の悪い者同士、いつもなら言い争いに発展するところだ。しかし、言い返す気力もなく、嵩男は項垂れた。

「あれが悪夢なら、と思いたいのね？　残念だけど、現実よ。三週間前、あなたとあたしは二十二口径のルガーで名和潤造を射殺したわ。あなたは意気地なく失神してしまったけど。あれからどうなったか、話してあげましょうか？」

嵩男は思いきり顔をしかめた。構うものですか、という目付きで睦子が喋り始めた。

名和潤造の遺体は廊下で待機していたスタッフによってオペ室に運ばれ、直ちに摘出が始まった。開腹し、周囲の脂肪組織から腎臓を慎重に外した。動脈と静脈をなるべく奥まで深く手繰り、腹部大動脈・下大静脈の近くで縛って切る、という手順で二個とも取り出した。

摘出された腎臓はすぐさま、四℃の特別な灌流液に浸された。血液を洗い出し、冷ました。そののち、慢性糸球体腎炎から重い腎不全に移行していたレシピエントへの〝植え込み〟が行われた。移植腎の尿管の長さに限りがあるので、膀胱の近くに。

オペはクリニックの院長が執刀した。アメリカのメーヨークリニック（一八八九年、メーヨー兄弟がミネソタ州ロチェスターに設立した外科病院に端を発した総合病院。チーム医療のパイオニアとして知られる。マン・ツー・マンでの教育システムも有名で、全世界から年間八百人以上の医師を受け入れている）で学んだ移植のエキスパートだ。足から血液が還流している外腸骨静脈を剝離し、移植腎の静脈と繫ぐ。内腸骨動脈を切ってその断端と移植腎の動脈の断端を吻合する、という工程を苦もなくやってのけた。尿管から尿が出たのを確認して膀胱を切開し、壁に斜めに尿管を通過させて〝トンネル〟を作成し、粘膜と縫合。続いて、膀胱を縫合し、傷を閉じて、オペは無事完了した。

「レシピエントに植えられた腎臓が機能して尿が噴水みたいに吹き出す光景。あれって、いつ見てもワクワクするわ。オペ室にいる全員の顔が綻ぶのよ。見学していたあたしまで〝やった〟って叫びたくなる一瞬だわ。しかも、今回は格別だった。一卵性双生児の弟に移植された名和先生の腎臓は、そりゃあ元気に働いてくれたわ。〝ここで生きていくぞ〟って存在をアピールしているみたいだった。なんだかジーンとしちゃった。あなたにも見せてあげたかったわ」

嵩男は身じろぎ一つしなかった。睦子もそれきり口を噤んだ。

数分後、窓の外で雨が降り始めた。ガラス戸をパチパチ打つ威勢のいい音に誘われたかのように、睦子が窓に歩み寄った。いっとき、眼下に広がる雨の新宿御苑を眺めていた。

「若いころは晴れた日が好きだったわ。でも、四十歳を過ぎてから、こう思うようになったのよ。雨の日は、雨の日にしかできないことを味わってみよう。物思いに耽ったり、音楽を聴いて涙を流したり……。あたしも、あなたみたいに〝あまんじゃく〟の仲間入りしたのかしら」

嵩男はじりっと身を乗り出した。

「〝あなたの知らないことがたくさんある〟〝子供を人質に取られている〟といつか言ったよな。何を隠してるんだ？　小石川のクリニックは、まともな病院ではないんだろう？」

たじろぐ気配も見せず、睦子が真っ直ぐな視線を打ち込んできた。

「本当に知りたいなら、話してあげる。でも、聞くには勇気と覚悟が必要よ。全部知ってしまったら、あなた、後戻りできなくなるわよ」

「後戻りできる余地なんか、あるのかよ」

勝ち気そうな目をした睦子の美しい顔が見る見るうちに引きつった。

「あなた、鈍感なクセに、核心を言い当てることがあるのね。……わかったわ、質問していいわ。ただし、あたしに関することを一つだけ。さあ、どうぞ」

「野中耕作《のなかこうさく》となぜ寝た？」

とっさに口から飛び出したことばに、嵩男は我ながら驚いた。

睦子が眉の付け根を寄せて嵩男を睨めつけた。

「寝てないわ。あたしが紹介した乳ガン患者を自殺させたことを詫びるために、野中は熱海まで出向いて来た。そのとき会っただけよ。お茶も飲んでないわ」

「前戯なしか？　たちまち妊娠したってわけだ。お前さんがそんな奔放な女だったとはな」

「ねえ、悪趣味だと思わない？　あたしを侮辱して、楽しんでるわけ？　野中耕作があたしの子供たちの遺伝子上の父親だなんて、言った覚えはないわよ」

「何だと？　子供たち？　一人じゃないのか？」

「あたし、双子を産んだの。体外受精で」

睦子の切れ長の目が一瞬、冷たい光をギラッと放った。

「野中は〝テスト〟を受けていたの。あなたと同じテストよ。不合格になり、抹殺されると決まった。どうせなら、独身で親兄弟がいない彼の戸籍を利用しないテはないと〝組織〟は考えたのよ。あたしの双子の戸籍上の父親として届け出るためのでっち上げよ、野中との入籍は。本人は利用されたとも知らずに殺されていったわ」

〟テスト〟とか〟組織〟とか、何の話だ、と嵩男が詰問した。睦子はふんと鼻を鳴らした。

「これ以上知りたいなら、腹を括りなさい。覚悟が決まったら電話して」

見せつけるように腰を振って、睦子は悠々とリビングルームを立ち去った。その後ろ姿に、嵩男はカッとして忌むばかりの眼差しを投げつけた。


臨床医学において、〟怒りの感情は患者を長生きさせるモチベーションとなり得る〟という説があることを以前、看護学の助教授から聞いた記憶があった。そのときは、本当かよ、と疑った嵩男だったが、いまは妙に納得した。梶睦子に家に押しかけられ、なめた振る舞いをされたことで腹を立てた直後、急に身体に力が漲り、空腹を覚えたからだ。

クソ生意気な女め、と嵩男はプリプリしながら、この三週間、一度も剃っていなかった髭を当たり、〟鼻の毛穴パック〟を行った。それから、さっぱりとした服に着替えて新宿に出掛けた。いつもは弁護士の横倉義實《よこくらよしみ》と仕事の打ち合わせに使っている四丁目の雑居ビル地下にある居酒屋で豆のサラダ、五目粥、レバニラ炒めなどを注文し、ガツガツ食った。

その夜は久しぶりにぐっすり眠り、翌朝の目覚めは悪くなかった。朝食後、嵩男は家を出た。向かったのは、マンションの目の前にあるが普段は滅多に足を運ばない新宿御苑であった。

嵩男は二百円払って千駄ヶ谷門から入園した。四月初めはソメイヨシノが咲き誇る並木道をぶらぶら歩き、芝生広場を目指した。

広々とした芝生のド真ん中で、嵩男は大の字に横たわった。見上げた空は曇天で、手が届きそうな低い位置で黒い雲の塊が風に流されていった。嵐でも来そうだな、と嵩男は思った。そのとき突然、祖母が亡くなる前日、嵩男に告げたことばが耳の中ではっきり聞こえた。

「あたしはもうすぐ、あの世に行くんだよ。多分、この台風と一緒にね」

嵩男は反射的に跳ね起きた。

「あたしが死ねば、しばらく、お前は胸がわさわさして落ち着かないだろうね。その悲しみは〝野分〟だと思えば乗り越えられる。わあっと吹いて野っ原の草をなぎ倒すけど、必ず行ってしまうんだもの。嵐が汚いものを全部連れていってくれた後の澄んだ空気を胸いっぱいに吸って、お前は歩き出しておくれ」

嵩男は真剣に考えた。祖母がいま生きていたら、何と助言してくれるだろうか？　〝人の命を救うために、お前は医者になったのだよ。人殺しから足を洗いなさい〟と言うだろうか？

それができるなら悩まないのだが。大学病院勤務時代、病棟で次々に患者を安楽死させた。その様子を盗み撮りされたビデオテープを、横倉がいまでも保管しているはずだ。

取り返せるだろうか？　不可能だ。横倉は用心深く、しぶといから。殺すと脅せば？　結局、また人殺しだ。堂々巡りだな、と嵩男は苦笑いした。

空からぽつぽつ雨が落ちてきた。近くの銀杏の木の枝を揺らしてヒューッと風が鳴り渡った。次の瞬間、頬を紅潮させた可憐な少女のような女の顔が脳裡をよぎった。

「あの人と巡り逢えたお蔭で私、十分に生きたわ。もう、お腹いっぱいってくらい。あなたもどうぞ、幸せな人生を送ってね」

自分は死ぬとき、〝十分に生きた。腹いっぱい〟と入山瀬千代乃のように笑み顔で言えるだろうか？　最後にそんなふうに言える人生を送るには、どうすればいいのだろうか？

別の女の顔も突然、鮮明な像を結んで脳中に割り込んできた。蛇をイメージさせるしゃくれた上唇、翳りを帯びた寂しげな眼差し。弟の敵討ちを依頼してきたその女子中学生に、嵩男は大真面目で説教したものだった。

「あんたはこれから、人を信じたり、裏切られたり、いろいろあると思うよ。だがな、怖がってたら何も始まらない。〝寸止め〟の人生なんて、つまらないぞ。〝フルコンタクト〟の体当たりで生きていくほうが、おもしろいぞ」

雨脚が速くなってきた。嵩男は腰を上げ、元来た道を戻り始めた。

風に乗って雨が後ろから追いかけてきた。嵩男は駆け出した。最初はゆっくり。次第に速度を上げて。

全速力で門まで辿り着いたとき、嵩男ははっとして足を止めた。

フルコンタクトだ！　フルコンタクトでやっていくしかない。これまでもそうやって危機を乗り切ってきたではないか。気を腐らせ、じくじく悩んでみても解決しない。巻き込まれてしまったものの正体を見極めるには、精一杯の行動を起こすしかないのだ。たとえ、後戻りできなくなる運命のとば口に向かって歩くことになろうとも。

マンションに戻り、睦子の携帯に電話をかけて、覚悟ができたと告げた。睦子は五分後にかけ直してきた。

「明日朝十時、あたしの勤め先に来てちょうだい。面接を受ける服装で」

文京区の小石川六丁目の交差点を右折し、小石川植物園の方角にワゴン車を走らせた。緩やかな下り坂の左手に公園。右手には嵩男の母校の黎明大学医学部と、かつての勤務先でもある付属病院の敷地がある。

苔むした大谷石の塀が途切れ、自動車整備工場の看板が見えた。その先に鉄条網を巡らせた灰色の高い塀が見えてきた。〈小石川パナケイア研究所〉〈小石川パナケイア・クリニック〉という文字が刻まれた銀色のプレートが光る門柱のほぼ向かいに、嵩男は車を停めた。門の脇の警備室に歩み寄り、インターホン越しに中の警備員に告げた。折壁嵩男という者だ。梶睦子ドクターと面会の約束がある、と。

敷地奥の城塞のような灰色の建物の中から白衣を纏った睦子が姿を見せた。肩まである髪をその日は掻き上げてピンで止めるスタイルにしている。ポケットに両手を突っ込んだやや前屈みの姿勢で近づいてきた。

車を敷地の中に入れてちょうだい、と睦子に指示された。嵩男はワゴン車に戻った。蛇の紋章が二つに割れて、鉄の門が弧を描いて開いた。数週間前、睦子に誘導されて敷地の中に入っていった椙山絵麻《すぎやまえま》の重そうな腹を抱えた外股歩きがちらと、嵩男の脳裡をかすめた。嵩男はとっさに考えた。この中に入ったら二度と外に出られない。そんなことにならないといいのだが。

門から城塞のような建物の入口まで三十メートルほどの距離だった。嵩男は玄関の車寄せでワゴン車を停めた。ホテルマンのような黒い制服の若い男が歩み寄ってきて運転席のドアを開けてくれた。嵩男が着ている安物のスーツをじろりと一瞥し、唇の片端を上げて薄笑いした。キーを、と言われて、嵩男は黙って車の鍵を引き抜いて渡した。

門から歩いてきた睦子に促されて、嵩男はエントランスに足を踏み入れた。

深紅の絨毯が敷き詰められたホールは高級ホテルのロビーの趣であった。豪華な内装に、嵩男は思わず目を奪われた。天井には巨大なシャンデリアがきらめいている。オフホワイトの革張りソファとスタンドが数カ所に配置されていた。檜の香りがふわっと鼻先をかすめた。耳をくすぐるのは、波の音入りヒーリング・ミュージックだ。

正面の黒い大理石のカウンターからパッチリ目の若い女性が出てきて、にこやかに挨拶した。胸にエンブレム付きの赤いジャケット、ミニスカート、ベレー帽という装い。奥のフロアに繋がっているらしい天井まである大きな扉を両手で引いて開けてくれた。

後方で重たい音をたてて扉が閉まった。ロックがかかるカチッという音が響いた。嵩男は本能的に嫌な気分に襲われた。

「えらく豪勢な建物だな。会員制のクリニックだそうだが、会費が高そうだな」

「まあね。そういえば、中を見るのは初めてなのね。この前、ここに来たときと家に戻ったときは、睡眠薬で眠っている間に車で移送されたんですものね」

二、三歩前を歩いている睦子の白いうなじにぽっちり浮かぶ黒子を、嵩男はしげしげと眺めた。

深紅の絨毯を敷き詰めた廊下の両側に樫材の扉が並んでいた。一つひとつにドクターの名前が刻まれた金色のプレートがかかっている。ここでは医者に専用個室があてがわれ、そこで診察するのだ、と睦子が説明した。

一階には他に事務部門のオフィス、薬局、売店がある。二階・三階は入院病棟。四階はレストラン。地下一階には検査室。イルカやウミガメが泳ぐ映像を眺めながらリラックスして検査が受けられるコンピュータ断層撮影装置《CT》、全身をスクリーニングして数ミリの悪性腫瘍も発見する陽電子放射断層撮影装置《PET》などがある。地下二階にはオペ室。光触媒による殺菌システムを導入しており、常時使用可能だ。その下の地下三階は器材・材料の供給管理部門のバックヤードよ、と睦子は歩きながら説明した。

廊下の突き当たりを左折し、すぐに右折すると、頑丈そうな鉄の扉が見えてきた。その手前の壁の前で、睦子は立ち止まった。まず、右手の人差し指を照合機に差し入れた。次に隣のカメラのレンズの前に移動し、最初は顔の輪郭を、続いて右目の瞳を読み取らせた。さらに、機械の音声に求められるままに、マイクに向かってフルネームと六桁の番号を告げた。ドアのロックが外れて、二人は扉を通ることができた。

生体認証《バイオメトリクス》はいまや珍しくない。だが、指紋、顔の輪郭、瞳の虹彩、声紋、暗証番号という五重のチェックを行うとは厳しい。入るときがこれだと、出るときも容易ではなさそうだな、と嵩男は案じた。

「この扉から先は〝特別なスタッフ〟専用のエリアなの。クリニックの普通のスタッフと患者さんは立ち入り禁止よ」

天井も壁も床も白い廊下が十メートルほど続いた。突き当たりを右折した睦子がピタッと立ち止まった。流し目でもするように、数メートル先の灰色の扉に視線を投げた。それから、にじり寄ってきて嵩男の耳元でささやいた。

「これから会う人に逆らわないで。愛想よくして。ジョークもなしよ。お願い」

おいおい、いったい何なんだよ、と嵩男が言い終える前に、睦子は灰色の扉をノックしていた。

扉が開き、顔を覗かせたのは弁護士の横倉だった。「時間どおりだね」と言った。が、それきり壁際の椅子に腰掛けてしまった。いつもと態度が違うな、と嵩男は思った。

十畳ほどの広さのその部屋の床には毛足の長いチャコールグレーの絨毯が敷き詰められていた。部屋の中央付近まで進んで、嵩男は周囲をぐるりと見回した。

勢いよく左手の壁の扉が開いた。シェーブローションの匂いをひりひり漂わせて入ってきたのは、白衣を着た五十歳くらいの男だった。頭を綺麗に剃りあげている。手入れが行き届いたスキンヘッドを、嵩男は露の間、無言で見つめた。

「おめでとう。キミは過去最高の点数で合格した。今日から我々の一員だ。これまで以上に存分に働いてもらうぞ。とりあえず、掛けたまえ」

よく通る太い声でそう言うと、男はパチンと指を鳴らしてマホガニーの机の前の黒革のアームチェアを嵩男に示した。自分はそそくさと、背もたれ付きの肘掛け椅子に腰掛けた。

呆気に取られて立っている嵩男の全身を、男は眺め回した。デジタル映像で見るより貧弱な体格だな。もっと筋力トレーニングしたほうがいいぞ、とぶつぶつ言った。それからやっと、自己紹介した。

「私がここの責任者、忽滑谷《ぬかりや》欽次《きんじ》だ。最初に警告しておく。私はアメリカに滞在した経験があるが、フランクな人間ではない。往年のコメディアンに似た自分の変わった名字のことで部下から親しげにからかわれるのを好まない。〝チョースケ〟などと呼ばないでくれたまえ。では、本題に入ることにしよう。まずは忠告だ。ここの一員となったからには、守秘義務を厳守してもらう。ここで見たこと、耳にしたことは、墓場まで持っていけ。それが、この組織で生き延びるための最低限の約束事だ」

嵩男は急いで考えた。横柄なこの男は何者なのだろう？　ここの責任者だと言ったが、院長だろうか。あの有名なアメリカのメーヨークリニックで腕を磨いたという移植外科医なのか？

「ところで、キミは長い間、歯科検診を疎かにしていたようだな」

スキンヘッドの男は机の上のファイルをパッと開いた。中から歯科レントゲン写真を取り出し、机の横のシャーカステンにかざした。

「見たまえ。奥歯に三カ所、虫歯があったのだぞ。三週間前、〝あれのついで〟に歯科医に治療させた。今後は定期的に検診を受けてもらう。歯の手入れを怠ることは、ここではご法度だ。いいな？　で、年俸だが。いくら欲しい？」

猪のような首。脂ぎった皮膚。筋肉の塊が張り付いてできているような顔。目は小さく、鼻も丸いのに、ちっとも親しみを感じさせない。全身で威圧感を発散しているせいだろうか？　一緒にいるだけで他人を疲れさせる男だな、と嵩男は直感した。

深呼吸を一つして、嵩男が切り出した。

「質問があります。これは面接ですか？　どのような理由で、私はここに来ることになったのでしょうか。順を追って話していただけませんか？」

忽滑谷が驚いたように嵩男の顔を見た。

「誓いの書類にサインを済ませていないのか？　まだ何も聞かされていないとでも？」

壁際に腰掛けている横倉に、続いてドアを背にした睦子に、忽滑谷は咎めるような視線を浴びせかけた。パタンと閉じたファイルでピシャリと机を叩き、立ち上がった。全くキミらは怠慢だ。この男はまだ部外者と同じではないか、と横倉と睦子を叱責した。

横倉が立ち上がった。事情を詳しく話して聞かせる前に、彼の人となりを所長の目で確かめていただきたいと思いまして、とかすかに媚びを湛えた口調で言った。

妙に落ち着いた言いぶりで睦子も発言した。誓いの書類にサインさせると約束します。今日のこの手順は、事前にコミッショナーに承認を得ていますわ、と。

〝コミッショナー〟ということばを耳にしたとたんに、忽滑谷の右の頬がピクリと動いた。

「いいだろう。どの道、追跡システムに組み込まれて、もう逃げられないのだからな。それだけは、よく言い聞かせろよ」

年俸を決めて報告しろ。今日はこれからオペで忙しい。この私の手を煩わせるな。そう言い捨てて、忽滑谷は入ってきたときと同じ扉から出ていった。

横倉、睦子、嵩男は三人三様に別々の壁を見つめた。沈黙を破ったのは嵩男だった。

「隠し事なしで全部、話してくれ」

　横倉と睦子が顔を見合わせた。

「折さんは足掛け三年、この私が斡旋した殺しの仕事をフリーランスの立場で気ままに請け負ってきたつもりだったと思う。でもね、違うんだ」

　と咽び泣きに似たいつもの声色で横倉が話し始めた。

　横倉と睦子はそれぞれ椅子を手にしてマホガニーの机の奥に移動し、並んで腰掛けていた。嵩男はそんな二人と対峙する形で革のアームチェアに腰を下ろした。

「折さんはずっと、〝予備テスト〟を受けていたんだ。それに通って、〝最終テスト〟が始まった。一年前から。去年の七月、自由が丘のクリニックの院長とニセ霊能者を始末したあの案件が〝最終テストの始まり〟だった」

　二番目は九月。法医学者、浦野《うらの》玲哉《れいや》を殺害した案件だ。三番目は十一月。乳ガン専門医、野中耕作の殺害。四番目は、術中死《DOT》をネタに黎明大学の関係者を脅していた若者の口封じ。五番目は今年二月。横倉がかつて愛した女性を医療ミスで殺した産婦人科医と、やはり医療ミスで娘を死なせた病院の事務長に天罰を下した案件だ。

　六番目はその直後、美食評論家を自殺に追いやった一件。七番目は四月。人身売買に関与している国際組織の女ボスとボディガードの殺害。八番目は五月。このクリニックの患者だった〝自己中心的身重女〟のDV夫を始末した案件。そして、九番目が最後のテストで、名和潤造とその愛人に行った三週間前のあの慈悲殺だ、と横倉が一気に告げた。

「折さんは実に手際よく、独創性に溢れた殺しを次から次へと実行した。クライアントの言い分に辛抱強く耳を傾け、相応しい手口を考えたうえで。ときに言われた以上のサービスまでやった。クライアントの満足度は高かったよ。折さんに話を聞いてもらって心が癒された。〝面談〟したロケバスの中は心療内科の診察室みたいだった、と皆言っていた。外科医時代は患者を思いやりもしなかったのにね。皮肉だな」

睦子が横から引き取って話を続けた。

「勘違いしないで。〝組織〟はあなたに人間らしい感情なんか求めていないんだから。あなたは〝選ばれしエリート〟なの。組織の次世代のリーダーになることを期待されてるわ。それだけに、テストの負荷が大きかったのよ。怪我が治ったばかりで三人と格闘させられた。おばあさんを思い出させる女の人や恩師まで殺せるか、試された。あなたは見事にやってのけた。ライバルが次々に不合格になった中で生き残ったのよ」

「おい、待ってくれよ。俺がやってきたことは全部、お前さんたちがこっそり課したテストだったと言うつもりか？　何のために？　〝組織〟って何だ？」

横倉と睦子は目と目を見合わせた。しばし譲り合ったのち、吐息をついて横倉が告げた。

「組織の名前は〈セルズ〉だ。細胞《セル》に由来するネーミングだよ。ある種の裏組織と考えてくれていい。思想団体、宗教団体、暴力団、テロ組織ではない。表の社会で公然とできないことを行う秘密結社だ。法の網を擦り抜ける悪党どもを密かに抹殺して、世の中を綺麗にしている。悪党どもとは、臓器売買や凌辱用商品にする目的で子供たちを誘拐して売り飛ばしている〝レディ・タイガー〟みたいな連中だ」

組織の創設者は四人。政治家、実業家、情報・危機管理の専門家、そして、科学者だ。四人は十年以上前から危惧していた。日本が世界の三流国へと転落するのではないか、と。そして、それは現実になった。

かつて繁栄した経済大国ニッポンは落ちぶれた。安全神話が崩れ、凶悪犯罪が増える一方で、殺人・強盗など〝重要犯罪〟の検挙率は五割だ。失業問題も深刻で、二年以上失業している求職者が五十八万人にのぼる。東京の多くの公園はすでにホームレスの定住場所となっている。自殺者は六年連続で年間三万人を上回り、そのうち四分の一は負債や生活苦など経済的動機によるという有り様だ。

頼りの年金の将来も危うい。厚生年金・国民年金の資産運用の累積損失は六兆円を軽く超えている。ところが、政治家たちは自分たちに特権的に支払われる年金の確保しか考えていない。国の将来ではなく、目の前のパワーゲームに夢中だ。政治・行政の無策は目を覆うばかり。医療裁判で出鱈目がまかり通るなど、司法も矛盾を抱えている。

さらに、人々の教育レベルとモラルも低下した。著しく。カメラ付き携帯電話を、女のスカートの中を盗撮する、あるいは援助交際の顔見せに使う。そんなことに悪用されると開発者は予想しただろうか？　さらに、実の親が子を虐待して死なせる。小学生が殺人を犯す。そんな時代だ。

このままでは国全体が崩壊する。知識階級で資産家階級でもある自分たちのような〝選ばれし者〟が行動を起こすべきだ。そんな使命感に四人は駆り立てられたという。

「テロでドカンと何もかも変える。そんなプランまで、一時は検討されたそうだ。しかし、それは無意味だと意見が纏まったらしい。なぜなら、第二次世界大戦の敗戦から立ち直った日本人が、その後、堕落していった現実があるからね」

人々は戦前の美しいものをなくしてしまった。ことば、振る舞い、優しい心、価値観、文化・伝統を。バブルの時代をいまになって批判するのはたやすいが、あのころ、カネに心乱されずに生きていたと胸を張れる日本人がどれだけいるのか。

戦争も同じだ。民衆はただ巻き込まれただけの被害者か？　〝時代の集合的無意識〟が望んだのではなかったか？

人が〝生まれながらの善〟ならば、テロで体制を変えてやり直す価値もあろう。しかし、悪に堕ちやすいとしたら、テロは無駄だ。残る方法は？　誰かが世直しを地道にやるしかない。

「我々日本人が置かれている状況は、建て替え不可能の集合住宅に今後もずっと住み続けなくてはならないようなものなのだ。そう気づいた四人は決意した。〝我々の手で裏の社会機構を作り、表の社会を修繕していこう〟と。悪しき存在を一つずつ潰していくのだ。より強力な悪を以て。そのようなコンセプトで秘密結社〈セルズ〉は創られた。いまから十年前のことだそうだ」

横倉のことばを一言も聞き漏らすまいとして、嵩男は息を殺し、全身を耳にした。

「〈セルズ〉の創設者はそれぞれの専門分野である政治、経済、情報、科学のアプローチで活動を始めた。実際に悪党と闘う戦闘員、諜報部員の確保も必要となった。その道のプロを集めることはできた。しかし、それだけでは不十分だと次第にわかった。組織のアイデンティティを理解して戦略を立て、工作活動を行う。あるいは、状況に応じた戦略立案、危機への迅速かつ臨機応変の対応。そのようなことができる、知性、行動力、決断力、創造力に溢れた現場責任者が必要なのだ。組織の次世代のリーダーとなるべき人間も。……そういう人材の選考は容易ではなかったようだ。多数リストアップされ、慎重に身辺調査が行われた。特別な能力の他に、親兄弟と縁が薄いこと、プライベートで弱みを抱えていることなども重要なポイントだった。身辺調査に合格した者に、組織は密かに接触した。テストが行われ、厳選された人材だけが残った。この部屋にいる我々三人は、数少ない勝ち残り組なのだよ」

脳のコンピュータが処理能力の限界を越えてダウンしてしまった。そんな感覚に捕らわれて、嵩男は声を発することができず、ただじいっと座っているばかり。耳がキーンと鳴っていた。

やがて、睦子が冷たい含み声で言った。

「テストに勝ち残れなかった人は、どうなったと思う？　始末されたのよ。野中耕作や浦野玲哉みたいに。プライドの高い野中は自信たっぷりで、浦野は高いギャラを要求したそうよ。でも、二人とも、たいした仕事ぶりでもなかったんですって」

「おい、待ってくれ。野中も浦野も〝テストに不合格で始末された〟だと？　俺が依頼を受けたときに聞いた話は何だったんだ？」

と嵩男がやっと声を出した。

愛する家族を殺されて、どう復讐していいかわからずに悶々としていた浦野智佳子《うらのちかこ》・美鈴《みすず》親子、岡崎琢巳《たくみ》を焚き付けたのはこの私だよ、と横倉が答えた。少しばかり疲れたように目をすがめ、骨ばった手で顔をくるっと撫でた。

「いろいろウラがあったんだ。例えば、自由が丘の病院長とニセ霊能者を始末してもらった。私の大事な顧客を助けるためだった、と後で打ち明けたよね。嘘ではない。投資顧問会社の社長は私の顧客だ。しかし同時に、〈セルズ〉の資金調達の現場責任者でもあるんだ。汚いカネを溜め込んでいる連中からごっそりカネを巻き上げて、その一部が我々の活動資金になっている。株取引のノミ行為なんかで役所にタレ込まれては〈セルズ〉の存亡にかかわる。折さんに課せられたのは、そういうわけで、非常に重要な任務だったんだ」

私の過去の復讐も折さんに手掛けてもらったが、あれにもウラがある。あの案件の本当のターゲットは真藤《しんどう》弁護士だったんだよ、と顔色一つ変えずに横倉が告げた。

「幼い娘が亡くなって、私は取り乱した。きっかけとなったバイク事故を起こした十八歳の少年を新宿の小さなビルの屋上に呼び出し、突き落としたんだ。ところが、少年は大怪我を負っただけだった。四階建ての高さからだと、人は確実に死なないんだよ」

ドジを踏んだのは、その後だった。先輩の真藤弁護士に相談してしまったのだ。真藤は示談を取り付けてくれた。だが、腹黒いこともした。横倉の告白の一部始終を密かに録音していたのである。そのテープを〈セルズ〉が取り返してくれた。非合法な手段で。真藤が契約していた銀行の貸金庫から回収したのだ。

「暴力団と繋がりがあって、薄汚い裏ビジネスをチョロチョロやっていた真藤には利用する価値があったので、すぐには始末できなかった。もうそろそろ、ということになって、折さんにやってもらう運びとなった。そのとき、〈セルズ〉はある興味を持った。事前に情報を与えなくても、折さんは真藤に疑問を抱き、真の悪人だと気づくだろうか。言われた以上の行動を起こすか、とね。……あの一件は、実は折さんの臨機応変の対応力を試すテストだったんだよ」

悪く思わないでほしい。私は上の命令に従っただけだ。この私自身、真藤から脅迫される人生にピリオドを打つために〈セルズ〉の助けを借りた。そのせいで、諜報部員・暗殺部員の元締め役になってくれという誘いを断れなかったんだ。

そう打ち明けて、横倉は声もたてずに笑った。自分をあざ笑うかのように。

「あたしも同じようなものよ。七年前、実家が倒産しかけたとき、〈セルズ〉は一億円の借金を肩代わりしてくれたわ」

と膝を支えに頰杖をついて、睦子が言い出した。

「〈牧水楼〉がいま営業していられるのは、あたしが身売りしたからよ。事情を知らない母は、あたしが奔放な恋愛遍歴の末に妊娠したと思い込んでるわ。〈セルズ〉の生体実験にボランティアとして参加させられて、誰のだかわからない精子で体外受精して双子を産んだ。それが真相だなんて、夢にも思ってないわ」

嵩男は強い目眩と吐き気を感じた。呻き声をあげまいとして、懸命に歯を食い縛った。

「ところで、ここにいないけど、折さんがよく知っている勝ち残り組のメンバーがもう一人いるんだ。誰だかわかる？」

煮《に》雪《ゆき》梨《り》花《か》だ、と横倉が告げた。嵩男はびくっと肩を揺らした。

「あの沖縄のアバンチュールは折さんへのテストだったけど、梨花嬢のテストも兼ねていたんだ。折さんは気づかなかった？　評論家の三波《みなみ》が死んだ晩、国際会議に出席するために恩納村のホテルに滞在していたバイオベンチャー企業の経営者が刺殺された。そんなニュースを耳にしたはずだよ。あれは彼女の仕事だ」

ブセナ・リゾートに戻る途中、カーラジオのローカル・ニュースがその事件の一報を伝えていた。殺人事件が起きたのに、それを報道する沖縄のアナウンサーの口調は随分のんびりしているな、と呆れたことを、嵩男は一瞬のうちに思い出した。

きょとんと目を瞠る嵩男の顔を薄笑いして眺めながら、横倉が真相を打ち明けた。

梨花は優秀な諜報部員兼暗殺部員だ。睦子さんは拳銃の名手、折さんは特殊部隊式格闘技という得意分野があるが、梨花は刃物の使い手だ。肋骨と肋骨の間にナイフを水平に差し入れ、胸郭の下をくぐらせて心臓を一突きにできるテクニックを習得している。

彼女には名女優の素質もある。折さんを見事に騙しきった。料理に混入された睡眠薬で眠り込んだ振りを演じてみせた。本当は、折さんが東京にトンボ返りして三波正昭を死に追いやる作戦を実行していた間、ホテルを抜け出していたのだ。

バイオベンチャー企業の経営者は〈セルズ〉にスパイを送り込んでいた。病理のメンバーが自白して、その事実が判明した。梨花は経営者に接近し、身を任せると見せかけて一緒に部屋に入り、ナイフで刺殺した。折さんが東京から戻ったときには、ブセナ・リゾートのホテルに戻っていた。本人は〝仕事をして疲れたから、ぐっすり眠っていたのよ〟と後日、父親が経営する溜池のバーで笑って打ち明けたがね、と横倉が楽しげに付け加えた。

嵩男の視線が宙をさ迷った。ウラがあるとも知らずに、浮かれ気分で情事を楽しんでいたわけか？　なんてこった！

睦子と目が合った。馬鹿よね、と無言で指摘された気がして、嵩男は顔を背けた。

「教えてくれ。この俺が〈セルズ〉に目を付けられたのは、なぜだ？　冷血な外科医だったからなのか？　離婚して独身で、実家と絶縁していて、極真カラテの有段者だったから？」

「元はと言えば、名和先生のせいよ」

と睦子がズバッと言った。

「名和潤造は亡くなる直前、この建物の地下五階の〝暗殺部屋〟であなたにこう言ったわ。やがて、あなたが自分を恨むことになるだろう、と。〈セルズ〉の四人の創設者の一人でいまでは〝コミッショナー〟と呼ばれている最高幹部にあなたを推薦したのは、名和潤造だったのよ。〝教え子は大勢いたが、見所があるのは一人だけだ。折壁嵩男という男だ〟と言ったそうよ」

嘘だろう、と嵩男が呻いた。

「あなたの〝ポイント・オブ・ノー・リターン〟は大学時代、名和潤造に気に入られたときだったのよ。もう、後戻りできないし、〈セルズ〉から逃げ出せない。諦めてちょうだい」

睦子はシャーカステンにかざしたまま放置されている嵩男の歯科レントゲン写真に人差し指を置き、きっぱり言い放った。

「これを見なさい。三週間前、あなたが名和潤造に睡眠薬を盛られてこのクリニックに運び込まれたときの写真よ。その直後に歯科治療が行われたわ。ほら、右上の奥歯に金属が被せてあるでしょう？　その下にICチップが埋め込まれたのよ」

嵩男は身を乗り出し、かすかに白い陰影に目を凝らした。

「チップはあなたを識別するわ。ここの研究所が開発中の最新型よ」

吐息を一つつき、睦子が真っ直ぐに嵩男の目を見つめた。

「よく聞いて。あなたが〈セルズ〉から逃げ出そうとしても、このチップがある限り、どこまでも追跡されるのよ。GPSで。自分で除去しようなんて考えないで。生命反応があ る限り、取り除くと死ぬ仕組みよ。劇薬入りカプセルが一緒に埋め込まれているの。あたしも、横倉さんも、同じ仕掛けの旧型をインプラントとして埋め込まれているわ」

机の引き出しを開けて横倉が取り出した歯科レントゲン写真を受け取り、睦子は無表情でシャーカステンにスッスッと差し入れた。並べられた二枚の写真にはそれぞれ、本来なら下顎第一臼歯があるべき場所にネジ釘状の太くて白い影が見えた。くっきりと。骨内にインプラントが植立されていることを示す写真だ。一枚には睦子の名が、もう一枚には横倉の名前がペンで書き込まれていた。

「クソッ、もう後戻りできないのか。別の道を選べないんだな」

「いいえ、一つだけ選択できるわよ。死ねば〈セルズ〉から離れられるわ」

嵩男は思わず睦子を睨みつけた。

視線と視線が絡み合い、沈黙が続いた。睦子の切れ長の目にやがて、じわじわと涙が込み上げた。

「あたしは死ぬわけにいかない」

睦子の声がかすかに震えていた。

「実家が倒産しても、いまなら構わない。でも、子供たちを見捨てるわけにいかない。何があろうと、ここで生きていくしかないわ」

睦子の顔がくしゃっと歪んだ。精一杯に防御してきたものが脆く崩れたかのように。

「子供をたくさん産んで、自分で育てて、〝大家族のおっかさん〟になる。それが、あたしのささやかな夢だったのに……。現実はこの有り様よ。産んだ双子の一人は、あたしが知らない〈セルズ〉管理下のどこかの家で里子として育てられているわ」

涙がつうっと頬を伝った。

「もう一人は、いつか話したとおりなの。原因不明の難病を患っていて、普通の環境では生きられない。〈セルズ〉の〈ファーム〉で治療してもらっているわ。〈ファーム〉は、〈セラー〉しか立ち入ることを許されていないあたしには、永遠に行けない場所よ」

「その〈ファーム〉〈セラー〉ってのは、いったい何なんだ？」

キッとして真顔に戻って、睦子が目の下を指で拭った。まだ少し声は掠れていたが、しっかりとした口調で語り始めた。

この建物の地下四階・五階フロアが〈セラー〉だ。隣の自動車整備工場の地下に設けられた通路で〈セラー〉は〈ファーム〉と繋がっている。そして〈ファーム〉は、黎明大学医学部付属病院の新しい建物の地下深いところに秘密裏に建設された研究施設だ。そんな場所が存在していることを、病院の関係者は知らない。〈セルズ〉のメンバーである一部の幹部を除いて。

「〈ファーム〉では、遺伝子操作でデザイナーベビーを作り出す実験なんかをしているらしいわ。あたしの子供たちは、デザイナーベビーなのよ」

横倉のさらなることばに、嵩男の背筋に寒気が走った。

「〈ファーム〉は生体を、〈セラー〉は死体を扱っている。ヒトの死体から取り出した臓器、骨、皮膚、心臓弁、神経組織、珍しい血液、胎児の幹細胞……。そうしたものを加工し、リサイクルして、最終的に出荷しているんだ。人体を再生して部品化する地下工場。それが〈セラー〉だ」

俺はいったい、ここで何をさせられるんだ、と嵩男が消え入るばかりの声で訊いた。横倉がぐいっと身を乗り出した。

「これまでと同じだ。凄腕の殺し屋として活躍してもらう。ただし、これからはチームプレーだ。折さんには、悪党たちと闘う実戦チームのリーダーになってもらうよ」

嵩男が顔を強ばらせたのを見て、横倉は宥めすかす口調に転じた。

悪党をただ殺すのではない。殺害後の死体を再生して、医療に役立てるのだ。生きていたとき悪人でも、死体の臓器、骨髄、細胞などは大いに役に立つ。例えば、臓器移植を待ちながら死んでいかなくてはならない人々のために。あるいは、パーキンソン病患者のために。

感染症に罹っていたり、薬物中毒でも、その死体には使い途がある。病気の臓器は研究機関に高く売れるのだ。

「〝悪党に相応の死を。意味ある死と再生を〟が〈セラー〉のキャッチフレーズだ。〈セラー〉は秘密結社〈セルズ〉における最大のプロジェクトなんだよ。……さあ、これで洗いざらい話した。ぜひ、我々の仲間になると言ってよ。私も睦子さんも、折さんを死なせたくないんだ」

長い長い沈黙ののち、嵩男が掠れ声で返事をした。

「〝コミッショナー〟に会わせてくれ」

地下四階でエレベーターの扉が音もなく開いた。廊下の二、三メートル先で車椅子の老人が待ち構えていた。その顔を一目見たとたんに、嵩男の足が震え始めた。

「名和先生！」

紺色のローブを纏った老人がじろりと冷たい視線を投げ付けてきた。気圧されて、嵩男は後ずさりした。

気を取り直し、嵩男は車椅子の前までおずおずと進んだ。

老人は、頭の禿げ具合、理知的な高い額、くっきりとした奥二重の目など、造りは紛れもなく名和潤造であった。しかし、全身に漂う雰囲気がまるで違っていた。銀縁眼鏡の奥で光る冷ややかな眼差しが容赦なく嵩男を射すくめた。

「コミッショナーだ。名和潤造の弟、善衛《よしえ》だ」

深みのあるあの懐かしい声ではなかった。硬質で掠れている。言いぶりはよそよそしい。

「キミには礼を言わなくてはならない。お蔭で腎臓移植はうまくいった。拒絶反応もない。一卵性双生児の兄から貰った腎臓だから、当然だが。キミの働きに今後も期待している」

必要以上のことばを口にするまいと決めているのだろうか？　少なくとも、本心から感謝している言い方ではないように聞こえた。

嵩男は失望のため息を漏らした。目の前の老人は、あの人柄のいい恩師とは別人なのだ、と思い知らされた気がした。

車椅子を押してくれ、連れていきたい場所がある、と命じられた。嵩男は黙って従った。

廊下の床に数メートルの間隔で間接照明が仕込まれていた。下からの明かりがまろやかに反射して、ただ白いだけの廊下に光の回廊のような雰囲気を与えている。辺りは気味が悪いくらい静まり返っていた。車椅子の車輪が回転する音と、嵩男とコミッショナーの息遣いの他には何も聞こえない。

廊下の突き当たりでコミッショナーが指を上げて左折を指示した。その先の扉の前で、白衣を着た中年男が待っていた。壁に向かってコードをひとしきり打ち込み、扉を開けてコミッショナーと嵩男を通してくれた。

車椅子を押して中に入った嵩男の目の前に縦一メートル、横五メートルのガラス窓が現れた。

「見るがいい。〈セラー〉の研究所だ」

嵩男は車椅子から離れてつかつかとガラス窓に歩み寄った。

まず目に飛び込んできたのは床を覆う青紫色の光だった。光触媒の殺菌システムが使われているらしい。嵩男は本能的に顔をしかめた。嵩男にとって青紫色はトラウマ体験に繋がる色なのだ。

室内では真っ白な防護服に全身を包んだスタッフが数人、黙々と働いていた。ある者は顕微鏡に向かい、別の者はコンピュータのモニター画面を見つめている。身体を前後に揺らして何かをスライスする作業を行っている者もいた。まるで食品研究所みたいだな、と嵩男は胸の奥でつぶやいた。

「死体は解体されたのち、全てここに運び込まれ、検査を受ける」

コミッショナーの低い声が響いた。

「キミは外科医だ。驚かないだろうから、解体工場も見せてあげよう」

コミッショナーに指図されるまま、嵩男は車椅子を押してさらなる奥へと進んだ。白衣の男が先回りして赤い扉の前で待っていた。再び、扉を開ける煩雑な作業を代行した。

赤い扉の右手に、さきほどとよく似たガラス窓が現れた。嵩男が覗き込んだ窓の向こう側は、医学部の解剖室によく似ていた。床には排水溝が幾筋も刻まれ、ステンレス製の解剖台が五つ、整然と並んでいる。解剖台のそれぞれの脇にはステンレスのテーブル。その上に解剖用メス、鋏、脳刀、電動ノコギリといった器具と金属製の秤、ホルマリンが入っていると思われる瓶が見えた。

嵩男の目は最も奥まった一角にある解剖台へと吸い寄せられた。緑色の手術着を纏い、その上からビニールの大きな白いエプロンをかけたスタッフが三人、解剖台に載せた〝物体〟に向かって作業している最中だった。ちょうどそのとき、一人が〝物体〟から両手で塊のようなものをすくい上げ、ステンレスのトレイに移した。

トレイに目を据えた嵩男は、胸がどきんとした。あれはヒトの心臓ではないだろうか？

手術着姿のスタッフはナイフと鋏を使って心臓らしき塊を切り開き始めた。右心房、右心室、と次々に切り分け、動脈を輪切りにしていった。その向かいで、別のスタッフが解剖台の上の〝物体〟から肺の片方らしきものを取り出した。解剖台脇のテーブルに移動して秤に載せ、中腰で熱心に観察し始めた。

一方、最後の一人は一心不乱の様子でノコギリを使っていた。頭蓋骨の上半分を外して脳を露出させる作業に取り掛かっているようだ。

「キミは人間の身体が医療用の部品《パーツ》としてすでに切り売りされているのを知っているかね？」

コミッショナーに突然話しかけられて、嵩男は振り返った。

「日本ではまだ、培養皮膚や骨の再生に関する〝開発〟を行う会社が二十数社あるだけだ。一方、アメリカでは人体部品関連のバイオベンチャー企業がすでに一千社以上あるといわれている。そのうち数十社はナスダック市場に上場している。儲かるビジネスなのだ。アメリカではヒトの身体はいまや商品だ。パーツごとに値段の相場もある。心臓弁が七千ドル、アキレス腱が二千五百ドル、血管が三千ドルだ。ある機関はカタログ販売までしている。インターネットで誰でも、リストを見ることができる。〝喫煙男性の肺の腺ガンの細胞〟が二百八十三ドルで売り出されているのだ、今日現在。これを高い、あるいは安いと思うかね？」

答えようもなく、嵩男はコミッショナーの表情のない顔を黙って見つめた。

「しかし、困ったことに、我々日本の研究者がそうしたものを手に入れようとすると、ライセンス料や輸送費などで法外な金額を支払わされるのだよ。毛状細胞白血病の患者の血液から発見された特殊な細胞株には特許が認められ、製品化する権利として千五百万ドルも支払われたそうだ。血液の出所の患者ではなく、血液を採取して特許を申請した医者に。こうなると、もはや、何でもありだ。人体でどう儲けられるかに、世界中の研究者の目が向いている。……問題なのは、アメリカ人が特許を独占してしまったせいで、日本で最先端医療の研究に支障が生じるという事態が進行していることだ。研究に欠かせない〝人体部品〟の調達が容易ではなくなっている。そのようなわけで、我々がこの工場で行っている〝生産活動〟は、日本の医療の将来にささやかではあるが、貢献することになろう。何よりいいのは、〝原材料〟となる部品《パーツ》の出所が、殺されて当然の悪人の死体だということだ。善良な人々の病気治療に役立てられて、悪人も浮かばれるだろう」

　嵩男は問いを放った。コミッショナーの目を真っ直ぐ見つめて。

「依頼されて私が殺したターゲットの中にも、ここに運び込まれたケースがあるんですね？」

「ある。例えば、青木ヶ原樹海に放置された〈近田《ちかだ》産婦人科医院〉の院長だ。〝回収チーム〟が出向き、ここに運んだ。パーツの中でも特に、肺は興味深かった。ヘビースモーカーだったようで、非常に汚れていた。医者の不養生とはよく言ったものだ」

次の刹那、それまで無表情だったコミッショナーの顔に冥い笑いが浮かんだ。

「近田だけではない。奥の保管庫に私の兄の骨や皮膚組織もある。売れ残りを臓器担保屋から返却された椙山絵麻の遺体の一部も」

嵩男は憎悪の眼差しを車椅子の老人に打ち込んだ。

クリニックに戻ってくれ、とコミッショナーに命じられた嵩男は、建物の中を言われるままに移動した。何枚もの扉を通ったが、そのたびに、扉の手前に白衣を着た男たちが待ち構えていてバイオメトリクスの手続きを行った。老人がここで特別な存在なのだと、嵩男は嫌でも実感させられた。

やっと辿り着いたクリニック三階の入院病棟では、エレベーターの前で中年の女性看護師が出迎えた。そうして、奥まった貴賓室に案内した。

コミッショナーは部屋に入るなり、車椅子から立ち上がった。自分でスタスタ歩いてベッドに移った。それを見て、嵩男は目を丸くした。そういえば、移植を受けて三週間になるのだ。もう、散歩できるころだ。わざと車椅子を押させて、こちらの態度をテストしたのだろうか？

個室の扉をきちっと閉めて、看護師が部屋から出ていった。嵩男は壁を背にして立ち尽くした。

所在なく視線を窓に流した。夕日が眩しくて、嵩男は目を細くした。朝十時に建物に入り、ずっと地下にいたのだ。やっと日の光を浴びることができる地上に戻ったのだと気づき、少しほっとした。

傾斜をつけたベッドの背にもたれ掛かり、腹の上で手を組んで、コミッショナーがくつろいだ様子で切り出した。

「最近、おもしろい新聞記事を読んだ。ある産婦人科開業医へのインタビューだ」

コミッショナーの右手の中指に風変わりな指輪があることに、嵩男は目を留めた。指輪には石ではなく、青い文字盤の時計がはめ込んである。その時計にやけに厚みがある。文字盤の下に何か仕込んであるのかな、と嵩男はなんとなく考えた。

「産婦人科医のコメントはこうだ。〝患者の要望に応じるために、ときには禁じ手も使う。血筋を絶やしたくない家族のために、舅の精子を使って嫁に体外受精を実施したこともある〟と。……馬鹿げていると思わんか？　産婦人科医の手を借りる必要などないのに。田舎では大昔から、アナログな方法で同じことをやってきたのだ。嫁が舅と一つの布団に入るのだ。かく言うこの私も、そのようにしてこの世に生を受けた」

コミッショナーは淡々と話し始めた。

名和家は東北の旧家だ。跡継ぎの一人息子があるとき、事故で下半身不随になった。一族は相談のうえ、新婚の嫁を舅の寝室で寝かせた。嫁は妊娠した。生まれてきたのは男の子の双子だった。念願の跡取りはできたが、将来の相続争いを恐れ、一族は後から生まれた赤ん坊を養子に出した。

双子の兄弟は別々の人生を歩んだ。兄の潤造は名門、黎明大学医学部の脳外科教授となった。働き盛りの四十八歳のとき、患者の妻とスキャンダルを起こし、大学を追放された。そののち、鳥取でひっそり暮らした。

一方、弟の善衛は養父の仕事の関係でアメリカに渡った。プリンストン大学に学び、細胞生物学者になった。帰国したのは、いまから十三年前だ。生まれてから一度も会ったことがない兄の行方を捜し出し、二人でときどき会うようになった……。

「移植は兄から言い出したのだ。〝私たちは元々一つの受精卵だった。元の形に戻ろう〟と。一卵性双生児間の臓器移植は、拒絶反応が起きない〝移植の例外〟だ。それを利用しないのはもったいない、と言った。兄は私と違ってセンチメンタルな男だったから、こんなことも口にした。〝私の二つの腎臓は、私の魂とともにお前の中で生き続ける。お前が残りの人生で意味あることを成し遂げるように見守る。役に立つ男も残していこう。見所がある優秀な教え子で、愛すべき男だ。彼を後継者として育ててほしい〟と」

胸が詰まり、嵩男の目に涙が込み上げた。

「〈セラー〉のアイデアは、細胞生物学者であり、一卵性双生児として生まれた私でなくては思いつかなかっただろう。〈セラー〉が稼働し始めるのと前後して、こうして私自身、臓器の提供を受けることになろうとは思ってもみなかったが。兄の善意で、私は拒絶反応の全くない移植を受けられた。普通の人たちはそうはいかない。免疫の壁を乗り越えるのは大変だ。拒絶反応を抑える薬が開発されているが、きつい副作用を覚悟しなくてはならない。たった数年、命を延長するために、苦しみ抜いて終わるケースも少なくないのだ」

コミッショナーはゆったりとした動作で両手を頭の後ろに回して組んだ。

「全ての人に一卵性双生児の兄弟がいてくれたら便利だ。しかし、そんなことは無理だ。では、臓器を提供する究極のリザーブとなるものを科学の力で作り出せないだろうか？　不可能ではない。自分の皮膚細胞を培養してクローン臓器を作るのだ。いまはまだできないが、未来の社会では可能だ。いま現在、すでに、ヒトのクローン胚から胚性幹細胞（ES細胞）を作製できると実証されている。このテクノロジーを発展させることで、移植用の臓器を作り出すことも、クローン人間を誕生させることも可能だ。……クローン人間を作ることは、ナンセンスだと私は思っている。しかし、将来、重大な病を患ったときに人体を〝修繕〟するためのスペアパーツを誰もが持てる日が来る。そのような考えには、強く興味を惹かれる。生まれてくる子供の万が一に備えて、親が予め、将来、臓器に変化し得るリザーブ細胞を用意しておくのだ。親から子供への究極の愛のプレゼントとして」

眼鏡の縁の上で眉をくいっと揺らすと同時に、コミッショナーは顔を翳らせた。

「だが、それはまだずっと先の話だ。現実は悲惨だ。脳死による臓器移植は、日本では惨憎たるものだ。生体による肝臓・腎臓移植が身内の善意でなんとか行われているのが現状だ。重い心臓の病気などで移植を待つ患者を、我々の社会は見殺しにしている。欧米ではどうだろうか？　日本よりまし、というだけだ。全世界でドナー不足という状況は当分続くだろう。カネがある患者は、いわく付きの臓器を買うしかない。〝レディ・タイガー〟のような連中の商売が繁盛するわけだ。……彼らは貧しい親から子供を買い取る。レシピエントの組織適合抗原型に合わせた人間を病院経由で調達する。そんなことまでやるのだ。許せるかね？」

嵩男が黙っていると、コミッショナーが焦れったそうに言った。

「臓器狩りは海外での話。キミはそう思っているな？　これからは、そうでもないかもしれないぞ。最近、気になることがあるのだ。日本小児科学会が〝十五歳未満でも、ある程度の年齢の子供がドナーとなる脳死臓器移植を容認する〟と発表した。続いて、日本移植学会も、これまで家族や血縁者間に限っていた生体移植を〝親族以外の第三者からも提供を認める〟との改正案を発表した。年齢を問わず、遺族の承認だけで臓器提供を可能にしよう、という政治的な動きもある。……これらは新聞での記事の扱いは小さいが、大きな出来事だ。風向きが変わったのだ。移植しか道のない重病の子供を抱える親にとっては朗報だ。しかし、私は危険だと考える。〝子供の身体から臓器を摘出するのが当たり前〟という認識が社会に広まったら、どうなるかね？　子供の身体に〝ドナーとしての商品価値がある〟と知ってしまった大人たちは、悪しきことを考えないだろうか？　カネのために子供を誘拐しよう、あるいは、売ろう、と。それに付け込んで商売を企む悪党どもがきっと現れる。〝レディ・タイガー〟の後継者たちだ」

「誰もが〝悪しき者〟になり得る、とコミッショナーは考えておられるのですね？　そうだとしたら、〈セルズ〉がいくら頑張って悪人退治をしても、追いつかないのではありませんか？」

嵩男の問いかけに、コミッショナーがキラリと目を光らせた。

「まさにそのとおりだ。キリのない闘いとなるだろう。しかし、我々は負ける闘いや道楽をやるつもりはない。我々には〈ファーム〉がある。〈ファーム〉ではすでに、再生医療の将来を担う最先端の研究を始めている。〝人の生と死〟を〈ファーム〉と〈セラー〉が車の両輪として研究していく。そこに我々の強みがある。医療の未来に貢献するために、社会を浄化するために、悪しき者たちとの闘いを勝ち抜く戦術を生み出すために、〈セルズ〉は活動を続けるのだ。……そのような理念に賛同して、梶睦子君は〈ファーム〉のデザイナーベビー製作実験に協力してくれた」

睦子は喜んで協力したわけではない。弱みを握られて断れなかったのだ、と反論しかけたが、嵩男はことばをぐっと喉の奥に呑み込んだ。

「キミも知ってのとおり、再生医療は未来の輝ける星だ」

と一呼吸ののち、コミッショナーがそれまで以上に饒舌に喋り始めた。

患者一人ひとりに適合するテーラーメイドのES細胞を作製し、治療に使う。そうした手法を取り入れた治療がすでに始まっている分野がある。例えば、中絶胎児の細胞をパーキンソン病患者に移植する治療方法は顕著な効果が確認されている。重症の心不全患者への、自己骨格筋から分離培養した筋芽細胞による細胞移植〝心筋細胞移植〟もフランスとアメリカで臨床試験として実施されている。

また、患者自身の骨髄に含まれる〝間葉系幹細胞〟を用いた治療が日本で始まっている。再生培養骨による変形性関節症、関節リウマチの治療が大学病院で行われている。培養した幹細胞の移植で拡張型心筋症が改善した、という症例も報告されている。さらに、倫理が問われるヒトクローン胚由来のES細胞に代わるものとして、〝体性幹細胞〟からES細胞と同じ働きをする細胞を作り出す手法が研究されている。

「再生医療は〝全世界で五十兆円マーケット〟と言われており、各国で関心が高い。欧米では大学と関係のあるバイオベンチャーが製薬会社と大学との橋渡しをしている。我々はそういう役目も果たすつもりだ。黎明大学医学部と連携するのだよ。だからこそ、黎明の大学病院の地下に秘密の最先端研究施設〈ファーム〉を建設したのだ。我々の仲間を大学病院に送り込み、病院建て替え計画と同時に進めてきたプロジェクトなのだ」

我々の組織の可能性は無限だ。キミにもぜひ、〈セルズ〉に加わってもらいたい。キミのように有能な人材に将来、組織を受け継いでもらいたいと希望している。兄、名和潤造の遺言でもある、とコミッショナーは長い話を締め括った。

嵩男はつかの間、足元の床を見つめて思案に引き込まれた。

この道の先に何が待っているのだろうか。まともな神経では耐えられないような事態に直面するかもしれない、という気がした。ひしひしと。

何もかも投げ出してしまいたい。終わりにするのは簡単だ。そんな投げやりな考えが脳裡を横切った。しかし、一方で、祖母の声がささやきかけてきた。

「〝北しぶき（冬に北から吹き付ける風雨、という意味の雨言葉）〟をやり過ごすんだよ。知恵と忍耐力を身につけなさい」

嵩男はくいっと顔を上げた。つかつかとベッドに歩み寄り、コミッショナーの目の奥を一心に見つめた。

「細胞生物学の観点から考えてみてください。この私は〝未分化な幹細胞〟と同様の存在ではありませんか？」

嵩男のことばが意外だったらしく、コミッショナーの瞳がゆらりと動いた。

「再生医療の研究における現時点での最大の問題点は、希望の星である幹細胞の〝振る舞い〟を予知・制御できないことです。幹細胞は、移植されたのち、母屋であるホストを食い殺すことも考えられます。ガン細胞に変化し、増殖して、手がつけられなくなるかもしれない。逆に生着しないかもしれませんよ。多能かつ多彩な活躍を期待されているが、本当の能力は未知数です。いまのところコントロール不可能な幹細胞、つまりこの私を〈セルズ〉は受け入れるのですか？」

「ほう、おもしろいことを言うな。そのような踏み込んだ考え方ができる人間を、我々は求めているのだ」

　瞳をきらめかせて、コミッショナーは嵩男を見つめ返した。

「細胞《セル》はどんなに小さくとも、複雑かつ高性能だ。複雑さこそが、生き抜くための生命線なのだ。複雑、混沌。それこそが、進化を遂げる原動力となるはずだ。キミのような挑発的な男が入ることで崩壊するほど、我々の組織は脆くないぞ。いいだろう、進化させてみなさい。そのとき、キミは〈セルズ〉の支配者となるだろう」

一晩だけ、考える時間をください、と嵩男は精一杯に虚勢を張って頼んだ。

　夕食の後で嵩男が連れていかれたのは、クリニック一階の奥まった個室だった。窓がなく、ベッドと簡易トイレが置いてある狭苦しいその部屋は、錯乱状態の患者を一時的に収容する場所と想像された。〈セルズ〉の独房《セル》か、とつぶやいて、嵩男はベッドにごろりと横たわった。

　いまになって考えてみると、おやっと思うことはいくつかあった。

カネ次第ででっち上げの鑑定書を書くらしい、と横倉は浦野玲哉の噂を口にした。あんたもそういう依頼をしたクチか、と突っ込んだ嵩男に〝会ったこともない〟と否定した。あれはあまりにも素早い、不自然な反応だった。

昨年の十一月、しばらくぶりに電話で話をしたとき、いつもなら口が悪い梶睦子がやけにしんみりとして、励ます口調で言った。〝何があっても、挫けちゃダメ。どうか、元気でいてね〟と。

レディ・タイガーは嵩男に言った。〝いま、あなたが属している組織の四倍、ギャラを出す〟と。俺は組織なんかに属していないと言い返した嵩男を〝何を馬鹿なこと言ってるんだか〟とせせら笑った。

そして、いまから三週間前だ。このクリニックの地下で目を覚ます直前に嵩男がみていたのは、歯科治療を受けるという悪夢だった。意識を取り戻したとき、口の中でしょっぱい血の味を感じた。にもかかわらず、さきほど告げられるまで、金属を被せられたと気づかなかったとは……。

目は開いていたが、真実は何一つ見えていなかったようだ。

嵩男はなおも考え込んだ。いま、わかっているのは、この組織がユニークかつ合理的な思考を行うトップによって運営されている、ということだ。嵩男が舌を巻いたのは〝悪人の死体を医療用の部品としてリサイクルする〟という発想だ。犯罪者が最も難儀するのは、人殺しを実行することではない。死体の処理をどうするかなのだ。殺人の物証となりうる厄介な死体を、〈セルズ〉はリサイクルして医療用部品に再生し、医療の現場にフィードバックさせるという。その発想の素晴らしさに、嵩男の心は大いに惹きつけられる。だが……。

〈セルズ〉がどの程度巨大な組織かわからないことが、何よりも嵩男を不安にさせているのだった。

考えは纏まらず、決断できずに二時間が過ぎた。突然、外からドアを開けて横倉が顔を覗かせた。

「思索の最中に悪いんだけど。ちょっと来てもらえないかな」

患者が一人、睦子さんの診察を受けているが、様子が変だ。包丁を見せて、ひどく取り乱している。睦子さんが折さんに助けを求めているんだよ、と横倉が早口で告げた。

嵩男は弾かれたように立ち上がった。廊下に飛び出し、十メートルほど走って睦子の部屋を見つけた。追いかけてきた横倉から差し出された白衣を引ったくり、袖を通しながら診察室に飛び込んだ。

「百パーセント安全だと医者は言ったのに、死なせてしまうなんて。伸一はまだ二十二歳だったんです。許せない！」

六十代らしき年齢の小柄な女性がかん高い声を張り上げて暴れていた。ウイッグが睟ま

で ずり落ちるのも構わず、手足をバタバタさせて。

睦子と若い男性看護師が女を両側から押さえ付けようとして手間取っていた。その足元の床に刺し身包丁が落ちていた。

何とかしてよ、と睦子が嵩男に目でサインを送ってきた。嵩男は女に歩み寄った。両手を広げ、真正面からガバと女を抱き締めた。

「もう大丈夫です。力になりますから。肩の力を抜いて、手を私の首に回しなさい。さあ！」

女は睦子と看護師の腕を振りほどいた。嵩男の首っ玉に抱き着いて、わっと泣き出した。

五分ほど経ってやっと、女は嵩男に事情を語り始めた。

狭心症だと診断された孫が二週間前、黎明大学医学部付属病院で〝心臓カテーテル検査・冠動脈形成術〟を受け、その最中に死んだ。担当したのは第二外科所属の中年の心臓外科医だった。大腿動脈から冠動脈にカテーテルを到達させる過程で動脈を破るミスを犯し、出血させたのが原因だ、とあっさり認めた。

家族は病院に抗議した。すると、医局の教授の部屋に呼び付けられた。〝あんたの孫の心臓が不出来だったのが、そもそもの原因だ。性の悪い動脈で、てこずらされた。文句を言うのは筋違いだ〟といきなり教授に怒鳴られた。〝医療訴訟など起こしても無駄だ。黎明の心臓外科はいままで一度も裁判で負けたことがない〟と最後は恫喝された。

「担当医よりも、暴言を吐いた教授が許せない。教授を刺して、自決してやるわ！」

女は再び泣き崩れた。

またやったのか、と嵩男は思った。心臓外科は、名門、黎明大学医学部の恥部だ。執刀ミス、患者取り違え、輸血ミス、麻酔ミス、装置の取り扱い事故など、ありとあらゆる医療ミスで患者を殺している。二十年以上にわたって。

問題は医局の体質だ。黎明の大看板に騙されて全国から患者が集まってくる。それを自分たちが偉いからだと勘違いしている。新たに入局する若い医者も、そんな雰囲気に染まって腕を磨く努力をしない。新人でもできて当然の、足から静脈グラフトを採ることすら、まともにできない。

素人同然の心臓外科医が、文句を言いそうにない患者を選んで実験台にしている。それが、医療関係者の間で有名な〝黎明の心臓外科の真実〟なのである。

睦子の患者、田原喜久江《たはらきくえ》は、そんなこととも知らず、黎明大学医学部の看板を信じて孫を付属病院に行かせてしまった。この検査のエキスパートがいる循環器内科ではなく、運悪く、心臓外科を受診してしまったようだ。

「睦子先生に相談すればよかった。黎明の心臓外科は危ないと事前に知っていたら……。私、これからあの教授を殺して、伸一のところに行きます。その前に、睦子先生に覚悟を聞いてほしかったんです」

田原喜久江は長く尾を引くかん高い声をあげて泣いた。

嵩男は睦子に眼差しを向けた。わかっているでしょう、と言いたげに、睦子も嵩男を一心に見つめ返してきた。

苦いものが喉の奥からじわじわ込み上げた。嵩男はぐっと唾を飲んだ。

力になれるとわかっているのに、目の前のこの女を見捨てられるだろうか？　いや、できない！

これが俺の宿命なんだな、と嵩男は強く意識した。とっさに天井を仰ぎ、深呼吸した。

胸を焼かれる想いで、嵩男は心を決めた。くぐもった低い声で、しかしきっぱりと、睦子の患者に告げた。

「刺し違えるなんて、やめなさい。教授に天罰を下す別の方法を、私が考えてあげますから」

その晩、嵩男は〈セルズ〉のメンバーになると誓う書類にサインした。

真新しいダークスーツにブルーのドレスシャツ、ドット模様の紺色のネクタイをきりりと締めた嵩男が〈小石川パナケイア・クリニック〉地下五階でエレベーターを降りたのは、三日後のことだった。

〈セラー〉のカンファレンス・ルームでは、楕円形のテーブルにすでに年配の男たちが十人、着席していた。〈小石川パナケイア・クリニック〉の院長と〈セラー〉の所長を兼務する忽滑谷が初めに短いことばで嵩男を紹介した。続いて、その日の議題である〝黎明大学医学部心臓外科教授、中江《なかえ》功成《こうせい》を抹殺する案件〟についての検討会が始まった。

二十分ほど経過したとき、意見を求められて嵩男が立ち上がった。嵩男はまず、その場の全員の顔をひとわたり、ぐるっと眺め回した。

「黎明大学医学部と付属病院には変わってもらわなくてはなりません。それには〝黎明の恥部〟と呼ばれてきた心臓外科の解体が避けて通れない道であると、私は考えます。中江教授には〝失踪〟していただきます。同時に、学内に潜入しているメンバーの方々に動いていただき、助教授以下医局員を全員、追放します。新しい心臓外科医は、学外と海外から引き抜きます。それについては、忽滑谷所長のルートを使うのが賢明かと思います」

「具体的な抹殺の方法について話したまえ」

と忽滑谷が命じた。わざと一拍置き、嵩男は低い声を響かせた。

「〝悪しき者に相応の死を〟です。黎明大学医学部の外科に所属した者は全員、義務として応じるように言われているにもかかわらず、教授連中は過去に数人しかやったことがない〝献体〟をさせるのです」

嵩男は計画の概要を語った。まず、横浜に住まわせている若い愛人のマンションに向かう途中で教授を誘拐して〈セラー〉に運び込む。そして、〝生体のまま〟解剖する。その一部始終をスタッフに見学させる。いい教育になるはずだ。

もちろん、心停止後は、解体して臓器などをリサイクルする。生前、世の中に害を撒き散らした中江功成は死んで初めて、医学の発展に貢献するのですよ、と嵩男は皮肉たっぷりの口調で告げた。

ターゲットをこの建物まで運び込むアイデアも、嵩男は提案した。運搬には民間の患者移送会社の搬送車を装った車輛を使うのだ。万が一の検問対策として。アクリル板で外部と遮断される〝空気浄化装置付きカプセル型担架〟を活用してもいい。SARSなどの感染症の疑いがある患者を搬送中だ、と偽るのである。

さらに具体的な誘拐のプランを簡潔に告げて、嵩男はプレゼンテーションを終えた。

忽滑谷が幹部の顔を次々に見た。その場の全員が一斉に立ち上がり、一人ずつ嵩男に歩み寄ってきて握手を求めた。最後に忽滑谷が嵩男の肩にポンと手を置いた。

「キミは今日からチームリーダーだ。一カ月をメドに実行してくれたまえ。おめでとう。我らの組織にようこそ」

カンファレンス・ルームの外に出た嵩男は、杖を支えに後ろ向きに立っている白衣を着た老人がいることに気づいた。

禿げ頭でコミッショナーだとすぐにわかった。カンファレンス・ルームの出入り口の真正面の壁に掛かっている写真パネルを、コミッショナーはじいっと見つめていた。縦二メートル、横一メートルほどの大きさの写真パネルに写っているのは、艶やかな紅色の花をたわわに付けた花海棠だ。背景に赤い煉瓦造りの建物と池が見える。建て替え前の黎明大学医学部付属病院の中庭にあった花海棠の樹だな、と嵩男は思った。

それは、晴れた日に撮影された写真ではなかった。たっぷり雨に濡れて、花海棠はしどけなく佇んでいた。飾りらしきものが何一つ見当たらない地下の秘密のフロアの壁に、この写真だけ一枚、パネルになって掛かっているのはなぜだろう、と嵩男は首を傾げた。

気配に気づいたらしく、コミッショナーが振り返った。たったいままでパネルに見入っていたその目に、うっすらと涙が滲んでいた。

「人付き合いが苦手かと心配していたが、キミは人の心を摑むのが上手だな。実に素晴らしいプレゼンテーションだった」

コミッショナーは目の下を右手でそっと拭った。その中指に時計付きの指輪をはめていた。青い文字盤の下に何か仕込んでありそうな、やけに厚みがある、あの風変わりな指輪だ。

「キミは未知の可能性を秘めた男だ。私が期待したとおり、見所があるな」

ありがとうございます、と言いかけて、嵩男はギョッとした。息が止まるかと思った。

コミッショナーは〝私が期待したとおり、見所がある〟と言ったのだ。そんなことがあり得るだろうか？　まさか！

嵩男はあらためて、コミッショナーの右手の時計付き指輪に視線を滑らせた。鳥取の浦富海岸にほど近い古い家の和室で、入山瀬千代乃が名和潤造について語ったことばが耳の中で鳴り響いた。

「あの人はさっき急に、〝生きているうちにお前の髪の毛がほしい〟なんて言い出したのよ。耳の横のここを、ほら、二センチだけ切って渡してあげたわ。あの人は、肌身離さずこれを持って後を追うんだって言ったわ……」

胸に動悸を覚えた。嵩男は懸命に考えを巡らせた。

目に見えるものが真実だとは限らない。これが真相だと告げられたウラにさらに秘密があっても不思議ではない。複雑で混沌としているという〈セルズ〉。その最高幹部であるコミッショナーは何者なのか。別人だと思っていたが、そうでないとしたら……。

また会おう、と言い残してコミッショナーが踵を返した。白い廊下を去っていくひ弱そうなその背中に、嵩男はとっさに呼びかけた。

「教えてください。〈セラー〉には入山瀬千代乃さんの遺体のパーツも保管されているんですか？」

コミッショナーが立ち止まり、ぎこちなく振り向いた。

「兄の愛人の遺体は夫に返した。そのようにする契約だった、と報告を受けているが」

「遺髪は？」

と嵩男が食い下がった。

「彼女は死ぬ直前、右耳の横の髪を二センチだけ切って、愛する人に渡したんです。この施設のどこかに、その遺髪があるのではないですか？　例えば、あなたのその右手の指輪です。時計の文字盤の下に、遺髪が仕込んであるのでは？」

コミッショナーが息を呑んだのを、嵩男は見逃さなかった。

「キミは何か勘違いしているようだな。双子の兄の愛人の遺髪を、この私が供養する義務はない。会ったこともない女なのだから」

不愉快そうに言い放ち、再び立ち去りかけたコミッショナーに、嵩男はさらなることばを浴びせかけた。

「ここでの最初の仕事が片付いたら、ご褒美に食事をおごってください」

図々しい男だな、と言いたげな大きなため息とともに、コミッショナーが振り返った。

「いいだろう。歓迎会をしてあげよう。何を食べたいかね？　フレンチ、中華、寿司？」

「あなたがお好きな焼き肉を。電気メスの思い出の焼き肉です」

息が詰まるような一瞬ののち、コミッショナーが何か言いかけた。しかし、すぐさま後悔の色を瞳にありありと滲ませて、すっと顔を背けた。

コミッショナーは無言で立ち去った。杖で身体を支えて、とぼとぼと。

その姿がエレベーターの中に吸い込まれて見えなくなるまで、嵩男は見送った。胸の奥で決意をつぶやきながら。

納得できないことをするつもりはない。いままでもそうだったが、これからも。飼い馴らされるつもりもない。ここで当面すべきことを、自分のペースでやるだけだ。コミッショナーの正体を暴き、睦子の子供たちの行方を捜し出す日まで、この裏の世界できっと生き延びてやる！

半身で振り返り、嵩男は写真パネルにもう一度、目をやった。雨に濡れて佇む美女を思わせる海棠の花に、しばし見とれた。可憐な少女のように頬を染めて微笑む入山瀬千代乃の和服姿がいまにも樹の下に見えそうな気がして、胸がいっぱいになった。

耳の中で雨の音が聴こえてきた。ひたひたという足音にも似たその音に導かれるかのように、嵩男はキッと顔を上げて、大股で廊下を歩き始めた。

# 『あまんじゃく』メイキング——後書きにかえて

一九九八年の初夏、東京都内の総合病院で、私は不思議な光景を二度にわたって見かけました。

最初は、重篤な状態で入院中の膠原病患者に向かって、看護師が慰める口調で話しかけていました。

「膠原病はガンよりマシですよ。〝ガンは死刑、膠原病は終身刑〟って言いますから」

翌週、その看護師と一緒に病棟を回診中の外科医がガン患者にこう告げていたのです。

「ガンだからって、悲観することはないですよ。〝ガンは死刑、膠原病は終身刑〟ってことばがあるくらいで、どちらも苦しいものだけど、長患いするほうが辛いですよ」

この出来事の記憶は、私の胸の奥深いところに居座りました。表面的には親切そうに医療関係者から発せられたことばでしたが、それを口にしたとき、特に外科医が口許に浮かべた優越感めいた薄笑いが脳裡を離れなかったからです。

〝ガンは死刑、膠原病は終身刑〟という偏見を多分に含んだ残酷なことばが医療現場でかなり広く使われているらしいと知ったとき、私は医療の問題に強く興味を抱きました。自分なりに調べてみると、大学病院を中心として多くの医師に、患者を見下し、支配しようとする〝家長主義《パターナリズム》〟という考え方が浸透しているとわかりました。そして、それこそが、医療ミスをはじめとするさまざまな医療の問題の根源ではないのか、という考えを持つようになったのです。

会社経営の傍ら、その数年前からコツコツと小説修行をしていた私は、この問題に本格的に取り組み、世に問うべきだと直感しました。調査を続行し、そのうえで誕生させたのが、元外科医の殺し屋、折壁嵩男《おりかべたかお》とエージェントの横倉義實《よこくらよしみ》弁護士というキャラクターでした。

殺し屋になって間もない折壁嵩男と美貌の末期ガン患者との〝道行《みちゆき》〟を描いた「患者と殺し屋」（未発表作品）を書き上げたのは、一九九九年のことです。元同僚の変死のきっかけとなった大学病院でのDOT事件、旧友に行った慈悲殺事件という二つの回想を含むこの中篇は、百三十八枚という中途半端な枚数だったせいで新人賞に応募することもできず、習作で終わりました。しかし、折壁嵩男と横倉義實を活躍させることで医療の問題に斬り込める、という手応えは十分に感じました。同時に、私の中では、一冊の長篇でも終わらない長い物語の構想が次第に膨らんでいきました。それは、本作『あまんじゃく』の第四話、第五話、第七話、第八話、第九話、第十話、さらにその続篇となる物語のプロットでした。

このうちまず、作品の核となる、本作の第九話にあたる短篇を書き上げました。「海棠の花が散るまでに」と題したこの作品は、その後、世に出る機会を掴みかけましたが、果たせませんでした。

紆余曲折ののち、「海棠の花が散るまでに」はラッキーな経緯で早川書房《ミステリマガジン》の今井進編集長に読んでいただくことになりました。数日後、今井編集長から電話があり、〝折壁嵩男を主人公として、医療の問題を扱う、骨太な社会派サスペンスの連作短篇を十話書けるなら、採用を検討する〟と言っていただきました。ただし、《ミステリマガジン》創刊以来、新人を連作で登用してデビューさせるのは初めてなので、それなりのクオリティが達成されたら、という条件付きでした。

ちなみに、そのとき提示された〝クオリティ〟とは、〝月並みな殺しの手口でないこと〟〝ヘンリイ・スレッサーの作品に匹敵する意外な結末で読者を唸らせること〟〝エラリイ・クイーンの小説を読んで目の肥えた読者を納得させられる、上質な作品であること〟でした。

第一話「コンプライアンス」が《ミステリマガジン》に掲載されて連作短篇『あまんじゃく』がスタートしたのは、それから九カ月後、二〇〇二年のクリスマスのことだったのです。

元外科医の折壁嵩男が医療の闇と社会の悪を斬るクライム・サスペンス、『あまんじゃく』はフィクションです。登場する人物、団体は全て架空のものです。しかしながら、ここに描かれている医療の問題はほぼ全て、実際に起きています。〝自分の症例研究に加えたい、という利己的な理由で患者を言いくるめて実験台にする医者〟〝患者は馬鹿だから、どうせ説明してもわかりっこない、と思っている医者〟〝末期ガンを告知した患者が二度と外来に来なくなっても気にも留めない医者〟は実在します。非常に数多く。本文中にも書いたとおり、医者が他のどんな職業よりも人の命を大切に思っているはずだ、というのは、私たちの幻想に過ぎないのです。

そう断言できるのは、本作執筆にあたって事前にできうる限りの調査を行うことで確信を得たからです。現代医療が抱える深刻な問題を〝いまそこにある危機〟として読者に実感していただくために、あるいは、再生医療や生殖医療に纏わる最先端のトピックスも取り込むために、必要と思われる文献、二百二十冊（うち八割は医学専門書）を読みました（主なもの七十一冊を巻末に記しております）。また、複数の医療関係者から情報をいただきました。

これらのデータは単行本刊行直前の二〇〇四年八月上旬までのものであることを、あらかじめお断りしておきます。

参考文献の中でも、『雨のことば辞典』（倉嶋厚監修／講談社）は私の愛読書です。そして、本作の題名〝あまんじゃく〟の出典でもあります。〝旅先などでよく雨に降られる人、あるいは雨が好きな人〟という意味で、〝あまのじゃく（わざと逆らう人）〟のニュアンスも含むというこの群馬県勢多地方の方言は、主人公、折壁嵩男の性格にぴったりだと感じました。加えて、四十歳を過ぎてから雨模様が続いている嵩男の人生を象徴的に暗示することばでもあると思い、決めました。

また、『雨のことば辞典』から学んださまざまな雨言葉により、本作に叙情的なテーストが加わったことも、一言、書き記しておきたいと思います。

ところで、この作品が出来上がるまで多くの方々にお力添えをいただきました。この場を借りて感謝を申し上げたいと思います。

まず、原稿全十話を医療面から細かくチェックしてくださった現役医師、X氏に心からお礼を申し上げます。

海外留学の経験があり、研究・臨床の経験がともに豊かな優れた現役医師、X氏には、本名を明かさないという約束で原稿チェックを引き受けていただきました。医療の裏側を扱っているこのような作品に助言している、と所属している組織に知られることにより、何らかの不利益が降りかかると予想されるからです。X氏が本名を載せられないことこそ、日本の現代医療の体質を如実に物語っているのではないでしょうか。

第五話では、医療訴訟に関する法律面での原稿チェックを、医療訴訟に詳しい山元眞士弁護士にお願いしました。深く感謝申し上げます。

掲載・出版のチャンスを与えてくださった版元、早川書房さんには格別のお礼を申し上げます。雑誌掲載の途中、励ましてくださった橋野紳一さん、何かとフォローしてくださった木全一喜さん、校閲、制作、販売などでお世話になった皆様方に心から感謝いたします。

また、雑誌連載時のミステリアスなイラストを本文扉に転用させてくださったミルヨウコさん、表紙カバーのデザインを引き受けてくださった大路浩実さんにお礼を申し上げたいと思います。

帯に推薦を賜りました宮部みゆきさんに心より感謝申し上げます。誠にありがとうございました。

雑誌連載中には、多くの方々から激励とアドバイスをいただきました。友人、知人、私を支えてくださる方々、読者、インターネット等で作品にコメントしてくださった皆さん。全員にお礼を申し上げます。

お励ましをいただいた、ということでは、松本道子さんに特別の感謝を捧げます。この十二年間、小説修行という、あてもない、心細い、長くて暗い道を、間違った方向へ迷い込まないように明かりを灯して導いてくださいました。本当にありがとうございました。

そして、《ミステリマガジン》編集長、今井進さんには、言い尽くせないほど感謝しております。折壁嵩男と藤村いずみを発掘し、水と養分を与え、磨きをかけ、最上級の装いを設えて世に出してくださいました。ご尽力を私は生涯、忘れません。

最後に、読者の皆さまにお願いがあります。本作は殺し屋が主人公の物語ではありますが、現代医療の問題点をとば口として社会に蔓延る悪を浮き彫りにすることにより、人の命を愛しみ、前向きに生きよう、と訴えたつもりです。ですから、この作品に登場するさまざまな薬（商品名ではなく、一般名で統一）や医療の手法を悪用して、自分、あるいは他人を傷つけることだけは、絶対にしないでください。

どうしても誰かを殺したいと切実に願っている人は、決して、ご自分でなさいませんように。殺しのプロ、折壁嵩男にお任せあれ。これからも、皆さまに成り代わり、悪を斬って参りますゆえ。

二〇〇四年八月

藤村いずみ

＊「『あまんじゃく』メイキング――後書きにかえて」は単行本に掲載されました。文庫化にあたり、再録いたしました。（編集部）

# 〈主な参考文献〉

『雨のことば辞典』倉嶋厚監修（講談社）

『今日の治療薬2003年版』水島裕編（南江堂）
『くすりの事典2002年版』小林輝明監修（成美堂出版）

《外科治療》第84巻・増刊「実践 外科基本手技アトラス」（永井書店）
『改訂第2版 乳がんカウンセリング』福富隆志著（南江堂）
『最新エビデンスに基づく乳がん診療ガイド』安達洋祐著（金原出版）
《日本医師会雑誌》第125巻第11号「特集 乳癌診断・治療の現状と展望」（日本医師会）
『科学的根拠に基づく乳がん診療ガイドライン作成に関する研究 平成14年度厚生労働科学研究費補助金医療技術評価総合研究事業（H14－医療－064）研究報告書』
《メディカル朝日》2001年6月号「原発性乳癌アジュバント療法の最前線（海外学会報告）」（朝日新聞社）
《メディカル朝日》2001年9月号「患者本位の、そして最先端の抗癌剤治療へ果敢に挑戦（「がん難民」のセカンドオピニオン・平岩正樹医師に聞く）」（朝日新聞社）
『法医学の新しい展開』石山昱夫監修／東京大学医学部法医学教室編集（サイエンス社）
『事例に学ぶ法医学』吉田謙一著（有斐閣）
《消化器外科》第23巻第1号「特集 炎症性腸疾患の重症度と治療方針」（へるす出版）
『新外科学体系 第23巻B 小腸・結腸の外科Ⅱ』（中山書店）
『鑑定からみた産科医療訴訟』我妻堯著（日本評論社）
『産婦人科医事紛争』近畿産科婦人科学会常任編集委員会編（知人社）
《患者のための医療》第1巻第2号（篠原出版新社）
《ジャミック ジャーナル》第22巻第9号「特集 医師が法廷に立つ時」（日本医療情報センター）
《メディカル朝日》2002年11月号「Safety management――医事紛争に学ぶ(2) 開業医に求められるものは何か（古川俊治・寺野彰対談）」（朝日新

聞社）
『痴呆症のすべて』平井俊策編（永井書店）
『薬の飲み合わせ なぜ起こる、どう防ぐ？』伊賀立二監修／澤田康文著（講談社）
『薬のあぶない飲み方・使い方』澤田康文著（講談社）
『第三版 急性中毒処置の手引』鵜飼卓監修／(財)日本中毒情報センター編集（薬業時報社）
《内科》第91巻第１号「特集 糖尿病」（南江堂）
《医学のあゆみ》第204巻第13号「生殖医療のすべて」堤治編（医歯薬出版）
『糖尿病の病態生理と診断・治療』菊池方利監修／荻原典和著（真興交易医書出版部）
『New Lecture３脳腫瘍 第２版』高倉公朋監修／山浦晶編集／松谷雅生著（篠原出版）
『脳腫瘍 その病理と臨床 第３版』佐野圭司・淺井昭雄著（医学書院）
『脳動脈瘤の手術』三宅悦夫編（金芳堂）
『脳外科の話』神保実著（筑摩書房）
『膠原病・血管炎の腎障害』長澤俊彦・二瓶宏・湯村和子編（東京医学社）
『カラーで見る 新・膠原病』竹原和彦・桑名正隆・宮地良樹編（診断と治療社）
『最新 膠原病・リウマチ学』宮坂信之編（朝倉書店）
『新版 膠原病を克服する』橋本博史著（保健同人社）
『新 これが腎移植です』太田和夫著（南江堂）
『腎移植患者のフォローアップ』高橋公太編（日本医学館）
『新外科学大系 第12巻 臓器移植』（中山書店）
《実験医学》第21巻第８号「再生医療へと動き始めた幹細胞研究の最先端」岡野栄之・中辻憲夫編（羊土社）
『ＱＤＴ別冊 インプラント上部構造の現在 ＰＡＲＴ３』（クインテッセンス出版）

『実録戦後殺人事件帳』（アスペクト）
『ザ・泥棒稼業』久保博司著（宝島社）
『最新 鍵開けマニュアル』鍵と錠の研究会（データハウス）
『子殺しの行動学』杉山幸丸著（講談社）
『増補新版 ザ・殺人術』ジョン・ミネリー著／富士碧訳（第三書館）
『ＳＡＳ・特殊部隊式 実戦格闘術ハンドブック』ロン・シリングフォード

著／柴田譲治訳（原書房）
『あなたが病院で「殺される」しくみ』古川利明著（第三書館）
『大学病院ってなんだ』毎日新聞科学部（新潮社）
『生体肝移植』後藤正治著（岩波書店）
『薬ミシュラン』（太田出版）
『医療事故の法律相談』鈴木利廣・羽成守監修／医療問題弁護団編集（学陽書房）
《文藝春秋》2003年１月号「横行するカルテ隠蔽工作」油井香代子執筆（文藝春秋）
『自殺死体の叫び』上野正彦著（ぶんか社）
『魯山人味ごよみ』平野雅章著（廣済堂出版）
『ＮＨＫ人間講座 発酵は力なり 食と人類の知恵』小泉武夫著（日本放送出版協会）
『魚の発酵食品』藤井建夫著（成山堂書店）
『水産食品の事典』竹内昌昭・藤井建夫・山澤正勝編（朝倉書店）
『極真空手の「基本」』大山倍達著（パーソナルケア出版部みき書房）
『ユーロマフィア』ブライアン・フリーマントル著／新庄哲夫訳（新潮社）
『ドメスティック・バイオレンス女性150人の証言』原田恵理子・柴田弘子編著（明石書店）
『異種移植とはなにか』デイヴィッド・Ｋ・Ｃ・クーパー＆ロバート・Ｐ・ランザ著／山内一也訳（岩波書店）
『ドナービジネス』一橋文哉著（新潮社）
『現代用語の基礎知識1998』「生命倫理 用語の解説」星野一正執筆（自由国民社）
『図解 検死解剖マニュアル』佐久間哲著（同文書院）
『おじさん医学生奮闘記』河辺啓二著（エール出版社）
『複製されるヒト』リー・Ｍ・シルヴァー著／東江一紀・真喜志順子・渡会圭子訳（翔泳社）
『脳死・クローン・遺伝子治療』加藤尚武著（ＰＨＰ研究所）
『人体市場』ローリー・アンドルーズ＆ドロシー・ネルキン著／野田亮・野田洋子訳（岩波書店）
『人体部品ビジネス』粟屋剛著（講談社）
『科学が死体に語らせる』マイクル・ベイデン＆マリオン・ローチ著／春日井晶子訳（早川書房）
『臓器移植をどう考えるか』秋山暢夫著（講談社）

『心臓外科医』坂東興著（岩波書店）

新聞、雑誌、テレビ等報道多数

付記：本書の医療に関する描写は、二〇〇四年単行本刊行時の情報・知見をもとに記されております。

本書は、二〇〇四年九月に早川書房より単行本
として刊行された作品を文庫化したものです。

第6回アガサ・クリスティー賞受賞作

# 花を追え

## 仕立屋・琥珀と着物の迷宮

春坂咲月

仙台の夏の夕暮れ。篠笛教室に通う着物が苦手な女子高生・八重は着流し姿の美青年・宝《とも》紀《のり》琥《こ》珀《はく》と出会った。そして仕立屋という職業柄か着物に詳しい琥珀と共に着物にまつわる様々な謎に挑むことに。ドロボウになる祝い着や、端切れのシュシュの呪い、そして幻の古裂「辻が花」……やがて浮かぶ琥珀の過去と、徐々に近づく二人の距離は――？　謎のイケメン仕立て屋が活躍する和ミステリ登場

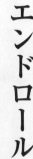

# 川の名前

川端裕人

菊野脩、亀丸拓哉、河邑浩童の、小学五年生三人は、自分たちが住む地域を流れる川を、夏休みの自由研究の課題に選んだ。そこにはそれまで三人が知らなかった数々の驚きが隠されていた。ここに、少年たちの川をめぐる冒険が始まった。夏休みの少年たちの行動をとおして、川という身近な自然のすばらしさ、そして人間とのかかわりの大切さを生き生きと描いた感動の傑作長篇。

解説／神林長平

カバーイラスト＝スカイエマ

ハヤカワ文庫

# 僕が愛したすべての君へ

乙野四方字

人々が少しだけ違う並行世界間で日常的に揺れ動いていることが実証された時代――両親の離婚を経て母親と暮らす高崎暦は、地元の進学校に入学した。勉強一色の雰囲気と元からの不器用さで友人をつくれない暦だが、突然クラスメイトの瀧川和音に声をかけられる。彼女は85番目の世界から移動してきており、そこでの暦と和音は恋人同士だというが……『君を愛したひとりの僕へ』と同時刊行

ハヤカワ文庫

# 虐殺器官〔新版〕

伊藤計劃

*Cover Illustration* redjuice


9・11以降、〝テロとの戦い〟は転機を迎えていた。先進諸国は徹底的な管理体制に移行しテロを一掃したが、後進諸国では内戦や大規模虐殺が急激に増加した。米軍大尉クラヴィス・シェパードは、混乱の陰に常に存在が囁かれる謎の男、ジョン・ポールを追ってチェコへと向かう……彼の目的とはいったい？　大量殺戮を引き起こす〝虐殺の器官〟とは？　ゼロ年代最高のフィクションついにアニメ化

ハヤカワ文庫

著者略歴　1962年生，作家　著書『ルート246 華麗なる詐欺師・倉田梨り子』『闇に抱かれて眠りたい』 2012 年没

HM=Hayakawa Mystery
SF=Science Fiction
JA=Japanese Author
NV=Novel
NF=Nonfiction
FT=Fantasy

# あまんじゃく

〈JA1337〉


二〇一八年七月二十日　印刷
二〇一八年七月二十五日　発行
（定価はカバーに表示してあります）

著　者　藤《ふじ》村《むら》いずみ

発行者　早川　浩

印刷者　草刈明代

発行所　株式会社　早川書房

郵便番号　一〇一‐〇〇四六
東京都千代田区神田多町二ノ二
電話　〇三‐三二五二‐三一一一（大代表）
振替　〇〇一六〇‐三‐四七七九九
http://www.hayakawa-online.co.jp


乱丁・落丁本は小社制作部宛お送り下さい。
送料小社負担にてお取りかえいたします。


印刷・中央精版印刷株式会社　製本・株式会社川島製本所



ISBN978-4-15-031337-1 C0193




本書は活字が大きく読みやすい〈トールサイズ〉です。